KB111914

주인공의 구원자가 될 운명입니다

주인공의 구원자가 될 운명입니다 II

은소로 장편소설

초판 1쇄 찍은 날 | 2024년 3월 25일
초판 1쇄 펴낸 날 | 2024년 4월 1일

지은이 | 은소로
발행인 | 이진수
펴낸이 | 황현수

펴낸곳 | 주식회사 카카오엔터테인먼트
등록번호 | 제2015-000037호
등록일자 | 2010년 8월 16일
주소 | 경기도 성남시 분당구 판교역로 221 6(일부)층

제작·감수 | KW북스
E-mail | paperbook@kwbooks.co.kr

ISBN 979-11-385-0875-9 04810
　　　979-11-385-0873-5 (set)

CONTENTS

5

18살

아리아드네 엘디어는 데뷔탕트 때 외에는 공식적으로 연회에 참석한 적이 없다. 그녀는 데뷔 이후 어떤 무도회에도 참석하지 않았다.

물론 그렇다고 해서 그녀가 위버에 틀어박혀 아예 나오지 않았다는 뜻은 아니다. 데뷔탕트가 있었던 그해 아리아드네는 정령사로도 데뷔했다.

라랏슈아 미궁 토벌. 충격적인 첫 토벌이었다. 최상급 미궁을, 오염지역이 발생하기도 전에, 사망자를 한 명도 내지 않고 봉인. 알음알음 유명했던 새벽 용병단이 그녀 소유였다는 것도 놀라운 소식이었으나 토벌 성과가 너무 충격적이라 그 사실은 그다지 주목받지 못했다.

지나칠 정도로 대단한 성과다 보니 처음에는 헛소문이라 치부하는 이들이 많았다. 눈표범 기사단이 총출동했다거나, 사실 대마법사가 토벌을 진두지휘했다거나 하는 식의. 15살짜리 귀족 영애 정령사가 첫 토벌을 지휘해서 그런 결과를 냈다는 것보다는 훨씬 납득 가능한 설명이었다.

그러나 헛소문으로 치부하는 것도 한두 번이다. 이후 아리아드네는 새벽 용병단을 이끌고 꾸준히 토벌을 다녔다. 3년간 그녀가 토벌한 미궁의 개수가 12개. 한 계절에 최소 한 번은 미궁을 닫았다는 소리다.

쉬운 미궁만 돌아다닌 것도 아니었다. 모두 중급 이상의 미궁이었고, 최상급 미궁도 몇 있었다.

토벌대 사망자는 3년을 통틀어서 고작 5명. 귀족가에서 운영하는 토벌대가 1년에 보통 20명에서 30명의 사망자를 내는 것과 비교해 보면 말도 안 되는 수치였다.

갈수록 엘디어 공녀를 만나고 싶어 몸이 단 자들이 늘어났다. 데뷔탕트 무도회에서 그녀를 본 뒤 친분을 쌓고 싶어 하는 또래들만 해도 한둘이 아니었다. 무도회나 연회에 도무지 나타나질 않으니 신비감만 더해 가는 중이었다.

그녀를 물어뜯고 싶어 했던 이들도 애가 닳기는 마찬가지였다. 그들이 익숙한 사교계의 방식으로 짓밟기에는 공녀에게 틈이 전혀 없었다. 사교계가 아니라 전장에서 명성을 쌓고 있으니 어찌할 방법이 없다.

여기에 엘릭서와 관련된 거래를 하고 싶은 귀족들이나, 토벌 의뢰를 하고 싶은 이들, 그녀를 자기 파벌로 포섭하고 싶어 하는 이들까지. 그 모든 안달 난 이들이 벼르고 있는 날이 점차 다가왔다.

아리아드네 엘디어 공녀의 성인식이 얼마 남지 않았다.

[루드빅, 왼쪽 위!]

귀걸이에서 맑은 목소리가 튀어나왔다. 루드빅은 그 방향을 보기도 전에 검부터 휘둘렀다. 쩡, 강한 충격이 칼날을 타고 찌르르 흘렀다. 그는 그 힘을 그대로 되받아치며 마물의 목을 베었다.

루드빅의 반대쪽에서 싸우고 있던 베로니카가 다른 마물을 죽이며 말했다.

[조무래기는, 다 죽였어요.]

그녀의 음성은 아이템을 통해 귀걸이를 차고 있는 모든 사람에게 들렸다. 아리아드네가 말했다.

[좋아. 일단 다들 깃발로 모여요.]

베로니카와 루드빅은 곧바로 영토 중앙으로 돌아갔다. 빽빽한 열대 우림의 내부는 비행이 가능한 정령수로도 속도를 내기엔 적합하지 않았지만, 철마와 용오름은 막힘없이 내달렸다. 그들은 아리아드네가 영토 내에 교묘하게 만들어 둔 지름길을 잘 알고 있었다.

[야, 이 멍청이들아, 집합할 땐 나도 데려가야지!]

에리히가 빽 고함을 질렀다. 베로니카가 아차, 하는 표정이 되어 철마의 방향을 틀었다.

[느림보 주워서 갈게요.]

[누가 느림보야! 나 달리기 빠르거든? 정령 기사 기준으로 판단하지 좀 말아 줄래?]

한바탕 소란이 끝난 뒤, 영토 중앙의 깃발 아래에 모두가 모였다. 정령 기사 베로니카, 루드빅. 마법사 에리히. 정령사 아리아드네. 신관 리온. 아리아드네는 새파랗게 질린 신관의 낯빛을 확인하고 내심 한숨을 내쉬었다.

"리온 신관님, 더 할 수 있겠어요?"

"할 수 있어요!"

그녀 또래의 소년 신관이 꽥 소리치듯 대답했다. 신관을 살펴본 에리히가 미간을 구겼다.

"야, 지쳤으면 지쳤다고 하는 게 토벌의 기본이야."

"아아안 지쳤습니다!"

"괜찮은 척하다가 전투 중에 쓰러지면 그 여파는 누가 책임질래, 응? 다 같이 죽고 싶어? 이 기본도 안 된 애송이가."

"흐으으……."

윽박지르는 투에 소년 신관이 울먹거렸다. 에리히가 더 열 받아 무어라 하려는 것을 베로니카가 가로막았다.

"쓸데없는 일로, 시간 끌지 마. 아가씨 힘드셔."

"젠장."

에리히가 욕을 내뱉으며 앞쪽을 흘깃 보았다. 열대 우림이 펼쳐진 영토의 끝에 눈보라가 몰아치는 절벽이 까마득하게 솟아 있다.

아리아드네가 복합 영토를 이용해 보스급 마물과 다른 마물들을 갈라놓았다. 그들이 열대 우림 속에 흩어진 조무래기들을 잡아 죽이는 사이 아리아드네 혼자서 보스급 마물을 영토의 지형만으로 붙잡고 있는 것이다.

루드빅은 절벽 너머에서 울부짖는 보스의 목소리를 들으며 소름이 돋은 팔을 쓸어내렸다. 때로 뛰어난 정령사는 영토 내의 지형을 조작해 아군에게 유리한 전장을 만들어 내곤 한다. 하지만 보스를 일부러 격리해 놓고 버틸 정도로 지형을 조작하는 정령술이란 듣지도 보지도 못한 일이었다. 3년 전, 아리아드네와 함께 토벌을 시작하기 전까지는 말이다.

'정말 대단하다.'

루드빅은 새삼 감탄했다. 그녀의 정령술을 볼 때마다 시험 삼아 그녀의 초대를 받아들였던 과거의 자신을 칭찬하고 싶어진다.

이렇게 보스를 분리해 주면 나머지 인원이 안전하고 빠르게 다른 마물을 정리할 수 있다. 전투의 안전성과 속도가 일반적인 토벌대의 두 배 이상으로 치솟는다. 아리아드네의 토벌대가 압도적인 성과를 낸 이유였다.

다만, 미쳐 날뛰는 보스의 여파를 전부 영토로 막아 내야 하는 아리아드네의 부담이 꽤 큰 구조였다.

처음에는 그 부담을 몸으로 다 짊어지다가 몇 번 쓰러졌다. 이상하게 여긴 에리히가 그녀의 '보스 격리'가 어떤 원리로 이루어지는지 분석해 본 뒤 길길이 날뛰었다. 보스가 영토를 내리칠 때마다 그 충격이 정령사의 몸에 전달된다던가.

"보통 사람이면 할 수 있어도 아파서 못 할 짓이야! 이런 무식한 고통을 미련하게 그냥 참아? 네가 아무리 통각이 둔하다 해도 이건 아니지!"

에리히나 베로니카는 아리아드네가 다시는 이런 짓을 안 하길 바랐다. 그러나 그녀는 압도적으로 우수한 성과를 내게 해 주는 정령술을 포기할 생각이 없었다. 그녀가 찾아낸 대안은 보스를 격리하는 동안 신관이 그녀 곁에 붙어서 신성력으로 계속 커버해 주는 방식이었다.

확실히 효과가 좋긴 했다. 문제는 신관의 실력이었다. 아리아드네의 상태를 계속 살피며 신성력을 조절해 줘야 하는데 이게 신관들 입장에선 쉬운 일이 아닌 모양이었다.

'아무래도 이번 신관도 글렀군.'

아리아드네의 하얀 이마에 식은땀이 송골송골했다. 소년 신관은 울먹거리며 변명을 늘어놓기 바빴다.

"저는 열심히 하고 있어요. 안 지쳤어요. 더 잘할 수 있어요……. 그렇죠? 정령사님, 저 잘하고 있잖아요!"

아리아드네가 입을 열기도 전에 파이의 목소리가 그녀의 뇌리에 울렸다.

[만년설 왕관이 신관 리온을 죽이고 싶어 합니다.]

[만년설 왕관의 제안: 신관 리온 죽이기. 대가: 정령석 500개]

만년설 왕관은 제 영토에 나타난 미궁을 아리아드네가 닫은 이후로 가끔 그녀의 채널에 접속했다. 아리아드네는 사실 정령사들 사이에선 그녀의 성과보다 만년설 왕관이 자의로 접속하는 최초의 채널로 더 유명했다.

파이는 차단을 추천했지만, 그녀는 일단 만년설 왕관을 지켜보았다. 의외로 만년설 왕관은 별다른 반응 없이 조용히 있다 나가곤 했다. 강대한 대정령인 그가 순순히 힘을 빌려주는 건 좋은데, 간혹 이렇게 난폭한 제안을 하는 건 문제였다.

'……죽이긴 뭘 죽여. 거절해.'

[제안을 거절하였습니다.]

[아리아, 파이는 만년설 왕관의 이번 제안에 심정적으로 동의합니다. 저 신관은 안 됩니다.]

'어차피 다음부터는 절대 안 데려올 거야. 신성력이 많아서 데려온 건데 이렇게 기본조차 안 되어 있을 줄은.'

[기본의 문제가 아닙니다. 배우려는 자세가 되어 있지 않습니다.]

'그러게.'

아리아드네는 속으로 혀를 찬 뒤 담담하게 말했다.

"집합했을 때는 부상을 입은 동료가 없는지부터 확인해야 해요, 신관님."

"아."

리온이 당황하며 동료들을 둘러보았다. 겉으로 대충 훑어본 소년이 활짝 웃었다.

"아무도 안 다치셨네요!"

베로니카를 제외한 사람들의 표정이 단번에 일그러졌다.

[영토 내 생명체 분석. 루드빅 블레이르가 오른팔에 부상을 입었습니다.]

"루드빅, 오른팔 걷어 봐."

"별로 심한 상처가 아닙……."

"아까 에리히 오라버니가 한 말 잊었어? 걷으라면 걷어."

루드빅이 어색하게 웃으며 소매를 걷어 보였다.

"죄송합니다. 아까 잠시 실수를 해서."

"괜찮아. 앞으론 숨기지나 마."

그의 말대로 그리 큰 상처는 아니었지만, 팔뚝이 쓸려 피가 맺혀 있었다.

"신관님, 부상을 확인하라는 건 눈으로 대충 훑으라는 뜻이 아닙니다. 피 냄새 못 맡으셨나요?"

아리아드네의 말에 리온의 안색이 나빠졌다.

"……기사님이 숨기려 하신 상처를 제가 어떻게 알아요."

에리히가 야단칠 때는 울먹거리더니 그녀의 말엔 대번에 입이 튀어나온다.

'진짜 안 되겠네, 이 녀석.'

가끔 이런 녀석이 있다. 연장자한테는 고분고분한데 그녀처럼 자기보다 어려 보이는 사람이 지적하면 샐쭉해지는 녀석이.

'됐어. 이번 토벌 끝나면 다신 안 볼 테니까.'

그녀는 언성을 높이는 대신 묵묵히 루드빅 쪽을 가리켰다.

"빨리 치료해 주세요."

"네."

"치료하는 동안 잠깐 쉬어요, 다들."

리온이 루드빅의 팔을 잡고 신성력을 쏟아 내고, 에리히는 욕을 참는 얼굴로 주저앉았다. 베로니카는 나무에 기대서 눈을 감는다. 아리아드네도 그루터기에 걸터앉아 눈을 감았다.

그녀는 지끈거리는 관자놀이를 주물렀다. 주인공의 빈자리가 엉뚱한 곳에서 문제가 된다. 이런 식으로 보스를 떼어 놓고 다른 마물들을 처리하는 건 원래 소설에서 악셀이 최초로 시도한 일이었다. 악셀이 혼자서 보스급 마물을 상대할 만큼 강한 정령 기사였기에 가능했다.

'소설에선 아예 다른 사람들이 잡몹 잡는 동안 악셀은 보스를 혼자 때려잡았지……. 보스 먼저 잡고, 잡몹 처리 도와주러 오기도 하고.'

루드빅이나 베로니카에게 주인공 같은 미친 짓을 요구할 순 없다. 하지만 보스 격리는 대미궁을 공략하기 위해선 필수적인 수단이었다. 그래서 정령술을 응용해 그녀가 시도한 건데, 결과는 나쁘지 않았다.

전생의 수많은 영상 매체와 컴퓨터 그래픽에 대한 기억 덕분에 정령술로 독특한 영토를 구현하는 건 쉬웠다. 보스 격리도 확실히 가능했고, 동시에 잡아 버리는 소설 속 주인공 같은 속도는 안 나와도 그럭저럭 보통 토벌대보단 월등히 빠르고 안전해지긴 했다.

'문제는 내 몸에 가해지는 부담이야. 단순히 신성력만 많은 신관으로는 안 되겠어.'

원작대로 간다면 무식하게 신성력 퍼붓는 신관으로도 충분했지만 원작에서 벗어나고 나니 신관을 고르기가 어려워졌다.

'기존 후보들은 다 안 돼. 신성력을 다루는 기술이 뛰어난 사람이 필요해.'

[신관 후보 리스트를 다시 정리해 두겠습니다.]

'응, 부탁해.'

아리아드네가 지금까지 올린 실적만으로도 사람들은 난리가 났다. 벌써부터 대미궁 정복을 기대하는 이들도 있었다. 진짜 대미궁이 어떤지 아는 아리아드네로선 한숨만 나왔다.

'한참 멀었어.'

베로니카와 루드빅에게 정령수도 한 마리씩 더 구해 줘야 한다. 에리히에게 자유 비행이 가능한 아이템도 구해 줘야 했다. 주고 나면 에리히가 비행하면서도 마법을 쓸 수 있을 정도로 능숙해지게 만들어야 했고.

신관은 선정 과정부터 난항이다. 동료를 다 구한 뒤에도 손발 정도는 맞춰 봐야 할 텐데. 역시 주인공을 배제하는 게 쉬운 일이 아니었다.

'불가능한 건 아니지만 갈 길이 멀어. 스무 살에 출발할 수 있을까?'

[파이가 돕겠습니다.]

'그래, 네가 있지. 고마워. 든든하네.'

아리아드네는 살짝 웃었다. 신관에게 팔을 내주고 그녀를 훔쳐보고 있던 루드빅은 잠시 심호흡을 했다.

풍성한 백금발은 포니테일로 대충 묶고, 화장기는 전혀 없고, 지극히 실용적인 천 옷 위에 가볍게 만든 가죽 갑옷을 걸치고 있다. 그런데도 그녀는 숨이 막히게 아름답다. 처음 봤을 때부터 그랬는데 3년이 지나고 18살을 앞두자 더욱 아름다워졌다.

"아프신가요?"

신관이 그의 심호흡을 듣고 어리바리하게 물었다. 루드빅은 급히 고개를 저었다.

"아뇨, 괜찮습니다."

"끝났어요."

신관은 말끔해진 루드빅의 팔뚝을 자랑스럽게 내보였다. 칭찬해 달라는 표정이었다. 루드빅은 웃으며 대답했다.

"감사합니다, 신관님."

"흔적도 없죠? 되게 잘 치료됐는데."

소년 신관이 더 할 말이 있지 않느냐는 듯 루드빅을 올려다본다. 험악해진 에리히가 입을 열려는 것을 베로니카가 은근슬쩍 막았다. 아리아드네는 또다시 한숨이 나오려는 것을 간신히 참고 자리에서 일어났다.

"이제 빠르게 보스 처리하죠. 여기 봐요."

그녀는 근처의 흙으로 격리해 둔 보스의 형상을 축소해서 보여 주었다.

"여기, 더듬이 같은 것부터 잘라야 해요. 시각이 아니라 저걸로 감지하는 거라 더듬이가 있으면 급소를 치기 어려워요."

"그건 제가 하겠습니다."

루드빅이 나섰다. 아리아드네는 고개를 저었다.

"안 돼. 정령 기사들은 쟤 공격 유도하고 막는 것만으로도 벅차. 팔이 8개나 되고 꼬리까지 있잖아."

"내가 해야겠네."

에리히가 끼어들었다. 이번에는 그녀가 고개를 끄덕였다.

"네. 오라버니가 해야 할 것 같아요. 근데 높이가 이 정도라 시야에
안 들어올 거예요."

그녀는 보스의 형상 옆에 조그마한 사람의 형상을 만들어 높이를
가늠할 수 있게 해 주었다. 에리히가 눈살을 찌푸렸다.

"안 보이면 조준하기 힘든데."

"그래서 제가 이쯤에 언덕을 만들려고요."

아리아드네는 영토 일부의 축소 모형을 흙으로 구현한 뒤 한쪽에
언덕을 만들었다. 전투가 벌어질 곳을 빙 돌아 보스의 뒤쪽으로 접근
할 수 있는 언덕이었다.

"좋은데. 여기라면 뒤통수를 후려 줄 수 있겠어."

"루드빅과 니카가 주의를 끄는 동안 몰래 접근해야 해요. 더듬이가
있는 동안은 뒤통수에도 눈이 달린 거나 다름없으니까."

"비행 마법으로 조용히 가면 돼."

에리히가 걱정 말라는 듯 말하자 아리아드네가 거무튀튀한 사슬 목
걸이를 꺼내 내밀었다.

"이거 써요. 착용하면 투명화와 소음 억제가 발동되는 아이템이
에요."

"이런, 하여간 우리 해골 준비성은 알아줘야, 윽."

에리히는 헛웃음을 흘리며 목걸이를 받아 들다가 베로니카에게 등
짝을 한 대 맞았다. 해골이라 부른 것 때문이었다. 아리아드네는 피
식 웃고는 말을 이었다.

"더듬이 잘리면 앞뒤 안 보고 미쳐 날뛸 테니까 니카랑 루드빅 조
심하고. 특히 꼬리. 독 있으니까 스치지도 마. 급소는 머리니까 엉뚱
한 곳 말고 머리만 노려."

"네, 아가씨."

"네, 공녀님."

"자, 그럼 출발. 다들 조심해요."

아리아드네의 지휘에 익숙한 셋은 빠르게 출발했다. 그녀와 함께 남은 신관은 멍하니 입을 벌리고 있었다.

"정령사들이 원래 이렇게 지휘를 해요?"

"글쎄요. 저는 해요."

"이런 건 처음 보는데. 이거 어떻게 만들어요? 다른 것도 만들 수 있어요?"

신관이 축소 모형을 신기하게 들여다보았다.

"전투 시작됐어요, 신관님."

"우린 이제 기다리기만 하면 되잖아요? 뭐 더 할 게 있나요? 고작 중급 미궁인데."

실전 경험 있다던 거 다 거짓말이었군.

아리아드네는 더 말하기도 귀찮아 그냥 웃어 주고 전장에 집중했다. 신관의 귀가 시뻘게졌다.

[영토 내 생명체 분석. 실시간으로 위치를 감지합니다.]

세 사람이 자리를 잡는 것을 확인하고 영토의 형태를 바꾼다. 까마득하게 치솟아 있던 절벽이 신기루처럼 사라지고 넓은 초원이 된다.

약이 오를 대로 오른 보스급 마물이 철마와 용오름을 탄 두 정령 기사를 노려본다. 한쪽에 긴 언덕이 생겨났으나 신경 쓰지 않는 기색이다. 계획대로 잘 진행될 것 같았지만, 아리아드네는 바짝 긴장한 채 변수가 생기지 않는지 관찰했다.

3년간 그녀의 영토 안에서 사람이 죽는 걸 5번이나 봤다. 환상 도서관과 원작 정보를 이용해 그토록 열심히 준비하고 세심하게 대비했는데도 사고는 순식간에 터졌다. 게임이 아니기에 목숨은 하나뿐이다. 그녀는 이제 누구도 잃고 싶지 않았다.

[더듬이가 파괴되었습니다.]

[이름 없는 보스급 마물이 미쳐 날뛰고 있습니다.]

[뒤로 걷는 물이 매우 흥미진진해합니다.]

[신록의 그릇이 자신의 힘이 도움이 된 것을 기뻐하고 있습니다.]

[베로니카 브란테가 이름 없는 보스급 마물의 머리를 파괴했습니다.]

[이름 없는 보스급 마물이 쓰러졌습니다.]

[영토 내 생명체 분석. 남은 마물: 0]

아리아드네는 안도하고 긴장을 풀었다. 다행히 이번은 없었다. 그녀는 귀걸이에 손을 대고 말했다.

"영토 범위 줄일 거예요. 핵은 루드빅이랑 니카가 알아서 처리하고, 에리히 오라버니는 돌아와요."

[웅.]

[알겠습니다.]

에리히가 돌아오는 속도에 맞춰 영토 범위를 서서히 줄였다. 영토는 넓게 펼쳐 둘수록 피로했다.

그녀의 영토가 사라지자 시커먼 나무뿌리 같은 것들이 뼈다귀들과 함께 징그럽게 얽혀 있는 천장, 벽, 바닥이 드러났다. 나무뿌리를 따라 검붉게 빛나는 오염수가 흘러간다. 자욱한 보랏빛 안개 때문에 가시거리는 얼마 되지도 않았다.

영토가 없으면 이런 공간에서 정령등이나 가호에 의지해서 싸워야 한다. 어느새 돌아온 에리히가 영토 밖을 보며 인상을 찌푸렸다.

"해골한테 중독되겠네."

"네?"

"네 영토에 있으면 지금 오염 지역 안인지 아닌지도 잘 구별이 안 되잖아. 그거 굉장한 거야. 보통은 티가 나거든."

"굉장한 거 알면 좀 잘해 주세요."

"이 이상 뭘 어떻게 더 잘해 줘?"

에리히가 낄낄거리는 사이 가호를 두른 두 정령 기사가 핵을 부쉈다. 뿌리를 타고 흐르던 오염수의 흐름이 멎었다. 미궁이 죽은 것이다.

"끝났네요."

"그러게. 이제 빨리 집에 가자. 성인식 연회가 코앞인데 미궁 토벌이라니, 너도 참."

에리히가 절레절레 고개를 젓더니 푸념했다.

"시간도 촉박한데 여긴 왜 온 거야?"

"저것 때문에요."

아리아드네는 보랏빛 안개 너머로 어스름하게 보이는 보스급 마물을 가리킨 다음, 귀걸이에 손을 댔다.

"니카, 거기 보스 더듬이 끝부분 보면 수정 구슬 같은 거 달려 있거든? 그거 잘라서 가져와."

[네, 아가씨.]

"저게 뭔데?"

에리히가 호기심 어린 눈으로 물었다. 아리아드네는 입꼬리만 올리며 웃었다.

"엘디어 공작을 끝장낼 무기의 재료요."

단체로 치르는 데뷔탕트 연회와 달리 성인식 연회는 아직까지 개별적으로 치렀다. 위버 사람들은 위버에서 아리아드네의 성인식 연회를 치르려 했으나 그녀가 거절했다.

　아리아드네는 수도에서 성인식 연회를 열겠다고 했다. 정확히는 왕국 수도에 있는 엘디어 공작가의 저택에서.

　공작이 거절할 수 없는 요청이었다. 친딸이 자기 집 별장에서 성인식을 하겠다는데 대체 무슨 명분으로 거절하겠는가. 그가 할 수 있었던 건 딸의 자립심을 키우겠다는 핑계로 연회 준비에 전혀 도움을 주지 않는 것뿐이었다.

　당연히 위버와 엘릭서 제조 공방과 가르시아 상단과 새벽 용병단을 뒤에 두고 있는 아리아드네에게는 아무런 소용이 없는 짓이었다. 그리하여 연회는 몹시 순조롭게 열렸다.

　그간 아리아드네가 도무지 사교계에 나오질 않은 터라 벼르고 있던 이들이 많았다. 아리아드네는 손님을 가리지 않고 전부 받으라고 명했다. 최대한 많은 사람이 모여야 했으니까. 결국 참석자 명단이 연회장에 카펫 대신 깔아도 될 만큼 길어졌다.

　그 명단 제일 위에는 왕족들의 이름이 자리 잡고 있었다. 엘디어 공작조차 이번에는 불참할 수 없었다. 후계자의 성인식에 가주이자 부모인 사람이 빠지는 것은 불가능했다.

　성인식의 핵심은 부모가 성인이 된 자녀에게 술을 따라 주는 관습이었다. 보통 아이가 태어날 때 묻어 둔 포도주를 성인식 날 개봉하곤 한다.

연회장 중앙의 한 단 높은 단상에 마련된 테이블에서 아리아드네는 근 11년 만에 공작과 얼굴을 마주했다. 수많은 사람의 이목이 그들에게 쏠렸다.

"오랜만이구나, 아리아."

공작이 다정한 목소리로 말했다. 그의 얼굴은 반질반질했던 예전보다 훨씬 수척해져 있었다.

납치도, 재판으로 되돌려 받는 것도, 편지로 마음을 돌리는 것도 전부 실패하고, 제 것이라 여겼던 엘릭서는 아리아드네의 소유가 되었다. 최후의 수단이었을 레다 피카로와의 결혼도 흑마법사에게 세뇌당했다 읍소하여 간신히 처형만을 면했으니 지난 몇 년 납작 엎드려 숨을 죽이고서 나름 마음고생이 많았을 터다.

그 초췌함조차 우수에 찬 것으로 보이게 하는 미모는 여전했다. 세월이 비껴간 것 같은 아름다움이었다. 아리아드네는 불쾌한 기분으로 그를 올려다보았다.

'정말 많이 닮았네. 판박이 수준이야.'

거지꼴로 길거리를 헤매고 다녀도 사람들이 당신 아버지라며 데려다줄 만큼 빼닮았다. 객관적으로 봐도 예쁜 제 얼굴이 그다지 그녀의 마음에 들지 않는 건 순전히 공작을 닮은 탓이었다.

'저 인간 딸이 아니라 엄마 딸이라는 정신 승리조차 못 하게 만들잖아.'

아리아드네는 기분과 반대로 화사하게 웃어 보였다.

"11년 만이네요, 아버지."

"긴 시간이었구나. 나는 네가 정말 그리웠단다."

공작이 촉촉한 눈으로 말을 이었다.

"이제 너도 어른이니, 내 마음을 이해할 수 있겠지?"

"무슨 마음이요?"

"다 너를 위한 거였다. 실제로도 너는 지금 엘릭서로 큰 부를 쌓았잖느냐. 그건 사실 다 내 덕이지. 안 그러냐?"

태연한 얼굴로 헛소리를 내뱉으며 공작이 그녀에게 포도주를 따랐다. 피처럼 새빨간 액체가 유리잔에 고인다. 공작은 부드럽게 그녀에게 잔을 건넸다.

"슬슬 엘디어로 돌아오려무나, 사랑하는 내 딸아."

뻔뻔하기도 하지.

호기심 어린 시선들이 등에 바늘처럼 꽂힌다. 그녀가 무어라 할지 궁금해 죽겠는 모양이다. 아리아드네는 잔을 받아 들며 말했다.

"성인식의 포도주는 자녀의 성장을 부모가 축하해 주는 의미라고 들었습니다."

"그래. 이건 내 마음을 담아서……."

"여기에 당신의 마음이 담겨 있다면."

그녀는 유리잔을 그대로 테이블 밖으로 옮겨 단상 위로 기울였다. 붉은 액체가 주르륵 떨어진다.

"전 이걸 도저히 못 먹겠네요."

아리아드네가 생긋 웃으며 덧붙였다.

"당신을 믿고 마셨다가 어머니처럼 죽고 싶지 않거든요."

"……!"

여기저기서 헛숨을 들이켜는 소리가 들렸다. 공작의 낯빛이 딱딱하게 굳었다. 그가 날카롭게 반문했다.

"아리아, 대체 무슨 소리를……."

이 순간을 얼마나 오래 기다렸던가.

파이가 글로리아 위버의 죽음에 대한 정보를 끝내 찾아내지 못했을 때 아리아드네는 그대로 포기하지 않았다. 그녀가 정령사가 되면서 새롭게 떠올린 방법이 있었기 때문이다.

'신록의 그릇.'

마지막까지 그녀를 구하려 애썼던 나팔꽃 덩굴. 그건 분명히 엄마가 신록의 그릇으로부터 빌린 힘으로 쓴 정령술이었다. 글로리아 위버가 죽기 직전까지 정령술을 쓰고 있었다는 뜻이다.

즉, 신록의 그릇은 글로리아의 죽음을 고스란히 지켜본 목격자다.

대정령이 인간의 사건에 증언한 적은 없다. 대정령은 그런 식으로 인간사에 끼어들지 않는다. 그러나 대정령이 증언하든 말든 당시 대정령의 기억을 들여다볼 수 있다면. 나아가서 그 기억을 다른 사람들에게도 보여 줄 수 있다면.

그보다 더 완벽한 증거는 없다. 목격자의 기억인 셈이니.

이 방법을 깨달았을 때 얼마나 전율했던지. 운 좋게도 그녀의 채널에 신록의 그릇은 고정적으로 접속했고, 그녀에게 무척 호의적이었다. 인간들 앞에서 증언하는 일에는 난색을 표했지만 관련된 기억을 제공하는 건 기꺼이 허락했다.

남은 것은 대정령의 기억을 들여다볼 방법뿐. 그녀는 파이의 도움을 받아서 환상 도서관에서 타인의 기억을 영상처럼 보여 줄 수 있는 아이템의 제작법을 알아냈다.

다른 재료는 쉬웠는데, 딱 하나, 기억을 비춰 줄 큰 수정 거울을 만드는 것에 약간 애를 먹었다. 하지만 그것에 쓸 수정도 얼마 전 미궁에서 구했다. 아슬아슬하게 성인식 날짜에 맞췄다.

아리아드네는 미소를 거둘 수 없었다.

"저는 정령사고, 어머니도 정령사셨죠. 어머니의 채널에 접속하던 대정령이 제 채널에도 접속하곤 해요."

그녀의 말에 공작이 미심쩍은 표정을 지었다. 그녀는 손뼉을 쳤다. 대기하고 있던 하인들이 연회장 끝 벽을 채우고 있던 붉은 커튼을 걷었다.

연회장 벽의 반을 채울 정도로 큰 수정 거울이 모습을 드러냈다. 거울의 가장자리를 따라 새겨진 마법진이 희미하게 반짝거렸다. 대마법사가 하나하나 손수 새긴 마법진이었다. 사람들의 시선이 거울에 쏠렸다. 아리아드네는 웃으며 말을 계속했다.

"11년 전, 제 어머니가 돌아가셨을 때 저는 어머니가 구현한 나팔꽃 덩굴을 봤었어요. 저를 아버지로부터 구해 내려 애쓰다가 시들어 사라진 덩굴을."

"……딸아, 그건."

"모두가 사고라고 했죠. 특히 아버지가. 그럼 이제 그때 정말 무슨 일이 있었는지 볼까요?"

[채널을 개방합니다.]

[대정령, 신록의 그릇이 접속했습니다.]

아리아드네의 발밑에서부터 나팔꽃 덩굴이 피어나기 시작했다. 공작이 유령이라도 본 것처럼 화들짝 놀라 덩굴을 피해 물러섰다. 그녀가 만든 나팔꽃 덩굴은 공작을 무시하고 거울 쪽으로 기어갔다.

"외할아버지, 수정 거울에 대해 설명해 주세요."

아리아드네는 거울을 바라보며 말했다. 단상 근처에 앉아 기다리고 있던 대마법사가 일어났다. 노인은 무표정하게 프란츠 엘디어를 응시하며 입을 열었다.

"저건 내가 외손녀와 함께 만든 것이라네. 대정령과 접촉하면 대정령이 떠올린 기억을 그대로 비춰 주지."

"……그, 그런 말도 안 되는."

비로소 공작의 안색이 파래졌다. 그가 더듬거리며 무어라 하려는 사이, 아리아드네가 뻗은 나팔꽃 덩굴이 거울 주위를 둥글게 휘감았다. 그러자 거울에서 희뿌연 빛이 뿜어져 나왔다. 연회장의 모든 사람이 숨을 죽이고 그 거울을 바라보았다.

어른거리던 화면이 점차 선명해진다. 채널에 접속한 대정령의 시야. 정령사의 영혼과 연결된 보이지 않는 끈에 깃든 시야는 정령사의 머리 위쪽 허공에서 아래를 비추었다.

정령사는 피부 반절 이상이 새카맣게 변해 갈라지고 있는 여자였다. 누가 봐도 오염되어 죽어 가고 있는 여자. 글로리아 위버다. 그녀는 침대에 누운 채 고통스러운 숨을 몰아쉬고 있었다.

그리고 그런 그녀를 내려다보고 서 있는 프란츠 엘디어. 그가 무표정하게 말한다.

"오염의 고통이 어떻소, 부인? 끔찍하게 아프지 않소?"

글로리아는 대답하지 못하고 신음만 흘렸다.

"직접 겪어 보니 후회되지요? 엘릭서 제작을 막으려 한 것이 얼마나 어리석은 일인지 이제 알겠소?"

화면이 흐릿해졌다가 선명해지길 반복한다. 죽어 가는 정령사가 채널을 제대로 유지하지 못하는 탓이다.

"우리 딸에게는 역사를 바꿔 놓을 기적의 약을 만드는 숭고한 사명이 있소. 그 과정에서 애가 죽는 것도 아니잖소. 좀 아플 뿐이지."

어지러운 화면 속에서도 프란츠의 목소리만은 계속 뚜렷하게 들렸다.

"당신이 아이를 빼돌리지만 않았다면 엘릭서는 이미 완성되었을지도 모르오."

고통스럽고 가느다란 신음. 뒤이어 다시 이죽거리는 프란츠의 음성.

"그럼 부인도 이렇게 오염되어 죽는 게 아니라 엘릭서 덕분에 살았을 거요."

화면이 다시 선명해졌다. 짜증스러운 공작의 얼굴.

"가만있었으면 평생 호강시켜 줬을 텐데, 그러게 왜 방해를 해서 내가 이런 짓까지 하게 만드는 건지. 물약만 완성되면 아리아도 호화롭게 살게 될 거요."

이불을 움켜쥔 글로리아의 손이 부들부들 떨렸다.

"저승에서 내가 만드는 엘릭서가 얼마나 많은 사람을 살리는지 지켜보면, 당신도 나를 이해하게 될 거요. 잘 자요, 부인."

프란츠가 그대로 침실을 나갔다. 홀로 남은 글로리아의 시커멓게 죽은 뺨을 타고 눈물이 흘러내렸다. 핏물이 고인 입술이 움직인다.

아리아.

입 모양으로 아리아드네의 이름이 불린다. 그녀의 양 손등에 새겨져 있던 가이드 문양이 연한 녹색 빛을 뿜는다.

그 손끝에서 자라난 나팔꽃 덩굴이 창문을 넘는다. 벽을 타고 기어올라 까마득한 탑 위, 창문에 기대 팔에 얼굴을 파묻고 훌쩍이고 있는 백금발의 어린아이를 향한다.

아이가 고개를 드는 것과 동시에 화면이 꺼졌다. 연회장 안에 무덤 같은 침묵이 고였다. 대마법사가 조용히 말했다.

"저것이 내 딸 글로리아의 채널에 접속하던 대정령이자 내 외손녀 아리아드네의 채널에 접속한 대정령, 신록의 그릇의 기억이오."

공작이 새하얗게 질린 채 뒷걸음질했다. 아리아드네는 엄마의 모습이 화면에 떠오른 순간부터 소리 없이 울고 있었다. 이 일을 준비하면서 이미 봤던 영상인데도 눈물을 참을 수가 없었다.

그녀는 이 자리에 참석한 국왕 부부를 돌아보았다. 수도에서 성인식 연회를 열고 엘릭서를 궤짝 단위로 가져다 바치며 국왕을 초대한 것은 다 지금을 위해서였다.

"아비쉘의 영광이자 지고한 빛이신 국왕 전하."

그녀는 드레스 자락을 움켜쥐고 우아하게 인사를 한 뒤, 눈물로 흠뻑 젖은 얼굴로 호소했다.

"엘디어의 공작이자 황금뿔의 주인인 프란츠 엘디어를 이 자리에서 제 어머니 글로리아 위버의 살해범으로 고발합니다."

연회장 안이 술렁였다. 엘디어 공작이 악을 쓰듯 고함을 질렀다.

"아니야! 저건 다 가짜다!"

"청컨대, 왕국의 지엄한 법도에 따라 그를 벌하여 주시옵소서."

아리아드네가 깊게 허리를 숙였다. 국왕이 깊은 한숨을 내쉬더니 한 손을 들고 명했다.

"근위대, 프란츠 엘디어 공작을 체포하라."

"전하! 이건 사기입니다! 아닙니다! 전하!"

근위 기사들이 몰려들어 공작을 제압하고 끌고 나갔다. 공작은 얼굴을 일그러뜨리고 고래고래 소리를 질렀다.

"변호는 법정에서 하게나, 엘디어 공."

국왕이 단호히 말했다. 공작이 완전히 연회장 밖으로 끌려 나갔다. 웅성대던 사람들의 시선은 이제 단상 위에 홀로 서 있는 엘디어 공녀에게로 향했다.

그녀는 여전히 눈물을 흘리며 가늘게 어깨를 떨고 있었다. 그녀의 드레스 끝단이 쏟아진 포도주로 붉게 물들고 있다. 공녀에겐 성인이 된 것을 축하하며 술을 따라 줄 부모가 하나도 남지 않았다. 그것을 깨달은 국왕이 안쓰러운 듯 입을 열었다.

"공녀, 성인식의 잔은 짐이……."

그는 말하다 말고 말끝을 흐렸다. 왕세자 시절 자신을 가르친 적이 있는 대마법사가 누구 몫을 노리느냐며 눈을 부라렸기 때문이었다. 국왕이 눈치껏 입을 다물자 대마법사는 얼른 단상 위로 올라가 외손녀를 꼭 안아 주었다.

"아가, 잘했다. 정말 잘했어."

"아무렇지도 않을 줄 알았어요. 후련하기만 할 줄 알았는데……."

아리아드네가 작게 중얼거렸다. 대마법사는 다 안다는 듯 가만가만 그녀의 등을 쓰다듬었다. 그녀는 어릴 적처럼 그의 로브 자락에 고개를 묻고 눈물을 삼켰다.

대마법사가 그녀를 다독이며 손짓했다. 쓰러진 유리잔과 포도주 병이 춤추듯 떠올라 저절로 술을 따랐다. 대마법사는 손녀와 같은 나이의 술이 찰랑이는 금장식 유리잔을 쥐고 아리아드네에게 내밀었다. 노인이 빙그레 웃었다.

"어른이 된 것을 축하한다, 아리아."

그렇게 아리아드네 엘디어는 18살의 성인이 되었다. 왕국 역사에 남을 성인식이었다.

연회는 예상했던 것보다 분위기가 좋았다. 다들 할 얘기가 많아진 탓이다. 아리아드네는 꼭 만나야 할 사람 몇몇만 만나 본 뒤 잽싸게 연회장 밖으로 향했다. 데뷔탕트 때 또래들에게 둘러싸여 벗어날 수 없었던 기억이 반쯤 트라우마였다.

연회장에서 공개적으로 아버지를 고발하고 어머니 일로 눈물을 쏟은 그녀를 굳이 붙들려 하는 이는 없었다. 기실 그녀는 사람들의 상상보다는 훨씬 침착한 상태였다. 꽤 오래전부터 마음의 준비를 해 둔 덕이다. 무엇보다 그녀는 감상에 빠져 있을 시간이 없었다.

'우선 사이먼을 만나 엘디어 쪽 친척들 일이 어떻게 되어 가는지 보

고 듣고, 대신전 로비 상황 체크하고…….'

생각에 잠긴 채 연회장을 나오던 그녀는 입구 근처에서 단단한 것에 이마를 부딪쳤다.

"윽."

순간적으로 균형을 잃고 휘청이는 그녀의 팔을 누군가가 붙잡아 세웠다. 덕분에 꼴사납게 쓰러지는 것은 피했다.

기둥에라도 부딪친 줄 알았는데, 그녀가 부딪친 건 남자의 가슴팍이었다. 덩치가 얼마나 큰지 가까이 있으니 검은 옷차림의 가슴팍에 가려 아무것도 보이지 않았다.

'뭐가 이렇게 커?'

속으로 푸념하며 고개를 치켜들었다. 붙잡아 준 감사 인사를 할 작정이었다.

"감……."

첫마디를 떼자마자 말문이 턱 막혔다. 강렬한 외모였다. 강인해 보이는 턱과 찌푸린 눈썹만 보면 거친 야수 같은 인상이었으나 반듯한 콧날과 날카롭고 이지적인 눈매가 합쳐져서 묘한 분위기를 자아낸다.

그러나 그녀가 말문이 막힌 건 남자의 그 지극히 남성적인 아름다움 때문이 아니었다. 밤처럼 새카만 머리카락 아래에서 새빨간 눈동자가 그녀를 내려다보고 있었다. 마지막으로 봤을 때와 비교하면 천지 차이가 되었지만, 그렇다고 해서 못 알아볼 리가 없다.

'악셀 발렌타인!'

그녀는 급히 손으로 제 입을 막았다. 하마터면 이름을 부를 뻔했다.

'얘가 왜 여기 있어!'

내적 비명이 터져 나왔다. 붉은 홍채가 짐승처럼 바짝 조여드는 게 보인다. 그가 그녀를 관찰하고 있었다.

아리아드네는 일단 그의 손에서 팔부터 빼내려 했다. 자연스럽게 빠져나가려 했더니 악셀이 도로 꽉 붙잡는다. 이게 무슨 짓이냐는 눈으로 쳐다보니 그로서도 무심결에 한 짓인 듯 곧 손에서 힘을 뺐다.

그녀는 그로부터 물러서서 대충 인사를 했다.

"잡아 줘서 고마워요."

그대로 지나쳐 가려는데 악셀이 한 걸음 움직여 그녀의 앞을 막았다.

'침착하자, 침착. 쟨 나하고 처음 만난 거야. 내가 누군지 모른다고.'

그녀는 심호흡을 하고 고개를 들었다.

"무슨 일인가요?"

뚫어져라 그녀를 바라보던 그가 갑자기 그녀의 턱을 잡아 들어 올렸다. 아리아드네는 눈살을 찌푸리고 그의 손을 쳐 냈다.

"무례하네. 감히."

상대가 먼저 무례를 범하면 존중해 줄 필요가 없다. 그녀는 평소 습관대로 반응했다. 악셀은 뜻밖에도 매우 우아한 태도로 사과했다.

"실례했습니다. 제가 아는 사람과 닮은 듯하여."

그녀가 알던 소설 속 주인공은 저런 예법을 익히지 못했다. 저건 그녀가 예법과 교양 선생을 붙여 주었던 악셀 발렌타인이었다.

'아는 사람과 닮았다고? 설마, 아니겠지. 그땐 가면을 쓰고 있었는데.'

그녀는 당황한 속을 감추며 화난 표정을 만들어 냈다.

"나를 누구와 착각했는지 몰라도 나는 당신을 처음 봐. 넘어질 뻔한 걸 붙잡아 줬으니 한 번은 봐주겠지만, 앞으론 무례를 범하면 용서하지 않겠어."

빠르게 쏘아붙인 후 그를 지나치려 했다. 악셀이 다시 그녀의 앞을 가로막았다. 아리아드네는 그를 노려보았다.

"무례를 두 번 용서해 주진 않겠다고, 방금 경고했는데."

"죄송합니다. 마음이 급하여."

그가 순순히 사과하고는 덧붙여 물었다.

"당신의 성함을 여쭈어봐도 되겠습니까?"

"물어보기 전에 자기 이름부터 밝히는 게 예의잖아. 당신은 누구지?"

전혀 모르는 척 묻는다. 악셀이 천천히 대답했다.

"말렉사이어의 자작, 악셀 발렌타인입니다."

"뭐?"

놀란 그녀의 목소리가 약간 높아졌다.

"말렉사이어라고? 저주받은 땅 너머의?"

"예, 좌 대륙으로 온 지는 얼마 되지 않았습니다."

"우 대륙 사람이 여긴 어떻게 왔지?"

"저는 원래 이곳 출신입니다. 연회에는 오베른 후작의 초대장을 받아 왔습니다."

악셀은 덤덤히 대답하고는 묘하게 번뜩이는 눈으로 그녀를 주시했다.

"이제 당신에 대해 알려 주십시오."

아리아드네는 혼란스러웠다.

대륙 한복판에 있던 크레타 제국이 약 20년 전 대미궁의 출몰로 저주받은 땅이 된 이후, 대륙은 반으로 나뉘었다. 편의상 저주받은 땅의 왼쪽 지방을 좌 대륙, 오른쪽 지방을 우 대륙이라 부른다.

원래 제국을 중심으로 활발히 교류하던 좌 대륙과 우 대륙은 저주받은 땅 때문에 거의 단절되었다. 저주받은 땅이 점점 커지면서 갈수록 교역이 줄어들다가 10년 전쯤부터는 육상으로 이동할 길이 아예 막혔다.

'어쩐지 아무런 소문이 들리지 않더라니, 그동안 우 대륙에 있었어?'

그녀가 18살이니 현재의 악셀 발렌타인은 22살.

원작대로면 그는 체스 협회를 무너뜨린 이후부터 유명해지기 시작해서 22살 즈음엔 이미 온갖 거창한 별명으로 불렸다.

겁화와 벼락의 주인, 전설의 계승자, 에델라르크의 학살자, 용 살해자, 콜로세움의 우승자, 미궁 파괴자 등등. 모르고 싶어도 알 수밖에 없을 정도로 그의 행적 하나하나가 다 소문이 되어 들려오고, 이쯤이면 길가의 어린애도 악셀 발렌타인이란 이름을 알게 되었을 터다.

그러나 소설과 달리 현실은 악셀에 대한 소문이 전혀 들려오지 않았다. 슬쩍 알아보니 발렌타인 상단은 멀쩡히 돌아가고 있고 상단주도 바뀌지 않았다길래 악셀이 원작과 달리 평온하게 살아가는 걸 택했나 싶었다.

주인공이 주인공과 거리가 먼 삶을 살게 되었다는 게 이상한 기분이 들긴 했지만, 잘 살고 있다면 상관없지 싶어 그러려니 했는데. 그동안 우 대륙에 있었다고? 원작에선 회귀 세 번쯤 한 뒤에나 갔던 그 우 대륙?

게다가 말렉사이어면 우 대륙에서 제일 큰 왕국이다. 말렉사이어에서 작위까지 받을 정도면 거기서 상당한 업적을 쌓았단 뜻이었다.

'대체 어쩌다가 얘가 거기까지 갔지? 가선 또 뭘 하고 돌아다녔길래

작위까지 생기고?'

소문이 안 들린 이유가 교류가 단절되다시피 한 우 대륙에 있어서였
다니. 어안이 벙벙해서 굳어 있자 그녀를 주시하던 악셀이 입을 열었다.

"혹, 아리아드네 엘디어 공녀님이십니까?"

"……맞아. 나는 급한 일이 있어서, 이만."

아리아드네는 도망치듯 그 자리에서 벗어났다. 이번에는 그가 방해
하지 않았다. 대신 등 뒤로 깊은 시선이 따라붙었을 뿐. 그 시선은 그
녀가 완전히 코너를 벗어날 때까지 이어졌다.

별실에서 사이먼이 기다리고 있었다. 아리아드네는 별실에 들어서
자마자 문을 쾅 닫고 숨을 몰아쉬었다.

"주인님?"

사이먼이 의아하게 그녀를 불렀다. 그녀는 흘러내린 머리카락 몇 가
닥을 귀 뒤로 넘기며 말했다.

"사이먼, 지금 하고 있는 일들 중에 급한 게 뭐지?"

"엘디어의 방계 친척들 포섭과 신관 영입 작업입니다."

"그 정도면 다행이네. 그거랑, 지금 하고 있는 다른 일도 전부 이자
벨한테 인수인계해 줘."

"예?"

"당분간 휴가야. 우 대륙으로."

"예에? 어딜 가라고요? 그게 무슨 휴가입니까?"

사이먼의 눈이 커졌다. 갑자기 웬 미친 소리냐는 표정이었다. 아리
아드네는 손가락을 쫙 폈다.

"휴가 기간 동안 월급 다섯 배. 별도로 상여금과 성과급 지급."

"멋진 휴가로군요. 언제 출발할까요?"

"가능한 한 빨리."

"그럼 우 대륙행 배가 구해지는 대로 출발하겠습니다. 가서 제가 뭘 하면 됩니까?"

"악셀 발렌타인의 행적을 조사해 줘."

그녀는 소파에 걸터앉으며 관자놀이를 주물렀다. 사이먼이 턱에 손을 짚었다.

"주인님이 키웠던 그 소년 말입니까?"

"응. 방금 연회장 입구에서 만났거든. 그동안 우 대륙에 있었대."

"우 대륙이요? 거길 왜……."

"그걸 알아내려고 사이먼을 보내는 거야."

겸사겸사 아드리안과 아리아드네가 동일 인물임을 증명하는 연결점 인 사이먼을 당분간 그녀에게서 떼어 놓기도 해야 했다. 사이먼은 말 하지 않은 그 목적도 깨달은 듯 고개를 끄덕였다.

"당분간 신변도 드러나지 않게 조심하겠습니다."

"고마워."

아리아드네는 한숨을 내쉬었다. 이때까지는 연회에서 악셀과 만난 게 우연이라 생각했다.

공작의 재판은 빠르게 끝났다. 증거가 명백했고 심증은 이전부터 존재했다. 프란츠 엘디어의 반론은 가소로운 수준이었다.

레다 피카로를 잃은 공작은 명청하고 무능했다. 보기에 한심할 지 경으로. 끝내 예전에 대충 덮어졌던 흑마법사 문제까지 도로 끌려 나왔다. 그 흑마법사와 공작이 작당하여 무슨 끔찍한 짓을 했는지도 낱낱이 밝혀졌다.

레다 피카로가 받았던 형벌은 죄목과 함께 산 채로 거리에 매달려 돌에 맞아 죽는 것이었다. 공작이 같은 형벌을 받지 않은 건 순전히 아리아드네 덕분이었다. 그런 식으로 매달려 죽으면 공녀의 명예까지 훼손되므로.

따라서 프란츠 엘디어에게 내려진 판결은 오염수를 마시는 형벌이었다. 사실상 가장 고통스러운 사형.

아리아드네는 처형장의 종탑 위에서 공작의 처형을 지켜보았다. 변경백과 대마법사는 안 보는 게 나을 거라고 말렸지만, 그녀는 제 눈으로 공작의 끝을 봐야만 했다.

백작 부인은 그녀의 뜻에 동의해 주었다. 원수가 죽는 걸 직접 보지 못하면 미련이 남는다고.

공작은 오염수를 먹기 전부터 괴성을 질러 대며 도망치려 했다. 어린 제 딸에게는 아무렇지도 않게 오염수를 주사했던 작자가 제 입술에 오염수 한 방울을 묻히는 일은 발광하며 거부했다.

억울하다, 너무하다, 한 번만 봐 달라는 외침이 쉼 없이 귀를 찌르다가 곧 고통스러운 비명으로 바뀌고, 조용해졌다.

그녀는 그렇게 엄마의 복수를 했다.

프란츠 엘디어가 처형되고 일주일 후, 아리아드네 엘디어는 정식으로 작위를 계승하여 엘디어 공작이 되었다.

그로부터 몇 달이 정신없이 지나갔다.

엘디어 공작가는 거대한 가문이었고, 공작령은 위버보다 훨씬 큰 영지였다. 멀쩡한 것을 고스란히 물려받기만 해도 일이 산더미일 텐데 공작이 워낙 방만하게 주먹구구식으로 영지와 가문을 관리한 탓에 상태가 개판이었다. 이날을 대비해서 알음알음 공작가 내에 사람을 심어 두지 않았으면 안정까지 년 단위의 시간이 걸렸을 것이다.

벨바렛 릭투스 같은 사람 말이다. 그녀는 예전에 공작의 명으로 그녀의 호위 기사가 되기 위해 위버로 왔던 정령 기사였다.

당시 엘디어의 황금뿔 기사단원 중에서 어린 공녀가 당하고 있는 실험을 아는 자는 공작의 호위를 서는 측근들뿐이었다. 벨바렛은 공작과 공녀 사이가 무언가 수상하다고 의심만 하고 있었다.

위버에서 문전박대당하면서 그 의심은 확신으로 바뀌었다. 위버 변경백에게 은밀히 조심하라는 눈치를 준 것도 그 때문이었다. 그녀는 돌아가서 홀로 정황을 파악한 뒤 공작을 추궁했고, 그 탓에 기사단에서 쫓겨났다. 한동안 방황한 벨바렛은 위버로 와서 아리아드네에게 충성 맹세를 했다.

그때 아리아드네는 10살이었다. 벨바렛의 사연을 듣던 그녀는 훗날을 위해, 그리고 공작의 감시를 위해 엘디어에 사람을 심기로 결심했다.

그녀는 벨바렛을 엘디어로 돌려보냈다. 벨바렛은 그녀의 명대로 황금뿔 기사단보다 나은 곳은 없었다며 굽히고 들어가 엘디어에 복귀하는 것에 성공했다.

이후 하인, 하녀, 마구간지기, 종자 등, 공작성에서 새로운 사람을 고용한다고 하면 벨바렛이 즉시 아리아드네에게 연락을 보냈다. 그러면 아리아드네는 사이먼을 통해 그 자리에 그녀가 이미 고용한 사람을 지원하게 했다.

　그렇게 몇 년이 지났으니, 그녀는 벌써 공작성 내에서 공작에게 불만을 가진 사람과 공작을 따르는 사람을 조사해 분류해 둔 상태였다. 작위를 물려받자마자 공작을 따랐던 이들을 모조리 해고하고 새 사람들로 채웠다.

　당연히 황금뿔 기사단의 물갈이는 벨바렛 릭투스의 담당이었다. 쫓아낸 기사가 많아서 새벽 용병단에서 다수를 충원받고도 신입 기사를 더 모집해야 했다.

　벨바렛은 바쁜 아리아드네를 대신해 알아서 지원자를 선별했다. 그녀는 최종적인 결재만 남긴 목록을 들고 아리아드네를 찾아왔다. 아리아드네는 공작 집무실에서 퀭한 얼굴로 커피를 마시며 서류를 확인하고 있었다.

　"요즘 잠은 제대로 주무십니까? 공작님, 잠을 자야 키가 크는 법입니다."

　벨바렛이 혀를 차자 아리아드네가 뻐근한 어깨를 풀며 대꾸했다.

　"얼마 안 남았어. 가을 수확제만 끝나고 나면 한가해질 테니까."

　"그 뒤엔 위버로 잠깐 휴가라도 다녀오시지요. 변경백께서 목을 빼고 기다리시는 것 같던데."

　"응? 끝나면 토벌 가야지. 삼촌한테는 편지 보냈어."

　"토벌이라뇨! 좀 쉬셔야죠. 그러다 쓰러지십니다. 토벌 같은 건 신입 굴릴 겸 당분간 기사단에 맡기십시오."

　인상을 쓴 벨바렛이 그녀에게 결재안을 건넨다.

　"여기, 이번에 뽑은 신입 기사 목록입니다. 공작님께서 결재하시면 정식으로 임명할 예정입니다."

"수고했어. 신입들은 어때?"

"괴물 같은 놈이 하나 들어왔습니다. 실력만 따지면 지금 당장 단장을 시켜도 문제없겠더군요."

"그래? 잘됐……."

기쁘게 기사 목록을 보던 아리아드네의 표정이 굳었다. 제일 위에 있는 이름이 지나치게 익숙했다.

'왜 황금뿔 기사단 신입 기사 목록에 악셀 발렌타인이 있는 거지?'

동명이인 아닐까. 제발.

아리아드네는 현실 도피를 하며 이름 아래에 있는 상세 내용을 살폈다. 특징에 붉은 눈이 쓰여 있다.

"……그 신입이 붉은 눈이야?"

"아, 예. 저도 그 점이 좀 걸렸지만, 본인이 횃불이나 모닥불을 손도 대지 않고 꺼 버리는 걸 보여 주더군요. 불의 정령수를 이용한 응용 기술이라는데 대단했습니다."

"……."

"그의 말에 의하면 정령수와 계약해 정령 기사가 된 붉은 눈들은 사실 안전하답니다. 강한 정령수의 기운이 서려 있어서 불의 정령들이 모여들다가도 흩어진다나요. 정말입니까?"

"……응. 그건 맞아. 정령수가 붙어 있으면 멋대로 불 정령들이 들러붙지 못하거든."

아리아드네는 그렇게 말하며 펜을 들었다. 악셀 발렌타인의 이름 위에 줄을 죽 긋고 벨바렛에게 넘겨주었다.

"이 사람은 탈락이야."

"네? 붉은 눈이라도 정령 기사면 괜찮다고 하셨잖습니까."

"그래. 붉은 눈 때문은 아니야."

"공작님, 이 신입을 놓쳐선 안 됩니다. 나이만 신입이지 실력은 솔직히 신입 수준이 아닙니다."

"정령수는 하나였어?"

"예?"

"악셀 발렌타인이 입단 시험을 볼 때, 불의 정령수 하나만 보여 줬느냐고."

"……정령수는 당연히 한 마리 아닙니까? 하나만이라뇨?"

벨바렛이 눈을 끔벅였다. 아리아드네는 내심 한숨을 쉬었다. 역시나 악셀이 적당히 힘을 숨긴 모양이다.

'왜 힘을 숨겨 가면서 기사단에 지원한 거야?'

"뭐라 하든 탈락이야. 악셀 발렌타인이 자신이 왜 탈락이냐고 묻거든 타국의 작위를 가진 귀족을 가문의 기사로 받아들일 수는 없다고 해."

작위를 가진 귀족이 다른 가문의 기사가 되는 경우가 없진 않았다. 오염으로 영지를 잃고 작위만 남은 귀족이 워낙 많기 때문이다. 현재 신입 명단에도 그런 사람이 두 명이나 더 있었다.

물론 그들은 자국의 귀족이었으니 타국 귀족은 안 된다는 논리가 말이 안 되진 않았다. 그럼에도 벨바렛은 납득할 수 없었지만, 아리아드네가 단호했기에 그냥 받아들였다. 원래 그녀의 어린 주군은 이해할 수 없는 명령을 내릴 때가 많았다. 하지만 나중에 보면 그게 다 미래를 대비한 결정이라 감탄하게 되곤 한다.

벨바렛은 돌아가서 악셀 발렌타인을 탈락시켰다. 아리아드네는 그의 의도가 뭔지 몰라도 이걸로 끝났다고 생각했다.

계승 작업이 다 끝나자마자 아리아드네는 토벌을 준비했다. 이번 목표는 몸풀기 겸 새로운 신관 테스트였다.

한동안 작위 계승 때문에 토벌을 전혀 해 보지 못했다. 저번에 어설픈 신관과 함께한 토벌이 벌써 반년도 더 전의 일이었다. 그래서 새로운 신관과 함께 간단한 미궁을 봉인하며 동료들의 합을 맞춰 본 뒤, 괜찮으면 계획한 다음 단계로 넘어가고 부족하면 다른 훈련을 더 할 생각이었다.

'2년 안에 출발하려면 적당한 신관을 빨리 찾아야 하는데, 큰일이네.'

2년 안에 출발해야 하는 이유는 명확했다. 앞으로 약 2년 후 그녀가 20살, 주인공이 24살이 되는 해에 저주받은 땅이 마침내 바다를 오염시키기 때문이다.

바다에는 경계선이 없다. 바다에 오염이 도달하는 순간 해안선을 따라 전 대륙이 급속도로 오염될 것이다. 소설에서 주인공이 처음 대미궁으로 향해 회귀 능력을 각성하는 게 괜히 24살 때가 아닌 것이다.

그래서 그녀는 도저히 느긋하게 쉴 수가 없었다. 신관 후보 목록을 깃펜 끝으로 툭툭 두드리며 고민하는데 옆에서 파이가 조용히 입을 열었다.

"아무래도 뤼르 이나민이 제일 나을 것 같습니다, 아리아."

"역시 그런가?"

아리아드네는 한숨을 쉬고 목록을 내려놓았다.

이번 토벌에 누굴 데려갈지 결정하기 위해 환상 도서관에 온 참이었다. 그녀에게서 약간 떨어진 자리에는 업무용 책상이 있었다. 그곳에선 이젠 20대 초반으로 보이는 파이가 반듯한 자세로 앉아 빠른 속도로 서류를 작성하는 중이었다.

아리아드네의 가이드 역할을 하게 된 이후 파이는 그녀와 거의 비슷한 속도로 성장했다. 파이가 성장하면서 환상 도서관 안에 가지고 올 수 있는 물건의 크기도 점점 커졌다. 손에 잡히지 않아도 손을 대고 있기만 하면 옮길 수 있게 되었다.

저 마호가니 책상과 의자도 그런 식으로 가져온 것이었다. 요즈음 파이는 그녀의 비서 역할도 겸하고 있는 터라 서류 작업을 할 일이 많았다.

사이먼이 암시장과 뒷거래와 은밀한 일 위주의 비서라면 파이는 미궁과 토벌 관련된 일의 비서였다. 일도 많이 시키는데 매번 엎드리거나 유리 벽에 기대앉아 두꺼운 책을 받치고 글을 쓰길래 미안해서 저책상을 가져다주었다.

아리아드네는 푹신한 쿠션에 반쯤 드러누운 채 그를 보았다. 파이는 아리아드네에게 달라붙을 때는 여성으로 바뀌지만 그 외에는 늘 남성의 모습을 하고 있었다. 긴 은발을 노란 리본으로 간편하게 묶은 청년이 사슴처럼 섬세한 속눈썹을 내리깔고 맑은 황금빛 눈동자를 조금씩 움직이며 깃펜을 놀린다.

아리아드네에게 저건 자신과 떨어져 있는 순간에만 볼 수 있는 파이의 모습이었다. 도저히 꼬마라든지 아이라곤 부를 수 없는 외양이다. 젊은 학자 내지는 선생님으로 보이는 분위기. 이곳이 일종의 도서관이라는 걸 감안하면 사서 같기도 했다.

'안경이 잘 어울릴 것 같아.'

인간이 아닌 파이에게는 필요 없는 물건이지만, 남성형 파이를 볼 때마다 문득 그런 생각이 들었다. 그녀는 불쑥 말했다.

"파이, 안경 써 볼래?"

"예?"

파이가 당황한 얼굴로 고개를 들었다. 그가 희고 길쭉한 손으로 제 눈가를 더듬어 본다.

"제 시력에 문제가 있는 것처럼 보입니까?"

'손 예쁘다. 그러고 보니 바이올린 켤 때도 파이 손 모양 되게 예뻤지. 피아노 치면 그림 같겠네. 여기에 그랜드 피아노까지 들고 오면 좀 좁겠지? 일단 가져온 다음 파이한테 옆방에 옮겨 놓으라고 할까? 그 방의 주인에겐 미안한 짓이긴 한데.'

아리아드네는 의식의 흐름에 빠진 채로 어깨를 으쓱였다.

"아니, 그냥. 잘 어울릴 것 같아서."

동그랗게 눈을 떴던 파이가 곧 반달처럼 눈매를 휘었다.

"다음에 아리아가 선물해 주세요. 써 보겠습니다."

"응? 눈이 나쁜 것도 아닌데 진짜 써 보게?"

"아리아가 잘 어울릴 것 같다고 하니까 파이도 궁금해졌습니다. 시험해 보지요."

"그래? 그럼 다음에 도수 없는 걸로 하나 가져올게. 써 보고 귀찮으면 그냥 버려."

"알겠습니다."

파이가 기분 좋게 웃으며 다시 깃펜을 움직였다. 아리아드네 역시 도로 목록에 시선을 주었다.

이 신관 목록도 파이가 저렇게 손으로 써서 정리한 서류였다. 그의 글씨는 얼마나 빨리 쓰든 기계가 인쇄하는 것처럼 한 치의 흐트러짐도 없어서 볼 때마다 새삼 인간이 아니라는 사실을 자각하게 만든다.

'어릴 땐 그래도 좀 삐뚤빼뚤했던 것 같은데.'

파이도 성인식을 치른 그녀처럼 '어른'이 된 걸까.

아리아드네는 조카나 나이 차 많이 나는 동생이 훌쩍 큰 걸 발견한 기분이 되어 아련하게 미소 짓다가, 퍼뜩 정신을 차리고 목록에 집중했다.

몇 번을 봐도 명확한 결론이 나오지 않는다.

'원작은 먼치킨 주인공이 자기한테 딱 맞는 동료를 찾는 내용이었으니, 내 상황에 알맞은 신관을 고르기가 여러모로 애매하단 말이야.'

그녀는 서류를 다시 내려놓았다.

"파이, 네 말대로 뤼르 이나민을 데려가 봐야겠어. 지금으로선 그 사람밖에 없겠다."

"아리아가 망설이는 이유는 그의 신성력 때문입니까?"

"아무래도 그렇지? 목록에 있는 신관들 중에서 신성력 양이 제일 적잖아."

"그는 신성력은 적지만 신성력을 효율적으로 쓰는 요령과 신성 마법 컨트롤은 최고 수준입니다. 아리아의 현재 상황에선 뤼르 이나민이 최적입니다."

원래 그녀는 무조건 신성력이 많은 신관을 고르려 했었다. 어릴 때 신성력이 얼마나 좋은지 몸으로 느낀 후 내렸던 결심이었다. 따로 신성 마법을 쓴 것도 아니고 순수한 신성력을 퍼부은 것만으로도 그녀의 후유증을 깨끗이 완치시켰으니.

토벌대에서 신관은 후방에서 기다리다 부상자가 발생하면 치료하기만 하면 되는 역할이었다. 좀 더 적극적이라면 간간이 축복을 걸어 주거나 토벌대의 운이 좋기를 신께 기도해 주는 정도. 그런 건 있으면 좋지만 없어도 문제 되지 않는 수준이었다. 적어도 주인공의 평에 따르면 그러했다.

게다가 신관은 아무나 찍어도 직업상 배신하지 않는다. 신관이 검은 잔을 받은 사례는 백 년 넘도록 이어진 성전 동안 단 한 건도 없었다. 사리사욕에 눈멀어 배신하는 것도 일단 살아남아야 가능한 짓이라 대미궁 공략 중에는 편안히 믿어도 되는 직업이었다.

그래서 그냥 신성력 많은 게 최고 아닌가 싶었다. 그러나 신관이 그녀를 줄곧 보조해 줘야 하는 상황이 오니 그것만으로는 부족했다.

"컨트롤도 좋고, 노련하고, 임기응변 뛰어나고, 여차하면 마물을 직접 때려잡는 것도 마다하지 않는 배짱까지. 응, 신성력 적은 거 빼면 완벽하네."

아리아드네는 마음을 굳히고 일어섰다.

"대신전에 바로 뤼르 이나민을 파견해 달라고 요청해야겠어."

"그러면 저는 그에 대한 좀 더 상세한 정보를 정리해 두겠습니다."

"여기서 더? 이 정도로 충분할 것 같은데. 신관이잖아."

"혹시 모르니까요. 유비무환 아닙니까."

파이가 빙긋 웃고는 그녀에게 방금 작성한 서류를 건넸다.

"몸풀기에 적당한 미궁 정보입니다."

"고마워. 그럼 난 나가 볼게."

그녀가 서류를 받아 들자 파이가 일어났다. 자리에서 일어서는 것과 동시에 그의 몸이 빛에 휘감기며 여성으로 바뀌었다. 파이는 아리아드네의 볼에 친근하게 비쥬를 하고 살짝 안았다가 놓아주었다.

"파이가 필요하면 언제든 채널을 열어요, 아리아."

"응, 그럴게. 파이는 필요한 거 없어?"

"그다지요."

"그럼 다음엔 간식거리만 좀 더 가져올게."

그녀가 손을 흔들고 사라진 후 파이는 남성으로 되돌아갔다. 그는 그녀를 안았던 손을 물끄러미 내려다보다가 곧 서류 뭉치로 눈길을 옮겼다.

아리아드네가 이끄는 토벌대는 미궁 내에서는 대미궁 훈련을 겸해 동료들끼리만 움직였다.

그러나 미궁까지 가는 길은 굳이 그런 고생을 할 필요가 없었다. 오염 지역 내에서 미궁 입구로 향하는 길을 뚫는 건 늘 새벽 용병단의 역할이었다.

공작위를 계승하면서 황금뿔 기사단이라는 새로운 힘도 생겼지만, 아리아드네는 라랏슈아 미궁 때부터 계속 손발을 맞췄던 용병단을 택했다. 어차피 황금뿔 기사단은 드넓은 공작령을 지켜야 했다. 따라서 아리아드네가 토벌을 준비하면 새벽 용병단이 바빠진다.

그녀가 대신전에 새로운 신관을 요청하러 간 사이 새벽 용병단의 부단장인 일라타는 이번 토벌에 참가할 용병들을 선별하고 토벌 준비를 했다. 굉장한 실력의 신입이 들어온 덕에 몹시 든든했다. 새벽 용병단은 본래 스카우트만 하지 찾아오는 신입을 받진 않는데, 이번엔 제 발로 온 신입이 너무 뛰어난 인재라 이례적으로 받아들였다.

아리아드네는 대신전에 다녀온 뒤에야 새벽 용병단에서 신입을 받았다는 보고를 들었다. 어쩐지 매우 찜찜한 기분이 들었다.

"혹시 그 신입, 붉은 눈은 아니지?"

"어떻게 아셨습니까?"

기분 좋게 웃고 있던 중년 여성이 화들짝 놀라며 되물었다. 한쪽 눈에 안대를 두르고 여러 번 부러졌다 붙어 모양이 약간 이상한 콧대를 가진 그녀가 새벽 용병단을 실질적으로 이끌고 있는 일라타 부단장이었다. 용병들 사이에선 애꾸눈 일라타라는 별명으로 유명한 실력자다.

아리아드네는 두통이 오는 것을 느끼며 이마를 짚었다.

"신입 이름이 악셀 발렌타인이야?"

"그렇습니다만, 혹시 단장님이 아는 사람입니까?"

"정령수는 하나뿐이고?"

"……? 네."

그녀는 이마를 짚었던 손을 관자놀이로 옮겼다. 습관적으로 그 부위를 지압하며 치솟는 어이없음을 내리눌렀다.

'지금 나랑 뭐 하자는 거지, 악셀 발렌타인?'

설마 그녀가 아드리안 블랙이었다는 것을 알아차린 걸까?

'아냐. 그런 거라기엔 너무 얌전한 반응인데.'

솔직히 들키면 먹살 정돈 잡힐 거라고 예상했다. 그래도 해 준 게 많으니 죽이려 들진 않겠지만, 네놈이 아드리안이었냐며 으르렁대는 정도는 자연스럽게 연상된다.

'근데 알아볼 구석이 없잖아.'

딱 한 번 마주했을 뿐이다. 가면을 썼고, 머리카락도 가렸고, 목소리를 바꾸는 약을 먹었으니 목소리도 달랐다. 그나마 가능성이 있는 건 사이먼인데, 사이먼이 그녀의 비서라는 걸 제대로 알고 있는 사람은 거의 없다. 위버가 사람들, 소개해 준 당사자인 레베카, 호위라서 늘 붙어 다닌 베로니카 정도.

'대신전에도 안 들킨 사이먼과의 연결을 악셀이 알아냈을 리는 없고.'

아무리 생각해 봐도 아드리안인 걸 알아본 것 같진 않은데 악셀이 왜 이러는지 모르겠다. 아리아드네는 절로 찡그려지는 미간을 손가락으로 눌러 펴며 손짓했다.

"그 신입, 미안하지만 원칙상 새벽 용병단은 지원자를 받지 않는다고 잘 사과하고 돌려보내."

"돌려보내라고요? 이런 전도유망한 젊은이는 매우 드뭅니다, 단장님."

"아는데, 안 돼. 못 받아 줘."

"혹시 붉은 눈 때문이라면······."

"붉은 눈 때문이 아니라 다른 이유야. 어쨌든 절대 안 돼."

"······알겠습니다. 단장님이 그러시다면야."

일라타 부단장은 순순히 물러섰다. 도무지 이해가 되지 않는 명령이라도 아리아드네가 확고하게 밀어붙이면 일단 따른다. 벨바렛과 마찬가지로 그녀를 오래 봐 온 이들의 특징이었다.

특히 새벽 용병단이 이런 경향이 심했다. 사실 용병단원 사이에서 그녀는 거의 예언자로 취급받고 있었다. 애초에 아리아드네가 원작에 나온 아이템과 정보들을 그녀 대신 미리 얻어 놓게 하려고 만든 용병단이다 보니 자연스럽게 이렇게 되어 버렸다.

도통 종잡을 수 없는 명령을 참고 따라가 보면 귀신처럼 정확하게 뭔가가 나왔던 세월이 벌써 8년째다. 최근 3년은 토벌까지 따라다니고 있다. 충격적인 성과로 온 대륙을 들썩이게 한 그 토벌들을 코앞에서 지켜보거나 직접 참여했다.

요즘 용병단원들은 사돈의 팔촌의 옆집 아들딸까지 찾아와 새벽 용병단에 자길 꽂아 주면 안 되느냐고 사정사정하는 일을 종종 겪었다. 그전까지는 단장의 대단함과 성과를 그들끼리만 알았는데, 이젠 온 세상 사람들이 다 알고 놀라워하고 부러워한다. 거기에 처음부터 지금까지 일관적으로 넉넉한 보수. 직업 만족도와 단장에 대한 신뢰도가 치솟을 수밖에 없다.

그 결과 현재 새벽 용병단은 단장이 산을 삽으로 옮겨야 한다고 해도 묵묵히 삽을 들 준비가 되어 있었다. 이미 입단시킨, 어딜 봐도 훌륭해 보이는 신입을 해고하라는 것 정도는 문제도 아니었다.

아리아드네는 다음 날 바로 악셀 발렌타인을 내보냈다는 보고를 들었다. 그런데 이번에는 전과 다른 예감이 들었다. 어쩐지 이대로 끝나지 않을 듯한 예감이.

토벌대 출발일이 정해졌다. 오는 가을의 첫 번째 달 셋째 날이었다.

아리아드네는 출발을 기다리며 공작령 업무를 미리 처리했다. 번거롭거나 정리하기 복잡한 건 파이에게 도움을 받았더니 예정보다 조금 빨리 일이 끝났다. 오랜만에 한가로워졌다.

'제대로 된 기반이 생겼으니 그동안 상상만 했던 일들도 시도해 볼까.'

돈으로 안 되는 건 드물다지만, 미성년자 공녀의 신분일 때와 성인 공작일 때 할 수 있는 일은 차원이 다를 수밖에 없다.

예를 들면 전생의 세계에서 쓰던 비료, 농법, 기계들을 재현해서 왕국 최고의 곡창 지대인 엘디어에 보급하는 일 같은 것. 그리고 이 세계, 엘리시움에도 전생의 세계처럼 석유가 있는지 탐사해 보는 일 같은 것. 혹은 석유와 다르게 친환경적인, 아니, 환경 그 자체나 다름없는 정령석을 더 연구해서 발전용으로 쓸 수 있는지를.

그녀에게 환상 도서관과 파이가 있고 공작이라는 신분이 있기에 가능한 일들을 장기적으로 추진해 보고 싶었다. 결말 바꾸고 나면 늙어 죽을 때까지 느긋하게 영지나 가꾸며 살 계획이니 이런 장기 프로젝트도 할 만할 터다.

어차피 공작인 그녀는 구상만 하면 되어서 딱히 힘들 일도 없다. 평생 즐길 취미 같은 느낌이었다.

'최종 목표는 전생의 스마트폰 같은 통신 단말기를 만드는 걸로 할까. 그전에 인터넷부터 만들어야겠지만.'

환상 도서관을 차근히 뒤지면 어지간한 정보는 다 튀어나올 거고, 정령과 마법이 있으니 어찌어찌 가능하지 않을까. 상상만으로도 즐거웠다. 잘 안 되더라도 상관없고, 잘되면 좋고. 대미궁 정복이 끝난 이후에나 할 수 있는 평화로운 일들.

'음, 이런 걸 하려면 역시 연구소부터 있어야겠지? 하나 만들자. 연구소장은 나중에 할아버지한테 맡아 달라고 부탁드려야지.'

아리아드네는 콧노래를 흥얼거리며 영지 지도를 펼쳤다. 어디에 연구소를 지으면 좋을지 진지하게 고민하고 있는데 노크 소리가 들려왔다. 그녀가 어릴 때 실험당하던 걸 방관했던 전 집사를 해고하고 새로 고용한 집사였다.

"공작님, 손님이 찾아오셨습니다."

"손님? 누구?"

"말렉사이어의 자작, 악셀 발렌타인이라는 분입니다. 맞아들일까요?"

"……."

아리아드네는 반사적으로 인상을 찡그렸다. 용병단에서 해고할 때 느꼈던 예감이 이런 식으로 이루어질 줄이야.

'대체 왜?'

주인공이던 악셀 발렌타인은 환상 도서관에 들어가서 원작 소설 좀 뒤져 보면 무슨 생각인지 다 알 수 있는데, 주인공의 길에서 벗어나 버린 이 악셀은 그렇게 편하게 생각을 알아낼 방법이 없다.

지난 3년간 뭘 하고 지낸 건지도 모른다. 그전까지는 그에 대해서라면 뭐든지 손바닥 들여다보듯 알고 있었는데. 문득 답답해졌다. 몇 달 전, 우 대륙에 보낸 사이먼이 조사를 마치고 돌아오는 것이 몹시 기다려진다.

'만날까, 만나지 말까……. 대놓고 찾아온 것까지 거절하면 수상해 보이겠지.'

고민하던 그녀는 곧 한숨과 함께 말했다.

"응접실로 안내해."

엘디어 공작성은 위버의 눈보라성과 달리 창문이 대부분 널찍널찍하고 컸다. 응접실도 마찬가지였다. 하얀 창틀의 커다란 창이 활짝 열려 있었다.

창밖은 가을이 되어 가는 여름 끝 무렵 날씨. 환한 오후의 햇살과 시원한 바람이 열린 창으로 들어와 연한 하늘색의 레이스 커튼을 반투명하게 흔들었다.

악셀 발렌타인이 그 창가에 서서 정원을 내다보고 있었다.

아리아드네는 입구에 멈춰 서서 그 뒷모습을 잠시 눈에 담았다. 쭉 뻗은 장신. 넓은 등. 재킷으로 가리고 있어도 두터운 근육이 느껴지는 상체. 주머니에 손을 꽂고 여유롭게 선 자세. 소매를 걷어 올려 드러난 팔뚝은 사람의 팔보다 청동 조각상의 일부에 가까워 보였다.

낯설다. 모르는 남자다. 머릿속으로 상상했던 22살의 주인공과는 달랐다. 마지막으로 봤던 19살의 악셀 발렌타인과도 또 달랐다.

'키가…… 그때보다도 한 뼘은 더 큰 거 같은데. 그래서 낯설어 보이나.'

그녀가 응접실 안으로 발을 디디자 그가 돌아본다. 낯선 표정. 그녀를 물끄러미 바라보는 붉은 눈동자가 미미하게 흔들렸다. 그 흔들림은 금세 닻처럼 가라앉고, 남자가 귀족적인 미소를 지었다. 매끄럽지만 지극히 가식적인 웃음.

"갑작스러운 방문을 허락해 주셔서 감사합니다, 공작님."

그녀에게 다가온 남자가 허리를 굽히며 손을 내밀었다. 아리아드네는 귀족 같은 악셀이 너무나 낯설어 잠시간 그 행동의 의미가 해석되지 않았다.

소설 속 주인공은 국왕 앞에서도 '머저리 같은 네 아들이 내게 시비를 거는군. 죽여 버리기 전에 알아서 치워라.'라고 협박하던 인간이었는데.

'귀족의 예법이나 교양 같은 건 전혀 몰랐, 아.'

내가 선생을 보내어 가르쳤었지. 어린 악셀에게.

퍼뜩 정신이 들었다. 저번에 만났을 때도 똑같은 생각을 해 놓고서 지금 뭐 하는 짓인지. 내심 혀를 차며 그녀가 손을 내밀자 악셀이 그녀의 손을 잡고 손끝에 가볍게 입을 맞췄다.

겉보기엔 흠잡을 데 없는 예법인데, 그녀의 손을 잡는 힘이 지나치게 셌다. 그래도 그녀가 손을 빼려 하자 금방 힘이 빠진다. 이것도 성인식 연회 때와 같다. 그때는 잡힌 게 팔뚝이었지만.

"무슨 급한 일이기에 이리 연락도 없이 방문했습니까, 발렌타인 자작?"

그녀는 부러 딱딱한 투로 물었다. 악셀이 또다시 귀족적인 미소를 띤다.

"공작님께서 왜 저를 두 번이나 거절하셨나 하여, 직접 여쭤보고자 찾아왔습니다."

"거절이라뇨?"

"기사단에도, 용병단에서도 저를 거절하셨지 않습니까. 이유를 알고 싶습니다."

"저야말로 이유를 알고 싶군요. 우 대륙의 귀족이며, 오베른 후작의 손님인 그대가 왜 그 자리에 지원한 겁니까?"

"제가 우 대륙의 귀족이어서 거절하셨습니까?"

"네, 그래요."

"그럼 작위를 포기하겠습니다."

그가 태연히 하는 말에 아리아드네는 기가 막혀 입을 벌렸다.

"뭐라고요?"

"펜과 종이를 빌려주시겠습니까? 이 자리에서 편지를 쓸 테니 공작님께서 직접 말렉사이어로 보내시면 됩니다."

"대체 왜 그렇게까지 해서 제 기사단에 들어오려 하는 건가요?"

"기사단이 아니라 용병단이라도 좋습니다. 사실 그쪽이 더 적성에 맞을 것 같군요."

"전 지금 자작의 기호가 아니라 이유를 묻고 있는 겁니다."

그녀가 날카롭게 대꾸하자 악셀의 눈이 깊어졌다. 어쩐지 시선이 진득하게 달라붙는 느낌이었다. 특히 턱 아래와 목덜미 쪽에.

"공작님의 아름다움에 한눈에 반했기 때문입니다."

아리아드네는 하마터면 대놓고 코웃음을 칠 뻔했다. 저런 목소리에 저런 싸늘한 표정으로 말하면 누가 저 말을 믿을까. 차라리 아까처럼 가식적인 미소라도 띠고 말하던가.

"자작, 저는 거짓말하는 사람을 상대하고 있을 만큼 한가하지 않습니다."

"거짓말 같으십니까?"

"누가 봐도 안 믿을 겁니다."

"제가 어떻게 하면 제 진심을 믿으시겠습니까?"

"거짓말을 상대하고 있을 시간이 없다고 분명 말씀드렸습니다."

"저는 진심입니다, 공작님."

"자작은 거짓말쟁이로군요."

그녀는 그대로 응접실을 나왔다.

"집사, 손님을 배웅해 드려."

응접실 밖에서 대기하고 있던 집사에게 명령한 뒤, 아리아드네는 뒤도 돌아보지 않고 그 자리를 떴다. 복도의 코너를 돌아설 때까지 등에 시선이 느껴졌다.

며칠 후 그녀는 토벌대를 이끌고 미궁으로 향했다.

이번 토벌 대상은 엘디어에서 남쪽으로 내려가다 보면 나오는, 생겨난 지 석 달쯤 된 상급 미궁이었다. 근처의 영지에서 보낸 정찰대가 붙인 미궁의 이름은 미렘-13.

수십 년 전 미렘 남작의 영지였던 그 땅은 첫 번째 미궁인 미렘-1이 생겨나면서 멸망했다. 그대로 오염 지역이 되었다가 몇 년 뒤 신전에 의해 정화되었지만, 방어 마법진이나 정령탑이니 하는 것을 설치할 영주가 없어서 또다시 미궁이 출몰했다.

근처의 영주가 자기 영지까지 오염이 번질까 봐 토벌대를 보내 정리하고, 신전이 정화하고, 그러다가 또 미궁이 출몰하고, 오염되고.

이런 땅이 한둘이 아니라서 왕실은 개중 중요한 지역을 관리하기도 벅찼다. 결국 미렘-4가 생길 때쯤에는 신전에서 정화를 보류했다. 사실상 포기한 것이다. 정화할 곳이 끝없이 생기니 사람이 살지도 않고 주인도 없는 땅은 우선순위가 밀릴 수밖에 없었다.

그래서 미렘은 아무도 살지 않는 오염 지역이 되었고, 토벌대가 오긴 하지만 잊을 만하면 미궁이 또다시 생겨나고 있었다. 이런 식으로 십수 년, 길게는 수십 년씩 방치된 오염 지역이 대륙에는 정말 많았다. 그래도 엘릭서가 흔해진 뒤로는 느린 속도로나마 줄어들고 있긴 했다.

방치된 오염 지역 경계 부근의 버려진 마을은 토벌대나 마물을 잡으러 온 사냥꾼들이 자주 머물게 되면서 그들을 상대로 장사하는 이들이 정착하여 전진 기지 같은 구실을 하게 된다. 이런 마을을 기지 마을이라 불렀다.

아리아드네가 이끄는 토벌대는 미렘 기지 마을에서 신관과 만나 오염 지역으로 들어가기로 했다. 그녀는 약속한 여관 입구에서 기다리던 신관을 보자마자 두통이 오는 것을 느꼈다.

"안녕하세요! 엘의 축복이 소낙비같이 임하기를."

해맑게 인사하는 소년은 저번 토벌에 데려갔던 그 신관, 리온이었다.

'뮈르 이나민을 파견해 달라고 요청했는데 왜 이 녀석이 또 와 있는 거야?'

아리아드네가 목 끝까지 차오르는 욕설을 삼키는 사이 참지 않는 에리히가 바로 욕을 내뱉었다.

"망할, 또 짜증 나는 애송이야? 너 왜 왔냐?"

"왜라뇨. 토벌대에서 파견 요청을 했으니 왔죠."

에리히는 단호하게 고개를 저었다.

"넌 필요 없어. 다른 신관 오라고 해."

"이 근처에서 저보다 신성력 많은 신관은 지금 다 파견 나가고 없어요. 저 그래도 저번에 잘했잖아요."

"잘하긴 뭘 잘해? 진심이냐?"

"아무도 안 다치고 아무도 안 죽었잖아요? 루드빅 기사님, 흉터 같은 거 남았어요? 없죠? 봐요."

소년 신관은 저번보다 되레 더 당당해져 있었다. 토벌 성과가 워낙 좋아서 쓸데없는 자신감이 붙은 듯했다. 저가 잘한 덕이 아니라는 건 전혀 모르는 눈치였다.

"여러분 전투 방식에 적응했으니까 이제 더 잘할걸요. 훈련도 엄청 많이 했거든요. 놀라지나 마세요."

리온이 으쓱거렸다. 에리히는 한 대 후려치고 싶다는 표정이 되었다. 아리아드네가 입을 열었다.

"리온 신관님. 원래 제가 요청한 건 뤼르 신관님인데 어떻게 된 건가요?"

"그게 누군데요? 음, 처음 듣는 이름인 걸 보니, 저보다 부족한 형제님이겠네요."

"……"

"전 선천적으로 금안으로 태어났다고요. 어머니 배 속에서부터 신께 선택받은 거죠. 신성력이 조금만 더 많았으면 태어나자마자 성자 칭호를 받았을 거래요."

아리아드네는 리온으로부터 어떻게 된 일인지 듣는 것을 포기했다. 에리히가 작게 중얼거렸다.

"신이 노망났나. 하긴 그 자식이 멀쩡하면 세상이 이 모양 이 꼴은 아니겠지."

"불경해. 그러다, 천벌 받는다."

"웬일로 네가 내 걱정을 다 하냐, 니카?"

"불똥 튈까 봐. 넌 앞으로…… 저 신관 옆에만, 붙어 있어. 아가씨 곁에는, 오지 마."

에리히와 베로니카가 투덕거리는 것을 들으며 아리아드네는 갈등했다.

'지금 다른 신관으로 바꿔 달라고 요청하면 한참 걸릴 텐데.'

파이가 정리해 준 미렘-13에 대한 정보를 되짚어 보았다.

'······저 녀석이 딱 저번 정도로만 해 줘도 무난히 공략할 순 있겠어.'

선천적인 신성력이 조금만 더 많았으면 태어나자마자 성자가 되었을 거란 말 자체는 사실이었다. 리온은 신성력 자체는 정말 넉넉했다.

'여기 보스는 별로 위험하지 않으니까 여차하면 격리 풀고 정령 기사들한테 맡기면 돼. 그래, 차라리 이 기회에 베로니카나 루드빅이 세 번째 정령수를 받아들일 준비가 되었는지 한번 시험해 보자.'

아리아드네는 예정대로 토벌을 진행하기로 결정했다.

'근데 신전에서 왜 뤼르가 아니라 쟤를 보냈지? 어지간하면 내 요청을 거부하지 않을 텐데.'

토벌대에 파견할 신관을 정하는 건 원래 신전의 권한이다. 파견받는 입장에서 이래라저래라 하긴 어려웠다.

그러나 성녀 칭호가 있는 데다 매년 어마어마한 기부금을 내는 아리아드네는 예외였다. 그녀는 대신전에 직접 청해서 원하는 신관을 고를 수 있었다. 어디까지나 겉으로는 신전 측에서 배려해 주는 거라 대놓고 불만을 표할 수는 없지만 대신관과 독대하면 얼마든지 따질 수 있다.

'혹시 뤼르 이나민에게 뭔가 문제가 있나? 토벌 끝나면 대신전부터 가 봐야겠어.'

오염 지역을 통과하는 것은 순조로웠다. 새벽 용병단은 노련했고, 미궁이 출몰한 지 석 달이나 되어서 지도도 그럭저럭 잘 나와 있었다.

토벌대는 사흘 만에 미궁에 도착해서 캠프를 쳤다.

미렘-13은 옆으로 누운 달팽이 껍질처럼 생긴 미궁이었다. 물론 그건 언덕만큼 커다란 달팽이 껍질이었다. 진짜 달팽이라면 몸체가 숨어 있을 입구는 텅 비어 있었다. 그 안에서는 오염수가 냇물처럼 졸졸 흘러나왔다.

아리아드네는 부단장에게 외날개 인형을 건네주었다. 날개가 하나뿐인 새처럼 생긴 마물을 조각한 조그만 나무인형으로, 두 마리가 한 쌍인 물건이다. 한쪽을 망가뜨리면 반대쪽도 똑같이 망가지는 조잡한 통신 아이템이었지만, 오염 지역 내에서 작동하는 건 이 정도만 되어도 부르는 게 값이었다.

"평소처럼 대기하면 돼, 일라타."

"물론입니다. 신호가 오면 바로 도우러 가겠습니다."

"밖에 무슨 일이 생기면 연락 주고."

"네, 단장님."

아리아드네는 바로 채널을 열고 영토를 펼쳤다. 그녀가 기본적으로 구현하는 영토는 언제나 신록의 그릇의 영토였다. 고립된 분지에 형성된 거대한 숲. 높은 곳에서 내려다보면 숲을 담은 그릇처럼 보여서 신록의 그릇이라는 별명이 붙은 곳.

그 숲 깊은 곳에 있는 사시사철 부드러운 햇빛이 내리는 공터가 그녀의 발아래에 펼쳐진다. 그녀가 걸음을 옮기면 영토도 함께 이동했다.

"가자."

아리아드네의 명에 베로니카가 앞장섰다. 그 뒤로는 에리히가, 가운데에는 아리아드네, 바로 뒤엔 신관, 최후방에는 루드빅이 선다.

영토는 정령사를 중심으로 마법사부터 신관까지만 감싸는 형태로 작게 유지한다. 전방과 후방의 정령 기사는 가호를 두르고 영토 밖에서 미궁 내부를 살피며 전진한다. 토벌대의 기본 진형이었다.

그들은 조심스럽게 미궁 내부에 들어섰다.

미렘-13은 마물의 수가 적은 대신 내부 구조가 복잡한 형태의 미궁이었다. 마계에서 미궁 건설이 주력인 파벌이 담당한 미궁인 듯했다.

아리아드네에게는 유리한 미궁이었다. 어떤 함정이 있고 어떤 구조인지 미리 알고 있으면 난이도가 확 떨어진다.

[다음 방은 오른쪽으로 한 번, 왼쪽으로 한 번 꺾으면 나옵니다. 한 명이 진입하면 문이 사라지며 동료를 고립시키는 형태의 함정입니다.]

파이가 내비게이션처럼 미궁의 구조를 읊어 주었다.

'고립되고 나면 마물이 나오겠네.'

[예. 고립과 동시에 방 외부에 중급 마물 십여 마리 출몰. 내부에는 오염수가 쏟아집니다. 문고리를 잡는 사람은 저주를 받습니다.]

'어떤 계열 저주야?'

[정보 없음. 저주의 계열은 알 수 없습니다.]

일반적으로 정체불명의 저주를 상대해야 할 때는 신관이 나선다. 신성력 덕분에 저주를 이겨 내기 쉽기 때문이다. 아리아드네는 들뜬 표정의 리온을 흘깃 돌아보았다. 아무래도 못 미덥다.

그녀는 문 앞에서 사람들을 멈춰 세웠다.

"이건 여는 사람한테 저주가 걸리는 문이에요."

"저주?"

동료들의 시선이 반사적으로 신관인 리온에게 쏠린다. 리온이 움찔 놀랐다. 겁먹은 표정이었다. 그 표정을 보자마자 아리아드네는 결정을 내렸다.

"문은 제가 열겠습니다."

그녀라면 만일 리온의 대처가 서툴러 정신을 잃는다 해도 파이가 채널을 잠시 대신 관리해 줄 수 있다.

"신관님, 되도록 바로 저주를 치료해 주셔야 해요."

"네에! 저만 믿으세요!"

눈에 띄게 안도한 리온이 환하게 웃으며 가슴을 폈다.

[만년설 왕관이 신관 리온을 죽이고 싶어 합니다.]

[만년설 왕관의 제안: 신관 리온 죽이기. 대가: 정령석 700개]

'거절해.'

아리아드네는 한숨을 쉬고 말을 이었다.

"방 안에 들어가는 사람은 고립될 거예요. 니카, 네가 들어가 줘. 가호 최대로 두르고 잠깐 버티면 돼."

"네, 아가씨."

"니카가 들어가고 나면 문이 사라지고 통로에 마물들이 나타날 거예요. 중급으로 대략 십여 마리 정도. 루드빅이랑 에리히 오라버니가 처리해 주세요."

고개를 끄덕인 에리히는 곧바로 주문을 외우며 정령석을 이리저리 던져 놓았다. 미리 마법 함정을 만드는 것이다. 루드빅은 통로의 크기를 가늠하더니 용오름의 덩치를 키워 전방을 거의 봉쇄했다.

'알아서 잘하네.'

아리아드네가 예언하듯 미궁의 구조를 읊는 것에 이제 다들 익숙했다. 그들은 그녀가 예지 능력 비슷한 힘을 갖고 있는 것으로 알고 있었다. 크게 틀린 말도 아니라서 아리아드네는 그들의 오해를 내버려 두었다.

"그럼, 엽니다."

그녀는 통로를 막고 있는 문으로 다가갔다. 편의상 문이라고 부르긴 했지만, 일반적으로 상상하는 문과는 많이 다른 형태였다.

이 미궁 내의 통로는 모두 둥근 관 같은 형태였다. 발아래로 흐르는 오염수까지 합쳐져 통로 자체가 거대한 생물의 혈관 내지는 하수구처럼 느껴졌다. 문도 혈관의 판막처럼 징그러운 생김새였다.

파이가 말한 '문고리'는 그 판막을 오므리고 꿰어 고정해 놓는 용도로 보이는 말뚝 같은 것이었다. 검붉은 혈관으로 뒤덮인 새카만 말뚝은 그냥 눈으로만 봐도 만지면 저주에 걸릴 듯해 보였다.

아리아드네가 다가서자 영토가 번지며 기괴한 판막 형상의 위로 초록빛 이끼와 덩굴이 뒤덮였다. 보기에는 숲속의 비밀 문 같은 모양새로 바뀌었고 검은 말뚝도 꽃 덩굴에 휘감긴 나무 말뚝 같았지만, 걸린 저주는 풀리지 않았을 터다. 영토는 오염 지역 위에 다른 지형을 덮어씌울 뿐 저주나 함정을 해제하진 못한다.

아리아드네는 심호흡을 하고 말뚝을 쥐었다. 그녀의 옆에서 베로니카가 안으로 들어갈 준비를 하고 있는 것을 확인하고 그대로 말뚝을 뽑았다. 손바닥이 화끈하게 타오르는 감각과 함께 시야가 검게 물들었다가 희뿌연 안개로 가득한 공간으로 바뀌었다.

"파이."

작게 불러 보자 응답이 없다. 채널도 느껴지지 않았다.

'정신계 저주네.'

그녀는 제자리에 쪼그려 앉았다. 이런 환각 속에서 함부로 움직이다간 애먼 동료를 공격할 수도 있다. 아무것도 하지 않는 게 최선의 대응책이었다.

'치료까지 얼마나 걸리려나.'

리온이 신성력 하나는 많으니, 잘 모르겠으면 그걸 냅다 퍼붓기만 해도 어지간하면 해결될 터다.

'정신계 저주로 환각에 빠지면 보통 악몽을 꾸거나 온갖 끔찍하고 무서운 상황이 펼쳐지는데.'

지금 그녀에게는 희뿌연 안개가 넘실넘실 흘러 다니는 것만 보였다. 각오한 것보다 평화로운 저주였다.

그러다가 어느 순간 뿌연 안개 너머에서 사람의 그림자가 보이기 시작했다. 처음엔 작던 그것은 그녀 쪽으로 다가오는 것처럼 점점 커졌다. 저벅저벅 하는 발소리가 가까워졌다. 눈을 감을까 하다가, 공포 영화를 볼 때 눈을 감고 소리만 들으면 더 무섭다는 전생의 지식이 떠올랐다. 그녀는 오히려 그림자 쪽을 빤히 쳐다보았다.

안개를 헤치고 한 남자가 나타났다. 너덜너덜한 피투성이 망토를 두르고 다듬지 못한 턱수염이 지저분하게 돋은 남자였다. 아리아드네는 저도 모르게 벌떡 일어날 뻔했다. 그녀는 손으로 제 입을 막고 숨을 죽였다.

한눈에 알아보았다. 남자는 소설의 주인공이었다.

그녀가 키운 현실의 악셀 발렌타인이 아닌 소설 속 주인공 악셀 발렌타인. 그가 지친 얼굴로 그녀를 내려다보더니 무릎을 굽히고 앉았다. 그러고는 그녀에게 손을 뻗는다.

'반응하면 안 돼. 이건 저주야. 환각이라고.'

아리아드네는 그저 숨을 멈춘 채 굳어 있었다. 먼지와 피로 더러운 손이 그녀의 뺨에 닿았다. 생생한 촉감이 느껴졌다. 시체처럼 차가운 손이었다.

주인공은 한참을 그대로 움직이지 않았다. 그의 눈가는 거뭇하고 퀭했다. 오래되어 죽은 피처럼 검붉은 빛을 띤 눈동자가 그녀를 새길 듯이 바라본다. 그의 입꼬리가 조금 올라갔다. 보일 듯 말 듯 한 미소가 입가에 번졌다. 만족스러운 웃음이었다.

주인공이 입을 벌려 무어라 말했다. 철판을 손톱으로 긁는 것 같은 소름 끼치는 음성이었고 알아들을 수 없는 언어였다. 아리아드네는 귀를 막을 뻔하다가 간신히 참았다.

살짝 벌어진 남자의 입안을 본 순간 본능적인 거부감이 들었다. 뭘 본 건지 알 수가 없는데 토하고 싶을 정도로 역했다. 주인공의 내부에 무언가 형언할 수 없는 끔찍한 것이 살고 있다. 그것을 깨닫자 그녀는 눈앞의 남자가 소설의 어느 시점에 나오는 주인공인지 알 수 있었다.

결말에 나오는 주인공이다. 세계를 구하는 것에 실패하고, 모든 희망을 잃어버린.

'마왕에게 몸을 빼앗긴 주인공.'

주인공이 회귀하면 무조건 실패하게 되는 이유. 그것은 엘리시움을 침략한 마계의 지배자, 즉 마왕이 시간을 다스리는 권능을 가지고 있기 때문이다.

주인공의 시간을 되돌리는 능력은 마왕에게서 비롯된 힘이다. 한 번이라도 그 힘을 쓰는 순간 그는 마왕의 소유가 된다. 회귀를 반복하고 강해질수록, 대미궁의 깊은 곳으로 향할수록, 그의 몸은 마왕의 그릇으로 적합하게 다듬어진다.

그렇게 다듬어진 주인공이 대미궁의 최하층에서 마왕의 낡은 몸을 죽이면, 마왕의 권능과 영혼이 그의 몸으로 옮겨 타며 그릇이 완성된다.

마계와의 전쟁은 엘리시움이 잘 버텨서 이어지고 있는 게 아니었다. 그건 엄밀히 말하면 전쟁이 아니라 마왕이 자신이 옮겨 탈 그릇이 완성될 때까지 기다리며 시간을 끈 것에 불과했다.

주인공은 자신이 지금까지 해 왔던 노력이 마왕의 그릇을 다듬은 것에 불과하다는 것을 깨닫고, 마왕으로 변해 가며 미친 듯이 웃는다.

그러니까 눈앞의 이건 주인공이 아니라 주인공의 몸을 쓰고 있는 마왕이다.

'악몽 맞네.'

아리아드네는 현기증을 느꼈다. 과연 저주는 저주다. 그녀가 어떻게든 피하려는 결말을 눈앞에 보여 주는 걸 보니.

주인공, 아니, 마왕은 여전히 그녀의 뺨을 한 손으로 감싼 채 기묘한 미소를 띠고 있다. 그 얼굴이 문득 가까워졌다. 뺨에 있던 손이 느리게 움직여 귓가를 넘더니 그녀의 뒤통수를 감싸 쥐고 제 쪽으로 당긴다. 남자의 고개가 기울어진다.

'……!'

입술이 닿았다. 시체처럼 차갑고 끔찍할 정도로 역겨운 맛이 났다.

"됐어요!"

자랑하는 듯한 목소리와 함께 신기루처럼 모든 것이 사라졌다. 안개뿐인 공간도, 마왕이 된 주인공도. 속에서 타는 듯이 화끈한 것이 솟구친다. 아리아드네는 그대로 엎어져 죄다 토해 냈다. 새카맣게 죽은 피였다.

"아리아!"

루드빅이 휘청거리는 그녀를 품에 안다시피 부축했다.

"야, 너 제대로 치료한 거 맞아?"

토하느라 생리적으로 고인 눈물로 흐릿한 아리아드네의 시야에 에리히가 리온의 멱살을 잡고 흔드는 게 보였다. 베로니카가 하얗게 질린 채 품을 뒤지더니 엘릭서 병을 꺼내 그녀의 입가에 대 주었다.

"아가씨, 마시세요. 얼른."

청량한 황금빛 액체를 몇 모금 머금자 뒤집히던 속이 가라앉았다. 손등으로 입가를 닦아 내니 검은 피가 길게 묻어났다.

"······내가 오염됐었어?"

"아무래도 그런 것 같아서요."

[경고. 아리아의 입술부터 오염이 시작되었습니다. 오염수를 마신 것과 유사한 반응입니다.]

베로니카의 대답과 파이의 대답이 겹쳐서 들려왔다. 파이가 걱정스럽게 덧붙였다.

[환각 속에서 무슨 일이 있었습니까? 정신계 저주로 오염되는 건 극히 드문 현상입니다.]

아리아드네는 재차 입술을 손등으로 문질렀다.

'원작의 배드 엔딩을 봤어.'

[그분입니까?]

'응.'

아리아드네는 마지막에 있었던 일을 말하지 않았다. 그게 대체 뭐였는지 알 수가 없었다. 입맞춤이라기엔 끔찍했고, 저주라기엔 그녀의 뒷머리를 감싸 당기던 손이 지나치게 부드러웠다.

왜 그런 환각을 본 걸까. 차라리 그냥 주인공과 키스한 거라면 자신이 소설을 보면서 무의식적으로 주인공에게 설렌 적이 있나 보다, 하고 말았을 텐데.

머릿속이 복잡해져서 고개를 흔들었다.

'……정신계 저주일 뿐이야. 깊게 생각하면 안 돼.'

저주에 당한 채로 본 것을 자꾸 되새기는 건 위험한 짓이다. 아리아드네는 그 괴상한 환각을 머릿속 구석에 처박고 잊기로 결심했다.

그 자리에서 막사를 치고 하룻밤을 머물렀다. 아리아드네의 안색을 본 에리히가 강력히 휴식을 주장했기 때문이다.

그녀는 반나절 가량을 쉬고, 꿈도 꾸지 않고 푹 잤다. 흐드러지게 핀 꽃들 위로 햇살이 드리운 영토 속에서 일어나니 어제 본 기분 나쁜 환각도 아무렇지 않게 느껴졌다.

이후로는 평소와 같은 컨디션으로 토벌을 진행했다.

달팽이 껍질 같은 외관대로 미렘-13의 내부는 나선형이었다. 그들은 이틀에 걸쳐 미궁을 돌파하여 핵 근처에 도착했다. 미궁의 핵은 달팽이 껍질의 중앙, 나선형 구조의 최심부에 있었다.

미궁의 등급을 결정하는 건 미궁의 규모다. 간혹 예외가 있긴 하지만 일반적으로 큰 미궁일수록 더 거대하고 강한 보스가 핵을 지키고 있다. 미렘-13은 그 간혹 있는 예외에 속하는 미궁이었다.

"아가씨 말씀대로…… 보스 같은 마물이, 안 보여요."

핵이 있는 곳을 정찰하고 돌아온 베로니카가 난감한 표정으로 말했다.

"방 안에…… 이상하고, 조그맣고, 귀여운 게…… 바글바글해요."

"귀여워? 마물이?"

에리히가 귀를 의심하는 표정으로 되물었다. 베로니카는 격하게 고개를 끄덕였다.

"귀여워. 엄청나게."

"……네 취향은 알다가도 모르겠다."

아리아드네가 끼어들어 물었다.

"종아리쯤 오는 크기에 하얗고 폭신폭신한 솜뭉치 같은 것들이지?"

"네, 맞아요!"

"걔들 사이에 우두머리가 하나 숨어 있을 거야. 그놈이 이 미궁의 보스야."

"네?"

동료들의 눈이 커졌다. 그녀는 차분하게 설명했다.

"그 마물들은 아무리 죽여 봤자 소용없어요. 죽이면 분열하면서 늘어나거든요. 버티면서 우두머리부터 찾아야 해요."

"으……."

"우두머리는 어떻게 찾아냅니까?"

루드빅이 물었다.

"다른 것들은 눈이 두 갠데, 우두머리는 이마에 눈이 하나 더 있을 거야. 그 외엔 똑같이 생겼으니 잘 살펴봐야 해."

"눈이 세 개라. 그래도 그 정도면 구별하기에 어렵진 않겠군요."

"에리히 오라버니가 방어막을 쳐 주세요. 우리가 그 안에서 버티는 동안 루드빅이랑 니카가 우두머리를 찾아."

"찾자마자 죽이면 됩니까?"

"못 죽여."

아리아드네가 고개를 저었다.

"목숨이 위험하면 옆에 있는 다른 마물 잡아먹고 회복하거든."

"……."

"귀엽긴 개뿔. 더럽게 징그러운 놈들이네."

에리히가 질색했다. 아리아드네는 계속해서 설명했다.

"우두머리를 찾으면 제가 그놈을 나머지 마물들과 격리할 거예요. 무리하고 떨어지면 바로 커져서 날뛰기 시작할 건데, 제가 격리를 유지하는 사이에 그 보스를 처리해야 돼요. 안 그러면 죽일 방법이 없어요."

무슨 뜻인지 알아들은 동료들이 고개를 끄덕였다. 아리아드네는 짐에서 깃발을 꺼냈다. 넓게 영토를 펼칠 때 정령사가 어디에 있는지 동료들이 확인할 수 있도록 세우는 깃발이었다.

"영토는 우기의 소금 사막으로 구현할게요. 물에 젖으면 소극적으로 변하는 놈들이거든요."

문득 악셀이 있었다면 정말 쉬웠으리라는 생각이 들었다. 번개의 정령수를 길들인 그라면 소금물에 젖은 마물들 정도는 벼락 몇 번으로 몰살시킬 수 있을 테니.

아리아드네는 상념을 털어 내고 핵이 있는 방 입구에 깃발을 꽂았다.

"그럼, 시작하죠."

[분석 완료. 대정령, 하늘을 담은 거울: 만족 30%, 흥미 15%, 친밀 10%, 호기심 5%, 그 외 감정 통합 40%.]

[우호적인 감정이 50% 이상이므로 안전합니다. 하늘을 담은 거울의 정령력을 사용합니다.]

그녀는 전생에 소금 사막의 사진을 본 적이 있었다. 새파란 하늘과 그 하늘을 비추는 거울 같은 땅. 하늘과 땅이 구별되지 않는 풍경. 우기에 내린 물이 고여 세상에서 가장 큰 거울이 되는 곳.

이 세계에도 그런 소금 사막이 있었다. 그곳 역시 그녀가 전생에 보았던 소금 사막과 비슷한 별명으로 불렸다. '하늘을 담은 거울'이라고. 전생과 다른 점은 그곳을 영토로 삼아 살아가는 대정령이 존재한다는 것.

하늘을 담은 거울의 영토가 그녀가 넓게 펼친 영토 내부에 구현된다. 어두운 미궁 내부를 청명한 하늘이 뒤덮는다. 바닥에 육각형의 새하얀 절리가 퍼져 나가고, 그 위로 찰랑이는 물이 얕게 고인다.

오염수가 흐르는 혈관 같은 것으로 뒤덮여 있던 천장과 바닥이 눈 깜박할 사이에 하늘과 하늘을 비추는 거울이 맞닿은 공간으로 뒤바뀌었다.

"삐익!"

"삐이익!"

몽실몽실 모여 있던 마물들이 갑작스러운 변화에 삑삑거리는 소리를 내며 허둥거렸다. 구름을 한 주먹씩 뜯어 병아리 같은 발 두 개를 붙인 다음 풀어놓은 듯한 모습이었다. 제일 큰 놈이라 해 봤자 사람의 무릎에도 안 닿을 듯한 크기.

솜사탕 같은 것들이 파란 하늘 아래에서 얕은 물에 빠져 죽을 것처럼 겁을 먹고 삑삑 우는 걸 보고 있자니 경계심이 허물어질 것 같았다.

에리히가 방어막을 치다 말고 허탈하게 중얼거렸다.

"어, 귀엽긴 하네, 뭔가."

"우와, 어엄청 귀여워요!"

소년 신관이 상기된 볼로 발을 동동 굴렀다. 아리아드네는 아무 말도 하지 않았다. 미렘-13 미궁의 토벌 기록을 봤던 그녀로서는 저것들이 징그럽기만 했다.

리온은 불만스럽게 말했다.

"저게 마물이라고요? 쟤넨 공격도 안 하잖아요! 뭔가 착각한 거 아니에요?"

"물 때문에 놀라서 조금 얌전해진 것뿐이에요. 니카, 루드빅, 저것들 정신 차리기 전에 얼른 우두머리 찾아. 선공은 절대 하지 말고. 지금 공격하면 죄다 미쳐 날뛰게 돼."

루드빅과 니카가 각자의 정령수를 불러내 마물들을 향해 달려갔다. 물을 튀기며 철마와 용오름이 접근하자 마물들이 화들짝 놀라 이리저리 흩어졌다. 아리아드네와 에리히는 방어막 안쪽에서 흩어지는 마물들을 열심히 살폈다. 눈이 세 개인 놈을 찾기 위해.

리온은 불만스럽게 입술을 내밀었다.

'잘난 척하면서 잔뜩 겁을 주더니만, 이게 뭐야.'

소년 신관은 못마땅하게 아리아드네의 뒷모습을 쳐다보다가 방어막에 달라붙어 쪼그리고 앉았다. 솜뭉치 마물 하나가 철마의 말발굽을 피해 허둥지둥 달아나다 방어막 근처로 왔다.

그것을 본 리온은 강아지를 부르듯 쭈쭈쭈 소리를 내며 손을 내밀었다. 마물이 까만 눈을 동그랗게 뜨더니 리온을 향해 달려오려 했다. 그놈은 방어막에 부딪쳐 뒤로 콩 넘어졌다. 넘어지면서 소금물에 흠뻑 젖은 마물이 서럽게 삐익 삐익 울었다.

그것을 본 리온이 벌떡 일어나 방어막 밖으로 나갔다. 방어막은 외부에서 내부로의 침입을 막을 뿐, 내부에서 외부로 나가는 것은 막지 않는다. 소년이 마물에게 손을 내밀었다.

"가여운 녀석, 이리……."

"신관님!"

뒤늦게 리온이 뭘 하는지 본 아리아드네가 소리를 질렀다. 경고하는 기색이 섞인 그 목소리를 듣고도 리온은 복슬복슬한 마물을 안아 들었다.

"이거 봐요. 전혀 안 위험……."

아리아드네를 향해 볼멘소리로 투덜거리는 소년의 품에서 솜뭉치가 쩍 입을 벌렸다. 털에 파묻혀 보이지도 않았던 입은 놈의 몸뚱이 대부분을 차지할 정도로 컸다.

"어?"

와그작, 세 줄의 이빨이 난 거대한 입이 소년의 어깨와 목을 한입에 물어뜯었다. 리온은 뒤늦게 비명을 질렀다.

"아아악!"

"젠장, 루드빅!"

아리아드네의 욕설 섞인 외침에 뒤를 돌아본 루드빅은 소년 신관에게서 새빨간 피가 팍 튀어 오르는 것을 보았다.

그는 문자 그대로 날아서 신관에게 접근했다. 솜뭉치 마물은 올올이 풀어지고 길어져 귀신의 머리카락처럼 변한 흰 털로 리온을 휘감으며 달라붙었다.

루드빅이 검을 뽑아 들었다. 그의 칼날을 따라 이글거리는 불길이 일었다. 루드빅의 두 번째 정령수, 마그마의 힘이었다.

그는 불타는 검으로 리온과 솜뭉치 마물 사이를 베어 냈다. 마물의 흰 털이 불에 타며 허공에 흩날렸다. 나가떨어진 솜뭉치 마물이 괴성을 질렀다.

루드빅은 마물을 무시하고 쓰러지는 신관만 안아 방어막 쪽으로 왔다. 에리히가 잠깐 방어막을 거둔 뒤 신관을 받아 들었다.

그사이 검에 베인 솜뭉치 마물의 괴성을 들은 다른 마물들이 반응했다. 허둥지둥 도망 다니던 것들이 멈춰 서더니 입을 쩍 벌리고 괴성을 질러 댄다. 털이 마구잡이로 길어지며 뒤엉켰다.

마물들의 괴성이 합쳐지며 소름 끼치는 음파가 되었다. 피투성이가 된 신관을 살펴보고 있던 에리히, 루드빅, 마물들 사이에 있던 베로니카까지 모두 일순 비틀거렸다. 아리아드네는 피가 흐르는 귀를 막으며 외쳤다.

"니카! 이리로 빠져나와!"

베로니카가 철마의 방향을 틀었다. 수풀처럼 자라난 마물의 털이 말의 다리에 뒤엉켰다. 베로니카는 검으로 그것을 베어 내며 말을 몰았다. 이를 드러내며 튀어 오르는 마물들이 강철 발굽에 짓밟혔다.

루드빅이 몰려드는 마물에게 불을 뿌리며 견제했다. 에리히는 초조하게 기다리다가 베로니카가 합류하자마자 다시 방어막을 쳤다. 무사히 다 모이자 아리아드네는 빠르게 영토의 형태를 바꾸었다.

'설산을……!'

[분석 완료. 대정령, 만년설 왕관: 흥미 10%, 친밀 5%, 그 외 감정 통합 85%.]

[만년설 왕관이 분노하고 있습니다.]

[만년설 왕관이 신관 리온을 죽이고 싶어 합니다.]

파이의 보고를 듣자마자 그녀는 포기하고 다른 영토를 빌렸다.

[분석 완료. 대정령, 창백한 푸름: 친밀 40%, 만족 30%, 흥미 20%, 그 외 감정 통합 10%.]

[창백한 푸름의 정령력을 추가로 사용합니다.]

그들이 모여 있던 곳을 제외하고 나머지 공간이 모두 북쪽 바다로 바뀌었다.

달려들던 솜뭉치 마물들이 풍덩풍덩 물에 빠져들었다. 털이 대부분이라 가벼워서 그런지 가라앉지는 않았다. 그것들은 수면에 둥둥 뜬 채 입을 다물었다. 까만 눈동자들이 멀뚱멀뚱 인간들을 관찰했다. 헤엄을 칠 줄은 모르는 모양이었다.

대충 사태를 수습한 아리아드네는 동료들을 돌아보았다. 루드빅이 인상을 쓴 채 치료 물약을 리온의 어깨에 퍼붓고 있었다. 신전에서 만든 물약은 효과가 좋았다. 물어뜯긴 소년의 어깨가 눈에 띄는 속도로 봉합되었다.

대강 죽지는 않겠다 싶은 수준이 되자 루드빅이 약병을 닫더니 아리아드네에게로 왔다.

"아리아, 귀를."

그가 아리아드네의 귀에 치료 물약을 몇 방울 떨어뜨렸다. 먹먹하던 귀가 비로소 정상으로 돌아왔다. 그렇게 고막이 터진 귀를 다들 치료한 뒤, 그들은 주저앉아 숨을 돌렸다.

에리히가 으드득 이를 갈았다.

"저 망할 애송이. 신관만 아니었으면 그냥 죽게 두는 건데."

다들 내심 동의하는 바였다. 아무리 귀엽게 생겼어도 마물이다. 주의까지 주었는데 왜 제 발로 기어나가 마물을 건드리는 건지. 신관이 없으면 아리아드네의 부담이 심해지니까 살렸지, 아니었으면 굳이 구하지 않았을 것이다.

아리아드네는 한숨을 내쉬었다.

"일단 여기서 벗어나서 하루 쉬고 내일 다시 와요. 신관이 기절한 상황에서 무리하게 전투를 치를 수도 없으니."

다들 동의했다. 그들은 마물의 눈을 피해 핵이 있는 방에서 나와 다른 곳에 캠프를 쳤다.

하루를 통으로 쉬고, 다음 날 아침 식사를 만들 때쯤 리온이 깨어났다. 소년 신관은 일어나자마자 울먹거렸다.

"어떻게, 어떻게 이럴 수 있죠? 전 좋은 마음으로 도와주려 한 건데."

"……."

"진짜 아팠어요. 죽는 줄 알았다고요. 제가 얼마나 무서웠는지 여러분은 모르실 거예요."

"하소연하기 전에 먼저 해야 할 게 있지 않아?"

에리히가 미간을 구기고 말했다. 제 상처에 신성력을 붓던 리온이 갸우뚱했다.

"뭘요?"

"네 멍청한 행동 때문에 다들 큰일 날 뻔했어."

"멍청한 행동이라뇨! 절 속인 그 마물이 나쁜 거죠. 왜 피해자인 저한테 뭐라 그래요?"

다들 어이가 없어 할 말을 잃었다. 리온이 동의를 구하듯 베로니카를 보았다.

"베로니카 기사님도 걔들 귀엽다고 하셨잖아요. 기사님께선 제 마음 이해하시죠? 기사님도 제 상황이었으면 속아 넘어가셨을걸요."

"생긴 게 어쨌든, 마물은 마물이에요."

베로니카가 싸늘하게 대꾸했다. 소년 신관이 눈살을 찌푸렸다.

"착한 마물이 있을 수도 있죠."

"착한 마물은, 없어요."

"기사님은 편협하시네요. 엘의 자비를 배워 보시는 게 좋겠어요. 성서 자애 편 5장 9절에 나와 있다구요. 네 적에게도 자비를 베풀라. 그리하면……."

에리히는 성서를 읊기 시작한 소년 신관을 외면하며 중얼거렸다.

"이야, 진짜 저건 답이 없네."

보다 못한 아리아드네가 끼어들어 리온의 말을 끊었다.

"신관님."

"네, 정령사님."

"계속 전투 가능하세요? 힘들면 솔직히 말해 주세요."

그녀는 대기 중인 용병단을 불러들여 후퇴할지 말지를 고민하고 있었다. 훈련도 중요하지만 그게 에리히나, 베로니카나, 루드빅이 위험해지는 것보다는 나았다.

리온이 눈을 치뜨더니 말끔해진 제 어깨를 보여 주었다.

"봐요. 저 멀쩡해요. 당연히 가능하죠."

그러고는 어깨를 붕붕 돌려 보이기까지 했다. 진심으로 감탄할 만한 일이었다. 뼈가 드러날 정도로 심각한 상처였는데 징징거리면서도 그걸 저렇게 멀쩡하게 치료하다니.

'정말 신성력 하나는 타고났네.'

"전 얼마든지 더 싸울 수 있어요. 더는 속지도 않을 거구요."

당당한 태도였지만 그녀는 이제 도저히 리온을 믿을 수가 없었다.

'역시 후퇴해야 하나.'

고민하다가 문득 어제의 경험을 떠올렸다.

'심해 영토. 물에 젖으면 소극적으로 변하는 건 알고 있었지만, 헤엄도 못 치는 줄은 몰랐지.'

파이가 찾아 준 기록에는 없었던 정보였다.

'영토를 바다로 만들어 버리면 우리도 움직이기 힘들긴 하지만……바다를 이용하면 별 부담 없이 보스를 격리할 수 있겠어.'

아군도 힘들어지기에 바다 영토는 거의 쓰이지 않는다. 복합 영토를 형성할 수 있는 일부 탁월한 정령사들만 간혹 쓰는데, 그들도 바다보다는 상대적으로 다루기 쉬운 호수를 선호했다.

창백한 푸름처럼 강한 대정령이 토벌도 하지 않았던 어린 시절부터 아리아드네의 채널에 고정적으로 있었던 이유다. 어차피 다른 채널에 가 봤자 자신의 힘이 쓰이는 일이 드무니 외모라도 취향인 정령사의 채널에 머문 것이다.

요즘 창백한 푸름은 자신의 영토를 곧잘 구현하는 아리아드네 덕분에 만족도가 늘 높았다.

'그래, 바다 위에서 전투를 치르는 경험도 쌓아 둬야지. 나도 바다 영토를 다루는 훈련을 해야 하고.'

그녀는 결국 재도전하기로 결정했다. 아무래도 불안한 리온은 빼놓고 말이다. 아리아드네는 동료들에게 계획을 설명한 뒤 리온에게 통보했다.

"신관님은 그냥 여기 계세요. 안에 들어오지 마시고요."

"네? 제가 없으면 정령사님 아무것도 못하시지 않아요?"

리온이 불만스럽게 하는 말에 베로니카가 순간 검집을 치켜들었다가 늘어뜨렸다. 한 대 때리려다 신전과의 관계를 생각해서 참은 듯했다.

아리아드네는 덤덤히 말했다.

"핵을 부순 뒤에 데리러 올 테니 얌전히 기다리고 계세요. 에리히 오라버니."

에리히가 나서서 리온 주위에 방어막 마법을 몇 겹 만들었다. 그녀는 리온에게 정령등을 여러 개 챙겨 주고 동료들과 함께 최심부로 향했다. 소년 신관은 부루퉁한 낯으로 그들이 떠나는 것을 지켜보았다.

'곧 돌아오겠지. 신관도 없이 보스급 마물을 어떻게 잡아?'

리온은 그들이 상처투성이가 되어 허겁지겁 돌아오는 것을 상상했다. 얼른 치료해 달라고 매달리고, 역시 신관님이 계셔야 한다며 굽실거리는 모습을. 특히 저 백금발의 정령사가 자신에게 애원하는 모습을 상상하니 굉장히 기분이 좋아졌다.

'잘난 척 안 하고 얌전해지면 훨씬 더 예쁠 텐데.'

토벌의 천재니 전무후무한 정령사니 하는 그녀에 대한 찬사를 여기저기서 잔뜩 들었다. 하지만 직접 보니 아리아드네 엘디어는 자신 같은 신관이 없으면 아무것도 못하는 어린 정령사일 뿐이었다.

'좀 있으면 울면서 돌아오겠지? 아, 걘 우는 것도 진짜 예쁠 텐데. 빨리 보고 싶다.'

다른 정령사와 토벌을 해 본 적이 없는 리온은 아리아드네가 아무렇지도 않게 펼치는 정령술이 얼마나 대단한지 몰랐다. 복합 영토가 뭔지도 모르는 그의 눈에는 그녀가 쉽게 펼치는 정령술이 정말로 쉬워 보였다.

'슬슬 올 때가 된 것 같은데 왜 이렇게 안 와?'

리온은 목을 쭉 빼고 통로 너머를 살폈다. 달려오는 발소리 같은 건 들리지 않았다.

'혹시 도망칠 수 없을 정도로 위험해졌나?'

소년 신관은 고심하다가 방어막 밖으로 나왔다.

'이렇게 안 오는 걸 보니 위험한가 보네. 내가 가서 구해 줘야지.'

리온은 정령등을 들고 핵이 있는 방으로 향했다.

아리아드네는 바다 영토의 단점을 보완하기 위해 징검다리 역할을 할 암초가 가득한 바다를 구상했다. 창백한 푸름의 영토를 일단 전체적으로 구현한 다음, 그 영토 곳곳에 신록의 그릇으로부터 가져온 잔디밭을 솟아오르도록 만든 것이다.

이쯤 되면 복합 영토 수준이 아니라 정령력을 재료로 새로운 지형을 창조하는 수준이다. 말도 안 되는 짓이었지만 한번 해 보니까 각오한 것보다 쉽게 됐다.

그녀가 구현한 영토를 본 동료들은 기겁했다.

"해골, 넌 진짜 내 동생이지만 미친 애야. 제정신인 애가 이런 영토를 만들 수 있을 리가 없지."

에리히는 베로니카에게 뒤통수를 맞으면서도 비슷한 말을 몇 번 더 반복했다. 루드빅은 아예 입을 다물질 못하고 있었다. 그나마 베로니카는 아가씨라면 그럴 수도 있지, 하고 빠르게 적응했다.

시퍼런 북극해 중간에 봄의 잔디밭이 징검다리처럼 띄엄띄엄 놓였다. 심지어 언덕을 만드는 요령으로 고도를 바꾸어 놓아서 잔디밭은 까마득하게 높았다. 솜뭉치 마물들로선 뛰어오를 수 없는 높이였다.

그것들은 수면에 둥둥 뜬 채 멍하니 높은 잔디밭에 있는 인간들을 올려다보기만 했다. 덕분에 눈이 세 개인 우두머리도 금방 발견했다.

[창백한 푸름이 당신에게 몹시 만족하며 선물을 보냅니다.]

[신록의 그릇이 당신을 무척 자랑스러워하며 선물을 보냅니다.]

[만년설 왕관을 제외한 채널 내의 대정령들이 모두 창백한 푸름과 신록의 그릇을 부러워하고 있습니다.]

[대정령, 드높은 강이 당신의 채널에 처음으로 접속했습니다.]

[대정령, 황금 무덤이 당신의 채널에 처음으로 접속했습니다.]

[대정령, 어둠 살해자가…….]

[대정령…….]

파이는 난리가 난 채널을 분석하느라 정신이 없었다. 정령들 사이에 소문이라도 퍼졌는지 방금 새로 접속한 대정령만 열이 넘어갔다. 아리아드네는 선물을 보내 준 대정령들에게 가볍게 인사하고는 훤히 보이는 우두머리를 가리켰다.

"이제 저 녀석을 끌고 위로 올라오면 끝이에요. 데리고 올라오면, 아래로 내려가지 못하게 바닥을 만들게요."

"바닥?"

"이런 식으로요."

그녀가 흙으로 축소 모형을 만들어 보였다. 수면 위에 기둥처럼 솟은 잔디밭 사이를 중간부터 흙으로 메꾼다. 하수구 위를 덮는 그물망 같은 구조였다.

루드빅이 멀거니 물었다.

"……이런 게 가능합니까?"

"지금 구현한 영토랑 똑같은 원리야, 루드빅. 구역을 나눠서 번갈아서 다른 영토를 구현하면 되거든."

에리히가 허탈하게 웃었다.

"나중에 해골이 쓰는 정령술 원리 분석해서 논문이나 하나 써야겠다."

그 뒤는 어렵지 않았다. 루드빅이 용오름을 타고 내려가서 보스를 끌고 올라왔다.

공격받자 몸집이 수십 배로 부푼 보스급 마물은 촘촘한 그물망 바닥을 뚫고 내려가지 못했다. 아무 방해도 없었다면 모를까, 두 정령 기사와 마법사의 집중 공격을 받는 상황에선 무리였다.

아리아드네는 입구 쪽에 솟은 잔디밭에 깃발을 꽂고 앉아 징검다리 위를 아슬아슬 뛰어다니는 기사들을 지켜보았다. 기사와 마법사들이 싸울 전장을 만들어 주고 나면 정령사가 할 일은 변수를 주의하며 기다리는 것뿐이다.

보스의 공격이 영토에 직접적으로 떨어지는 게 아니라서 그다지 힘들지 않았다. 그녀는 느긋하게 전투를 감상했다.

'다들 잘도 균형을 잡네. 곧 잡겠다.'

리온이 나타난 건 바로 그때였다.

[경고. 리온 신관이 당신의 영토에 입장했습니다.]

파이의 말에 놀란 아리아드네가 뒤를 돌아보았다.

"어, 어?"

그녀 뒤에서 나타난 리온이 좁고 높은 잔디밭을 보고 당황했다.

"너 왜 여기에……."

어이가 없어 신관에 대한 예우도 잊은 아리아드네가 무어라 하는
찰나, 루드빅의 검에 밀려난 보스가 그들 근처로 넘어졌다. 이빨이 돋
은 건물만 한 솜뭉치가 가까워지자 리온은 새파랗게 질렸다.

이성이 있었다면 보스가 쓰러지는 곳이 그들 위가 아니고 제법 거
리가 있다는 것을 깨달았을 것이다. 그러나 바로 어제 솜뭉치 마물에
게 목을 물어뜯긴 소년 신관에게는 그럴 정신이 없었다.

"으아악!"

공포에 질린 리온은 자신에게서 제일 가까운 것을 잡아당겨 제 앞
을 막고 물러서려 했다.

하필이면 가장 가까운 게 아리아드네였고, 하필이면 리온이 물러서
는 방향은 잔디밭의 가장자리였으며, 그쪽은 보스가 있는 곳과 반대
방향이라 그물망이 없었다. 게다가 가볍고 작은 아리아드네는 소년이
라지만 그녀보다 키가 반 뼘은 더 큰 리온이 잡아당기는 힘을 버티는
것이 불가능했다.

그녀의 몸이 리온에게 붙잡혀 바다 쪽으로 기울어졌다. 시야가 휙
돌아가며 시퍼런 바다에서 입을 벌리고 있는 마물들이 보였다. 둔한
그녀의 반사 신경은 그제야 리온이 자신을 붙잡았다는 것을 알아차
렸다.

몸이 붕 뜨고, 추락한다.

[아리아!]

파이가 비명을 질렀다. 아리아드네는 질끈 눈을 감았다. 그리고 턱,
하고 단단한 것에 붙들렸다. 추락감이 사라졌다.

뒤늦게, 묘하게 떨떠름한 파이의 음성이 들려왔다.

[영토 내 생명체 분석. ……악셀 발렌타인이 당신의 영토에 입장했

습니다.]

'뭐?'

그녀는 기겁해서 눈을 떴다. 붉은 눈동자가 그녀를 내려다보고 있었다. 환각에서 보았던 주인공보다 젊고 말끔한 얼굴. 악셀이 눈살을 찌푸리고 중얼거렸다.

"이런 쓰레기를 데리고 다니면서 저는 두 번이나 거절한 겁니까?"

그는 금빛 번개로 이루어진 용, 벼락의 위에 서서 한 팔로 그녀를 안고 있었다. 다른 손에는 창백한 리온의 멱살이 잡혀 있다. 떨어지는 그들을 벼락을 타고 받아 낸 듯했다.

얘가 왜 여기에 있지? 여긴 미궁 최심부인데? 어떻게? 또 환각인가?

아리아드네는 얼떨떨하게 그의 이름을 불렀다.

"악셀?"

찌푸리고 있던 악셀의 표정이 약간 변했다. 그는 물끄러미 그녀를 응시하더니 곧 고개를 돌려 리온 쪽을 보았다. 소년 신관은 떨어질까 봐 제 멱살을 쥔 악셀의 팔을 사력을 다해 붙들고 있었다. 리온이 더 듬더듬 입을 열었다.

"사, 살려……."

악셀은 무심하게 신관을 뿌리쳤다. 쓰레기를 버리는 듯한 손짓이었다. 리온은 믿을 수 없다는 표정으로 아래로 추락했다. 첨벙, 하는 물소리가 들린 후에야 아리아드네는 지금 악셀이 무슨 짓을 한 건지 깨달았다.

"너, 방금 신관을……!"

"미궁 내에서 무슨 사고가 발생할지는 아무도 모릅니다."

"사고가 아니잖아!"

별로 살려 주고 싶지 않은 인간이라 해도 사고로 죽는 것과 죽이는
건 큰 차이가 있다.

영토 내부였기에 아리아드네는 리온이 아직 살아 있다는 것을 감지
할 수 있었다. 아리아드네가 그의 어깨를 붙잡고 아래를 보려 애쓰자
악셀이 인형을 다루듯 간단하게 그녀를 고쳐 안았다.

"아직 살아 있어! 지금 바로 건져 내면⋯⋯."

"아직도 안 죽었습니까? 마물들이 배가 불렀군요."

악셀은 아리아드네의 항변을 무시하고 벼락을 몰았다. 그가 깃발이
꽂혀 있는 잔디밭에 그녀를 내려 주었다. 아리아드네는 급히 가장자
리로 달려가 아래를 보았다. 솜뭉치들이 개미 떼처럼 한곳에 모여 있
었다. 파란 바다에 붉은 피가 번졌다.

리온이 마물에게 잡아먹히고 있다. 그녀의 영토 안에서 사람의 생
명이 꺼져 가는 게 생생히 느껴졌다. 토벌을 시작한 이후 6번째로 느
끼는 죽음의 감각이지만 여전히 익숙해지지 않는다.

"윽."

[영토 내 생명체를 감지하는 감각을 일시적으로 차단하겠습니다.]

파이가 눈치 빠르게 끼어들어 그녀의 채널을 조정했다. 아리아드네
는 간신히 침착을 되찾고 악셀을 돌아보았다. 악셀은 제 정령수에 기
대서서 가만히 그녀를 보고 있었다.

"당신이 어떻게 여기 있는 겁니까, 발렌타인 자작."

그녀가 싸늘하고 딱딱하게 물었다. 그가 대답했다.

"공작님의 토벌대가 미렘 기지 마을에서 출발할 때부터 계속 따라
왔습니다. 미궁 내에서도 줄곧 뒤에 있었습니다."

"처음부터 계속 따라왔다고요?"

기가 막혔다. 이게 뭔 스토커 같은 소리인지.

악셀이 입매를 비틀며 비웃음을 머금었다.

"아무도 눈치를 못 채더군요. 당신의 정령술에 비해 너무 모자란 자들입니다."

그가 턱짓으로 등 뒤를 가리켰다. 에리히와 베로니카와 루드빅이 여전히 보스와 싸우고 있었다.

"당신이 이 정도로 유리한 전장을 만들어 줬는데도 저자들은 저런 약해 빠진 마물을 아직도 처리하지 못했잖습니까. 저라면 5분도 걸리지 않았을 겁니다. 공작님은 답답하지도 않습니까?"

"오만함이 하늘을 찌를 지경이군요, 자작."

"도무지 이해가 가지 않아서 말입니다. 제가 저자들보다 못한 게 뭡니까, 아드리안?"

그가 너무 태연하게 '아드리안'이라 불러서 그대로 대답할 뻔했다. 아드리안이라니. 아리아드네는 간담이 서늘했다. 어디서 들켰지? 뭐가 문제였지?

'증거는 없어. 그냥 넘겨짚어 보는 거겠지.'

그녀는 일부러 한껏 빈정거리며 대답했다.

"아무렴, 저한테 한눈에 반했다면서 제 이름도 제대로 못 외우는 거짓말쟁이 자작보다는 제 사람들이 훨씬 낫지요."

악셀이 픽 웃었다.

"거짓말이 싫으시다길래 솔직하게 말씀드리고 있는데, 당신은 계속 거짓말만 하는군요."

"무슨……."

"설마 아드리안이 여자일 줄은 몰랐습니다. 헛다리만 실컷 짚느라 우 대륙까지 갔었잖습니까."

확신하는 말투였다. 분명히 저번에 공작성에 찾아왔을 때는 이렇지 않았는데. 그사이 무슨 변화가 있었지?

아리아드네는 정신없이 머리를 굴리다가 돌연 의문이 들었다. 내가 이렇게까지 '아드리안 블랙'임을 숨길 이유가 있던가?

없었다. 들켜도 멱살 정도 잡히는 선에서 끝날 거라 예상하지 않았던가. 로버트처럼 악셀을 진짜 죽이려다 놓친 것도 아니고 자유롭게 풀어 줬을 뿐이다. 곱게 키워 줬고 독립할 기반도 만들어 줬었다. 물론 말도 없이 사라진 건 좀 미안하긴 하지만.

어쨌든 전전긍긍하며 숨기려 애쓸 필요까진 없는 일이었다. 사실 이쯤 되니 대체 왜 아드리안을 우 대륙까지 가서 헤매면서 찾았는지 궁금해지기도 했다.

악셀이 나직이 그녀를 불렀다.

"아드리안, 계속 발뺌할 작정입니까?"

그녀는 깊은 한숨을 내쉬고 악셀을 똑바로 바라보았다.

"아드리안은 왜 찾는 겁니까, 자작?"

"그에게 묻고 싶은 것이 있습니다."

"그럼 지금 물어보면 되겠군요."

인정했다.

그녀와 마주하고 있는 붉은 눈동자에 희열이 퍼져 나갔다.

악셀은 잠시 말이 없었다. 벅차오른 무언가를 삼키듯 숨을 죽이기만 했다. 그의 동요를 드러내는 것처럼 그에게서 붉은 불길이 흘러나왔다. 예전에 변경백이 미처 기운을 조절하지 못해 냉기를 흘렸던 것과 비슷했지만 그때보다 훨씬 강렬했다.

흘러나온 불꽃이 커다랗게 부풀었다가 줄어들다가를 반복하며 탁탁 불티를 튀긴다. 불로 만들어진 심장이 박동하는 것처럼 보였다.

"완전히 확신하는 것처럼 말하더니, 그렇게 놀라는 걸 보니 의외로 확신은 별로 없었나 봅니다?"

아리아드네가 비꼬듯 한 말에 악셀이 빙그레 웃었다. 재회한 후 지금까지 보여 줬던 귀족적인 미소가 아니라 좀 더 날것에 가까운 미소였다. 배부른 짐승 같기도 하고 선물 상자 앞에서 어쩔 줄 모르는 소년 같기도 한.

"3년입니다."

"……."

"3년 내내 온 대륙을 헤집으며 당신을 찾아다녔습니다, 아드리안."

"……."

"3년을 매달린 일이 성과를 거두었는데 감격스러울 만도 하지 않습니까."

이글거리며 박동하던 불꽃이 서서히 갈무리되었다. 아리아드네는 지끈거리는 관자놀이를 한 손으로 누르며 물었다.

"대체 왜 아드리안을 그렇게 찾아다닌 건가요? 뭘 묻고 싶었기에?"

"저를."

첫마디를 뗀 악셀이 잠깐 호흡을 골랐다. 하고 싶은 말이 너무 많아서 무슨 말부터 해야 할지 모르겠다는 표정이었다.

"……당신은 왜 저를 키웠습니까?"

마침내 튀어나온 질문은 아리아드네가 추측한 것과 큰 차이가 없었다. 복수심에 불타는 것도 아닌데 우 대륙까지 넘어갔다 올 정도로 아드리안을 찾을 이유라고 하면 저것밖에 없지 않은가.

그녀는 별다른 동요 없이 대답했다.

"자작이 제 목표에 필요한 인재였거든요."

"그 목표가 뭡니까?"

"대미궁 정복입니다."

아리아드네가 이 목표를 처음 입에 담았을 때, 변경백 부부와 대마법사는 순진한 아이가 자긴 커서 공룡이 될 거라고 할 때 지을 법한 표정을 지어 보였었다.

베로니카는 태연히 '아가씨라면 가능하실 거예요.'라며 자기가 뭘 하면 되는지만을 물었다. 원래도 깊게 생각하는 걸 귀찮아하는 편인 그녀는, 두 번째 정령수를 얻은 뒤로는 아예 생각과 판단을 아리아드네에게 맡겨 놓고 자신은 싸울 때만 머리를 쓰는 듯했다. 그게 편한 모양이었다.

에리히는 의외로 신중하고 분석적으로 접근했다. 듣자마자 온갖 질문을 쏟아 냈다. 근거는? 장래 계획은? 구체적인 방법은? 그 질문들에 아리아드네가 막힘없이 답하자, 그는 그대로 연구실에 틀어박혀 밤새도록 나오지 않았다. 그러곤 새벽에 한숨도 못 잔 퀭한 얼굴로 '그래, 한번 해 보자.'라고 말했다.

루드빅은 장난치지 말라고 웃다가 첫 토벌에서 아리아드네의 정령술과 예언 같은 미궁 분석을 온몸으로 느낀 후에 진지해졌다. 그 뒤 '이 기회를 놓치면 평생 후회할 것 같다'라며 그녀의 제안을 받아들였다.

그리고 악셀 발렌타인은.

"역시 그랬습니까."

전혀 동요하지 않았다.

그러나 베로니카처럼 아리아드네에게 판단을 맡기고 생각을 그만 둔 것 같은 느낌은 아니었다. 그는 그럴 줄 알았다는 듯이 후련한 미소를 띠었다.

"아드리안이 '목표'라고까지 할 만한 일은 그 정도뿐일 거라고 생각했습니다."

"이제 의문이 해결됐나요, 자작?"

"아니요, 전혀."

악셀이 그녀에게 성큼 다가왔다. 그가 가까워지자 잊기로 결심한 저주 속 환각이 떠올랐다. 아리아드네는 무심결에 악셀의 벌어진 입안에 시선을 주었다. 사람의 입이었다. 봐서는 안 될 것이 도사린 무저갱 같은 구멍이 아니라.

눈으로 보고도 문득 그의 입을 벌리고 그 안에 손가락을 집어넣어 직접 확인해 보고 싶은 충동이 들었다.

'뭘 하고 싶다고? 미쳤네. 저주 후유증인가.'

그녀는 제 상태를 냉정히 평하고는 눈앞에 있는 실제 악셀에게 집중하려 애썼다. 팔을 뻗으면 닿을 거리에서 멈춰 선 악셀이 다음 질문을 던졌다.

"그럼, 저를 버린 이유는 뭡니까?"

이것도 예상했던 질문이었다. 아리아드네는 잠시 망설이다가 솔직하게 대답했다.

"당신을 데려가는 것보다 데려가지 않는 것이 대미궁 공략에 유리하겠다고 판단했습니다."

일순 악셀의 눈에서 불이 튀는 것 같았다. 그는 이를 악물고 되물었다.

"어째서입니까?"

이건 솔직하게 대답할 수 없는 질문이었다. 원작 소설부터 설명해야 했고, 회귀 능력과 그 능력이 어떤 참사를 일으키는지까지 알려 줘야 대답이 가능했으니까.

평생 모르는 게 나을 사실이다. 양아버지의 유언을 이루게 되면 자동으로 알게 될 출생의 비밀만 해도 악셀에게는 충격적일 텐데.

그녀는 대강 둘러대기로 했다.

"자작보다 적합한 다른 인재를 찾았거든요."

"그게 설마 저기 저자입니까? 붉은 눈의?"

그가 루드빅을 가리키며 물었다. 아리아드네는 긍정했다.

"맞아요."

"하."

악셀이 어이가 없다는 듯 바람 빠지는 웃음소리를 흘렸다.

"진심이십니까? 저자가 저보다 낫다는 게?"

"네, 진심입니다."

"눈이 삐었습니까, 아드리안?"

"발렌타인 자작, 저는 아드리안 블랙이 아닌 아리아드네 엘디어입니다."

"……."

"아드리안은 제가 잠시 썼던 가명일 뿐이고, 이젠 존재하지 않습니다. 저는 자작이 아드리안 같은 건 잊어버리고 자유롭게 살았으면 좋겠습니다."

"자유롭게, 라."

악셀의 입매가 비틀렸다.

"그거, 당신한텐 이제 제가 필요 없으니 알아서 꺼져 달라는 뜻으로 들립니다만."

"일부러 비꼬아 듣지 마세요, 자작. 그런 뜻이 아닙니다."

"그럼 무슨 뜻입니까?"

"그냥 자작이 하고 싶은 걸 하고 살라는 뜻이잖아요. 당신은 이제 기물 같은 게 아니니까."

"아드리안, 지금 뭔가 착각하고 있는데."

그가 사납게 웃었다.

"당신의 기물이 아니라서 내가 지금 당신 앞에 있는 거야."

"……뭐?"

"당신이 시키는 대로 하는 게 아니라, 내가 하고 싶은 대로 하고 있으니까 여기에 있는 거라고."

아리아드네는 멍하니 그를 보았다. 악셀이 고개를 기울이더니 갑자기 돌아섰다. 그리고 사라졌다. 그녀는 그의 움직임을 눈으로 보지 못했다. 그녀가 본 것은 거대한 마물의 몸통을 꿰뚫는 한 줄기의 벼락이었다.

미렘-13의 보스가 쓰러졌다. 보스와 싸우고 있던 사람들은 얼이 빠졌다. 갑자기 무슨 일이 일어난 건지 잘 이해가 되지 않았다. 그러나 그들은 놀라고만 있을 시간이 없었다.

"큭!"

루드빅은 간신히 제게 날아드는 칼날을 막았다. 끼기긱 거리는 칼날 너머로 자신과 똑같은 붉은 눈동자가 보였다. 그는 당황하여 물었다.

"넌 누구냐? 어디서 갑자기……."

"답이 없는 쓰레기는 아니긴 한데."

악셀이 혼잣말처럼 중얼거렸다.

"모자라."

그의 칼날에 머물고 있던 전류가 루드빅의 칼날로 번지고, 뒤이어 루드빅의 몸 전체로 튀었다.

"크아악!"

벼락을 맞은 듯한 충격에 루드빅이 비명을 질렀다.

그 순간 베로니카가 그들 사이에 난입했다. 그림자로 뒤덮인 검이 맞붙은 두 개의 검을 갈라 쳐 낸다. 동시에 그녀의 발밑에서 솟구친 그림자가 악셀의 사지를 얽어매려 했다.

악셀은 반 바퀴 돌며 그녀의 검과 그림자를 한 번에 피하고는 그 회전력을 그대로 실어 베로니카의 목뒤를 칼등으로 후려쳤다.

"……!"

깡, 하고 쇳덩이를 내리친 듯한 소리가 들렸다. 강철의 정령수가 깃든 베로니카는 급소를 맞고도 힘에 밀려났을지언정 다치진 않았다.

그녀는 밀려나면서 그림자나비를 꺼냈다. 검은 그림자로 이루어진 커다란 나비의 날개가 순간적으로 악셀의 시야 전체를 가렸다.

"조금 낫군."

악셀은 뒤로 훌쩍 뛰어 그 영향에서 벗어났다. 다른 잔디밭 기둥에 착지하며 그가 한쪽 발을 쾅 굴렀다. 그러자 빙산을 깎아 만든 듯 거대한 고래가 수면에서 솟구치듯 땅에서 솟아나 그의 등 뒤에서 공격 주문을 외우고 있던 에리히를 집어삼켰다.

에리히의 온몸이 단번에 얼어붙었다. 뛰어올랐던 고래가 땅속으로 가라앉으며 사라지자 남은 건 마법사가 갇힌 얼음 조각상뿐이었다.

악셀이 뒤도 돌아보지 않고 마법사를 제압한 것이다.

"에리히!"

베로니카가 뒤늦게 비명을 질렀다. 분노한 그녀에게서 철마가 튀어나왔다. 돌진할 거리가 나오지 않는 지형이지만 상관없었다. 그림자 나비가 잔디밭 기둥 옆의 다른 기둥에 드리운 그림자 속에 뛰어들었다.

시계를 빠르게 돌린 것처럼 기둥의 그림자 방향이 바뀌고 회전하여 잔디밭과 잔디밭 사이를 잇는 길이 된다. 베로니카는 그 길쭉한 그림자 길 위를 달려 돌진했다. 기관차처럼 달려오는 철마를 보며 악셀이 검을 늘어뜨렸다.

그의 등 뒤로 희고 창백한 태양이 비스듬히 떠올랐다. 빛이 광선처럼 뻗어 나가며 모든 어둠을 집어삼킨다. 베로니카가 만든 그림자 길이 하얗게 지워진다. 폭력적인 빛은 그림자를 지우는 것에 그치지 않고 그녀의 전신을 후려쳤다. 베로니카는 아래로 추락하다가 그물망에 부딪쳐 늘어졌다.

태양이 저물었다. 악셀이 검을 집어넣고 아리아드네를 돌아보았다. 그의 뒤로 얼어붙은 에리히와 새카맣게 탄 잔디밭 중앙에 쓰러져 있는 루드빅이 보였다.

'설마, 죽었……'

[영토 내 생명체 분석. 전원 중상, 사망자는 없습니다.]

파이가 조용히 보고했다. 아리아드네는 휘청 주저앉았다. 어느새 그녀 앞으로 돌아온 악셀이 웃으며 물었다.

"이래도 제가 필요 없어 보입니까, 아드리안?"

너무나 순식간에 일어난 일이었다. 넋이 나가 있는 아리아드네의 귓가에 건조한 파이의 목소리가 들려왔다.

[방금 목격한 전투를 분석하겠습니다.]

[소설 주인공과 대조.]

[번개의 정령수, '벼락' 확인. 얼음의 정령수, '빙하' 확인. 백야의 대정령, '어둠 살해자' 확인.]

[악셀 발렌타인이 주인공이 얻었던 정령수 대부분과 대정령을 획득했습니다.]

[분석 결과. 현재 22세의 악셀 발렌타인은 '주인공'의 24세 무렵과 비슷한 수준으로 보입니다.]

그는 아리아드네가 알던 악셀 발렌타인이 아니었다. 소설 속의 주인공도 아니었다.

누구야, 이 미친놈은?

"제가 쓸모 있어 보이지 않습니까?"

악셀이 그녀의 앞에 무릎을 대고 앉으며 허리를 숙였다. 그러고는 그녀에게 손을 뻗는다. 거칠고 큰 손이 그녀의 뺨에 닿았다. 언뜻 뜨겁게 느껴질 정도로 체온이 높은 손이었다.

그가 입꼬리를 올리며 말했다.

"당신의 목표에 저를 데려가 주십시오. 그게 제가 하고 싶은 일입니다."

기시감이 느껴졌다. 아리아드네는 그의 벌린 입안을 확인했다. 그 안에 마왕은 아직 없다.

대미궁. 주인공. 회귀. 실패. 결말. 결말. 결말. 마왕. 단어들이 어지러이 뇌리를 가로질렀다. 정신이 번쩍 들었다. 쓰러진 동료들이 눈에 와 박힌다.

그녀는 벌떡 일어나며 그의 손을 쳐 냈다.

"꺼져, 악셀 발렌타인."

"아드리안?"

"이따위 짓을 하는 놈을 내가 데려갈 것 같아? 제 힘을 자랑하겠답시고 동료를 공격하는 놈을 내가 어떻게 믿겠어?"

악셀의 얼굴에서 미소가 사라졌다. 아리아드네는 그를 노려보며 말했다.

"내 목표에 너 같은 놈은 필요 없어."

"아드리안."

"내 이름은 아리아드네야. 아드리안이 아니라고!"

그녀는 왈칵 화를 내며 채널을 움직였다. 연결된 대정령의 힘을 마구잡이로 끌어들였다.

"나가. 내 영토에서 나가!"

땅이 일어서 산이 되고 눈보라가 몰아치더니, 눈사태가 밀려온다. 정령사의 영토가 미쳐 날뛰며 악셀을 공격했다. 그는 급히 검을 뽑아 휘둘렀다. 칼날을 따라 일어난 불길이 겁화가 되어 달려 나가며 눈사태를 집어삼켰다.

"으."

외뿔 늑대가 눈을 녹이고 산에 부딪치자 아리아드네가 허리를 꺾었다. 영토에 직접적인 타격이 전해진 탓이다.

[아리아! 불안정한 감정 상태로 정령술을 쓰면 안 됩니다!]

파이가 초조하게 외쳤다. 아리아드네는 웩 피를 토해 냈다. 그녀를 본 악셀이 당황했다. 그는 겁화를 도로 불러들였다. 깎여 나갔던 산이 복구되며 눈사태가 다시 만들어진다.

악셀은 파도처럼 몰려드는 눈과 앞섶이 새빨갛게 물든 아리아드네를 번갈아 보더니 이를 악물었다. 그가 벼락을 끄집어냈다. 황금빛 용은 제 기사를 태우고 날아올라 미궁의 최심부를 순식간에 빠져나갔다.

[아리아! 이 이상 정령술을 쓰면 강제로 채널을 닫겠습니다!]

악셀이 영토에서 사라졌다. 아리아드네는 그제야 마구잡이로 정령력을 끌어들이던 것을 멈췄다.

영토가 가라앉으며 그녀에게 가장 익숙한 숲속의 공터로 바뀌었다. 그녀는 동료들의 상태부터 확인했다. 기절한 베로니카와 루드빅이 꽃밭에 쓰러져 있다. 얼음에 갇힌 에리히는 나무 그늘에 이질적으로 솟아 있었다.

마물의 시체들은 어울리지 않는 장식처럼 평화로운 숲 곳곳에 널려 있었다.

그녀는 품에서 외날개 조각상을 꺼내 부쉈다. 이제 새벽 용병단이 그들을 구출하러 올 것이다. 아리아드네는 나무에 기대앉아 그들을 기다리다가 오래 버티지 못하고 정신을 잃었다.

새벽 용병단은 핵만 남은 미궁을 마무리하고 토벌대를 구출해 엘디어 영지로 돌아갔다.

에리히는 동상과 저체온증에 걸렸지만 그 이상의 부상은 없었다. 베로니카는 추락의 충격으로 중상을 입긴 했으나, 워낙 튼튼한 정령 기사인 터라 심각한 상태는 아니었다. 벼락에 직격당한 거나 다름없어서 가장 상태가 심했던 루드빅도 오래 누워 있진 않았다.

아리아드네 역시 몸은 금방 회복되었다. 회복이 느린 건 정신 쪽이었다.

에리히나 베로니카나 루드빅이나, 내심 그간의 토벌 성과에 고무되어 있던 건 사실이었다. 이 정도면 충분히 강한 것 아니냐고 말이다.

그런데 단 한 명의 정령 기사를 당해 내지 못했다. 당해 내지 못한 정도가 아니라 상대조차 되지 않았다. 보스급 마물과 싸우다가 습격당했다는 건 그다지 쓸 만한 변명거리가 되어 주지 못했다.

아리아드네가 공작성에서 깨어났을 때, 에리히는 떠나고 없었다. 한동안 대마법사에게 다녀오겠다는 편지만 남아 있었다.

베로니카는 한숨도 못 잔 듯한 얼굴로 아리아드네의 침대 곁을 지키고 있었다. 깨어난 아리아드네를 주치의가 살펴보고 간 뒤, 그녀는 아리아드네의 침대 아래에 무릎을 꿇었다.

"니카?"

"아가씨, 전에, 제가 세 번째 정령수를 얻어야 한다고 하셨죠."

"……."

"그거, 지금 도전하고 싶어요. 하게 해 주세요."

결연한 눈빛이었다. 아리아드네는 그녀를 말리지 않았다. 베로니카는 다음 날 바로 지도를 들고 떠났다.

베로니카가 떠났다는 소식을 들은 루드빅도 아리아드네를 찾아왔다.

"에리히 소백작으로부터 그자가 누구였는지 들었습니다."

그가 악셀과 비슷한 붉은 눈으로 그녀를 응시했다.

"공작님께서 예전에 후원했던 소년이라고 말입니다."

"맞아."

"혹시 제 자리는, 원래 그의 것이었습니까?"

아리아드네는 쉽사리 대답할 수가 없었다. 그녀가 머뭇거리자 루드빅이 엷게 웃었다.

"역시 그랬군요. 실례지만 이유를 여쭈어봐도 되겠습니까?"

"……대미궁 특성상 네가 더 알맞다고 판단했어."

"알 만합니다. 그자는 통제가 되지 않겠지요."

원래는 그 이유가 아니었지만, 지금은 그렇다. 손바닥 들여다보듯 알았던 악셀 발렌타인을 이젠 잘 모르겠다. 그녀는 말없이 고개를 끄덕였다. 루드빅이 말했다.

"저는 저를 택해 주신 공작님의 기대에 부응하고 싶습니다. 제게도 베로니카 경과 같이 강해질 기회를 주셨으면 합니다."

결국 그녀는 그에게도 세 번째 정령수의 단서를 주었다.

'둘 다 좀 더 준비가 된 뒤에 보낼 생각이었는데.'

아리아드네는 루드빅까지 배웅한 뒤 토벌의 뒤처리를 했다.

다행히 대신전은 리온의 죽음을 쉽게 납득했다. 지금까지 늘 쉽게 토벌을 하던 아리아드네의 토벌대가 한동안 요양을 해야 할 정도로 큰 타격을 입었기 때문이었다. 그 정도로 위험했다면 경력이 짧은 리온 같은 신관은 전사할 만도 하다는 분위기였다. 애초에 토벌이라는 것 자체가 사망률이 높은 일이니.

아리아드네는 그들의 오해를 정정하는 대신 리온 신관의 가족과 소속 신전에 배상금을 두 배로 지불했다.

이후 그녀는 대신관에게 직접 왜 뤼르 이나민을 파견하지 않았는지 물어보았다. 대신관은 예상치 못한 대답을 했다.

"은퇴했다고요?"

"예, 그는 대략 5년 전에 신관을 그만두고 고향으로 돌아갔습니다."

신관이 그만두고 싶다고 그만둘 수 있는 일이었던가? 아무래도 그녀가 원작의 흐름을 뒤틀어 놓은 여파인 듯했다.

아리아드네는 새벽 용병단에 뤼르가 은퇴하고 돌아갔다는 고향 마을에 대한 조사를 맡겼다. 사이먼이 있었다면 그가 적임인데, 그녀의 비서는 아직도 우 대륙에서 돌아오지 않고 있었다.

'악셀이 대체 우 대륙에서 뭘 하고 다녔는지 알아야 하는데.'

그날 미렘-13에서 사라진 이후 악셀은 나타나지 않고 있었다.

'포기했을까?'

그가 영영 떠났다면 걱정할 필요가 없겠지만, 아무래도 다시 나타날 것 같았다. 아리아드네는 그전에 왜 악셀이 그렇게 변했는지를 알아 둬야만 했다. 사이먼이 돌아오기만을 기다리고 있을 순 없었다. 다른 방향에서 단서를 찾아야 했다.

"연회에는 오베른 후작의 초대장을 받아 왔습니다."

성인식 연회에서 어떻게 여기 왔냐고 물었을 때 악셀이 했던 말. 그녀는 오베른 후작을 만나 보기로 결정했다.

오베른 영지는 왕국의 동남쪽 해안가에 있었다. 저주받은 땅이 대륙을 반으로 나누고 육상으로 오갈 길까지 막아 버린 뒤, 우 대륙과 교류할 길은 뱃길밖에 남지 않았다. 오베른 항구는 우 대륙행 배가 출항하는 유일한 항구였다.

아리아드네는 호위 기사로 벨바렛을, 비서로 이자벨을 데리고 오베른으로 향했다.

오베른 후작은 백발을 우아하게 틀어 올린 노부인이었다. 그녀는 성대한 만찬을 열어 아리아드네의 방문을 환영했다.

"소문이 자자한 젊은 엘디어 공작을 손님으로 맞이하게 되다니, 이리 기쁠 수가 없습니다."

후작은 진심으로 기뻐 보였다. 대놓고 악셀에 대해 조사하러 왔다고 하고 싶지 않아서 사업상 방문으로 위장했는데, 그 위장이 워낙 탐스러운 탓이었다.

그녀는 우 대륙에 수출할 엘릭서를 생산할 공방을 오베른에 만드는 게 어떨지 알아보러 방문한 것으로 되어 있었다. 후작은 오베른에 엘릭서 공방을 지으면 얻게 될 이득을 열심히 어필했다.

정신이 다른 곳에 팔린 아리아드네는 그녀의 말을 한 귀로 흘리며 대강 맞장구를 쳤다. 어차피 정말 공방을 지을지 말지는 옆에 얌전히 앉아 있는 비서 이자벨이 따로 조사해서 보고서를 올릴 예정이었다.

아리아드네는 만찬이 끝나 갈 무렵 문득 생각난 것처럼 본론을 꺼냈다.

"그러고 보니 저번 제 성인식 연회 때 우 대륙의 귀족을 만났었습니다. 후작의 초대로 방문했다고 하던데요."

"오, 발렌타인 자작 말인가요? 만나 보셨군요!"

후작이 반가운 듯 말했다.

"네, 그 사람이요. 시간이 없어 길게 대화를 나누지 못했었는데, 오늘 오베른에 오니 그 생각이 나네요. 후작께서는 어쩌다 우 대륙의 귀족과 친분을 쌓게 되신 건가요?"

"흔한 일은 아니긴 하지요."

기분 좋게 웃은 후작은 곧 자신이 악셀과 만나게 된 계기를 설명해 주었다.

후작은 부친이 말렉사이어 출신인 터라 그곳의 친척과 몇 달에 한 번씩 꾸준히 편지를 주고받고 있었다. 그 편지를 통해 그녀는 꾸준히 우 대륙의 소식을 접했다고 한다.

약 3년 전부터 좌 대륙에 아리아드네 엘디어라는 세기의 정령사가 나타나 업적을 쌓았다면, 비슷한 시기 우 대륙에는 악셀 발렌타인이라는 걸출한 정령 기사가 나타났다.

후작은 매번 아리아드네의 업적에 대한 얘기를 편지에 썼고, 말렉사이어에 사는 후작의 친척은 그에 화답하듯 악셀에 대한 이야기를 편지에 썼다. 그러다가 그 친척이 우연히 연회에서 악셀과 만났는데, 그와 대화하다가 좌 대륙의 대단한 정령사, 즉 아리아드네에 대한 이야기를 꺼냈다.

악셀은 친척에게 그 정령사를 만나 보고 싶다고 했고, 친척은 소개 편지와 함께 그를 오베른 후작에게 보냈다. 후작은 그를 손님으로 맞아들여 아리아드네의 성인식 연회에 참석하도록 도와준 것이었다.

아리아드네는 경악했다.

'처음부터 날 만나기 위해 성인식 연회에 온 거였다고?'

우연히 재회한 것인 줄 알았는데 그게 아니었다니.

후작이 아무렇지도 않게 말했다.

"발렌타인 자작은 어린 나이에 뛰어난 정령사가 있다고만 하면 필사적으로 쫓아가서 만나 봤다더군요. 우 대륙에선 그가 생이별한 정령사 가족을 애타게 찾고 있는 거라는 소문이 짜하답니다."

만찬이 끝난 뒤, 아리아드네는 복잡한 기분으로 후작가를 떠났다. 악셀이 아드리안에 대해 아는 것은 나이가 어린 정령사라는 것, 딱 하나였다.

　'고작 그 단서를 가지고 정말로 온 대륙을 헤집고 다녔단 말이지.'

　엘디어로 돌아가는 길에 그녀는 발렌타인 상단 본부에 잠깐 들렀다. 전에 슬쩍 알아본 바로는 상단주가 바뀌지 않았다고 들었다. 하지만 직접 가서 만나 보니 발렌타인 상단의 상단주는 이미 바뀐 지 오래였다. 부단주가 상단주가 되어 있었던 것이다.

　겉으로 보기엔 서류상의 주인인 악셀보다 부단주가 상단주로 보이니, 왜 상단주가 바뀌지 않았다는 보고가 올라왔는지 알 만했다. 악셀은 거액을 받고 부단주에게 상단을 넘긴 후 그 돈으로 우 대륙으로 건너간 듯했다.

　그녀가 아드리안으로서 그에게 남겨 줬던 기반 중에 그가 처분하지 않은 것은 딱 하나였다. 무법자들의 도시에 있는 블랙의 저택. 소설에선 협회를 무너뜨릴 때 주인공이 제 손으로 불태워 버리는 저택이다. 그런 저택을 현재의 악셀은 유일하게 간직하고 있었다. 아마 지금도 거기서 지내는 듯했다.

　'왜 그렇게까지?'

　엘디어로 돌아가는 길 내내 아리아드네는 그 의문만 떠올렸다. 왜 악셀은 그렇게까지 아드리안에게 집착하는 거지?

　악셀이 자기를 죽이려 하는 아드리안도 믿고 가만히 있었던 건 납득이 갔다. 그녀가 그럴 만하게 행동했었으니까. 하지만 이미 떠난 아드리안을 놓지 못하고 그렇게까지 찾아다닌 이유는 도무지 모르겠다.

'애착을 쌓을 만큼 가깝지 않았잖아.'

신뢰는 있었어도 접점은 없었다. 없게 만들었다. 옆에 있어 준 적도 없고, 힘들 때 위로해 준 적도 없고, 가족처럼 행동한 적도 없으며, 편지를 주고받지도 않았다.

'차라리 사이먼을 찾아다닌 거면 이해가 되겠어.'

아드리안보다 악셀과 직접 얼굴을 마주한 사이먼이 친근해도 열 배는 더 친근할 터다. 그런데 대체 무엇이 자유를 얻고도 미친 듯이 찾아다닐 정도로 그를 아드리안에게 집착하게 만든 걸까.

"파이는 악셀 발렌타인이 무슨 심정인지 알 것 같습니다."

아리아드네의 한탄을 들은 파이가 나직이 말했다. 하릴없이 원작 소설책을 뒤적이고 있던 아리아드네가 놀라 고개를 들었다.

"이해가 돼? 어떻게?"

"어떤 점에서는 파이와 비슷하기 때문입니다."

"응?"

"가진 것이 당신뿐이라는 점 말입니다."

아리아드네는 미간을 모았다. 그녀의 표정을 본 파이가 미소를 지었다.

"인간은 인간들 사이에 있을 때만 인간이라는 말이 있었지요. 그와 같습니다."

"무슨 뜻인지 모르겠어."

파이가 쓰던 서류를 내려놓고 그녀에게로 다가왔다.

"파이를 파이라고 인식하고 불러 주는 존재가, 파이에게는 아리아 뿐입니다."

아리아드네 옆에 앉으며 그가 제 모습을 여성으로 바꾸었다.

"따라서 파이는 아리아를 절대 잃고 싶지 않습니다. 무슨 일이 있어도. 어떤 대가를 치르더라도."

파이는 아리아드네를 제 품에 가두듯 끌어안으며 속삭였다.

"파이의 세계엔 당신 말고는 아무도 없으니까요. 이건 이해가 되십니까?"

"아, 음…… 그건 무슨 말인지 알 것 같긴 한데."

민망할 정도로 적나라한 진심이었다. 파이가 진짜 인간이었다면 여성의 모습을 하고 있어도 절절한 사랑 고백으로 들렸을 것이다.

'왜 환상 도서관엔 나 말고는 아무도 없는 거지? 파이가 너무 외롭잖아.'

아리아드네는 강아지처럼 제 목덜미에 머리를 비비는 파이를 쓰다듬어 주었다. 안타까운 기분이 들었다.

"그럼 이제 악셀 발렌타인의 세계를 상상해 보세요, 아리아."

"걘 파이처럼 환상 도서관 같은 곳에 갇혀 있는 게 아니잖아."

"하지만 그에게는 태어난 나라도, 고향도, 부모도, 가족도, 친척도, 친구도, 연인도 없습니다. 하다못해 복수할 적 같은 것도 없습니다."

"양아버지는?"

"네. 그 양아버지가 주인공이 가진 유일한 것이었는데, 죽어서 잃어버렸지요. 그래서 소설에선 그가 양아버지의 유언에 인생을 바치고 목숨을 걸잖습니까."

"……"

"그는 뿌리가 없는 인간입니다. 세상에는 뿌리가 없어도 흐르는 대로 사는 인간도 있습니다만, 그는 아니지요. 그에게는 뿌리를 내릴 곳이 필요합니다."

조금 알 것 같다. 아리아드네는 심각해졌다.

"그러니까, 아드리안이 악셀에게 그런 존재가 되었다고?"

"악셀의 인생에 영향을 준 사람이 아드리안 말고 더 있습니까?"

"사이먼은?"

"아드리안의 대리인이잖습니까."

"……고립되어 있었구나."

"파이처럼 말입니다."

아리아드네는 이마를 짚었다. 역시 원작 전개를 진작 포기했어야 했다. 친구를 사귈 환경이라도 어떻게든 만들어 줄걸.

"아니, 그런데 이제 다 컸잖아. 애도 아니고 파이처럼 갇혀 있는 것도 아닌데 왜 아드리안만 붙잡고 그러는 거야? 다른 사람들하고 관계를 만들면 되잖아. 연인이라도 만들든지."

"원작에선 어땠습니까? 주인공이 관계를 쌓으려는 노력을 하던가요?"

"……아니. 유언 이루고 나니까 대미궁에만 집착했지."

함께 사선을 넘어 다닌 동료들과도 아무런 인간관계를 쌓지 않았다. 주인공에게 동료란 상황과 성장한 능력에 맞춰 갈아 치우고 성능을 평가하는 아이템 같은 존재였다.

답이 없구나. 그녀가 깊은 한숨을 내쉬자 파이가 그녀의 관자놀이에 입술을 누르며 말했다.

"파이는 아리아가 그에게 이렇게 신경을 쓸 필요가 없다고 생각합니다."

"응?"

"소설처럼 만들어 주면 되지 않습니까. 뿌리를 내릴 목표를 줘 버리십시오. 그러면 아리아에게서 떨어질 겁니다."

"어떻게?"

파이가 그녀의 귀에 나직이 속삭였다. 그녀에겐 유리하지만 악셀에겐 잔인한 방법이었다.

뤼르가 돌아간 고향 마을에 대한 조사 보고서가 올라왔다. 의외로 엘디어에서 멀지 않은 곳에 있었다. 오염 지역에 둘러싸여 접근이 어려울 뿐.

세 번째 정령수를 찾으러 간 기사들이 돌아오기 전까지 그녀는 기다리는 것밖에 할 일이 없었다. 아리아드네는 직접 그를 만나러 가 보기로 했다. 원작과 왜 상황이 달라졌는지도 확인할 겸.

작은 마을에 공작으로서 방문하면 난리가 날 터다. 그녀는 신분을 숨기고 단출하게 여행 준비를 했다.

아무리 그래도 혼자 갈 수는 없었다. 정령사는 직접적인 전투에 극히 취약했다. 평소라면 베로니카와 단둘이 철마를 타고 떠났을 텐데, 베로니카가 없으니 다른 사람과 가야만 했다.

새벽 용병단은 에리히에게 줄 비행 아이템을 구하러 보냈다. 위버는 너무 멀고, 황금뿔 기사단원은 아직 완벽히 신뢰할 수 없는 이가 대부분이었다.

결국 그녀는 가장 믿을 수 있는 벨바렛과 함께 출발했다.

엘디어에서 벗어나자마자 마차를 몰던 벨바렛이 목소리를 낮춰 말했다.

"누군가가 따라붙었습니다. 시선이 느껴집니다."

아리아드네는 그다지 놀라지 않았다. 프란츠 엘디어에게 복수한 뒤로 그녀를 노릴 적 같은 건 없다고 봐야 했다. 그러면 누구일지 너무 뻔하지 않은가.

루드빅이나 베로니카를 상대로도 안 들켰던 자가 그들보다 감각이 둔한 벨바렛이 알아차릴 정도로 기척을 드러냈다면 의도도 뻔했다.

"적의는 안 느껴지지?"

"예. 어떻게 아셨습니까?"

"잠깐 마차 세워 봐, 벨바렛."

우거진 숲 사이에 난 오솔길이었다. 그녀는 마차에서 내려 뒤를 보았다.

"그렇게 따라오지 말고 나와요, 자작."

검을 뽑아 들고 경계하던 벨바렛이 의아하게 그녀를 돌아보았다.

"공작님? 아는 사람입니까?"

"벨바렛도 아는 사람이야. 우리 기사단 신입 기사로 지원했었거든."

나뭇잎이 바람에 흔들리는 소리와 새소리만 들렸다. 아리아드네는 미간을 찌푸리고 다시 말했다.

"알아차려 달라고 대놓고 티를 냈으면서 지금 뭐 하자는 거죠?"

여전히 대답은 돌아오지 않았다. 그녀는 짜증스럽게 외쳤다.

"영토 펼쳐서 끌어내기 전에 나와, 악셀."

풀숲이 흔들리더니 뿔이 긴 수사슴의 머리가 튀어나왔다. 평범한 사슴이 아니라 정령수였다. 나뭇결을 살려 정성껏 빚은 조각상처럼 보이는 몸. 눈동자는 초록빛 에메랄드 같고, 가느다란 나뭇가지들이 얽혀서 만들어진 뿔에는 흰 꽃과 연둣빛 이파리가 붙어 있었다.

아리아드네는 저 정령수의 이름을 알고 있었다. 숲의 정령수, '아름드리'. 소설 속 주인공의 네 번째 정령수였다.

'하긴, 대정령도 이미 얻었는데 저것도 얻었겠지.'

사슴이 천천히 걸어 나왔다. 나무로 만들어진 등 위에 그녀가 예상한 인물이 앉아 있었다.

"악셀 발렌타인?"

그를 알아본 벨바렛이 당황하며 이름을 불렀다. 악셀은 대답하지 않고 아름드리에서 뛰어내렸다. 정령수는 나뭇잎이 되어 흩어지더니 그의 몸에 스며들었다.

아리아드네는 문득 우습다는 기분이 들었다. 원작 전개를 유지하면서 악셀을 강하게 만들려고 그렇게 애썼었는데, 원작 따위 내다 버리고 방치했더니 악셀은 원작보다 빠른 시점에 원작과 똑같은 정령수들과 대정령을 얻었다.

'우 대륙에서 돌아다녔으면서 정령수에 대정령까지 소설과 똑같은 것들이라니. 운명인 걸까.'

악셀은 숲의 그늘에 우뚝 선 채로 다가오지 않았다. 그녀는 팔짱을 끼고 비딱하게 서서 그를 응시했다.

"저를 미행하는 이유가 뭡니까, 자작."

"……"

"왜 따라오냐고 물었어."

"……당신이 혼자 돌아다니는 걸 보니 곧 제가 필요해질 듯해서 따라왔습니다."

"혼자라뇨, 자작. 제 옆에 있는 벨바렛 경은 안 보입니까?"

"……."

"네가 필요할 일은 없으니까 따라오지 마."

"저자를 데리고 다니는 건 혼자 다니는 것과 별 차이가 없어 보입니다. 제가 호위하겠습니다, 아드리안."

이 미친놈이 뭐라는 거야.

아리아드네는 목뒤를 잡고 싶은 기분이 되었다. 저번에 그 난리를 쳐 놓고서 이번엔 그녀 옆에 있는 사람을 아예 없는 취급을 하다니 반성의 기미가 없다. 존대할 땐 무시하고 아드리안처럼 말하니 대답하는 것도 어이가 없었다.

면전에서 모욕당한 벨바렛의 낯빛이 좋지 않았다. 아리아드네는 한숨을 삼키며 악셀을 노려보았다.

"저번에 내가 한 말을 듣긴 한 거야?"

"하고 싶은 대로 살라고 했잖습니까."

"그거 말고."

"……."

"난 아드리안이 아니라 아리아드네고, 너 같은 놈은 필요 없으니 꺼지라고 했잖아."

한 자 한 자 힘주어 말했다. 자신에게 정나미가 떨어져서 갔으면 좋겠다. 파이가 제안했던 방법은 웬만하면 쓰고 싶지 않았다.

붉은 눈이 물끄러미 그녀를 응시한다. 아리아드네는 그 시선을 피하지 않았다. 악셀이 말했다.

"앞으로는 아리아드네라고 부르겠습니다."

"……아니. 그렇게 안 불러도 되니까 그냥 가."

"제가 필요하지 않습니까?"

"필요 없다고 몇 번을 말해야 해?"

"당신 옆에 있는 저 있으나 마나 한 자보다 제가 더 필요가 없다는 겁니까?"

"그래. 너보단 벨바렛이 훨씬 더 내게 필요한 사람이야."

악셀의 눈빛이 형형해졌다. 그녀의 동료들을 모조리 때려눕히기 전에도 저런 눈빛이었다.

'안 돼.'

또 그 꼴을 볼 수는 없다. 아리아드네는 걸음을 옮겨 벨바렛 앞을 가로막고 섰다. 그러자 악셀이 뒤로 한 걸음 물러섰다. 벨바렛은 미묘한 표정으로 악셀과 아리아드네를 번갈아 보았다.

아리아드네가 입을 열었다.

"그대로 가, 악셀. 다시는 오지 마."

"제가 왜 당신 명령을 들어야 합니까? 당신은 더 이상 제 마스터가 아닌데."

빈정거리는 투로 대꾸한 악셀의 모습이 숲에 녹아들며 사라졌다. 아름드리의 힘을 쓴 모양이었다. 아리아드네는 그가 사라진 자리를 쏘아보다가 벨바렛에게 물었다.

"지켜보는 시선, 여전히 느껴져?"

"아니요. 이제 느껴지지 않습니다."

아마 떠난 게 아니라, 완전히 기척을 숨긴 거겠지.

'설마 이대로 계속 따라다니려는 걸까?'

언제 그녀의 곁의 사람들을 모욕하고 공격할지 모르는 통제 불능의 악셀이?

진이 빠졌다. 그녀는 지친 걸음으로 마차에 올라탔다.

"가자, 벨바렛."

"아까 그자와 무슨 사이인지 여쭤봐도 될까요?"

"미안. 사정이 좀 복잡해서……."

"어쩔 수 없네요."

벨바렛이 웃으며 마차를 출발시켰다. 아리아드네는 창가에 머리를 기댄 채 눈을 감았다. 파이가 했던 말을 되새겨 보았다.

"그에게는 뿌리를 내릴 곳이 필요합니다."

"……어떡하지, 진짜."

뤼르 이나민의 고향 마을 이름은 이나민이었다. 그 마을 사람들은 모두 이나민이라는 성을 썼다.

드문 경우는 아니었다. 평민들은 성이 없는 경우가 대부분이었고, 성을 꼭 써야 할 일이 생기면 보통 자기가 사는 동네 이름을 댔다. 그러다가 결국 그 동네 이름이 마을 사람들이 공통으로 쓰는 성씨가 되어 버리는 건 흔히 있는 일이었다.

이나민 마을이 소속된 영지가 없다는 것도 이상한 일은 아니었다. 미렘처럼 하루아침에 영주 일가가 전멸하고 영지 대부분이 오염되면,

운 좋게 오염되지 않고 남은 마을은 소속된 가문이 사라져 버리는 것이다.

최근 몇 년간 아무도 이나민 마을에 드나들지 않았다는 건 흔치 않긴 해도 있을 법한 일이었다. 오염 지역에 둘러싸인 섬 같은 촌구석 마을. 딱히 대단한 특산품이 있는 것도 아니고 원래 자급자족하는 농촌이었으니 사람들이 오랜 기간 드나들지 않을 수도 있었다.

이나민 마을이 불길하다는 소문이 돌게 된 건 한 해에 한 번 방문하는 왕국의 세금 징수관이 연달아 실종된 뒤부터였다.

첫 실종은 다들 대수롭지 않게 여겼다. 오염 지역을 통과하다가 실종되었다는 건 마물에 의해 전멸했다는 뜻이고, 자주 일어나는 일이었으므로.

추가로 새로운 징수관은 보내지지 않았다. 솔직히 오염 지역을 통과하기 위해 쓰는 돈이 그 작은 마을에서 거둘 세금보다 많았다.

이듬해, 또 징수관이 실종되었다. 이번에는 오염 지역을 대비하여 정령 기사까지 붙여서 보냈는데도.

왕실에서는 조사대를 보냈다. 마을 사람들이 세금을 피하려고 몰래 징수관을 죽여 버린 건 아닌지 확인차 보낸 조사대였다. 조사대는 정령사까지 포함된 대규모였다.

그들은 마을까지 들어가지 않고 오염 지역 중간에서 되돌아왔다. 징수관이 마물에게 잡아먹힌 흔적을 발견했기 때문이었다. 조사대는 이나민 마을에 징수관을 무사히 보내려면 미궁 정찰대 수준의 인원을 편성해야 한다고 결론을 내렸다.

왕실은 돈이 아까워서 그다음 해에는 징수관을 보내지 않았다.

4년째에, 2년 치 세금을 거두기 위해 징수관이 이나민 마을로 향했다. 그리고 돌아오지 않았다.

왕실은 이나민 마을을 포기했다. 더는 징수관도 조사대도 보내지 않았다. 그 무렵부터 이나민 마을 주변 지역에서는 그 마을에 들어가면 저주를 받아서 아무도 살아 돌아오지 못한다는 흉흉한 소문이 돌기 시작했다.

새벽 용병단은 이나민 마을을 조사한 보고서를 올리면서 그 소문을 헛소문이라고 평했다. 그냥 이나민 마을 주변의 오염 지역에 마물이 좀 많이 사는 것 같다고 말이다. 아리아드네 역시 그렇게 생각했기에 벨바렛과 단둘이 가볍게 출발한 터였다.

그녀가 이상함을 느낀 건 오염 지역에 들어선 후부터였다.

"마물이 오히려 보통 오염 지역보다 적은 것 같은데. 안 그래, 벨바렛?"

"저도 그렇게 생각합니다."

악명 높은 오염 지역이라기에 나름 마음의 준비를 했는데 대체로 평온했다.

오염 지역을 통과한 후엔 더 수상한 일이 그녀를 기다리고 있었다. 새벽 용병단원 몇몇이 오염 지역과 이나민 마을 사이의 초원에서 죽치고 있었던 것이다. 아리아드네가 이나민으로 직접 가기로 결정한 뒤, 일라타가 사전 답사를 위해 마을에 보냈던 용병단원들이었다.

"너희 여기서 뭐 해?"

"단장님!"

그녀를 본 용병단원들은 크게 놀랐다.

"단장님, 두 번째 보고서를 받지 못하셨습니까?"

"두 번째? 안 왔는데."

"이런, 아무래도 길이 엇갈렸나 보군요."

"왜? 무슨 내용이었어?"

용병은 심각하게 대답했다.

"저 마을, 뭔가 이상합니다. 정찰을 위해 먼저 들어간 단원들이 아직까지 한 명도 안 돌아왔습니다."

"지금까지 몇 명이나 보냈는데?"

"1차로 2명을 보냈고, 그 둘이 안 돌아와서 2차로 1명을 더 보냈습니다. 3일을 기다렸는데 셋 다 오지 않기에 3차로 4명을 보냈습니다."

"그 4명도 안 돌아왔다는 거네."

"일주일쨉니다."

보고를 들은 아리아드네 역시 심각해졌다.

"그동안 마을에서 나온 사람은?"

"아무도 나오지 않았습니다."

그녀는 잠시 고민하다가, 영토를 뻗어서 마을 내부를 확인해 보기로 마음먹었다.

[채널이 개방되었습니다.]

그녀의 발아래에서 나팔꽃 덩굴이 돋아났다. 아리아드네는 덩굴만 구현하면서 영토를 길게 늘렸다. 그녀는 영토의 최대 범위가 굉장히 넓은 편이었고, 형태 변경에도 능숙했다. 그런데도 마을까지 거리가 꽤 되어서 영토를 최대한 늘려도 마을 입구 정도가 한계였다.

이나민 마을은 성인의 키 두 배쯤 되는 높이의 목책으로 빙 둘러싸여 있었다. 마을 가까이로 갈수록 안개가 자욱이 짙어졌다. 입구 부근에서는 한 발자국 앞도 제대로 보이지 않을 지경이었다.

'파이, 이거 자연적인 안개 아니지?'

[마법적인 안개로 추측됩니다.]

반쯤 열려 있는 입구 문은 여닫는 형식으로 단단한 통나무들을 엮어 만든 것이었다. 입구 양쪽으로 자경대로 보이는 남자들이 조잡한 나무창을 쥔 채 서 있었다. 둘 다 꿈을 꾸는 것처럼 멍한 눈빛이었다. 뭔가에 홀린 것 같기도 하고 단순히 졸린 것 같기도 했다.

영토를 통해 훔쳐보는 걸로는 어느 쪽인지 구별하기 어려웠다. 아리아드네는 거기까지 살펴보고 영토를 거두었다.

'안개도 그렇고, 뭔가 있어. 대체 뭐지?'

마물은 이렇게 모호한 짓을 하지 않는다. 습격하고 죽이고 먹을 뿐이다. 아마 마을에 무슨 음모가 있다면 사람의 짓일 터다.

아리아드네는 대신관에게 들었던 뤼르의 은퇴 사유를 떠올렸다.

'고향에 있는 부모님이 돌아가셔서 어린 동생들을 돌봐 줘야 한다고 했었지.'

그게 5년 전의 일이다.

'그때부터 마을이 이상해졌던 걸까?'

어떻게 할지 쉽사리 결정을 내리지 못하고 있는데 용병들이 헉, 하고 놀라는 소리가 들려왔다. 돌아보니 악셀 발렌타인이 거기에 서 있었다. 아리아드네는 반사적으로 인상을 찡그렸다.

"따라오지 말랬지."

"제가 필요하지 않습니까?"

"뭐?"

"당신은 저 마을에서 뤼르라는 은퇴한 신관을 만나려고 여기까지 온 것 아닙니까. 제가 다녀오지요."

이제 내가 필요하다고 말해.

악셀이 그런 눈빛으로 아리아드네를 응시했다. 그녀는 그 순간 결정을 내렸다.

"네 도움은 필요 없어. 지금도, 앞으로도. 그러니까 쓸데없는 기대하지 말고 돌아가."

아리아드네는 일부러 더 싸늘하게 내뱉고는 용병들을 돌아보았다.

"내가 편지를 쓸 테니, 너희가 각각 새벽 용병단 본부, 위버, 엘디어로 전달해 줘."

"알겠습니다."

그녀는 명백히 수상한 곳에 제 발로 들어갈 정도로 무모하지 않았다. 지원을 요청할 생각이었다. 특히 대마법사라면 경험도 많고 이런 문제에 해박하니 큰 도움이 될 것이다.

아리아드네는 용병단원들이 쓰던 간이 탁자에 앉아 편지를 쓰기 시작했다. 무표정하게 그것을 지켜보고 있던 악셀이 돌연 움직였다.

"오늘 해가 지기 전에 돌아오겠습니다."

아리아드네에게 통보한 그가 곧장 마을로 향했다. 그녀는 황당해져서 편지를 쓰던 손을 멈추고 그를 바라보았다.

"어딜 가는 거야? 난 필요 없다고 했어!"

"전 당신의 명령을 들을 이유가 없습니다."

뒤도 돌아보지 않고 대답한 악셀이 말릴 틈도 없이 안개 사이로 사라졌다. 아리아드네는 기가 막혀서 멍하니 입을 벌렸다.

[정말 자기가 하고 싶은 대로 하는군요.]

파이가 중얼거렸다. 동감이었다.

편지를 다 쓴 아리아드네는 용병들을 전령으로 보냈다. 오염 지역을 통과해야 나갈 수 있기에 남아 있는 인원을 죄다 보내야만 했다. 그녀는 용병들이 남겨 두고 간 막사에서 벨바렛과 함께 식사를 하고 푹 쉬었다.

뉘엿뉘엿 해가 저물어 간다. 아리아드네는 탁자에 걸터앉아 붉게 물들어 가는 안개를 지켜보았다. 땅거미가 지고 달이 뜰 때까지 안개 속에서 나오는 사람은 아무도 없었다.

해가 지고도 한참이 지났는데 악셀 발렌타인이 돌아오지 않는다. 그녀는 점점 초조해졌다.

'악셀에게 무슨 일이 생겼나?'

그럴 리가 없다. 정령수만 넷, 인류 최초로 대정령과 계약한 정령 기사 아닌가. 그는 먼치킨 주인공이다. 소설보다 성장 속도도 훨씬 빠르다. 그러니까 별일 없을 것이다. 곧 돌아오겠지.

가까스로 마음을 가라앉히고 잠을 청했다. 그러나 다음 날 아침까지도 악셀은 나타나지 않았다.

아리아드네는 짙은 안개에 뒤덮인 마을을 뚫어져라 바라보았다. 만약 저 안에서 지금 악셀이 위기에 처해 있다면. 그러다 죽기라도 한다면.

'어떻게 되는 거지?'

악셀이 회귀 능력을 각성하는 건 라비린토스에 방문한 뒤다. 그래서 회귀할 때마다 그 시점, 막 능력을 각성한 라비린토스로 되돌아간다.

이 시기의 그는 회귀 능력을 깨우지 못했다. 소설에선 나오지 않은 상황이라 확실하진 않지만 지금 그가 죽으면 끝이다. 아마도. 보통 사람들처럼 돌이킬 수 없는 죽음을 맞이하게 된다.

하지만 냉정하게 생각해 보면 나쁜 이야기가 아니었다. 악셀이 없으면 대미궁 공략이 불가능하다고 여겼을 때야 큰일이었지만, 현재 그녀는 어차피 그를 배제한 공략을 준비하고 있다.

회귀 능력을 얻기 전에 악셀이 죽으면 마왕은 제 그릇이 될 인간을 잃는다. 옮겨 탈 그릇이 없으니 대미궁 최하층에서 마왕의 낡은 몸을 죽여 버리면 그 힘과 영혼은 갈 곳을 잃고 마계로 되돌아갈 확률이 높다. 마왕이 강림하여 단번에 세계를 멸망시키는 일이 일어나지 않는다.

그러니까 여기서 악셀이 죽어 버리는 것이 오히려 여러모로 유리하다.

불현듯 찾아온 깨달음에 목덜미가 서늘해졌다.

"공작님?"

핏기가 싹 사라진 그녀의 안색을 본 벨바렛이 어깨를 흔들며 불렀다. 아리아드네는 간신히 목소리를 낼 수 있었다.

"아무것도 아니야. 잠깐 생각할 게 있어서."

그녀는 필사적으로 방금 떠올린 논리를 반박할 근거를 찾았다.

'마왕이 새 그릇을 찾을 수도 있어. 그러면 그릇이 될 사람이 누구인지 아는 지금보다 더 문제가 복잡해질 거야.'

그리고 또 뭐가 있지? 악셀이 죽어서는 안 될 논리적인 이유. 뭐든 좋으니까.

'어쩌면 죽을 위기에 처했을 때 자동으로 회귀 능력이 각성해 버릴지도 몰라. 아니, 그럴 확률이 굉장히 높다고 봐야 해.'

주인공은 라비린토스에서 회귀 능력을 얻는 게 아니라 잠들어 있던 능력을 깨운다. 그 능력 자체는 그가 태어날 때부터 그의 내부에 잠재되어 있었다. 그러니 상황이 위급해지면 알아서 회귀하게 될지도 모른다.

따라서 악셀은 무조건 살아 있어야 한다.

'이 정도면 됐어.'

차게 식었던 손발에 차츰 핏기가 돈다. 안도의 한숨이 절로 흘러나왔다. 그러고 나자 비로소 조금 전까지 자신이 어떤 상태였는지 돌아볼 여유가 생겼다.

'……그를 희생시키고 싶지 않아.'

설령 악셀을 죽이는 게 소설의 결말을 바꾸는 데 유리하더라도 그런 짓은 하고 싶지 않았다. 그래서 그녀가 떠올려 버린 논리를 필사적으로 스스로 반박했다.

어느새 악셀은 그녀가 반드시 살리고 싶은 사람들 중 하나가 되어 있었다. 정이 들었나 보다.

'그렇겠지. 걔가 열두 살 때부터 봐 왔는데.'

아리아드네는 마른세수를 했다. 식은땀이 손에 묻어났다. 그사이 해는 중천에 떠올랐다. 아침을 넘어 점심 무렵이 가까워지고 있었다.

악셀은 아직도 나오지 않았다.

"벨바렛."

"네, 공작님."

"여기서 대기해."

"예? 공작님, 어딜 가시려고요?"

"마을 안에 들어가 봐야겠어."

벨바렛이 낯을 딱딱하게 굳히더니, 그녀의 앞을 가로막았다.

"절대 안 됩니다."

"알아. 그래도 가야겠어."

아리아드네는 흐리게 웃었다.

"지금 안 들어가면 평생 후회하게 될 거야."

나름 계산도 있었다. 저 마을 안에서 무슨 일이 일어나고 있든 악셀과 자신이 함께 있으면 무조건 살아 나올 수 있다. 그녀에겐 치트키나 다름없는 환상 도서관과 파이도 있지 않은가.

결심을 다지고 걸음을 떼려는 순간이었다. 안개를 헤치며 아무렇지도 않은 얼굴의 악셀이 걸어 나왔다. 상처 하나 없는 멀끔한 얼굴이었다. 약간 성가시다는 표정으로 다가와서 무심하게 그녀 앞에 섰다.

"뤼르라는 신관, 찾았습니다."

아리아드네는 악셀의 멱살을 움켜쥐었다. 대뜸 멱살이 잡히자 악셀의 눈이 커졌다.

"너!"

아리아드네는 냅다 그를 불러놓고서 한참 말을 잇지 못하고 입만 뻐끔뻐끔했다. 할 말이 많은데 말이 안 나온다. 태연한 악셀의 얼굴을 보니 조금 전까지 식은땀이 나도록 고민한 게 다 뭐였나 싶어 억울해졌다.

그녀가 버벅거리는 사이 악셀은 제 키가 너무 커서 아리아드네가 발돋움을 하고 힘들게 매달려 있다는 것을 알아차렸다. 그는 미세하게 허리를 굽히며 커다란 어깨를 수그렸다. 간당간당하던 아리아드네의 자세가 자연스럽게 편해졌다.

감정이 치받아 있는 그녀는 그 변화를 자각하지 못했다. 그녀는 겨우 할 말을 떠올리고 그의 멱살을 짤짤 흔들었다.

"왜 멋대로 들어가!"

"제 마음입니다."

"해 지기 전에 나온다며! 지금이 몇 신줄 알아?"

"아드…… 아리아드네가 찾는 사람에 대해 아는 게 이름뿐이라, 예상보다 좀 오래 걸렸습니다."

"그러면 일단 나와서 얘길 하고 다시 들어가든가! 밖에서 기다릴 사람은 생각도 안 해?"

"기다리셨습니까?"

아리아드네는 퍼뜩 정신을 차렸다. 코앞에 있는 악셀의 얼굴에 교묘한 미소가 걸렸다.

"저를, 기다리셨습니까?"

그리고 재차 튀어나오는, 조금 높아진 음성.

그녀는 화들짝 놀라 그를 뿌리치고 뒤로 물러났다. 그러자 악셀이 그녀가 물러난 만큼 성큼 다가섰다.

"저를 걱정하셨군요. 그렇지요?"

그의 얼굴에 진한 만족감이 퍼져 나갔다. 아리아드네는 아차 싶었다. 여기서 밀려서 휘말릴 순 없었다. 그녀는 마음을 다잡고 태연하게 말했다.

"그래, 걱정했어."

"역시 제가 필요해서……."

"착각하지 마, 악셀. 네가 아닌 다른 누구라도, 오늘 처음 본 사람이 같은 행동을 했어도 나는 걱정했을 거야."

악셀의 얼굴에 차오르던 감정이 멎었다. 그녀는 쐐기를 박았다.

"사람이 죽을 수도 있는데 그게 누구든 당연히 걱정하지. 네가 떨어뜨린 그 신관을 걱정했던 것처럼 말이야."

무표정해진 그가 단조로운 어투로 물었다.

"제가 싫습니까? 그 쓰레기 같은 신관에 비유할 만큼?"

"몰라서 물어?"

"……당신이 제 실력을 알면서도 필요 없다고 거부하는 건 혹시 그 때문입니까?"

"맞아. 전에도 말했잖아."

이참에 확실히 말해 줘야겠다는 생각이 들었다.

아리아드네가 악셀을 배제하기로 결정한 것은 원작과 너무 달라진 그를 원작 전개에 맞출 자신이 없어서였다. 악셀 없이도 대미궁 공략이 가능해진 마당에 억지로 원작 주인공에 끼워 맞추는 건 그를 불행하게 만드는 일 같았고 말이다. 그래서 자유롭게 놓아주었다.

하지만 그사이 악셀은 알아서 원작 주인공보다 더 강해져서 돌아왔다. 그리고 아드리안에게 필요한 존재가 되고 싶어 한다.

'약해진 것도 아니고 자유로워지는 것도 싫다고 하니, 사실상 이제 악셀을 거부할 이유가 없긴 해.'

왜 이렇게 아드리안에게 집착하는 건지 이해가 가지 않아서 처음엔 거부감이 들었지만, 이젠 그것도 어느 정도 이유를 알겠고. 회귀의 위험성은 그녀가 좀 더 많이 조심하면 되는 문제다.

게다가 그를 동료로 받아들인다고 해서 그녀가 루드빅에게 한 약속을 지키지 못하게 되는 것도 아니다.

원작 주인공은 글라무스라는 아이템으로 정령술을 쓰느라 감당할 수 있는 최적 인원이 5명에 불과했다. 그러나 아리아드네 자신의 정령술이라면 토벌대의 인원이 하나 늘어나는 것쯤은 감당하고도 남았다.

루드빅과 악셀 둘 다 데려가도 된다는 뜻이다.

그러니까 만약에, 아드리안임을 그녀가 밝히고 나서 악셀과 말다툼을 하고 있었을 때. 악셀이 에리히와 베로니카, 루드빅을 그딴 식으로 쓰러뜨리지 않았다면.

그랬으면 고민은 좀 했겠지만 결국 악셀을 받아들이는 방향으로 결정했을 터였다.

아리아드네는 그를 똑바로 응시하며 말했다.

"힘자랑하겠답시고 동료들을 공격하고 모욕하는 너 같은 녀석은 믿을 수 없어. 아무리 강해도 필요 없다고."

악셀은 길게 침묵하다가 한숨을 쉬고 마른세수를 한 다음 입을 열었다.

"그럼, 그런 짓을 하지 않으면 됩니까?"

"응?"

"당신의 사람들과 '잘' 지내면 절 받아줄 겁니까?"

그는 '잘'을, 이를 꽉 물고 발음했다. 아리아드네는 멍하니 눈을 깜박였다. 원작 주인공도 못 했, 아니 안 했, 아니 정확히 말하자면 못하면서 할 의욕도 없었던, '동료들과 사이좋게 지내기'를 네가 하겠다고?

"네가 잘 지낼 수 있어? 다른 사람들이랑?"

그녀가 몹시 의심스럽다는 투로 묻자 악셀이 울컥하며 대답했다.

"그래야만 당신이 받아 준다면, 얼마든지 할 수 있습니다."

"……."

"대정령을 길들이는 거나 단서도 없이 아드리안을 찾아다니는 것보다야 훨씬 쉽겠지요."

글쎄, 너한텐 그게 더 쉬울 것 같은데.

아리아드네는 속으로 그렇게 생각하며 의심의 눈초리를 거두지 않았다. 그가 말했다.

"제가 뭘 하면 믿어 주겠습니까?"

그녀는 옆에서 복잡미묘한 표정으로 그들을 지켜보고 있는 벨바렛을 흘깃 보았다.

"그럼, 벨바렛한테 사과해 봐."

"……뭘 말입니까?"

"그녀를 무시했었잖아."

"제가 거짓말을 한 것도 아니잖습니까."

"아, 그래? 그러면 그만둬. 가서 네 마음대로 살아."

아리아드네가 돌아서려 하자 악셀이 급히 그녀의 어깨를 잡았다. 그녀는 일부러 더 싸늘하게 그를 돌아보았다.

"왜?"

"……하겠습니다."

악셀은 이를 갈며 대답했다. 아리아드네는 내심 굉장히 놀랐다.

'정말 하겠다고?'

그녀는 사나워진 악셀의 표정을 유심히 살피다가 벨바렛에게 말했다.

"벨바렛."

"네, 공작님."

"네 마음에 들 때까지 악셀 사과 받아 주지 마."

"……!"

악셀과 벨바렛 둘 다 흠칫 놀랐다. 아리아드네는 악셀에게 들으란 듯 덧붙였다.

"정말 용서해 줄 수 있겠다 싶을 때만 받아 줘. 진심이 아닌 것 같거나 하는 시늉만 하면 영원히 안 받아 줘도 돼."

악셀이 허공을 올려다보다가 지그시 눈을 감았다. 벨바렛은 급히 고개를 돌렸다. 어깨가 들썩이는 것을 보니 웃음을 참으려 애쓰는 모양이었다.

아리아드네는 빙긋 웃었다.

"할 수 있다고 했지? 잘 해 봐, 악셀. 못 하겠으면 언제든 떠나도 돼."

"······."

아리아드네는 악셀이 아주 오래 걸릴 거라 짐작했다.

'어차피 지원 올 때까진 기다리는 것 말곤 할 일도 없으니까.'

하지만 놀랍게도 다음 날 아침에 벨바렛이 그녀에게 악셀의 사과를 받아들였다고 보고했다.

"악셀이 진심으로 사과했어? 너무 쉽게 받아 준 거 아니야?"

벨바렛은 난처한 표정으로 대답했다.

"그게, 공작님, 도저히 웃음을 참기가 힘들어서요."

"응?"

"나름 공작님 말 따르겠다고 용을 쓰는데, 애가 낑낑대는 꼴이 안쓰럽고 웃겨서······."

벨바렛이 손으로 입을 가리고 크흠, 크흠, 웃음인지 헛기침인지 모를 소릴 냈다. 마흔을 넘긴 그녀의 눈에는 22살인 악셀이 어린애로 보일 만도 했다.

"어쨌든 무례하게 굴어서 죄송하다는 얘긴 들었으니까요, 받아들이기로 했습니다."

"정말 걔가 그런 말을 했다고?"

"네, 허리까지 숙이면서요. 전 그 정도면 됐습니다."

잘 상상이 가지 않았다. 아리아드네는 막사 밖 탁자에 걸터앉아 있는 악셀의 뒷모습을 멀거니 보았다. 통제 불가능한 미친놈이 됐다고 생각했었는데. 그녀는 그에게 다가가 어깨를 두드려 주었다.

"잘했어, 악셀."

그가 흘깃 그녀를 돌아보았다. 조금 지쳐 보이는 얼굴이었다.

"이제 된 겁니까?"

"이제 세 명 남았지."

"그건 또 무슨……."

악셀의 미간이 구겨졌다. 아리아드네는 태연히 말했다.

"에리히 오라버니랑 베로니카랑 루드빅한테도 사과해야 할 것 아냐. 셋 다 많이 다쳤었으니까 제대로 사과해."

"……그게 답니까?"

"그래. 나하고 같이 대미궁에 가고 싶다면 내 동료들하고도 잘 지내야지. 셋 다 괜찮다고 하면 통과야."

"빌어먹을, 알겠습니다."

그가 옅게 한숨을 내쉬며 제 머리칼을 쓸어넘겼다. 결 좋은 검은 머리카락. 아리아드네는 그 머리칼을 쓰다듬어 주고 싶은 충동을 느꼈다.

'성질 더럽고 덩치 큰 대형견 같네.'

조금 귀엽다. 처음 12살짜리 악셀을 만났을 때부터 지금까지, 그가 귀엽게 느껴진 건 처음이었다.

그녀는 탁자 옆에 나란히 걸터앉으며 입을 열었다.

"그럼 악셀, 어제 네가 이나민 마을에서 본 것 말인데. 뭘 봤는지 알려줄 수 있을까?"

악셀이 약간 놀란 얼굴로 그녀를 돌아보았다.

"아드…… 아리아드네, 제 정보가 필요합니까?"

"응, 필요하지. 엄청."

그녀가 웃으며 덧붙였다.

"아리아라고 불러도 돼. 말도 편하게 해도 되고."

붉은 눈동자가 잘게 떨렸다. 아리아드네는 한쪽 무릎을 세우고 거기에 턱을 괸 채 가볍게 말했다.

"그러고 보니 토벌대에서 아무도 내 이름을 제대로 안 부르네."

"……."

"베로니카는 아가씨라고 부르는 게 입에 붙어 버렸는지 그냥 이름 부르라고 해도 자꾸 까먹더라고. 에리히 오라버니는 가끔 부르긴 하는데, 대부분 해골이라고 부르고."

"……."

"루드빅은 곧 죽어도 예를 지켜야 한다며 공녀님, 공녀님 하다가 작위 계승한 뒤로는 공작님이라고 불러. 난 루드빅 이름 막 부르는데 말이야."

그녀는 약간 들떠 있었다. 영 통제가 안 될 줄 알았던 악셀이 갑자기 얌전해졌고, 그럭저럭 빠르게 사과까지 했다. 이대로만 잘 유지되면 토벌대의 전력이 비약적으로 상승할 테니 기분이 좋을 수밖에 없었다.

단순히 악셀이 좀 귀엽게 느껴져서 기분이 좋은 것도 있고.

재잘재잘 말을 늘어놓은 아리아드네가 악셀을 돌아보며 생긋 웃었다.

"넌 어떻게 할래?"

"……아드리안은 안 됩니까?"

악셀은 그녀를 피해 시선을 돌리며 대답했다. 아리아드네는 고개를 저었다.

"그건 가명이잖아."

"그럼, 아리아라고 부르겠습니다."

"좋아, 그럼 이제 얘기해 줘. 뤼르 신관은 찾았다며? 어땠어? 마을 상태는?"

"겉보기엔 별 문제가 없어 보입니다. 마물이 있지도 않고, 사람들도 멀쩡히 돌아다니고."

"겉보기엔? 이상한 점이 있었나 보네."

"신관을 찾아 돌아다니다 보니 마을 한가운데에 안 어울리게 큰 신전이 있었습니다. 해가 지니 마을 사람들이 모두 그 안에 들어가는데, 좀…… 제정신이 아닌 것 같았습니다."

악셀이 눈살을 찌푸렸다.

"그렇게 신전에 들어가서 다음날 아침에서야 나오는데, 신전 입구에서 배웅하는 신관을 사람들이 뤼르 신관님이라 부르더군요."

"거기까지 확인하고 나온 거구나. 신전엔 들어가 봤어?"

"마법이 걸려 있더군요. 부수는 건 간단하겠지만 시끄러워질 것 같아서 그냥 신관만 확인하고 나왔습니다."

"혹시 새벽 용병단원들은 못 봤어?"

"용병단원들도 신전에 들어갔습니다."

아리아드네는 미간에 주름을 만들었다.

"그 신전 수상하네. 나올 땐 아무 문제 없었고? 다른 사람들은 못 나왔잖아."

"안개가 짙어서 앞이 안 보이길래 가호로 뚫고 나왔습니다. 보통 사람은 안개 속에서 헤매다 못 나왔을 것 같습니다."

"음……."

그녀는 여전히 안개에 휩싸여 있는 이나민 마을을 돌아보았다.

아무래도 찝찝했다. 신관에서 은퇴했다는 뤼르가 이나민 마을 신전에 있다는 것도 이상하고 신전 안에서 무슨 일이 일어나고 있는지도 신경 쓰였다.

무엇보다, 뤼르도 뤼르지만 그 안에 있는 새벽 용병단원들이 걱정되었다.

'뭔지 몰라도 그 마을에 오래 있는 건 위험할 것 같은데.'

아리아드네는 잠시 고민하다가 악셀에게 물었다.

"악셀, 네가 드나드는 건 어렵지 않았다는 거지?"

"쉬웠습니다. 가호로 가능했던 걸 보면 영토로도 통과할 수 있을 겁니다."

"그럼 나랑 같이 한 번 더 들어가자. 뤼르는 못 만나더라도 용병단원들은 데리고 나와야겠어."

"그런 쓸모없는 자들을 뭐하러 당신이……."

인상을 찌푸리고 말하던 악셀이 아리아드네의 표정을 보고 말끝을 흐렸다.

"……아닙니다. 다녀오죠."

"좋아."

속이야 어쨌든 겉으로나마 눈치를 보는 걸 보니 악셀에게도 희망이 있었다. 아리아드네는 벨바렛을 불러 방금 악셀에게 들은 정보를 전해 주었다.

"그래서 나하고 악셀이 잠깐 들어갔다 올게. 막사에 한 명은 있어야 할 테니 벨바렛이 여기서 기다려줘."

"알겠습니다."

벨바렛은 악셀과 함께 들어간다는 말에 선선히 고개를 끄덕였다. 실력도 확실하고, 아리아드네가 시킨다고 사과까지 하는 걸 보니 호위도 걱정할 필요가 없어 보였다.

아리아드네와 악셀은 간단히 점심을 먹고 벨바렛의 배웅을 받으며 이나민 마을로 향했다.

들어갈 때는 안개가 아무런 영향을 끼치지 않았다. 안개 사이로 경비병이 지키고 있는 마을 입구가 보였다.

아리아드네가 작게 속삭였다.

"경비병 몰래 들어가야 해?"

"아니요, 저것들은 대놓고 들어갔다 대놓고 나와도 안 막습니다."

"그런 식이면 경비를 왜 세워 둔 거지?"

"글쎄요."

악셀의 말대로, 그들이 대화를 나누며 태연히 입구에 들어서는데도 경비병들은 신경도 쓰지 않았다.

마을 안에 들어서자마자 아리아드네는 악셀이 왜 안 어울리게 큰 신전이라고 했는지 깨달았다. 다 합쳐봤자 백 명도 안 살 것 같은 마을에 도시에나 있을 법한 웅장한 신전이라니. 광장이 아니라 공터 수준의 흙바닥에 놓여 있는 도금된 토대와 정교한 돌을새김이 된 잿빛 돌기둥들은 정말이지 어울리지가 않았다.

신전의 문은 굳게 닫혀 있었다. 신전 근처에 어슬렁어슬렁 돌아다니거나 맨바닥에 주저앉아 있는 마을 사람들이 몇 보였다. 다들 경비병처럼 반쯤 넋이 나간 눈이었다.

아리아드네는 구석에 앉아 있는 아주머니에게 슬쩍 말을 걸어보았다.

"저기요, 사람을 찾고 있는데요……."

아주머니는 그녀에게 시선조차 주지 않았다. 멍한 눈은 신전 쪽을 보고 있다. 아리아드네는 조심스럽게 아주머니의 어깨를 건드렸다.

"저기……."

"……!"

제자리에서 펄쩍 뛴 아주머니가 그대로 무릎을 꿇고 기도를 올리기 시작했다. 양손을 모아쥐고 알아들을 수 없는 말을 내뱉으며 펑펑 눈물을 쏟는다.

아리아드네는 질겁해서 아주머니로부터 떨어졌다. 악셀이 빠르게 그녀와 아주머니 사이를 가로막았다.

"사람들이 다 이 상태란 말이지?"

"예, 아마도."

"뭔가에 홀렸거나 세뇌된 것 같은데, 이건 혹시……."

레다 피카로의 소지품과 증언을 기반으로 검은 잔을 받은 자들을 조사해 얻은 정보들이 떠올랐다. 이렇게 계획적으로 고립된 이상한 마을을 만들고 사람들을 세뇌할 만한 존재는 검은 잔을 받은 자들 중에서도 흑마법사나 사도밖에 없었다.

'규모를 보니 한 명이 아니겠고.'

그녀는 커다란 신전을 흘깃 보고는 한숨을 쉬었다.

"악셀, 이거 아무래도 배후에 검은 잔을 받은 자들이 있는 것 같아."

"사도 말입니까?"

"신전을 보면 아무래도 사도일 확률이 높겠지. 저녁때가 되면 다들 신전으로 모인다고 했지?"

"예, 용병들도 그때 다 여기에 모일 테니, 귀찮게 돌아다니는 것보다 기다렸다 한 번에 끌고 가는 게 편할 겁니다."

"응, 그럼 기다려 보자."

그들은 신전 입구가 보이는 구석에서 해가 저물기를 기다렸다.

해가 지고 땅거미가 기어 다니기 시작하자 사람들이 비척비척 모여들었다. 내내 닫혀 있던 신전의 강철 문이 삐걱거리며 열렸다. 일반적인 신관들이 입는 금실로 자수가 놓인 흰 신관복이 아니라 검은 신관복을 입은 남자가 신전에서 나왔다.

연한 갈색 머리의 20대 후반에서 30대 초반 정도로 보이는 청년이었다. 신성력을 가진 신관들의 공통점인 황금빛 눈동자가 멀리서도 눈에 띄었다. 그는 몰려드는 사람들에게 하나하나 인사하며 신전 안으로 안내하기 시작했다.

악셀이 아리아드네에게 작게 말했다.

"저 신관이 뤼르 이나민입니다."

"저 사람은 제정신 같은데. 맞아?"

"예, 눈빛으로 보나 행동으로 보나 멀쩡한 것 같습니다."

"이상하네, 신관이 검은 잔을 받는 건 불가능한데."

금빛 눈은 신성력의 상징이자 엘리시움의 신인 엘이 자신을 모실 자로 선택한 증거였다. 만일 신관이 검은 잔을 받으려 하면 신은 그 눈과 숨을 거두어 가 버린다. 신을 배신하면 즉시 죽는다는 뜻이다. 신성력이라는 축복을 받은 대가였다.

"아, 저기 우리 단원이다."

아리아드네가 문득 한쪽을 가리켰다. 왼쪽 가슴에 해 뜨는 문장을 달고 있는 새벽 용병단원이었다. 악셀이 말없이 그에게 접근해 명치를 후려치더니 기절시켜 질질 끌고 왔다.

'가차 없네……'

소리를 보니 일어나면 퍼렇다 못해 새카만 멍이 들 것 같았다. 아리아드네는 좀 살살 하라고 하려다 말았다. 악셀은 알아서 사람들 사이를 누비며 용병단원들을 하나씩 기절시켜 공터 구석에 쌓았다.

그가 대놓고 그러고 다니는데도 몰려드는 주민들은 아무도 반응하지 않았다. 바로 옆에서 사람이 쓰러지는데 눈길조차 주지 않는다.

기괴한 기분으로 그 광경을 지켜보던 그녀는 불현듯 시선을 느꼈다. 신전 입구에서 뤼르 이나민이 그녀를 바라보고 있었다. 황금빛 눈동자와 시선이 정확히 마주쳤다.

아리아드네는 반사적으로 채널을 열려 했다. 그런데 뤼르가 아주 작게 고개를 저었다. 절박한 표정이었다.

'뭐지?'

뤼르는 바로 그녀에게서 시선을 떼고 하던 일에 집중했다.

악셀은 용병단원을 다 모아 놓고 그녀 곁으로 다가왔다. 그리고 곧 마지막 주민이 신전 내로 들어갔다. 신관은 철문을 닫으려는 듯 자세를 잡고는 악셀과 아리아드네에게 다시 시선을 주었다.

그가 입술을 천천히 달싹이더니 신전 안으로 들어갔다. 실수인 것처럼 문을 조금 열어 둔 채로.

"방금 저 신관이 뭐라고 했어?"

아리아드네가 묻자 악셀이 성가시다는 듯 대꾸했다.

"도와 달라는군요."

도와 달라고.

아무래도 뤼르는 동생들이나 마을 주민들이 인질로 잡힌 탓에 검은 잔을 받은 자들에게 이용당하고 있는 모양이었다.

선명한 금빛 눈을 보면 그는 여전히 신의 사람이었다. 이 마을에서 유일하게 제정신인 신관이 도움을 요청했다. 아리아드네의 표정이 심각해졌다.

그녀의 표정을 살핀 악셀이 딱딱하게 말했다.

"저 신관이 당신에게 꼭 필요한 사람입니까?"

"응?"

"당신이 직접 이 오지까지 오기에 대단한 자인 줄 알았는데, 아무리 봐도 흔해 빠진 신관일 뿐입니다. 신성력은 전의 그 쓰레기 절반도 안 되어 보이고."

"……."

"저자의 어떤 점이 당신을 끌어들인 겁니까? 저 신관이 왜 필요합니까?"

아리아드네는 곧바로 대답하지 못했다.

악셀이 없는 토벌대를 기준으로 공략을 짜면서 그녀가 보스 격리를 맡게 되고, 그로 인해 필요해진 노련하고 정신력이 강한 신관 후보가 바로 뤼르 이나민이었다.

따라서 악셀을 받아들인다면 신관으로 뤼르를 고집하지 않아도 된다. 보스를 원작대로 악셀에게 맡기면 그만이므로.

그녀는 잠깐 고민하다가 솔직하게 대답했다.

"뤼르 이나민은 신성 마법을 다루는 솜씨가 뛰어나고 마물을 상대하는 것에 익숙한 신관이야. 토벌대에 그런 능숙한 신관이 필요해서 그를 만나러 온 거지만…… 반드시 그여야 할 필요는 없어."

"그럼 나가시죠. 저 떨거지들 데리고."

악셀이 바로 돌아섰다. 아리아드네는 급히 그의 옷깃을 잡았다.

"가긴 어딜 가?"

"반드시 필요한 자도 아닌데 저자를 도울 이유가 있습니까?"

"사도나 흑마법사 짓이면 마을 사람들이 전부 위험한 상황이잖아. 우리한테 도울 능력이 없는 것도 아니고."

"그렇다고 도와야 할 의무가 있습니까? 당신 소속의 인간도 아니고 저들을 구해서 얻는 이득이 없잖습니까."

악셀은 이해가 안 된다는 표정이었다. 한 치의 거리낌도 없다.

'그래, 너라면 관계도 없는 사람들을 네 책임도 아닌데 굳이 도와야겠다는 생각은 전혀 안 들겠지.'

이런 부분은 소설 속 주인공하고 어쩜 이리 똑같을까.

주인공이 필사적으로 대미궁을 정복하려 한 것은 인류애 따위가 있어서가 아니었다. 누군가는 그것을 닫아야 하고, 그걸 할 수 있는 사람이 자신밖에 없다는 것을 알기 때문이었다.

'그리고 자기 출생이 대미궁의 출현과 관계가 있으니 책임을 지려는 마음이기도 했었지.'

소설 속에서 죄책감과 의무감이 생긴 뒤의 악셀도 자비심이 없었는데, 아직 아무것도 몰라서 그런 심리조차 없는 저 악셀은 어떻겠는가.

'주인공은 기본적으로 인간을 싫어하니까.'

동료를 도구 취급하는 것도 그가 사람이 사람에게 가지는 기본적인 정이 없기 때문이다. 그나마 그녀가 키운 덕에 고생을 덜해서 인간에 대한 환멸을 덜 느낀 게 저거다. 원작의 의무감 없던 시절 주인공은 저거보다 더했으면 더했지 덜하진 않았다.

한숨을 삼킨 아리아드네가 입을 열었다.

"이득이 왜 없어?"

"……?"

"대미궁은 마계의 핵심 본거지야. 검은 잔 놈들은 마계의 공작원 같은 놈들이고. 본거지를 칠 준비를 하면서 그쪽 공작원들이 수작을 부리는 걸 보고도 그냥 넘기겠다고?"

"……."

"정보를 줄 수 있는 확실한 우리 편까지 있는 마당인데 이런 좋은 기회를 놓치면 안 되지. 최소한 무슨 짓을 꾸미고 있는지 확인이라도 해야 해."

악셀은 말이 없었다. 아리아드네는 채널을 열 준비를 하며 말을 이었다.

"그래도 싫어?"

"그러면 검은 잔을 받은 놈들과 싸워야 하잖습니까."

"그게 왜?"

"그것들과는 싸우고 싶지 않습니다."

"어째서?"

"……."

그가 더는 말하고 싶지 않은지 꾹 입을 다물었다.

'내가 모르는 사이 무슨 일이 있었나?'

아리아드네는 딱딱해진 악셀의 낯을 살피다가 문득 물었다.

"그놈들이 무서워?"

그러자 대번에 형형해진 붉은 눈이 그녀를 노려보았다.

"적에게 빌붙어 목숨을 구걸하는 나약한 자들을 제가 두려워할 것처럼 보입니까?"

그가 으득 이를 갈며 말을 한 자 한 자 씹어 뱉는다.

"아드리안, 당신 눈에는 제가 그 정도밖에 안 되는 겁쟁이로 보이는 겁니까?"

그녀는 내심 움찔했다. 악셀은 아드리안이 아니었다면 목이라도 조를 법한 얼굴로 그녀를 내려다보고 있었다.

악셀 발렌타인은 키가 크다. 그녀는 그의 가슴팍에 겨우 닿는 수준이었다. 그 커다란 덩치가 갑자기 그녀를 굽어보며 으르렁대는데 전혀 놀라지 않았다면 거짓말이다.

그래도 아리아드네는 반사적으로 고개를 돌리며 놀람을 감췄다. 저 녀석 앞에서 겁먹은 듯한 모습을 보이는 건 어리석은 짓이다.

'무시할 의도로 한 말은 아니었는데. 그냥 낯빛이 어둡길래 뭔 일이라도 있나 하고……'

그렇게 별생각 없이 한 말이라고 솔직히 말해 봤자 안 믿겠지. 그녀는 얼른 변명했다.

"오해하지 마, 악셀. 네가 진짜 그런 걸 두려워할 사람이라고 생각했으면 그렇게 묻지도 않아."

"……."

"네가 겁쟁이가 아닌 걸 아니까 그냥 농담처럼 한 말이야."

눈빛이 약간 누그러진 악셀이 물끄러미 그녀를 바라보았다.

"……농담이 아니라 도발 아닙니까?"

"아니야."

악셀이 픽 웃는다. 못 믿겠다는 투다.

'진짜 아니라고!'

답답해진 아리아드네가 무어라 하기도 전에 그가 내뱉듯이 말했다.

"여전히 당신은 저를 잘 아시는군요. 저는 당신을 알지 못하는데."

뇌까리는 그의 모습이 흐릿한 햇볕 속으로 부서지듯 파묻히기 시작했다. 대륙의 극단에서 어둠을 죽이고 밤새도록 제 광휘를 떨치는 햇빛. 그 지방 사람들에게 '어둠 살해자'라 불리는 백야의 대정령으로부터 얻은 힘이었다.

아리아드네는 빛 속으로 사라지는 악셀에게 당황해서 손을 내밀었다.

"잠깐, 악셀, 지금 어딜 가려는 거야?"

"도발에 응해 드리러 갑니다."

"뭐? 너 자꾸 상의하지도 않고 혼자서……!"

완전히 빛에 숨어 버린 그의 모습은 금세 보이지 않게 되었다. 그녀는 목뒤를 잡았다.

'또 왜 저래. 그 말에 자존심이 그렇게 상했나?'

자신이 그에 대해서 잘 알긴 뭘 잘 안다는 건지. 정말 그녀가 그를 잘 알면 이렇게 제멋대로 튀어 나가기 전에 미리 막았을 것이다.

'대정령을 정령수처럼 부리는 놈이니 혼자 가도 흑마법사건 사도건 큰 문제는 없겠지만…….'

아마도 악셀은 뻔뻔한 얼굴로 멀쩡하게 돌아올 터다. 그렇다고 손 놓고 기다리고만 있을 수는 없었다.

'사도를 함부로 죽이면 안 되는데. 목적도 알아내야 하고.'

원작에는 이것과 비슷한 사건조차 없었다. 마계에서 마을 사람들을 세뇌해서 이용한다니? 엘리시움의 절멸을 목표로 하는 족속들이 대체 무슨 의도로?

'이것도 내부의 세력 다툼과 관계가 있을까?'

소설에서 묘사되는 마계의 생물들은 마왕을 머리로 둔 자아 없는 군집에 가까웠다. 마물들에게 개별적인 이성이나 인격이 있다는 묘사는 전혀 없었다. 세력 구도 같은 건 아예 나오질 않았다. 원작만 보면 그들이 인간들처럼 세력을 이루어 서로 견제하고 경쟁한다는 건 상상도 못 할 일이다.

새삼스럽게 원작이 어딘가 허술하다는 기분이 들었다. 레다 피카로 때도 그랬지만, 파헤칠수록 마계에 관련된 새로운 사실이 나온다.

'찝찝해서라도 확실히 알아내야지.'

영토를 펼쳐서 악셀을 따라잡아야겠다. 결심한 그녀가 채널을 열자마자 파이가 빠른 어조로 말했다.

[알림. 비정상적인 접근이 감지되었습니다.]

[비공개 채널로 전환합니다.]

"응?"

답답한 감각이 느껴졌다. 채널을 열면 보통 야외에 있는 듯한 개방감이 느껴지곤 하는데, 그 감각이 사라진 것이다.

"무슨 일이야, 파이? 비정상적인 접근이라니?"

[신전 내부가 사도의 영토로 추측됩니다.]

[아리아가 이대로 채널을 개방할 경우 마계의 존재가 지속적인 접속을 시도할 것입니다.]

[비정상적인 접속. 개별적 차단 불가능. 일괄 접속 차단.]

"아…… 역시 이거 흑마법사가 아니고 사도 짓이구나."

신전을 보고 추측했던 게 확신이 되었다.

정령사가 검은 잔을 받으면 사도가 된다. 대정령들에게 외면당한 그들은 마계에 채널을 연결해 힘을 빌려 쓴다. 그러나 그게 정확히 어떤 존재인지는 아무도 몰랐다. 소설에도 나와 있지 않다.

하지만 아리아드네는 레다가 남겨 준 정보와 환상 도서관의 정보 덕에 사도들이 누구와 연결되는지 알고 있었다.

마왕 휘하에서 마계의 세 파벌을 지배하는 수장들. 오염의 늪지기, 마물의 요람, 미궁의 은둔자. 요람이나, 늪지기나, 은둔자가 대정령을 대신해서 사도에게 힘을 빌려준다.

정령사가 정령술을 쓰는 것과 같은 원리였다. 따라서 사도가 펼쳐 놓은 영토 근처에서 채널을 잘못 열었다간, 마계의 수장들이 채널에 난입할 수도 있었다. 여기서는 함부로 채널을 열지 못한다는 뜻이다.

아리아드네는 크게 당황하지 않았다. 내부에 사도가 있다면 자연히 예상되는 결과였다.

'비축해 둔 정령석이 몇 개지?'

[현재 채널에 보유 중인 정령석은 125,817개입니다.]

'좋아, 지금부터 정령석으로 대체해.'

[알겠습니다, 아리아.]

이럴 때를 대비해서 여유 자금이 생길 때마다 정령석을 사 모았었다. 대정령은 신이 아니다. 오염이 자신의 영토를 물들이면 그들도 죽는다. 이번처럼 마계가 얽히면 정령사에게 힘을 빌려주지 못할 때도 있다.

대미궁을 정복하려는 정령사가 대정령이 없다고 정령술을 쓰지 못해선 안 될 일이다. 그녀는 손을 내밀었다.

'신록의 그릇 것으로 줘.'

정령력이 뭉쳐 만들어진 결정체인 정령석은 정령력처럼 채널을 통해 이동할 수 있었다.

그리고 당장 쓰지 않으면 대정령에게 되돌아가는 정령력과 달리 대정령이 없어도 채널 내에 계속 남아 있다. 정령석은 대정령이 자신에게서 완전히 분리해 낸 힘이기 때문이다.

그렇게 채널에 보관 중인 정령석들은 가이드의 도움이 있으면 언제든 정령사가 원할 때 꺼낼 수 있었다.

[정령석을 방출합니다.]

그녀의 손바닥에 정령수의 가호와 비슷한 초록빛이 어리더니 뭉쳐 형태를 이루었다. 그것은 순식간에 단단해지며 손가락만 한 보석이 되었다.

나뭇잎 사이로 스며드는 햇살처럼 은은한 금빛이 일렁이는 초록색 수정. 이것이 신록의 그릇에게 받은 정령석이었다.

아리아드네는 정령석을 쥔 채 영토를 구현했다. 즐겨 쓰는 나팔꽃 덩굴이 그녀의 발아래에서부터 사방으로 뻗어 나갔다.

영토가 신전의 계단을 타고 올라 살짝 열린 문에 닿을 때쯤 수정의 색이 빠르게 옅어졌다. 빛을 잃은 수정이 가루가 되어 흩어지자 곧바로 다음 정령석이 방출되었다. 파이가 가이드의 기능을 흉내 내어 알아서 보충한 것이다. 그녀는 정령석 관리를 파이에게 맡기고 영토에만 집중했다.

열린 문 안쪽으로 조심스럽게 나팔꽃을 기울였다. 신전 내부에 있는 사도의 영토와 접촉하면 그들에게 들키게 되므로 아슬아슬한 외곽에서 영토의 확장을 멈췄다.

가장 먼저 보인 건 정면의 단상 위에 올라서 있는 뤼르 이나민이었다. 그가 검붉은 가죽 장정의 책을 들고 무표정하게 읊었다.

"유일한 신께 미천한 우리가 오늘도 신앙을 바치나이다."

단상 아래의 공간은 죽은 짐승의 내장처럼 검붉고 기괴했다. 사도가 구현한 영토인 듯했다. 질퍽거리는 살덩어리들 사이에서 마을 사람들이 무릎을 꿇고 하늘을 향해 손을 뻗으며 뤼르의 말을 반복했다.

"유일한 신께 미천한 우리가 오늘도 신앙을 바치나이다."

"우리를 만들고 다스리는 분의 고귀한 이름은 무엇입니까?"

뤼르가 묻자 사람들이 이구동성으로 답했다.

"샤이탄이십니다."

"우리의 믿음은 누구에게 향합니까?"

"샤이탄께로 향합니다."

"우리는 오직 누구를 섬겨야 합니까?"

"오직 샤이탄만을 섬겨야 합니다."

"좋습니다. 샤이탄께 우리의 기도를 올립시다."

책을 내려놓은 뤼르가 기도하는 자세를 취했다. 마을 사람들도 같이 기도하기 시작했다. 웅얼거리는 나직한 목소리가 기괴하게 신전 내부를 채웠다. 그러자 신전 안쪽의 살덩어리들이 심장처럼 펄떡펄떡 뛰었다.

아리아드네는 역겨움에 입을 틀어막았다.

'뭐야, 저게. 내장? 마물의 일부인가? 저런 걸 보고도 기도가 돼? 사이비야?'

그녀의 경악 섞인 혼잣말에 파이가 답했다.

[광신도들의 예배 같군요.]

'샤이탄이라면 이 세계를 침략한 마왕 이름이잖아. 맞지?'

[맞습니다. 소설 마지막 챕터에서 마왕이 주인공에게 자신을 소개할 때 등장하는 이름입니다.]

'인간들을 몰래 모아 놓고 마왕을 신으로 모시게 만든다고? 대체 왜?'

[정보 부족. 판단 불가.]

[미안합니다, 아리아. 현재로선 잘 모르겠습니다. 관련 정보가 있는지 찾아보겠습니다.]

'아냐, 그건 나중에 하자. 지금 급한 건 그게 아니니까. 악셀은 어디 있지?'

[영토 내 생명체 탐색. 감지 불가능.]

[악셀 발렌타인은 현재 아리아의 영토 내에 존재하지 않습니다.]

그는 이미 사도의 영토 내로 잠입한 모양이다. 정령수의 힘을 쓰는 보통 정령 기사라면 잠입하자마자 들켰을 텐데, 대정령의 힘을 쓰는 악셀은 들키지 않은 듯했다.

아리아드네는 정령석을 움켜쥐고 조심스럽게 계단을 올랐다. 문가에 서서 영토를 넓게 퍼뜨렸다.

일반적으로 정령사가 영토를 구현하면 자기 자신을 중심축으로 삼는 반구 형태가 된다. 능숙한 정령사는 그 기본적인 형태를 필요에 따라 변형할 수 있었다.

그녀는 사도의 영토 외곽에 닿지 않도록 조심하며 자신의 영토로 그것을 빙 둘러 감쌌다. 잠결에도 구현 가능한 나팔꽃 덩굴이 뻗어 나가며 영토의 외곽선을 그렸다.

그렇게 신전 주변을 완전히 그녀의 영토가 포위했다. 그녀의 영토를 밟지 않고는 신전에서 벗어날 방법이 없어졌다는 뜻이다. 숲의 공기를 일부 가져와 하늘 위까지 덮었으니, 설령 날아서 뛰어넘으려 해도 그녀의 눈을 피할 수 없다.

그녀는 다 쓴 정령석 가루를 손으로 털어 내며 속으로 중얼거렸다.

'파이, 지금 만든 영토 그대로 계속 유지하고, 창백한 푸름이랑 잠들지 않는 심판 정령석 추가로 방출해.'

[알겠습니다, 아리아.]

[중단 명령 전까지 현재의 영토를 자동으로 유지합니다. 신록의 그릇의 정령석이 지속적으로 소모됩니다.]

[정령석을 방출합니다.]

심해의 일부를 굳혀 놓은 것 같은 정령석과, 붉은색과 갈색이 마블링된 정령석이 손에 잡혔다. 덩굴만 구현해 둔 저 영토는 이제 언제든 아득한 심해나 용암이 솟구치는 화산으로 바뀔 수 있다.

그렇게 대비를 끝내자 기다렸다는 듯이 신전 안쪽에서 일이 터졌다.

오른쪽 구석에 앉아 있던 노파의 머리가 허공으로 날아올랐다. 그 머리가 바닥에 닿기도 전에, 이번에는 중간쯤에 있던 어린 남자아이의 머리가 연달아 날아올랐다.

먼저 잘린 노파의 머리가 바닥에 떨어진 순간, 앞자리의 단상 근처에 앉아 있던 중년 남자가 자리에서 벌떡 일어났다. 그리고 그의 뒤에서 악셀 발렌타인이 나타났다. 악셀은 곧바로 남자의 목을 한 손으로 틀어쥐어 들어 올렸다.

"끄어어억!"

남자의 입에서 목이 졸리는 비명이 터져 나왔다.

[악셀 발렌타인이 나타났습니다!]

그제야 파이의 보고가 들렸다.

"⋯⋯!"

아리아드네는 간신히 비명을 삼켰다.

그녀는 영토를 변형하면서도 문틈으로 보이는 내부에서 시선을 떼지 않고 있었다. 그런데도 그녀는 사건의 결과 외에는 아무것도 보지 못했다. 아리아드네의 눈에는 사람 머리 두 개가 동시에 허공을 날더니 갑자기 남자의 목을 움켜쥔 악셀이 나타난 것처럼 보였다.

신체적으로는 평범하다 못해 연약한 축에 속하는 그녀의 시력으로는 뭐가 어떻게 된 건지 알 수가 없었다. 그러나 결과를 보고 추론할 수는 있었다.

깨끗하게 잘린 두 개의 목에서 검붉은 피가 분수처럼 솟구쳤다. 일반적인 피와 달리 오염수에 가까운 빛깔의 피였다. 검은 잔을 받아 마신 인간의 피는 저런 색을 띠게 된다.

'저 할머니하고 남자아이, 사도야.'

어떻게 구별해 낸 건진 몰라도 악셀이 사람들 중에 있던 사도를 찾아내서 단칼에 죽여 버린 거다.

검붉은 피가 비처럼 내리는데도 기도하는 마을 사람들은 미동도 하지 않았다. 바로 옆에서 목이 잘린 몸뚱이가 쓰러지는 걸 보면서도 동요하지 않는다. 세뇌된 상태가 유지되고 있다는 소리다. 기괴한 신전 내부 풍경도 여전했다. 영토도 유지되고 있다는 뜻이다.

둘이나 죽었는데도 아직 살아 있는 사도가 있다. 아마 그 사도는.

'악셀이 잡은 저 남자겠지.'

보자마자 판단을 끝낸 아리아드네는 오싹해졌다.

둘? 사도를 둘이나 벌써 죽였다고? 반항할 틈도 안 주고?

실력이 정말 대단하긴 하고, 어떻게 사도를 알아냈는지도 궁금하긴 한데, 정보를 뽑아내기도 전에 대뜸 죽여 버리다니.

'아니지. 지금 정보가 문제가 아니라, 사도를 그런 식으로 죽이면……!'

잔인한 광경에 경악하고 있을 틈이 없었다. 그녀는 곧바로 문을 열어젖히고 고함을 질렀다.

"그만해, 악셀!"

"말리실 필요 없습니다. 처음부터 이놈은 죽일 생각이 없었으니까."

악셀이 심드렁하게 대꾸하며 움켜쥔 남자를 그녀 쪽으로 들어 보였다.

"원하시는 정보는 이놈한테서 들으시면 됩니다."

"죽여!"

"예?"

아리아드네가 버럭 소리친 말에 악셀의 표정이 흐트러졌다. 그는 황당하다는 듯 그녀를 바라보았다.

"이것들로부터 정보를 얻으실 계획 아니었습니까?"

아리아드네는 다급하게 다시 외쳤다.

"그 사도, 위험하니까 지금 당장 죽이라고!"

"제가 제압하고 있으니 이자가 수상한 짓을 하면 충분히 막을 수 있습니다. 위험하지 않습니다."

악셀이 불쾌한 듯 대꾸했다. 사도를 제압하고 있는 자신의 실력을 의심하는 것으로 착각한 모양이었다. 설명하고 설득할 여유가 없었다.

그녀는 신전 안으로 뛰어들었다.

검붉은 피가 솟구쳐 쏟아지고, 그것에 신경도 쓰지 않는 사람들이 멍하니 허공을 보고 있는, 거대한 괴물의 내장 속 같은 사도의 영토. 그 끔찍한 공간 안으로 정령사가 발을 내디뎠다.

신전을 포위하고 있던 신록의 영토가 그녀의 움직임과 의지에 따라 밀물처럼 신전 내부로 진격했다. 연둣빛 잔디가 물감이 번지듯 징그러운 살점들 위를 뒤덮는다. 신전의 기둥과 벽을 따라 싱그러운 덩굴이 돋아나며 휘감는다.

아리아드네는 숲을 걸음 끝에 매달고 악셀을 향해 달려갔다. 그러나 빽빽하게 앉은 사람들이 그녀의 걸음을 막았다. 그녀는 기사들처럼 날렵하게 장애물을 뛰어넘을 수가 없었다. 심지어 쓸데없이 거대한 신전 탓에 단상이 까마득하게 멀기까지 했다.

숲의 진격도 그녀의 걸음과 비슷했다. 사도의 영토를 자신의 영토로 덮어씌우는 것이니 객관적으로 보면 엄청나게 빠른 속도다. 그럼에도 불구하고 당장 그녀에게 필요한 속도에는 미치지 못한다.

그녀는 자신 쪽을 향한 남자가 목이 졸려 시뻘게진 채로 입술을 달싹거리고 있는 것을 보았다. 그녀도, 그녀의 영토도 저자에게 닿기에는 늦었다.

아리아드네는 사람들을 밀치고 나아가며 외쳤다.

"악셀, 그자를 당장 죽여! 제발!"

그녀의 절박한 외침에 악셀이 반사적으로 손에 힘을 주었다. 그러나 그도 늦었다.

사도는 속으로 외우고 있던 기도문의 끝자락을 입 밖으로 내뱉었다.

"……오소서, 요람이시여!"

악셀이 그의 목을 꺾으며 그 부르짖음이 사도의 단말마가 되었다.

사도가 사망하는 것과 동시에 그의 영토가 소멸했다. 적군이 사라지자 신록의 영토가 거침없이 단상으로 진격했다. 아직 단상에 도달하지 못한 아리아드네는 찰나 판단했다.

자신을 지키는 것, 다른 사람들을 보호하는 것. 무엇을 우선해야 하는가?

둘 다.

어떻게?

그녀는 정령석들을 움켜쥔 손을 앞으로 뻗었다.

모든 일이 거의 동시에 일어났다. 그녀의 손안에 있던 세 가지 정령석 중 초록색 정령석이 지워지듯 사라진다. 사도의 몸이 풍선처럼 부풀어 오른다. 이변을 알아차린 악셀이 가호를 두르고 몸을 뺀다.

아리아드네가 뻗은 영토가 사도의 발치에 닿는다. 그리고 사도의 발아래에서 웅장한 거목이 솟구쳐 올랐다.

신록의 그릇 내에서 가장 드높고 오래된 나무. 그 나무는 자신이 살아온 수천 년의 세월을 빠르게 재현하는 것처럼 신전 지붕을 부수며 돋아나 까마득한 높이로 우뚝 섰다.

부풀어 오른 사도의 몸뚱어리가 그 거목의 꼭대기에서 펑 하고 터졌다. 총알처럼 터져 나온 피와 살점은 주위에 있던 마을 사람들을 꿰뚫는 대신 아무것도 없는 하늘 위에서 흩뿌려졌다.

악셀은 박살 난 지붕 밑에서 탁월한 시력으로 그것을 목격했다. 그가 멀거니 중얼거렸다.

"자폭?"

"그냥 자폭이 아니야. 번제야."

"번제가 뭡니까?"

"사도의 몸을 불태워 바치면서 마계의 군주를 강림시키는 거."

아리아드네는 빠르게 말하며 손을 움직였다. 그녀의 손끝에서 소모된 정령석 가루가 파랗게 반짝이며 흩어졌다.

창백한 푸름이 담아 놓은 힘이 영토로 구현된다. 목이 잘린 노파와 아이의 시체가 시퍼런 바다에 잠겼다. 잔디밭 중간에 뜬금없이 나타난 심해는 바다를 담은 유리 기둥이 서 있는 것처럼 보였다.

그 차가운 바닷속에 잠긴 두 사도의 몸뚱이에 돌연 불이 붙었다. 검은 불은 물속이라는 환경에도 아랑곳하지 않고 거세게 타오르며 시체를 완전히 불살랐다.

아리아드네는 그 기이한 광경을 보며 이를 악물었다.

'망할, 역시 평범한 물로는 번제의 불을 못 *끄는*구나.'

그녀의 곁으로 다가온 악셀이 당황한 투로 물었다.

"저 불은 뭡니까? 저게 번제라는 흑마법입니까?"

"흑마법이라기보다는 정령술에 가까워. 정령사가 제 몸을 포기하면 대정령을 강림시킬 수 있는 것처럼, 원래 정령사였던 사도들은 군주를 강림시킬 수 있어."

악셀의 눈이 약간 커졌다. 그에겐 낯설기만 한 정보였다.

"정령술과 유사한 형식이라면 제물은 왜 바치는 겁니까?"

"군주는 대정령들보다 거대해서 사도 혼자선 소환할 수 없거든."

검은 불이 사그라들자 시체들은 뼛조각 하나 남지 않았다. 아리아드네는 이제 의미가 없어진 창백한 푸름의 영토를 신록으로 되돌리며 덧붙였다.

"그래서 채널을 확장하는 데 쓸 재료, 즉 제물이 필요해."

"······군주라는 건, 마왕 말입니까?"

"마왕 말고 그 밑에 있는 세 명의 군주들. 오염의 늪지기, 미궁의 은둔자, 마물의 요람. 사도들의 채널에 접속해 힘을 빌려주는 놈들이야."

일반적으로 알려진 사실과는 여러모로 다른 내용이라 악셀이 믿을지 믿지 않을지는 모르겠지만 아리아드네는 자신이 아는 것을 그대로 알려 주었다.

어쨌든 같이 대미궁으로 가기로 한 이상 그도 알고 있어야 할 지식이었으므로.

"사도들에게 힘을 빌려주는 건 마왕 아니었습니까? 저는 그렇게 들었습니다."

"아니야. 마왕은 신이나 다름없는 존재라서, 인간의 채널로는 감당할 수 없어."

"······."

"사도의 채널에 접속하는 건 군주들, 더 정확히는 군주의 일부분에 불과해."

악셀은 혼란스러워 보였다. 원작 주인공조차 사도가 마왕의 힘을 빌려 쓰는 것으로 알고 있으니 아마 이런 사실들을 제대로 알고 있는 건 그녀뿐일 것이다.

번제가 성공한 지금 무슨 일이 벌어질지, 그것을 어떻게 해결할 수 있을지 아는 것도 그녀뿐이었다.

'파이, 번제 후 군주 소환까지 시간이 얼마나 걸리지?'

[사도 오버스의 실험 일지에 따르면 대략 5분에서 10분 사이입니다.]

'강림 유지 시간은?'

[바친 제물의 양과 질에 따라 다릅니다.]

[자료 부족. 제물의 채널 규모에 대한 자료가 필요합니다.]

'신전에 펼쳐져 있던 영토의 수준을 바탕으로 아까 죽은 사도들 채널 규모 짐작하는 거, 가능하지?'

파이의 전언이 잠시 멈췄다. 생각해 보지 못한 방식인 듯했다.

'동일한 수준의 영토를 내가 펼친다고 가정할 때 소모될 정령석의 수와 비교해 보면 대략 계산할 수 있을 것 같은데.'

[……좋은 발상입니다, 아리아. 시도해 보겠습니다.]

'고마워, 부탁할게.'

우두커니 그녀를 보고 있던 악셀이 물었다.

"아리아, 군주란 건 정확히 뭡니까? 마왕의 수족쯤 되는 강한 마물입니까?"

"그냥 마물이라기보다는…… 군주는 마계를 구성하는 세 가지 요소이자 그 요소들의 지배자야."

아리아드네는 악셀의 표정을 보고 예시를 들었다.

"군주를 마계에 영토를 가지고 있는 대정령이라고 생각하면 이해하기 쉬워."

"마계에도 정령이 있습니까?"

"진짜 정령이라는 소리가 아니라 비유하자면 그렇다는 거지."

설명만 하고 있을 정도로 여유로운 상황이 아니었다. 그녀는 설명하면서도 주위를 살피며 어떻게 해야 할지 고심했다.

신전 내부는 이제 완전히 그녀의 영토가 되어 역겨운 살점들 대신 수풀과 꽃 덩굴이 가득했다. 사도들이 모두 죽어 버리자 기도하던 사람들은 줄 끊어진 인형처럼 여기저기 쓰러져 있었다.

아리아드네는 근처에 쓰러진 청년의 코끝에 손가락을 대 보았다. 옅은 숨이 와 닿았다. 내심 안도감이 들었다.

'죽은 건 아니구나. 세뇌가 풀려서 기절한 건가?'

밖의 공터에 기절해 있을 용병단원들이 떠올랐다. 그녀는 영토를 뻗어 그들을 신전 내부로 데려왔다.

악셀은 다른 사람들에게는 관심이 없었다. 꽃 덩굴들이 기절한 용병들을 하나씩 엮어서 질질 끌고 와 구석에 차곡차곡 내려놓는 기묘한 광경에도 눈길조차 주지 않았다. 그는 아리아드네만을 뚫어져라 주시하고 있었다.

그가 물었다.

"사도가 그런 존재를 소환할 수 있다면 당신의 명령은 아무 의미가 없지 않습니까?"

"무슨 명령?"

"사도를 제압해서 정보를 얻어 내는 것 말입니다. 여차하면 자폭해 버릴 텐데, 불가능한 일이지 않습니까."

"혼자선 번제, 그러니까 자폭 못 한다니까. 채널을 확장하는 데에 쓸 제물이 있어야지. 같은 사도나 무방비한 정령사 말이야."

"……."

"시체도 영혼이 떠나기 전엔 제물로 쓸 수 있으니까 다른 사도나 정령사는 시체도 두면 안 돼."

"……당신은 대체 어떻게 이런 것들을 아는 겁니까?"

"글쎄. 내가 가진 특이한 능력 덕분이라고 해 둘게."

용병단원들이 전부 신전 내부에 쌓였다. 아리아드네는 이제 사람들 사이에서 뤼르를 찾아보았다. 파이가 다른 계산 때문에 바빠서 그녀가 직접 영토 내의 생명체들을 탐색해야만 했다.

"이참에 알아 둬, 악셀."

그녀는 일일이 영토 내부의 인기척을 확인하면서 악셀에게 덧붙여 설명했다.

"흑기사나 흑마법사는 상관없는데, 사도를 여럿 생포하려면 걔들 채널을 강제로 닫아서 번제부터 막아야 해."

"……."

"죽일 거면 틈을 주지 말고 단번에 한 명도 남김없이 다 죽여야 하고."

잠시 침묵하던 악셀이 다시 입을 열었다.

"타인의 채널을 강제로 닫는 게 가능한 일입니까?"

"정령사끼리는 가능해."

"해 보셨습니까?"

"물론."

돈으로 안 되는 일은 드물다. 아리아드네는 정령술을 독학하면서 필요할 때는 다른 정령사를 용병으로 고용해서 연습에 도움을 받곤 했었다.

"네가 다른 정령 기사의 가호를 네 가호로 뚫어 버리는 것과 비슷해. 힘으로 찍어 누르는 거지……. 아, 찾았다."

잘 모르는 사람이라 해도 뤼르는 신성력을 가진 신관이라 기적이 특이해서 구별하기 쉬웠다.

'이 마을에 다른 신관이 있는 것도 아니니까.'

아리아드네는 서둘러 그쪽으로 향하며 말했다.

"이리 와, 악셀. 이쪽에 뤼르 이나민이 있어."

우거져 있던 수풀이 그녀의 의도에 따라 갈라지며 길을 열었다. 하지만 여기저기 뒤엉켜 쓰러져 있는 사람들 때문에 달릴 수가 없었다. 조금 전과 같은 상황이었다.

악셀이 그녀를 뒤따르며 나지막이 물었다.

"왜 화를 내지 않으십니까?"

"응?"

"제가 당신의 말을 제대로 듣지 않고 멋대로 사도를 공격하는 바람에 그 군주란 놈이 소환되는 거잖습니까."

아리아드네는 뒤를 돌아보았다. 그는 눈을 내리깔고 있었다. 어릴 때부터 봐서 그런가, 그런 그가 자신이 혼날 짓을 한 걸 깨닫고 풀이 죽은 아이처럼 보였다.

'저러고 있으니 안 어울리네.'

그녀는 옅게 한숨을 쉬고 대답했다.

"별로 화 안 났어. 나도 실수한 게 있잖아."

진심이었다. 의도치 않았다지만 그의 자존심을 자꾸 자극해 버렸으니. 악셀이 '아드리안'에게 인정받는 것에 얼마나 예민하게 반응하는지 파악하지 못했다. 그를 받아들이기로 한 이상 그가 제멋대로 굴어서 일어난 사고는 제대로 고삐를 잡지 못한 자신의 실수이기도 하다.

'내가 조심했어야 했어.'

[……파이는 아리아의 과보호가 여전히 심하다고 판단합니다.]

아리아드네는 파이의 말을 한 귀로 흘리며 입을 열었다.

"악셀, 너는 내가 너를 잘 안다고 말했지만, 나는 널 알지 못해."

"……."

"네가 뭘 싫어하고 어떤 것에 화가 나는지 아직 잘 몰라."

그가 눈을 들어 그녀를 응시했다. 깊고 붉은 눈동자. 그녀가 아는 소설 속 '주인공'과는 여러모로 다른 삶을 살아온, '그녀가 잘 모르는 주인공'.

"너도 나를 알지 못한다고 했지. 그러니까 우리는 둘 다 서로를 잘 모르는 거야."

시간이 그리 여유롭지 않았다. 그녀는 다시 돌아서서 걸음을 옮기며 말을 이었다.

"당연하잖아. 너랑 나랑 제대로 마주하게 된 지 얼마나 되었다고 서로를 잘 알겠어?"

그가 뒤따라오는 걸음 소리가 들렸다. 아리아드네는 문득 깨달았다. 그녀가 알아차릴 수 있는 수준이라면 저건 악셀이 일부러 내는 걸음 소리다. 그가 그녀를 따라오고 있다는 것을 그녀가 알 수 있도록.

'저런 사소한 배려도 할 수 있는 애였구나.'

소설 속 악셀 발렌타인은 저런 배려가 불가능한 인간이었다. 그녀는 쓴웃음을 띠고 말을 이었다.

"차라리 아예 모르는 사이면 처음부터 알아 가면 될 텐데 어설프게 아는 사이라 서로에 대한 편견만 있지. 손발이 쉽게 맞지 않는 것도 당연해."

"……."

"그러니 이제부터 서로를 서로에게 맞춰 나가자. 그게 동료잖아."

악셀은 걸음을 멈췄다. 그 아드리안이, 그가 무슨 짓을 하든 닿지 않고 영향받지 않을 것처럼 일방적이던 자가 지금 그에게 자신을 맞추겠다는 말을 하고 있다.

그 말에 놀라 그게 동료라는 그녀의 뒷말은 귀에 들어오지도 않았다.

"아드리안, 당신이 제게……."

악셀이 입을 떼는 순간 뻥 뚫린 지붕을 통해 스며들던 빛이 사라지며 머리 위로 그림자가 드리워졌다.

그가 입을 다물었다. 악셀과 아리아드네는 동시에 고개를 들어 하늘을 보았다. 거목의 꼭대기, 사도의 시체가 터졌던 그곳에 거대한 무언가가 생겨나 있었다.

먹구름으로 이루어진 둥지에 웅크려 있는 둥근 형상. 오염수가 흐르는 혈관으로 뒤덮인 외눈의 알.

알의 눈은 아직 굳게 감겨 있었다. 그런데도 소름 끼치는 불길함이 감돌았다. 악셀은 반사적으로 검을 움켜쥐었다. 아리아드네는 신음을 흘리며 중얼거렸다.

"마물의 요람……."

한 번도 직접 본 적은 없지만 정체는 금세 알 수 있었다. 검은 잔을 받은 자들이 묘사한 그대로였으므로.

'예정보다 빨라. 파이, 계산 끝났어?'

[죄송합니다. 아직 진행 중입니다.]

아리아드네는 요람에서 시선을 떼고 악셀의 팔을 콱 움켜쥐었다.

"악셀, 정령수!"

이번에는 악셀이 재깍 명령을 따랐다. 그는 말없이 아름드리를 꺼내더니 그녀의 허리를 한 팔로 휘어잡아 제 앞에 태웠다. 실내인 데다 숲으로 구현된 영토라 그가 가진 정령수 중에서는 아름드리가 가장 나은 선택이었다.

"달려!"

아리아드네가 외치자 그가 곧바로 정령수를 출발시켰다. 방향을 가리킬 필요는 없었다. 나뭇가지와 덤불이 비켜 주며 길을 열었으므로. 꽃가지로 만들어진 뿔을 단 수사슴이 묘기에 가까운 동작으로 쓰러진 사람들을 피해 가며 달렸다.

악셀은 정령수를 몰면서도 거목 꼭대기에 있는 알에서 시선을 떼지 않았다.

"저걸 죽여야 하는 겁니까?"

"못 죽여."

"예?"

"군주는 죽지 않아. 대정령처럼 영토, 그러니까 마계에 있는 본거지를 부수기 전엔 무슨 짓을 해도 못 죽여."

금세 나무 그늘에 쓰러져 있는 검은 사제복 차림의 남자가 보였다. 뤼르 이나민이었다.

아리아드네는 아름드리에서 뛰어내려 뤼르의 상태부터 살폈다. 숨을 쉬는 것과 특별히 눈에 띄는 상처가 없는 것을 확인하자마자 그녀는 뤼르의 멱살을 잡고 흔들었다.

"정신 차려요, 뤼르. 당신이 도와 달라고 했잖아!"

얌전한 인상의 갈색 머리 청년은 힘없이 흔들리며 눈을 뜨지 않았다. 신관이 아니라 하늘을 올려다보며 검을 움켜쥐고 있던 악셀은 긴장한 목소리로 입을 열었다.

"아리아, 무슨 수를 써도 저게 죽지 않는다면 이제 어떻게 해야 합니까?"

"걱정하지 마."

잠시의 망설임도 없이 단호한 대답이 되돌아왔다. 악셀은 쪼그려 앉은 아리아드네의 뒷모습을 내려다보았다. 신관의 상태를 살피는 그녀의 가녀린 등은 그의 절반도 안 되어 보였다.

"대충 계획은 있으니까."

그런 그녀가 아무렇지도 않게 하는 말에 놀랍도록 안심이 된다. 아드리안의 편지를 품에 안고 뻔히 보이는 위기 속으로 걸어 들어갈 때처럼.

집에 돌아온 듯한 안정감. 자신이 원래 있어야 할 자리를 되찾은 기분. 그는 조용히 물었다.

"그 계획 속에 제 역할도 있습니까?"

"당연히 있지. 쉽진 않을 테니까 각오해."

깊은 만족감이 차오른다. 악셀은 저도 모르게 웃었다.

아리아드네는 그 미소를 보지 못했다. 그녀는 때마침 들려온 파이의 목소리에 귀를 기울이고 있었다.

[계산 완료. '요람'의 유지 시간은 1시간 정도로 예상됩니다.]

'수고했어, 파이. 참, 전에 보여 줬던 요람 자료 좀 다시 확인해 줄래?'

[현재까지 파이가 열람한 요람 관련 자료는 1,027건이며, 그중 아리아와 공유한 자료는 12건입니다.]

[12건 전체를 원하십니까?]

'아니, 하나면 돼. 사도들끼리 돌려 보던 군주 정보 모음집 있잖아. 쓴 사도별로 나뉘어 있던 성경 같은 책.'

[검색 완료. 해당 자료는 <군주 경전>, 요람 편입니다. 현재 상황에 유용한 정보를 요약해 드릴까요?]

'짧게 부탁해.'

파이가 요약 정보를 간단하고 빠르게 읊었다. 이미 아는 사실을 확인하는 거라 그 정도로도 충분했다. 아리아드네는 번제를 보자마자 떠올린 계획을 실행하기로 했다.

대미궁을 뚫으려면 어차피 요람과 싸워야 했다. 군주들은 원작에선 대미궁의 중간 보스 같은 역할이었으니까.

'벌써 요람을 제압하는 건 무리겠지만, 도망칠 필요까진 없어. 악셀도 있잖아.'

그러는 동안에도 신관은 깨어날 기미가 보이지 않았다.

'이 사람 왜 이래? 겉보기엔 멀쩡한데.'

[영토 내 생명체 분석. 뤼르 이나민의 신체에는 별다른 문제가 없습니다.]

[사도의 영향력에서 벗어난 충격으로 기절한 뒤 누적된 피로로 인해 깊게 잠든 것으로 추측됩니다.]

[물리적 충격을 가하는 것을 추천합니다.]

그녀는 망설임 없이 손을 치켜들었다. 곱게 일어나길 기다릴 여유가 없었다.

"미안해요, 뤼르."

짧게 사과한 그녀가 시원하게 뤼르의 뺨을 갈겼다. 짝 하는 소리와 함께 황금색 눈이 번쩍 떠졌다.

"으……."

깨어난 신관은 뺨을 더듬으며 신음을 흘렸다. 아리아드네는 가볍게 고개를 숙여 보였다.

"안녕하세요, 뤼르 이나민. 저는 아리아드네 엘디어입니다. 시간이 없으니 자세한 소개는 생략할게요."

그녀를 돌아본 뤼르가 멍하니 입을 달싹였다.

"천사? 제가 죽은 겁니까?"

"사람이고, 당신은 안 죽었어요."

"신께서 제게 천사를 보내 주실 리가 없는데."

"뤼르?"

"잘못 오신 듯합니다. 저는 부덕한 자입니다. 엘의 낙원에 들 자격
이 없는 배신자입니다⋯⋯."

아리아드네가 그의 앞에서 손을 흔드는데도 뤼르는 시선을 떨구고
중얼중얼 헛소리만 늘어놓았다. 파이가 덤덤하게 말했다.

[물리적 충격을 더 가하는 것을 추천합니다.]

그녀는 하늘을 흘깃 보고 요람의 상태를 확인한 뒤 짧은 한숨을 내
쉬었다.

'어쩔 수 없지.'

손을 다시 치켜드는데 어느새 다가온 악셀이 그녀의 손을 붙잡아
세웠다.

"응?"

악셀은 말없이 그녀의 손을 놓아준 뒤 뤼르의 멱살을 붙잡고 손등
으로 그의 뺨을 후려쳤다. 뻑 하는 소리가 났다. 아리아드네는 어깨
를 움찔했다.

뤼르가 홱 돌아간 머리를 천천히 원위치했다. 멍하니 악셀을 올려
다보는 그의 입가에서 피가 주르륵 흘러내렸다. 그 한 방에 입안이 제
대로 터진 듯했다.

"죽은 게 아니란 건 확실히 깨달았겠지. 이제 헛소리 말고 집중

하도록."

한심하다는 투로 말한 악셀이 아리아드네의 뒤로 물러났다.

[뤼르 이나민의 눈에 초점이 돌아왔습니다. 효과적이군요.]

'……아까 우리 단원들 기절시킬 때도 그러더니, 악셀 쟤 힘 조절 못 하는 거 아냐? 대정령이랑 계약한 지 얼마 안 되어서 그러나?'

[방금 아리아의 손을 잡았을 때는 괜찮았잖습니까. 그냥 일부러 저러는 겁니다.]

'3년간 무슨 일이 있었길래 애가 저렇게 폭력적으로 컸지? 기물 시절엔 안 저랬는데.'

[……]

아리아드네는 속으로만 한숨을 쉬고 뤼르와 시선을 맞췄다.

"뤼르 이나민. 지금 신전 상공에 30초면 이 마을 전체를 마물들의 뷔페로 만들 수 있는 놈이 있어요."

"뭐라고요? 설마, 그놈들이……."

그는 무언가 아는 기색이었다. 그러나 아리아드네는 고개를 내저 었다.

"시간이 별로 없으니 자세한 얘기는 이따가 해 주세요. 이제부터 대략 1시간 동안 그놈을 우리가 막아야 하거든요."

"저걸 막겠다니요? 지원군이 왔습니까?"

"그런 건 없어요. 저랑, 여기 이 시커먼 녀석이랑, 당신. 이렇게 셋이 다예요."

"예에?"

"질문은 나중에 받을게요. 지금은 대답만 하세요."

아리아드네는 무어라 반문하려는 뤼르의 말을 막았다.

"뤼르, 신성 마법은 여전히 쓸 수 있죠? 은퇴한 거지 파문당한 게 아니잖아요."

"은퇴 신관은 원칙적으로……."

"시간 없다니까요. 쓸 수 있어요, 없어요?"

"쓰, 쓸 수 있긴 합니다."

"그럼 성역 설치 가능하죠? 이 신전 전체에."

성역이란 특정 신성 마법이 지속적으로 발동하는 구역을 말했다. 다양한 신성 마법이 있지만 일반적으로 성역에 쓰이는 건 치유 마법이다. 신관이 치유의 성역을 설치하면 성역의 범위 내에 있는 사람들에게 계속 치유 마법이 적용된다.

유용한 기술이었으나 단점이 많았다. 특히 신관이 직접 신성 마법을 쓰는 것보다 터무니없이 비효율적이라는 점. 설치할 때 대량의 신성력을 소모하고, 지속되는 동안에도 계속 신성력이 소모된다.

심지어 오염 지역에서는 설치나 유지에 평소보다 훨씬 더 많은 신성력이 들어서 거의 쓸모가 없는 수준이었다. 그래서 최근엔 사장되다시피 한 기술이었으나 뤼르 이나민은 쓸 줄 안다. 아리아드네는 그 사실을 잘 알고 있었다.

하지만 뤼르는 난색을 표했다.

"신전 전체에 성역이라고요? 설치야 가능하지만, 제 신성력으로는 지속 시간이 3분도 채 안 될 겁니다."

그렇겠지. 이 사람의 신성력 양으로는 그게 한계일 것이다. 대충 짐작했던 그녀는 당황하지 않고 되물었다.

"치유의 성역 말고 피난의 성역이라면 어때요?"

"……!"

"당신이 은둔의 성역을 개조해서 만들어 낸 그 성역은 적은 신성력으로도 오래 유지할 수 있잖아요."

뤼르는 눈을 치떴다. 그가 일했던 신전 내에서도 몇몇만 아는 사실을 눈앞의 소녀가 어떻게 아는지 의문스러웠다.

"그, 그걸 어떻게……?"

"그런 건 나중에 따지고, 할 수 있는지 없는지부터 말해 주세요. 할수 있죠?"

"……할 수 있습니다. 그거라면 하루 종일 유지하는 것도 가능합니다. 들키지만 않는다면."

"성역 내에 마물이 들어오지 않아도 가까이 접근하기만 하면 들킬 정도인가요?"

"아니요. 하지만 한 놈이라도 성역에 발을 들이는 순간 아무런 효과가 없어집니다."

"그 정도면 충분해요. 준비해 주세요."

"진심이십니까? 그걸 설치하고 나면 저는 생채기를 치유할 신성력도 남지 않을 겁니다."

"설치 안 하면 아예 치유할 사람조차 남지 않을걸요. 우린 겨우 셋이고, 이 신전은 요새가 아니잖아요."

아리아드네는 여기저기 쓰러져 있는 사람들을 향해 턱짓하며 말했다. 뤼르의 안색이 창백해졌다.

"이해했습니다. 바로 설치하겠습니다."

"설치하고 나면 그 안에서 꼼짝도 하지 말아요."

그녀는 자리에서 일어나며 덧붙였다.

"이제 곧 마물이 비처럼 내릴 테니까."

뤼르는 서둘러 무릎을 꿇고 손을 맞잡았다.

"엘이시여, 당신의 자식들이 당신의 날개 그늘로 숨기를 원하나이다. 부디 삿된 것들이 떠나갈 때까지 지켜 주소서……."

나직한 기도문과 함께 희고 따스한 빛이 그로부터 흘러나왔다. 성역이 만들어지고 있었다. 영토와 성역은 중첩되지 않기 때문에 영토를 빼 줘야만 했다.

아리아드네는 신전 밖으로 나가며 영토를 신전 외부로 옮겼다. 악셀이 자연스럽게 그녀를 뒤따랐다. 그들의 걸음을 따라 숲이 슬금슬금 물러났다.

요람은 받쳐 주던 거목이 사라졌는데도 먹구름 둥지에 담긴 채 여전히 허공에 떠 있었다. 굳게 닫혀 있던 요람의 눈이 이제 반쯤 열려 있었다.

아리아드네는 그 눈에 시선을 둔 채로 영토를 변형했다. 신전을 돔처럼 감싼 그녀의 영토를 싱그러운 숲 대신 부글부글 끓어오르는 용암이 뒤덮는다. 그녀의 손안에서 붉은색과 갈색이 뒤섞인 정령석이 바스러졌다.

'잠들지 않는 심판.'

과거에 폭발하여 번영했던 왕국을 멸망시킨 쌍둥이 화산 중, 여전히 활발한 활화산에 깃든 쌍둥이 대정령 중 하나. 다른 하나는 휴화산이라 '잠든 심판'이라 불린다.

아리아드네는 잠들지 않는 심판의 화구에 고인 용암을 고스란히 구현해 냈다. 신전 주변만 빼놓고 말이다.

그러자 신전을 제외한 사방이 머리 위까지 완전히 용암에 파묻혔다. 겉보기에는 화산과 이글거리는 용암 호수만 보였다. 신전만이 유리

돔에 감싸인 것처럼 남았다.

'이러면 용암 속으로 잠수하지 않는 한 신전에 발을 들이지 못하겠지. 기척은 피난의 성역으로 감춰질 테니까.'

부서진 신전의 지붕 위로 은은한 빛이 솟구치더니 엘리시움의 신 엘의 문양을 그려 냈다. 성역이 완성된 것이다. 아리아드네는 악셀을 돌아보았다.

"악셀."

"예."

"요람이 눈을 완전히 뜨면 마물이 계속해서 쏟아질 거야. 처음에는 빠르게 만들어지는 작은 놈들부터, 시간이 흐를수록 강한 것들이."

"전부 죽이면 됩니까?"

"……아니. 그건 무리지. 강림 유지 시간 동안 버티기만 하면 돼. 1시간 정도? 요람이 사라지면 같이 사라질 놈들이니까."

"요람 자체는 움직이지 않습니까?"

"요람을 직접 공격하지만 않으면. 그러니 절대 요람을 치지 마."

"알겠습니다."

악셀이 고개를 끄덕이더니 당장 나가려 했다. 아리아드네는 놀라 그의 옷깃을 잡았다.

"그냥 이대로 나가려고?"

"더 알아야 될 게 있습니까?"

"아니, 그런 건 없지만……."

그는 멈춰 서서 그녀에게 귀를 기울였다. 무슨 말을 하든 경청할 태세였다. 아까와는 영 달라진 자세다. 그녀는 조심스럽게 말했다.

"다른 사람들은 다 피난의 성역에 숨어 있을 테니 나가면 네가 유일한 인간이야. 마물들이 전부 너 하나한테 덤빌 텐데, 괜찮겠어?"

"제게 몰리면 오히려 쉽습니다. 사방으로 도망치는 걸 쫓아다니며 잡는 것보다는 훨씬 낫지 않습니까. 게다가……."

비스듬히 입꼬리를 올리며 말하던 악셀이 주위를 뒤덮은 용암에 시선을 주었다.

"당신이 오직 저를 위한 무대를 만들어 주셨잖습니까."

용암이 끓어오르는 깊은 화구 속. 열기로 숨을 쉬기조차 힘든 공간. 불타지 않는 자에게는 가장 유리한 전장이다.

"그렇지 않습니까, 아리아?"

불꽃을 닮은 눈동자가 반짝이고 있었다. 기대감으로 상기된 눈빛이었다. 상황과 어울리지 않는 비유지만, 산책 가자는 소리를 들은 대형견 같았다.

아리아드네는 조금 웃고 말았다.

"맞아. 이건 네게 맞춘 전장이야."

악셀의 입매가 굳게 다물렸다. 기쁜데 티를 내기 싫어 애를 쓰는 모양새. 어디서 많이 본 표정이었다. 많이 보지 않았다면 오해했을지도 모르는 사나운 표정.

그녀는 웃음을 참으며 품에서 귀걸이를 하나 꺼내서 건넸다.

"귀에 달아. 통신 아이템이야. 쓰는 법은 알지?"

"압니다."

그는 곧바로 그것을 귀에 달았다. 아리아드네는 제 귀에 단 똑같은 귀걸이에 손을 댄 채로 말했다.

"계속 지켜보면서 지원하겠지만, 그래도 필요한 게 생기면 이걸로 연락해."

"예. 다녀오겠습니다."

악셀이 돌아섰다. 그의 몸에서 번개가 튀어나오더니 황금빛 용의 형상을 이루었다. 그는 그 용을 타고 날아올랐다. 그러곤 망설임 없이 하늘을 뒤덮은 용암을 꿰뚫었다. 아리아드네는 그의 모습이 용암 속에 잠겨 사라지는 것을 지켜보았다.

그가 완전히 보이지 않게 되자 그녀는 신전 앞의 계단에 앉아 기둥에 등을 기댔다. 그녀가 기댄 곳까지가 그녀의 영토. 기둥 뒤로는 성역이 펼쳐져 있다.

아리아드네는 숲을 가져와 그녀 주위와 등 뒤를 덮었다. 성역은 완전히 수풀 속에 감춰졌다. 이제 신전 기둥이 아니라 나무에 기대앉은 것으로 보이는 그녀가 손을 들어 올렸다.

"준비됐어, 파이?"

[준비됐습니다.]

"자, 그럼."

보석처럼 반짝이는 정령석이 하얀 손안에서 부서졌다. 오색의 가루가 빛무리처럼 흩어진다. 그러자 그녀의 손짓에 따라 조그만 화산의 모형이 그녀의 앞에 솟아났다. 식탁 위에 올라갈 정도로 작긴 해도 진짜 용암이 이글거리는 활화산이었다.

"표시해 줘."

[영토 내 생명체 분석 결과를 모형에 반영합니다.]

화산 모형에 손톱보다 작은 금빛 용이 생겨났다. 동시에 화구 위 허공에는 검붉은 알이 만들어졌다. 주먹만 한 알의 모형은 혈관이 돋은 눈을 부릅뜨고 있었다.

떠진 눈에서 검붉은 오염수가 피눈물처럼 흘러내렸다. 그 핏방울이 주변의 먹구름을 통과하면서 하나하나 마물로 변했다. 검은 비가 깊은 화구 위로 쏟아진다. 조그만 금빛 점이 그 화구 중앙에 홀로 떠 있었다.

이어, 그들이 충돌했다.

벼락이 하늘을 가르고 하얀 밤이 허공을 잘라 먹는다.

아리아드네는 숨을 죽이고 그 전투를 지켜보았다. 그러면서 간간이 다른 곳으로 새어 나가려는 마물들 앞을 화산의 암벽으로 가로막았다. 악셀이 지나치게 포위된다 싶으면 지형을 바꾸고 암석을 움직여 그와 직접 충돌하는 마물의 수를 줄이기도 했다.

그렇게 약 20분. 상황은 각오했던 것보다 무난했다.

'이 정도 마물은 그냥 쓸어버리네. 역시 먼치킨 주인공이야.'

차츰 덩치 큰 마물들이 나타나고 있었지만 악셀이 쉽게 처리해 냈다. 아직은 여유 있어 보였다. 안심하고 있는데 갑자기 파이가 외쳤다.

[영토 내에 강력한 마물이 출현합니다!]

머리가 여럿 달린 육중한 뱀이 먹구름에서 뚝 떨어져 내렸다. 그것이 낙하하며 그대로 악셀과 충돌했다. 충돌 직전, 악셀의 전신을 감싸며 거대한 얼음 고래가 잠깐 모습을 드러냈다.

세상에서 가장 큰 정령수라 불리는 '빙하'. 그것이 뱀의 충돌을 몸으로 받아 내고 얼음 가루로 흩어지며 사라졌다. 순간 숨을 멈췄던 아리아드네는 곧 안도의 한숨을 쉬었다.

하지만 본격적인 싸움은 이제 시작이었다. 화구의 암벽에 몸을 휘감은 새카만 뱀이 아홉 개의 머리를 움직이며 악셀을 물어뜯으려 들었다. 머리 하나가 들이받을 때마다 일어나는 바람이 작은 폭풍과 맞먹었다.

벼락을 탄 악셀은 아홉 개의 머리 사이를 곡예처럼 누비며 검을 휘둘렀다. 그 와중에 다른 마물들도 벌 떼처럼 덤벼들다가 빙하에 깔리거나 겁화에게 삼켜지기를 반복했다.

악셀은 그새 아리아드네가 지원하는 것에 익숙해진 듯 그녀가 지형을 바꾸는 타이밍을 노려 강한 공격을 쏟아 내고 숨기도 했다. 베로니카나 루드빅이 그녀의 지원을 몇 번이나 경험해 본 뒤에야 가능해진 움직임을 단번에 보이고 있다.

'확실히 적응이 빨라.'

전투가 격해질수록 아리아드네의 손도 바빠졌다. 그런 접전 끝에 마침내 뱀의 머리가 하나 떨어졌다. 머리 하나를 잃은 것을 기점으로 전세가 압도적으로 기울었다.

악셀은 거침없이 마물을 몰아붙였다. 곧 그에게서 새하얀 빛이 터져 나왔다. 검은 마물의 육중한 몸뚱어리가 창살처럼 내리꽂힌 빛에 꿰뚫려 허공에 박제되었다.

'다행이다.'

저도 모르게 몸을 바짝 기울이고 있었던 아리아드네는 겨우 다시 기둥에 기댔다. 집중해서 많은 정령력을 소모했더니 머리가 어지러웠다.

[휴식을 권합니다. 아리아.]

'지금은 안 돼. 알잖아?'

그녀는 호흡을 고르며 화구 위에서 홀로 반짝이는 황금빛을 응시했다. 되돌아온 악셀이 제대로 싸우는 건 처음 봤다. 그녀의 동료들을 공격했을 때는 아무래도 봐준 감이 있었으니. 그의 전투를 지켜보고 지원하면서 아리아드네는 살짝 소름이 돋았다.

'역시 주인공은 주인공이야.'

축소되고 생략된 모형으로 봐도 이 정도라면, 실제로 보면 신화 속 영웅의 전투처럼 보일 것이다.

그녀가 잠시 쉬는 사이 악셀은 박제된 마물을 토막 내어 용암 속에 떨궜다. 몰려드는 마물과 계속 싸우는 와중에 그러기가 쉽지 않을 텐데 무리해서 세심하게 자르는 것을 보니 의도가 읽혔다.

'아래에 있는 신전 때문에 저러는 거구나.'

뱀이 워낙 커서 통째로 떨궜다간 아래에 있는 신전이나 영토를 유지 중인 아리아드네에게 충격이 갈 수 있었다. 그녀는 충격을 대비하느라 긴장하고 있던 몸에서 힘을 풀었다. 악셀이 저런 배려를 할 줄은 몰랐다.

'저거, 악셀이 신전에 있는 사람들을 생각하면서 움직이는 거 맞지? 좀 전까지만 해도 신경도 안 쓰더니.'

기대하지 않았던 일이라 그런가 약간 감동적인 기분이 들었다.

'나중에 칭찬해 줘야겠다.'

[아리아, 제 생각은 좀 다릅니다. 그는 마을 사람들을 배려했다기보다는…….]

파이가 떨떠름하게 중얼거리던 말은 쿵, 하고 울리는 굉음에 끊겼다. 아리아드네의 정면에 있는 용암 속에 시커멓고 거대한 뱀의 토막이 떨어졌다. 반쯤 녹은 토막의 크기가 집채만 했다.

'저게 그대로 영토에 떨어졌다간 막다가 피 토했겠네.'

아리아드네가 질린 낯으로 그것을 보고 있는데 파이가 다급하게 보고했다.

[강력한 마물 다수 출현!]

"뭐? 남은 시간은?"

[약 10분입니다.]

먹구름 속에서 조금 전 뱀과 비슷하거나 더 거대한 미궁의 보스급 마물들이 연달아 머리를 내밀었다. 이리저리 날아다니던 금빛 용이 멈칫하는 것이 보였다.

그녀는 입술을 살짝 깨물었다.

'저건 약간 위험해 보이는데.'

사실 아리아드네는 지금 꽤 지친 상태였다. 이 정도 규모와 위력의 영토를 이렇게 긴 시간 동안 유지하는 건 쉬운 일이 아니었다. 그냥 유지하기만 한 것도 아니고 계속해서 영토를 변형하며 지원까지 했으니.

그래도 악셀 혼자 저걸 감당하라고 할 순 없었다. 영토로 최대한 커버해야만 한다. 아리아드네는 그에게 용암 속으로 피하라는 말을 하기 위해 손을 들어 귀걸이에 댔다.

그 순간 파이가 말했다.

[비정상적인 접근이 중지되었습니다.]

[군주, 요람의 관심이 악셀 발렌타인에게 완전히 쏠린 것으로 추정됩니다.]

[공개 채널로 전환 가능. 전환하시겠습니까?]

듣던 중 반가운 소식이었다. 그녀는 환해진 얼굴로 답했다.

"당장 전환해!"

[공개 채널로 전환합니다.]

[대정령, 신록의 그릇이 접속했습니다.]

[대정령, 창백한 푸름이 접속했습니다.]

[대정령, 만년설 왕관이……]

파이가 바쁘게 대정령의 접속을 알렸다. 그중 기다리던 이름도 있었다.

[잠들지 않는 심판이 자신의 영토를 보고 기뻐합니다.]

"터뜨려도 돼요?"

그녀는 급한 마음에 앞뒤 다 잘라먹고 물었다. 여러 대정령이 의문스러워하는 가운데, 파이만이 그녀의 의도를 바로 알아차렸다.

[분석 완료! 대정령, 잠들지 않는 심판의 우호적인 감정이 50% 이상입니다.]

그는 상세 내용을 생략하고 분석 결과만 급하게 읊었다. 아리아드네는 거대한 마물들 앞에 홀로 떠 있는 금빛 점에 시선을 고정한 채 귀걸이에 손을 올렸다.

"악셀, 아무거나 붙잡고 매달려. 지금 당장!"

악셀은 찰나 망설이는 듯했다. 여러 의문이 들 것이다. 그러나 이번에는 전과 달리 아무 반문도 하지 않고 바로 암벽으로 휙 날아 달라붙었다.

그녀는 그것을 확인하자마자 눈을 감고 집중했다.

[잠들지 않는 심판의 정령력을 대량으로 사용합니다.]

어마어마한 양의 힘이 그녀의 몸을 통해 영토로 퍼져 나갔다. 금세 드드드득, 하며 땅이 격렬하게 흔들리기 시작했다.

"무, 무슨 일입니까?"

뒤에 있던 수풀을 헤치며 뤼르가 고개를 내밀었다. 지진에 놀라 나온 듯했다.

'나오지 말라니까.'

아리아드네는 입을 열 틈이 없어 눈살만 찌푸렸다. 그래도 뤼르는 그녀가 한 말을 지켜서 성역에서 완전히 나오진 않았다. 그가 목만 길게 빼고는 사방을 살피더니 기겁했다.

"요, 용암? 설마 저게 영토입니까?"

"……."

"그런데 이 지진은…… 영토 내에 지진이 날 리도 없는데……. 이게 다 무슨 일입니까?"

"……."

그녀는 대답하지 않고 집중했다. 그녀의 코에서 피가 주르륵 흘렀다.

[아리아, 신체 상태를 점검해야 합니다. 당신은 내상을 입었습니다!]

파이가 걱정스럽게 외쳤지만, 그다지 통증이 느껴지지 않아서 아리아드네는 신경 쓰지 않았다.

'위험하면 나라도 많이 아프겠지. 이 정도는 괜찮아.'

땅의 진동이 강해지자 코피에 이어 입안에서도 피 맛이 돌았다. 입을 열면 그대로 핏물을 토해 낼 것 같았다. 그녀는 입을 꽉 다물었다. 내장이 상한 게 분명했지만 아픔은 거의 느껴지지 않았다. 속이 좀 메슥거리는 정도.

'역시 편하네. 통각 무딘 거.'

전 공작이 그녀에게 준 것 중에서 그나마 마음에 드는 선물이었다. 그녀는 기사들처럼 고도의 훈련을 받은 게 아니라서 아픔을 참아 가며 정령술을 쓸 자신이 없었다.

[아리아……]

파이는 걱정스러운 목소리로 조그맣게 그녀의 이름을 중얼거렸다. 그녀의 집중에 방해가 될까 봐 크게 부르지도 못했다.

그는 환상 도서관 안, 아리아드네의 서재에 있는 자신의 책상에 걸터앉은 채였다.

'아리아, 당신의 가이드가 되기로 한 것을 후회하지는 않지만.'

그의 주위로는 수십 수백 권의 책들이 희미한 빛에 휘감긴 채 둥둥 떠 있었다. 전부 가이드와 정령술, 정령사에 대한 기록이었다. 그 정보들로부터 흘러나오는 희미한 빛이 그에게 스며들었다.

'이런 식으로 당신이 무리할 때에는 제가 당신의 가이드인 것이 원망스럽습니다.'

파이가 평범한 가이드처럼 기계적이었다면 아리아드네는 내상을 입을 정도로 무리한 정령술을 펼칠 수 없었을 것이다. 정령사가 자신의 목숨이 위험하지 않은 상황에서 제 몸을 상하게 할 수준의 정령력을 쓰려 하면 자동으로 채널을 차단하게 되어 있으므로.

파이는 무수한 책을 읽고도 여전히 자신이 무엇인지 알 수 없었다. 그나마 대정령과 가장 유사했다. 환상 도서관이라는 영토 비슷한 것을 가지고 있으니.

하지만 그는 대정령이 아니었다. 마법이 아니지만 마법 같은 현상을 일으킬 수 있고, 대정령이 아니지만 대정령처럼 환상 도서관에 묶여 있으며, 아리아드네의 일부가 아닌데도 그녀의 정신에 부분적으로 간섭할 수 있다.

'파이는 인간이 아니면서 인간처럼 느끼고 생각하기까지 한다.'

파이는 스스로를 정의할 수 없었다. 그래서 그는 자기 자신을 '나'

라고 지칭할 수 없었다. 이곳에 있는 그는 아리아드네가 나타나기 전까지는 아무것도 아닌 존재였으며, 현재에도 그녀가 '파이'라고 부르지 않으면 누구도 아닌 존재일 뿐이기에.

어쨌든 확실한 건 그가 규칙대로 작동하기만 하는 시스템이 아니라는 것이다. 따라서 파이는 가이드 마법의 형식을 그대로 흉내 내면서도 임의로 규칙을 변경할 수 있었다. 아리아드네의 의사 판단을 그녀의 건강 상태 분석보다 우선하는 식으로 말이다.

떠 있는 책들과 그를 연결하던 빛들, 자세히 보면 마법 수식과 마법진의 형태를 하고 있는 그것들이 붉고 요란하게 깜박였다. 파이는 황금빛 눈동자로 그 메시지들을 읽어 냈다.

[경고. 정령사의 신체가 타격을 입고 있습니다.]

[채널을 차단합니다. 채널을 차단합니……]

'우선순위 변경.'

그의 손가락이 허공을 더듬었다. 수식을 잘라 내고 순서를 바꾸고 다시 이어 붙인다. 책을 고쳐 쓰는 것과 비슷한 감각으로. 그러자 발광하던 가이드 시스템이 잠잠해졌다.

그는 지그시 눈을 감고 아리아드네의 상태에 온 신경을 쏟았다.

아리아드네는 성공적으로 정령술을 발현하는 중이었다. 펼쳐진 영토가 그녀의 의도와 이미지대로 과거의 일을 재현해 나간다.

점점 심해지는 진동과 함께 신전 주위를 액체 벽처럼 두르고 있던 용암들이 부풀어 올랐다. 화구에서는 연기가 뭉클뭉클 치솟고 있을 것이다.

파이는 담담하고 빠른 어조로 보고를 지속했다.

[대다수의 대정령이 당신이 무엇을 구현하려 하는지 알아차렸습니다.]

[창백한 푸름이 경악합니다.]

[만년설 왕관의 우호도가 상승했습니다.]

[신록의 그릇이 당신을 몹시 걱정하고 있습니다. 불안이 40% 이상 급증했습니다.]

[뒤로 걷는 물이 환호합니다. 즐거움이 50% 이상으로 급증했습니다.]

[하늘을 담은 거울이 신기해합니다. 호기심이 40%로 급증했습니다. 흥미가 30%로 상승했습니다.]

[잠들지 않는 심판이 접속 중이던 다른 채널들에서 퇴장하고, 당신의 채널에 집중합니다.]

아리아드네는 핏물을 삼키고 긴 숨을 내쉬었다.

'됐어!'

대정령으로부터 빌려 온 모든 힘을 쏟아부은 뒤에야 그녀가 뤼르를 돌아보았다.

"뤼……."

"피가!"

그녀의 상태를 본 뤼르가 화들짝 놀랐다. 아리아드네는 급히 손을 들어 다가오려는 그를 말렸다.

"나오지 말라고 했잖아요."

그가 움찔 멈춰 섰다. 그녀는 신관 옆에 있는 신전 기둥을 가리켰다.

"그거 꽉 붙들어요, 뤼르."

"예?"

"제가 화산을 터뜨렸거든요."

아리아드네의 말이 끝나자마자 어마어마한 굉음이 터지며 용암이 역류했다. 화구를 가득 채운 용암이 폭발하며 하늘을 꿰뚫었다. 연기가 구름처럼 하늘을 가리고 화산탄이 우박처럼 쏟아진다.

귀청이 떨어질 듯한 소음과 쉼 없는 지진. 화산재와 뒤섞여 폭풍처럼 흩날리는 불씨. 웅대한 화산의 대정령이 옛 왕국에 내렸던 심판이 아리아드네의 영토에서 고스란히 재현되었다.

그 충격은 신록의 그릇의 영토가 구현된 곳까지 미쳤다. 조금 전보다 훨씬 격렬한 지진이 찾아왔다. 미리 대비하고 있던 아리아드네는 나팔꽃 덩굴로 몸을 얽어 버렸다. 뤼르는 기둥에 매달리다시피 달라붙어 간신히 자빠지는 꼴을 면했다.

화구 위에 형성되었던 전장은 순식간에 난장판이 되었다. 마물들은 갑작스런 재난에 혼비백산하여 달아났고, 보스급 마물들조차 화산탄과 용암을 막고 피하느라 바빴다.

악셀은 검화를 불러내 몸에 휘감고 암벽 틈에 몸을 고정하고 있었다. 화산탄을 맞아 떨어지는 마물, 불타오르는 마물, 용암에 휩쓸려 녹아내리는 마물들이 보였다.

그는 멸망의 날이 도래한 듯한 풍경을 멀거니 보다가 오싹해졌다.

'정령사가 이런 짓까지 가능하다고?'

일반적으로 정령사는 전투원으로 취급하지 않는다. 방독면을 무기로 치지 않는 것과 마찬가지다. 평범한 정령사는 대정령의 영토를 그대로 구현해서 유지하는 것만으로도 버거워한다.

그런데 영토를 변형하는 것으로도 모자라서 화산 폭발까지 재현한다고?

'대마법사라 해도 며칠은 준비해야 겨우 가능할 기적을 무슨 정령사가…….'

넋을 놓았던 악셀은 곧 헛웃음을 흘렸다. 역시 아드리안. 언제나 그의 상상을 넘어서는 범위에서 움직이던 자답다.

그는 재회한 뒤로 아리아드네를 조금 얕보고 있었다. 아드리안이 아닌 아리아드네를 말이다.

예상보다 그녀가 작고 여려서, 그보다 4살이나 어려서, 허접한 것들을 동료랍시고 데리고 다니고 있어서, 쓸모없다 못해 방해까지 되는 놈도 못 버리는 걸 보니 성정이 심약해 보여서.

그리고 3년간 엄청나게 성장한 자신의 실력을 그녀가 제대로 알아보지 못하는 것 같아서.

내심 품고 있던 그런 마음이 터져 나오는 용암에 휩쓸려 깨끗이 날아갔다. 그녀는 역시 아드리안이었다. 그가 알고 있던 그대로, 전지전능하게까지 느껴지는 존재.

'하긴 마스터 시절에도 호구 소릴 들었으니 성정은 원래 그런 거겠지.'

그를 손아귀에 올려놓고서 절대 움켜쥐지는 않던, 이기적으로 자비로운 마스터.

'하지만 이제 쥐었어.'

악셀은 자신이 지금 보인 무위가 얼마나 대단한지 아주 잘 알고 있었다. 우 대륙에서 얼마나 많은 권력자들의 애걸을 받았던가.

'쥐어서 써 보았으니 이제 저를 놓기 싫어질 겁니다, 아드리안.'

그는 들끓는 용암 같은 눈으로 미소 지었다.

그러는 사이 첫 폭발의 기세가 약간 잦아들었다. 악셀은 검을 다시 뽑아 들었다.

'더 탐나는 칼이 되어 드려야겠지.'

분출은 계속되고 있었고 곧 2차, 3차 폭발이 있을 것으로 추정되지만, 지금이 기회였다. 용암이 거꾸로 흐르는 폭포처럼 치솟든 말든 붉은 눈인 악셀에게는 별로 위험하지 않았다.

급류에 휩쓸려 날아가지만 않도록 조심하면 된다. 그마저도 화산 암벽에 발톱을 박아 넣고서 지탱하고 있는 겁화 덕에 그가 신경 쓸 필요가 없었다.

악셀은 용암과 화산재에 몸을 숨기고 놀라 날뛰는 거대 마물들의 몸뚱이에 검을 꽂아 넣었다. 마물들의 단말마는 화산 분화의 소음에 묻혔다.

역류하는 용암 밑에서 뤼르는 신전 기둥을 부여잡은 채 새파랗게 질려 있었다. 내부에 있는 데다가 영토 밖이라 여파가 적은 성역도 제대로 서 있기 힘들 정도로 흔들리니 정신을 차릴 수가 없었다.

나팔꽃 덩굴에 휘감겨 있는 아리아드네는 태연했다.

'강림 유지 시간은 거의 다 됐겠지.'

이제 요람이 사라지기만 기다리면 된다. 그녀는 분화하고 있는 화산 모형 위에 떠 있는 알을 주시하며 흐르는 코피를 손수건으로 닦아 냈다.

그새 그녀의 채널은 발칵 뒤집혔다. 새로운 대정령들이 계속해서 접속하는 중이었다.

[대정령, 잠든 심판이 당신의 채널에 처음으로 접속했습니다.]

[대정령, 거인의 레이스가 당신의 채널에 처음으로 접속했습니다.]

[대정령, 고요한 죽음이……]

요람을 휘감고 있는 먹구름이 확연히 옅어지고 있었다. 검은 알의 모습도 점차 흐려졌다.

'끝났네. 무사히.'

2차 분출은 구현하지 않아도 될 것 같았다. 아리아드네는 다시 솟은 핏물을 대충 뱉어 내고 기둥에 기대 늘어졌다. 그러면서 요람에서 시선을 떼고 악셀을 살펴보다가 저도 모르게 미간을 구겼다. 그는 용암에 몸을 숨기고 대형 마물을 기습하고 있었다.

'벽에 붙어 있으라니까 뭐 하는 거야. 아무리 불타지 않는 자라지만 위험하게……'

[채널 내의 대정령들이 잠들지 않는 심판을 몹시 부러워하고 있습니다.]

[창백한 푸름의 제안: 운석 충돌 해일 재현하기. 대가: 정령석 500개]

요람 주시하고 악셀 살펴보느라 바빠서 채널 현황을 대충 듣고 있던 그녀는 예상치 못한 제안에 살짝 놀랐다.

'뭘 재현하라고? 북쪽 바다에 운석 떨어진 적이 있었어?'

[약 3천 년 전에 발생한 일입니다, 아리아. 나중에 기록을 볼 수 있게 정리해 두겠습니다.]

파이가 덧붙였다.

[하지만 제안은 거절하는 것을 추천합니다. 당신의 몸에 부담을 주는 제안입니다.]

아리아드네는 파이와 생각이 달랐다.

"다음에 필요할 때 재현해 볼게요."

이 정도 규모의 자연재해를 구현하려면 대정령의 협조가 있어야 한다. 그녀가 부탁해야 할 일을 정령석까지 주면서 먼저 제안한다는데 거절할 이유가 없다.

[……창백한 푸름이 기뻐하며 정령석을 보냅니다.]

[파이는 창백한 푸름에게 실망했습니다. 냉담하고 차분한 성격이라고 기재된 대정령 도감들을 죄다 수정하고 싶습니다.]

못마땅한 투로 중얼거린 파이가 보고를 이어갔다.

[잠들지 않는 심판이 당신의 호쾌함에 매우 만족합니다.]

[잠들지 않는 심판이 만족하며 선물을 보냅니다.]

[정령석 500개를 획득했습니다.]

"고마워요."

그녀는 짧게 인사했다.

돈으로 사 모은 정령석이 워낙 많다 보니 채널에서 받는 정령석 선물은 보태 봤자 티도 나지 않는다. 막말로 그녀는 정령석을 전혀 받지 않아도 상관없었다. 다른 정령사들이 파는 걸 사 모으면 그만이다. 현재 대륙 어디에도 그녀보다 고가로 정령석을 매입하는 사람은 없었다.

사실 그렇게 고가로 사들이지 않아도 엘릭서와 교환해 주겠다고 하면 정령석을 보따리로 싸 들고 올 정령사들이 널려 있었다. 정령사라고 해도 오염되면 죽는 건 똑같으니 말이다. 그래도 선물을 주는 대정령들의 마음 자체는 고마워서 인사는 빼먹지 않았지만.

가볍게 인사를 끝낸 아리아드네가 모형에 집중하자 파이가 메시지를 읊었다.

[잠들지 않는 심판이 불만스러워하며 다시 선물을 보냅니다.]

[정령석 500개를 획득했습니다.]

"응?"

잘못 들었나? 방금 불만스러워하면서 선물을 준다고 한 것 같은데.

'뭐가 불만이지? 불만이면 선물은 왜 또 줘?'

아리아드네가 갸웃거리는 사이 파이가 계속 보고했다.

[잠들지 않는 심판이 투덜거리며 선물을 보냅니다.]

[정령석 500개를 획득했습니다.]

"……가, 감사합니다?"

[잠들지 않는 심판이 누가 이기나 보자며 선물을 보냅니다.]

[정령석 500개를 획득했습니다.]

[잠들지 않는 심판이 자신은 정령석을 2,000개나 보내는 대정령임을 강하게 피력합니다.]

저 대정령은 왜 저래? 그녀는 어안이 벙벙해졌다.

[잠들지 않는 심판이 당신에게 다른 정령사들 보고 좀 배우라며 구시렁거립니다.]

파이가 탐탁잖은 어조로 말하더니 제 생각을 덧붙였다.

[저 대정령, 자주 접속을 안 해서 아리아가 어떤 정령사인지 잘 모르나 봅니다.]

"내가 뭘?"

아리아드네는 진심으로 의아했다. 그녀가 더 자세히 물으려는 찰나 다른 메시지가 들렸다.

　[만년설 왕관이 선물을 보냅니다.]

　[정령석 3,000개를 획득했습니다.]

　'쟤는 또 왜 갑자기 정령석을 퍼주는 거지?'

　만년설 왕관은 다른 정령사의 채널에 접속하지 않는다. 아리아드네의 채널이 그가 자의로 접속하는 최초의 채널이었다.

　여태까지 정령사에게 정령석을 줘 본 적이 없다는 뜻이고, 그건 곧 정령석 보유량이 최고 수준이라는 뜻이기도 하다. 평범한 대정령이 십 단위, 많아야 100개 정도를 보낼 때 만년설 왕관이 제안 보상으로 정령석을 500개씩 거는 이유였다.

　하지만 저렇게 많은 양을 한 번에, 제안에 거는 것도 아니고 그냥 준 적은 없는데.

　'첫 미궁 토벌했을 때 1,000개 준 게 최대 아니었나? 뭐가 그렇게 마음에 들어서……. 저 대정령은 알다가도 모르겠네.'

　그녀가 얼떨떨하게 감사 인사를 하려는데 파이의 보고가 연달아 이어졌다.

　[잠들지 않는 심판이 이를 악뭅니다.]

　[뒤로 걷는 물이 폭소합니다.]

　[신록의 그릇이 혀를 찹니다.]

　[잠들지 않는 심판이 부들부들 떨며 선물을 보냅니다.]

　[정령석 1,500개를 획득했습니다.]

　[잠들지 않는 심판이 자신은 정령석을 3,500개나 보내는 대정령임을 강하게 피력합니다.]

　[만년설 왕관이 재차 선물을 보냅니다.]

[정령석 2,000개를 획득했습니다.]

[잠들지 않는 심판이 끝까지 가 보자며 선물을 보냅니다.]

[정령석 2,000개를 획득했습니다.]

[만년설 왕관이 추가로 선물을 보냅니다.]

[정령석 3,000개를 획득했습니다.]

이게 무슨 사태지.

아리아드네는 연달아 쏟아지는 정령석에 당황해서 손을 내저었다.

"저, 감사하지만 이제부턴 마음만 받을게요. 전 여유가 있는 편이니 정령석은 다른 정령사들한테 주세요."

[신록의 그릇이 당신을 기특하게 여깁니다.]

[잠들지 않는 심판이 잠든 심판에게 정령석 대여를 요청합니다.]

[잠든 심판이 잠들지 않는 심판을 차단했습니다.]

[만년설 왕관의 만족감이 50% 이상으로 급증했습니다.]

[뒤로 걷는 물이 잠들지 않는 심판을 놀리고 있습니다.]

[창백한 푸름이 잠들지 않는 심판에게 코웃음을 칩니다.]

[잠들지 않는 심판이 두고 보자며 채널에서 퇴장했습니다.]

[영토 유지에 소모되는 정령력을 정령석으로 대체합니다.]

저들끼리 난리를 치더니 잠들지 않는 심판이 갑작스럽게 퇴장했다. 정령력이 뚝 끊겨 허물어질 뻔한 영토를 파이가 빠른 대처로 유지했다. 아리아드네는 손안에 생겨난 붉은 정령석을 쥔 채 한숨을 내쉬었다.

'저 대정령도 제멋대로네. 영토 구현 중인데 대뜸 채널을 나가면 어떡해?'

그녀처럼 정령석 여분이 많은 정령사가 아니면 위험할 수도 있는 일이었다. 대정령 도감에 수정할 게 많아 보였다.

[잠든 심판이 쌍둥이를 창피해합니다.]

[하얀 동생이 잠든 심판에게 이해한다며 위로를 건넵니다.]

[검은 누님이 하얀 동생을 주시합니다.]

[하얀 동생의 두려움이 급상승합니다.]

채널의 동향 보고를 한 귀로 흘리며 그녀는 화산 모형을 확인했다. 요람은 드디어 완전히 돌아간 모양이었다. 마지막까지 남아 있던 먹구름 몇 조각도 흩어져 사라지고 있었다. 그녀가 무엇을 보는지 알아차린 파이가 채널 현황을 무시하고 우선적으로 보고했다.

[마물이 모두 사라졌습니다.]

[알림. 요람의 강림이 완전히 끝났습니다.]

'그럼 영토 전환하자. 좀 힘드네.'

아리아드네는 붉은 정령석을 손에서 놓아 버렸다. 그리고 언제나 그녀에게 다정한 초록빛 기운을 불러들였다. 주위를 덮고 있던 용암이 환상처럼 사라지고 익숙한 신록이 주변을 뒤덮었다. 녹색 잔디밭이 성역이 깔린 신전 내부까지 거침없이 밀려들어 간다.

파랗게 돌아온 하늘을 올려다보자 황금빛 벼락이 아래로 내리꽂히는 것이 보였다. 요람도, 상대할 마물도 사라지자 사태가 끝난 것을 깨닫고 악셀이 내려오고 있었다.

[영토 내 생명체 분석. 부상자 0, 사망자 0.]

[고생했습니다, 아리아. 휴식을 권합니다.]

'잠시만.'

그녀는 손수건으로 입가의 핏자국을 닦으며 뤼르를 돌아보았다.

"혹시 신성력 여유 있나요?"

순식간에 폭발한 화산에서 평온한 숲으로 변화하는 주위 환경을 얼이 빠진 채 보고 있던 신관이 그녀의 말에 정신을 차렸다.

"성역 유지 시간이 길지 않아 넉넉합니다."

그는 대답과 동시에 아리아드네를 향해 손을 내밀었다. 그의 커다란 손이 그녀의 코와 입 위를 살짝 덮었다. 다른 한 손은 배 쪽으로 향했다. 손에 희미한 금빛이 도는 걸 보니 바로 그녀의 내상을 치유하려는 모양이었다.

'눈치가 빠르네.'

볼수록 마음에 든다. 아리아드네는 긴장을 풀고 눈을 감았다. 솔직히 당장 쓰러지고 싶을 만큼 피곤하지만 신성력 좀 뒤집어쓰고 나면 체력이 돌아올 것이다.

'쉬어도 일을 마무리하고 쉬어야지. 자세한 사정도 들어 봐야 하고……'

"당신의 자애가 이곳에 깃들…… 크윽!"

무식하게 신성력을 퍼붓는 대신 정교한 신성 마법을 쓰려던 뤼르가 돌연 신음을 흘렸다. 놀라 눈을 뜬 아리아드네는 어느새 그들 사이를 가로막은 악셀을 발견했다.

"무슨 짓이냐!"

신관의 손목을 비틀어 쥔 악셀이 그를 윽박질렀다. 아리아드네가 당황해서 악셀을 말렸다.

"놔. 너야말로 뭐 하는 짓이야!"

"이자가 당신의 입을 막고……."

그녀를 돌아본 악셀의 말이 멈췄다. 붉은 눈동자가 피 묻은 그녀의 입가를 휙 훑더니 형형하게 변해서 신관에게로 돌아갔다. 그는 비틀린 팔을 붙잡고 끙끙거리고 있는 뤼르의 멱살을 턱 움켜쥐었다.

"사도 끄나풀 놈이 감히 마스터에게 괴이한 수작을……."

당장에라도 신관의 목을 뽑아 버릴 기세였다. 아리아드네는 급히 그의 팔을 움켜잡았다.

"아니야! 치료하려던 거잖아!"

"……?"

"저 사람 눈동자 안 보여? 신관이 뭔 사도 끄나풀이야! 그냥 날 치료하려고……."

다급하게 외쳤더니 속이 뒤집히는 것 같았다. 아리아드네는 허리를 꺾고 한바탕 기침을 했다. 입을 막은 손 틈으로 피가 줄줄 샜다.

[경고. 채널을 더 이상 유지하는 건 위험합니다.]

[탐색. 이 지역은 오염되지 않았으며 적대적 생명체도 느껴지지 않습니다.]

[채널을 닫겠습니다. 아리아.]

파이가 빠르게 경고하더니 그녀의 채널을 닫아 버렸다. 주위에 펼쳐져 있던 녹음이 환상처럼 사라졌다. 그러자 반쯤 부서진 신전이 어슴푸레하게 모습을 드러냈다.

"아드리안?"

당황한 악셀의 손에서 힘이 빠져나갔다. 그 틈에 뤼르가 그를 확 밀쳐 내고 아리아드네에게 달려왔다. 아무리 놀랐다지만 정령 기사를 밀쳐 내다니 신관답지 않은 괴력이었다. 그는 아리아드네를 붙들고 빛나는 손을 가져다 댔다.

"……치유의 은혜가 베풀어지게 하소서."

그가 빠르게 기도문을 읊조리자 그 빛이 그녀에게 스며들었다. 창백해졌던 아리아드네의 얼굴에 금세 혈색이 돌아왔다. 그것을 확인한 뤼르가 안도의 한숨을 내쉬고는 우울한 낯빛으로 악셀을 돌아보았다.

"저는 더 이상 신관이라 불릴 수 없는 죄인이지만…… 환자를 해하지는 않습니다."

그가 비척비척 물러나더니 사방에 쓰러져 있는 마을 사람들 쪽으로 다가갔다. 신성 마법의 은은한 빛이 그 사람들에게도 흩뿌려졌다. 악셀은 신관을 내버려 두고 호흡을 고르고 있는 아리아드네를 얼른 부축했다.

"괜찮으십니까?"

"어, 응. 괜찮아. 아주 멀쩡해."

아리아드네는 악셀을 밀어내고 제 발로 섰다.

'악셀한테 약한 모습을 보이면 안 돼.'

주인공에게 약하다는 건 쓸모없다는 것과 동의어다. 악셀이 소설 속 주인공과 여러모로 달라졌다고는 해도 동료를 아이템처럼 취급하는 성질머리는 큰 차이가 없을 터였다.

그녀를 '아드리안'이라 여기며 집착하고 있는 상황이니 더욱 약하게 보일 수 없다. 악셀이 따르던 아드리안은 빈틈이 없는 존재였으니까.

'나한테 허점이 보이면 악셀은 내 말을 더 안 들을 거야.'

어느 정도는 맞는 생각이었다. 악셀이 그녀를 조금 얕보고 있었던 건 사실이고, 그 때문에 그녀와 상의하지 않고 멋대로 행동했던 것도 사실이므로.

하지만 어느 정도는 틀린 생각이었다. 악셀 발렌타인은 아드리안에게 필요한 존재가 되고 싶었다. 그게 3년 전, 버려졌다는 것을 깨달았을 때 그가 스스로 세운 목표였다.

누군가에게 필요한 존재가 된다는 건, 그 사람에게 자신이 도움이 되고 그 사람이 자신에게 의지한다는 뜻이다. 도움이 필요하지 않은 이에게 필요한 존재가 되는 것은 어렵다. 완벽한 사람은 스스로 완벽하기에 누구도 필요로 하지 않는다.

아리아드네가 악셀을 밀쳐 내고 피투성이 손수건을 주머니에 쑤셔 넣으며 제 발로 선 순간, 악셀은 한 가지 사실을 자각했다.

'아드리안이 부족함이 없는 사람이라면 나를 영원히 필요로 하지 않는다.'

그러나 불완전한 아리아드네라면 그에게 의지해야 할 때도 있을 것이다. 따라서 아리아드네의 약점은 그에게 무척 중요한 요소다. 그 약점을 이용하면 그녀가 그를 원하게 만들 수 있을 테니까.

'아드리안은 어떤 점이 약하고 무엇이 부족할까.'

그것을 내가 채우자. 그녀가 내게 의존하도록. 그녀가 다시는 버릴 수도, 다른 것으로 대체할 수도 없는 존재가 되는 거다.

그는 요람이 강림하기 전 아리아드네가 했던 말들을 떠올렸다. 그녀는 그와 그녀가 서로를 모르니 손발이 맞지 않는 거라고, 앞으로 서로 맞춰 나가자고 했었다.

그녀의 말이 맞다. 아드리안은 역시 언제나 옳다.

그가 그녀에 대해 잘 알았다면 처음부터 능숙하고 자연스럽게 그녀의 빈틈을 파고들어 서서히 의존하게 만들 수도 있었을 텐데. 그가 아닌 다른 사람과는 불편해서 아무것도 하기 싫어질 정도로 말이다.

'이제부터라도.'

악셀의 눈빛이 깊어졌다. 그는 탐욕스럽게 그녀를 관찰하기 시작했다.

아리아드네는 그의 변화를 알아차릴 수 없었다. 그녀는 비명을 지르며 신관에게 달려가느라 바빴다.

"무슨 짓이에요, 뤼르 이나민!"

뤼르는 구석에 꿇어앉아 제 목에 단검을 겨누고 있었다. 아리아드네가 다급하게 단검을 낚아챘다. 그러자 신관이 우중충하게 죽은 금빛 눈동자로 그녀를 돌아보았다.

"사람들의 치료가 끝났습니다. 다들 조금 쉬고 나면 일어날 겁니다."

"그게 방금 당신이 하려던 짓이랑 무슨 상관인데요?"

"제 역할은 다 끝났으니, 이제 쓸모없는 죄인을 치워야지요."

그가 손을 뻗어 단검을 되찾으려 했다. 아리아드네는 그 단검을 멀찍이 던져 버렸다.

"아직 아무것도 안 끝났어요. 알아낼 것도 뒤처리할 것도 산더미인데 끝나긴 뭘 끝나요? 전 이 마을이 어쩌다 이렇게 되었는지도 전혀 모른단 말이에요."

"아…… 그렇군요. 아직 안 끝났군요. 아직 제가 할 일이 남아서."

멀거니 중얼거리던 뤼르가 퍼뜩 생각났다는 듯 자리에서 일어났다. 그는 심장께에 두 손을 모으고 허리를 숙였다. 신관들의 정식 인사법이었다.

"우선, 도움 요청에 응해 주신 것에 온 마음을 다해 감사드립니다. 은인께 엘의 축복이 머물기를."

"감사 인사는 됐으니 정말 고마우면 도와준 사람 앞에서 자살하려 하지나 말아요."

"……죄송합니다."

"대체 무슨 일이 있었…… 아니다. 오늘은 이만 쉬는 게 좋겠어요. 사정은 당신이 좀 진정되고 나면 들려주세요."

"……예."

뤼르가 눈길을 떨구더니 얌전해졌다. 아리아드네는 작게 한숨을 쉬었다. 기겁하고 실랑이를 하느라 간신히 회복했던 체력까지 동난 기분이었다.

'피곤하네.'

그녀는 하늘을 흘깃 보았다. 영토를 완전히 거둬서 드러난 진짜 하늘은 완연한 밤이었다.

'예배가 저물녘부터 시작됐었으니, 밤이 될 만하지…….'

지친 몸이 그냥 이대로 쓰러져 자길 원했다. 하지만 아리아드네는 바로 쉴 수가 없었다.

'치료받았잖아. 할 일은 끝내고 쉬자.'

지붕이 무너진 신전에 사람들을 밤새도록 내버려 둘 순 없었다. 밖에서 벨바렛이 기다리고 있을 터였다. 사도가 다 죽었고 요람도 사라졌으니 이제 엘디어, 위버, 새벽 용병단 본부에 보낸 지원 요청도 취소해야 했다.

'완전히 취소하지는 말고 사건을 조사할 인원을 보내라고 해야겠다.'

조사할 게 많았다. 5년간 무슨 일이 있었는지 확인해야 하니. 겸사겸사 사도들의 신분과 과거 행적도 추적하고.

'이 신전은 내일 한번 직접 뒤져 봐야지.'

뤼르 이나민의 사정도 들어야 했다. 그 뒤엔 이나민 마을을 어떻게 할지도 결정해야 하고.

'아무래도 마을을 폐쇄하고 주민들 전체를 한동안 요양시켜야 할 듯한데. 여기 영주가 없었지? 왕실이랑 얘기를 해 봐야겠어.'

할 일이 태산이었다. 아리아드네는 지끈거리는 관자놀이를 누르며 일의 우선순위를 정했다.

'사이먼이 필요해…… 아니면 이자벨…….'

그녀는 이 자리에 없는 비서들의 이름을 속으로만 애타게 부르짖었다. 그나마 파이에게는 언제든 일을 맡길 수 있어 다행이었다.

대강 무엇부터 할지 정한 그녀는 한쪽 구석에 모아 둔 새벽 용병단원들을 돌아보았다.

"악셀, 저 사람들 깨워서…… 아니, 내가 할게."

악셀에게 맡겼다간 또 과하게 힘을 쓸 것 같았다. 아리아드네가 말을 하다 말고 용병단원들 쪽으로 향하자 악셀의 눈썹이 꿈틀거렸다.

"제가 깨우겠습니다."

"괜찮아. 내가 할게."

"제가 하는 편이 빠릅니다."

"하지만 넌…….."

아리아드네의 말이 끝나기도 전에 악셀이 정령수를 불러냈다.

"빙하."

얼음으로 빚은 조각상 같은 고래가 언뜻 모습을 드러냈다. 그 거대한 정령수는 땅에서 치솟으며 입에 용병단원들을 슬쩍 머금었다가 퉷하고 뱉어 낸 뒤 사라졌다.

"으악!"

"앗, 차거!"

"히이익!"

자다가 얼음물에 담가지는 것과 다름없는 체험을 한 용병단원들이 비명을 지르며 사방에 나뒹굴었다.

"······너무 과격할 것 같아서 내가 깨우려 했는데."

아리아드네의 뒷말이 뒤늦게 이어졌다.

남극에서 태어난 빙하는 지독하게 차가웠다. 그 입에 삼켜졌던 용병단원들은 새파랗게 질린 채 덜덜 떨고 있었다.

'그나마 통째로 얼어붙었었던 에리히 오라버니보다는 상태가 낫긴 하지만······.'

정령수가 계약자를 닮았는지 돌바닥에 아무렇게나 사람들을 팽개치는 바람에 몇몇은 발목이나 팔꿈치나 허리를 움켜쥐고 끙끙거렸다. 그녀는 허무한 얼굴로 용병단원들을 바라보다가 뤼르를 불렀다.

"뤼르, 미안한데 저 사람들 괜찮은지 좀 봐줄래요?"

"알겠습니다."

넋이 나간 것처럼 예배당 중간쯤을 보고 있던 신관이 곧바로 그들에게 다가갔다. 아리아드네는 들으란 듯이 혀를 찼다.

"일 좀 시키려고 단원들 깨우려 한 건데, 오히려 일이 더 늘었네."

"······."

흠칫한 악셀이 치료받고 있는 용병단원들을 노려보면서 중얼거렸다.

"저놈들이 너무 약해 빠진 겁니다. 수수깡도 저것보단 튼튼하겠습니다."

"사람은 누구나 빙하에 파묻혔다가 저 높이에서 떨어지면 다쳐. 정령 기사가 아니라면 말이야."

"······."

"설마 네가 저 사람들이 정령 기사인지 일반인인지 구별도 못 한 건 아닐 테고. 일반인을 저렇게 하면 다친다는 걸 몰랐을 리도 없고."

"……"

"그냥 한 번에 빠르게 깨우겠다는 목적에만 집중하고, 그 와중에 사람들이 어떻게 될지는 신경도 안 쓴 거지?"

악셀이 입을 꾹 다물더니 슬쩍 시선을 피했다. 아리아드네는 쟤가 또 주인공 같은 짓을 했구나 하고 그냥 넘어가려다가 앞으로도 이러면 골치 아파질 것 같아 엄한 목소리를 냈다.

"악셀, 이쪽 봐."

그녀보다 한참 위에 있는 잘생긴 머리통이 느릿느릿 움직이더니 그녀를 내려다보았다. 섬뜩한 붉은빛의 눈동자와 서늘한 무표정. 하필 아리아드네 쪽을 보다가 그 얼굴을 정면에서 본 용병단원 하나가 딸꾹질을 했다.

반면 아리아드네는 태연했다. 그녀에게는 어쩐지 그의 얼굴이 자기가 실수한 건 아는 표정처럼 느껴졌다. 그녀는 허리에 한 손을 얹고 야단치듯 말했다.

"너, 또 내 말 끝까지 안 듣고 네 맘대로 행동했지."

"……"

"계속 이런 식이면 힘들어. 의욕이 넘치는 건 좋은데 앞으로는 움직이기 전에 의논부터 해. 알겠어?"

"……예."

짧게 답한 악셀이 무언가 망설이듯 입술을 달싹이다가, 다물었다가, 이를 악물더니, 한숨을 쉬고 입을 열었다.

"죄송합니다."

"응?"

아리아드네는 귀를 의심했다. 쟤 방금 사과한 거야?

그녀가 눈을 동그랗게 뜨고 쳐다보자 악셀은 제 손으로 제 머리를 거칠게 흐트러뜨리더니 덧붙여 말했다.

"앞으로는, 주의, 하겠습니다."

말을 끝낸 그가 휙 시선을 피했다.

'세상에. 얘가 스스로 사과를 하네.'

아리아드네는 난생 두 번째로 악셀 발렌타인이 좀 귀여워 보였다.

'그러고 보니 아까 뱀 마물 시체도 신전 부서질까 봐 열심히 잘라서 떨궜었지? 그거 칭찬해 주고 싶었는데.'

뒤에서 일부러 걸음 소리 내 주던 것도 그렇고, 하는 거 보면 악셀도 몰라서 그렇지 은근히 배려를 할 줄 아는 게 아닐까?

'그러면 배울수록 나아지겠지.'

나중에는 사람들과 진짜로 잘 지내게 될지도 모르겠다. 친구도 만들고 사랑하는 사람도 생기고 말이다.

'그래, 이대로만 잘 크렴.'

그녀는 저도 모르게 발돋움을 하고 헝클어진 검은 머리칼에 손을 뻗었다. 머리카락에 가느다란 손가락이 닿자 움찔 놀란 악셀이 그녀를 돌아보았다. 아리아드네는 눈꼬리를 접으며 웃었다.

"잘했어, 악셀. 그거면 돼."

흐뭇하고 기특해서 절로 웃음이 나왔다. 그녀는 악셀의 머리칼을 손으로 살살 빗어 바로잡으며 말했다.

"사실 이번 사태는 네가 마물들을 잘 막아 낸 덕에 쉽게 끝난 거야."

그의 머리에서 손을 뗀 아리아드네가 다시 미소 지었다.

"정말 잘했어. 내가 예상한 것보다도 더."

악셀이 멍하니 그녀를 바라보았다.

"앞으로도 잘 부탁해."

아리아드네는 그리 말하고 돌아서서 단원들 쪽으로 향했다. 악셀 발렌타인은 잠깐 그대로 서 있다가 손을 들어 제 머리를 한번 만져 보았다. 그러고는 제 손을 내려다보며 미간을 좁혔다.

'뭔가, 기분이 좀.'

그냥 인정받아서 만족스럽다기엔 뭔가 조금 이상한데. 그래도 나쁜 기분은 아니었다. 오히려 좋은 쪽에 가까웠다. 제법, 꽤, 상당히, 많이 말이다. 왜인지는 모르겠지만.

'별 상관없나. 어쨌든 아드리안이 원하는 게 어떤 식인지는 좀 알겠군.'

그는 손을 거두고 성큼성큼 걸어 아리아드네를 따라잡았다. 그녀는 뤼르가 용병단원들을 치료하는 것을 유심히 살펴보고 있었다.

'자세히 보니까 엄청 효율적이네.'

뤼르는 다친 부위에서 가장 심각한 곳을 정확하게 진찰한 다음, 그곳에만 신성 마법을 살짝 사용했다. 생채기 하나 없이 완치하진 못해도 소량의 신성력으로 움직일 만하게 만들어 주는 효과적인 방식이었다. 무엇보다 빨랐다. 뤼르는 7명이나 되는 용병단원들을 순식간에 치료해 냈다.

"끝났습니다."

물러나는 뤼르에게 용병단원이 꾸벅 인사했다.

"감사합니다, 신관님."

"저는 신관이 아닙니다."

"예? 하지만 눈에 엘의 빛도 어려 있으시고 신관복도 입고 계신데……."

용병단원이 갸우뚱거렸다. 신관 특유의 은은한 금빛 눈동자에, 검게 물들이긴 했지만 신관복을 입고서 신관이 아니라니.

뤼르는 가만히 고개를 저었다.

"이건 신관복이 아닙니다."

옆에서 지켜보던 아리아드네는 그의 옷을 찬찬히 살펴보았다. 지금까지는 자세히 살펴볼 겨를이 없어서 그냥 검은색 신관복인 줄 알았는데, 이제 보니 다른 점이 눈에 띄었다. 신관복의 가슴팍에 있는 엘을 상징하는 금실 자수가 뜯어져 있었다. 대신 괴상하고 검붉은 문양이 조악한 솜씨로 그 자리에 수놓아져 있다.

그녀의 시선을 알아차린 뤼르가 쓰게 웃었다.

"이 옷은 제가 직접 신관복을 훼손하여 만든 샤이탄의 사제복입니다. 그러니 저를 신관이라 부르지 마십시오."

자괴감과 혐오감이 그의 단정한 얼굴에 떠올랐다. 아리아드네는 샤이탄의 신관복에서 시선을 떼어 뤼르의 눈을 바라보았다.

"당신이 무슨 옷을 입고 있든 상관없이 당신은 신관이에요, 뤼르."

"저는."

"신께서 그리 말씀하고 계시잖아요. 그 눈에 명백한 대답이 있는데 신의 뜻을 부정하실 건가요?"

"……우둔한 저로서는 신의 뜻을 이해할 수가 없습니다."

음울하게 중얼거린 뤼르가 구석으로 향했다. 그늘진 곳에 선 그는 멀거니 한곳에 시선을 두었다. 그곳은 그가 아까도 보고 있었던 자리였다. 예배당의 가운데 부근. 아리아드네는 그가 보는 곳에 무엇이 있었는지 기억하고 있었다.

'남자아이 사도가 앉아 있던 자리잖아.'

그 소년은 번제의 제물로 불타 버린 탓에 시신은커녕 잿더미조차 남아 있지 않았다.

'왜 저길 보는 거지?'

돌연 떠오르는 추측이 있었다. 뤼르 이나민이 은퇴한 이유. 설마, 아니겠지. 아리아드네는 그 추측이 틀리길 빌었다.

"단장님."

대충 회복한 용병단원들이 그녀에게 다가왔다.

"단장님께서 친히 여기까지 오시다니……. 저희가 실종된 것 때문입니까?"

단원들 중 하나가 감동한 듯 눈물을 글썽였다. 아리아드네는 그의 어깨를 두드려 주었다.

"고생 많았어. 보고는 내일 들을게. 당장 정리하기 빠듯하면 돌아가서 서면으로 보내도 되고."

"그럼 지금은 뭘 하면 됩니까?"

눈치 빠른 단원이 물었다. 그녀는 차근히 명령을 내렸다.

"여기 이 사람들 잠자리를 만들어야 해. 인원을 나눠 마을을 뒤져서 이불로 쓸 만한 것들을 모아 와. 나머지는 남아서 예배당 안 정리하고, 지붕이랑 벽 대충 덮어서 바람만 막아 봐."

"넵, 알겠습니다!"

"참, 몇 명은 마을 밖의 막사에 다녀와. 벨바렛이 기다리고 있을 건데 같이 짐 다 챙겨서 여기로 돌아오면 돼."

"그건 저랑 이 녀석들이 후딱 다녀오겠습니다."

"너희도 피곤할 텐데 미안해. 돌아가면 보너스 줄게."

"아닙니다! 영광입니다!"

"그래도 보너스는 감사합니다!"

새벽 용병단원들은 아리아드네 밑에서 오래 지냈던 터라 일사불란하게 움직였다. 순식간에 역할을 나누더니 흩어진다. 악셀은 묘한 표정으로 그 광경을 지켜보다가 입을 열었다.

"제가 할 일은 없습니까?"

"넌 쉬어야지. 혼자서 막느라 힘들었을 텐데."

"별로 힘들지 않았습니다."

그가 픽 웃었다. 아리아드네는 눈을 가느스름하게 떴다.

'안 힘들었다는 건 허세가 좀 섞인 것 같고, 힘이 남은 건 사실인 것 같네.'

영토로 감지하면서 모형으로 전황을 내내 지켜본 터라 그녀의 판단은 거의 정확했다.

"그러면, 음, 혹시 요리 잘해? 다들 저녁 먹어야 하니까."

"……."

악셀이 멈칫했다. 그는 제대로 요리를 해 본 적이 없었다. 양아버지도 출신이 출신인지라 요리와는 거리가 멀었고, 기물이 된 뒤론 아드리안이 생활면에선 호사스럽게 키운 탓에 제 손으로 뭘 해 먹을 이유가 없었다.

물론 노숙하면서 사냥한 걸 대충 구워서 끼니를 때우는 정도는 가능했다. 하지만 그건 솔직히 요리라고 할 수 없는 수준이었다.

그가 머뭇거리자 아리아드네가 설핏 웃었다.

"괜찮아. 꼭 필요한 일도 아니고. 건량 먹으면 돼."

아리아드네는 건조 식량처럼 오래 보관할 수 있는 음식들을 잔뜩 가지고 다녔다. 그뿐만 아니라 온갖 종류의 보급품이 산더미처럼 있었다.

인벤토리 아이템처럼 생긴 걸 들고 다니면서 거기서 꺼내는 척하지만, 사실 그녀가 쓰는 건 아이템이 아니었다. 공간이 무한한 환상 도서관이 있는데 그녀가 뭐 하러 비싸고 좁은 인벤토리를 쓰겠는가.

'넣고 꺼내는 게 번거롭긴 해도 용량은 상대가 안 되지.'

아리아드네가 소설 속 주인공과 달리 토벌대의 인원을 늘려도 되는 건 정령술도 정령술이지만 환상 도서관을 이용해 어마어마한 양의 보급품을 가지고 다닐 수 있기 때문이기도 했다.

"건량이랑 침낭들 꺼내 올게."

그녀는 일어나서 기둥과 벽으로 둘러싸인 구석으로 이동하려 했다. 인벤토리 아이템은 워낙 귀하고 목숨과 직결되다 보니 쓰는 모습을 남에게 보이지 않는 게 보통이었다.

아리아드네로서는 유리한 관습이었다. 적당히 숨어서 물건을 꺼내 오면 다들 그녀가 아주 비싸고 좋은 인벤토리 아이템이 있겠거니 하고 착각해 주었다.

악셀이 그녀를 불러 세웠다.

"아드리안."

"아깐 정신없어서 그렇다 치고, 언제까지 아드리안이라고 부를래?"

"……아리아. 제가 요리를 하겠습니다."

"그냥 혹시나 해서 물어본 거야. 무리하지 마."

"아니요. 할 수 있습니다."

이를 악물고 말하는 악셀은 화구 위로 혼자 올라갈 때보다 더 비장해 보였다. 아리아드네는 차마 그를 더 말리지 못했다.

'넌 못할 것 같다고 하는 건 너무 심하고.'

"……재료나 조리 도구는 있어? 없으면……."

"있습니다."

악셀도 기물 시절 얻은 인벤토리 아이템이 있으니 단순하게나마 조미료나 조리 도구를 들고 다녔다.

"으음, 그럼 부탁할게."

아리아드네는 약간 불안한 기분으로 그에게 요리를 맡기고는 구석으로 가서 환상 도서관에 들어갔다. 그녀는 파이의 도움을 받아 가며 침낭, 이불로 쓸 만한 천이나 가죽, 천막, 건량 등등을 가득 꺼냈다.

그러고 나서 단원들을 불러 천막으로 예배당의 구멍들을 막게 하고 사람들에게 일일이 이불을 덮어 주었다. 그러다 벨바렛이 도착해서 그녀에게 무슨 일이 있었는지 간략하게 설명도 했다.

그때까지 악셀의 요리는 끝나지 않았다. 그는 구석에서 겁화의 일부를 꺼내 냄비를 올려놓고 진지하게 들여다보고 있었다.

'저건 양이 너무 적은데.'

아마 요리를 부탁한 아리아드네 것과 자기 것만 만드는 모양이었다. 어느 정도 예상한 일이긴 했다. 악셀이 다른 사람들 몫까지 다 만들었으면 오히려 더 놀랐을 것이다.

아리아드네는 용병단원들과 뤼르, 벨바렛에게 건량을 나눠 주고 쉬라고 한 뒤 악셀에게 다가갔다.

"다 됐어, 악셀?"

악셀의 등이 움찔했다.

"……다 되어 갑니다."

"어디 봐."

아리아드네가 그의 어깨 너머를 보려 하자 그가 슬그머니 몸으로 냄비를 가렸다.

"왜 숨기려는 거야?"

그녀가 눈썹을 추켜세웠다. 그러자 악셀이 포기한 듯 물러났다. 이상한 냄새가 훅 풍겼다. 아리아드네는 코를 막으려다 참았다.

"음……."

냄비 속 광경을 보니 왜 그가 감추려 들었는지 알 만했다. 기름이 둥둥 떠 있는 국물에 반쯤 탄 고기와 설익은 고기가 사이좋게 떠다녔다. 심지어 국물 색이 보라색이다.

'뭘 넣으면 저렇게 되는 거지? 블루베리? 포도?'

흐물흐물해지다 못해 녹아 사라지기 일보 직전의 건더기들도 보인다. 저건 대체 정체가 뭘까.

'보기만 이렇고 맛은 괜찮을 확률은…… 없겠지.'

차마 먹어 볼 엄두가 안 났다. 그녀는 악셀을 흘깃 돌아보았다.

"이거, 먹어 봤어?"

"아직 완성이 안 됐습니다."

악셀이 시선을 피하며 대답했다.

"그래서 안 먹어 봤다고? 원래 중간중간 먹어 보면서 간을 맞추는 거잖아."

"……."

그녀의 말에 그가 결심한 듯 국자를 받아 들었다. 국물을 조금 떠먹어 보더니 표정이 굳는다. 그는 즉시 냄비를 들어 아래에 있던 겁화의 꼬리에 부어 버렸다. 불꽃으로 이루어진 늑대의 꼬리가 음식물 쓰레기를 연료 삼아 화르륵 타올랐다가 곧 잠잠해졌다.

"악셀?"

"다시 만들겠습니다. 조금만 더 기다려 주십시오."

악셀이 이를 악물고 말했다. 아리아드네는 그가 꺼내 놓은 것들을 흘깃 보았다. 조리 도구는 냄비와 국자, 프라이팬이 다였다. 식칼도 없고 도마도 없다. 고기나 기타 재료는 그냥 단검으로 잘라 넣은 모양이다. 식재료로 보이는 건 소금, 후추, 기름, 정체불명의 고기, 정체불명의 풀과 뿌리.

"이거 무슨 고기야?"

"전에 사냥한 늑대 고기입니다."

"이 풀이랑 뿌리들은?"

"먹어도 되는 약초입니다."

"약초? 약초라고?"

자세히 보니 아는 것들이 몇 개 보였다. 포션 제작에 주로 쓰이지만 생으로 씹어 먹어도 어느 정도 효과가 있는 약초들. 그러니까, 어디까지나 약이지 식재료는 아닌 것들이다.

저런 걸 넣으면 대체 무슨 맛이 날지 상상도 안 간다. 아무리 봐도 평소에 요리에 관심도 없고 할 생각도 없는 사람의 도구와 재료였다.

'그러면서 요리를 하겠다고 하다니.'

아리아드네는 깊은 한숨을 내쉬고 냄비를 닦고 있는 악셀의 팔을 잡았다.

"악셀, 할 줄 모르면 모른다고 해. 요리 좀 못하면 어때서 그래."

"……아드, 아리아는 요리를 할 줄 압니까?"

"아니, 전혀. 굳이 익힐 필요성을 못 느껴서."

그녀는 어깨를 으쓱이고는 악셀에게 건조 식량을 건넸다.

"대미궁 토벌은 꽤 긴 여정이 될 테니까 가는 내내 건량만 먹고 살 순 없겠지. 하지만 내 토벌대엔 이미 요리할 수 있는 사람이 있어."

"누구입니까?"

"루드빅 블레이르."

미궁 속에서도 수준 높고 맛있는 요리를 먹는 호강을 할 수 있었던 건 루드빅 덕분이었다. 소설 속 주인공은 요리고 뭐고 부피 덜 차지하는 건량만 주야장천 먹었지만, 보급에 제약이 거의 없는 아리아드네는 그럴 필요가 없었다.

"취미로 익혔다는데 엄청 잘해. 전문 요리사 수준이거든. 너도 곧 먹어 볼 기회가 올 거야."

악셀의 표정이 미묘하게 굳었다. 아리아드네는 건량을 먹는 데 집중하느라 그를 보지 못했다.

'이거 소화가 잘 되려나.'

원래 몸이 약해서 소화 기능이 그리 좋지 않은 데다 내상을 입고 치료받은 직후였다. 그런 상황에서 질긴 육포와 딱딱한 건빵을 먹으려니 아무래도 예감이 좋지 않았다. 그렇다고 이것들을 대충 끓여 먹긴 싫었다. 끔찍하게 맛이 없으니까.

'루드빅이 있었다면 부드러운 스튜로 만들어 줬을 텐데.'

아리아드네는 아쉬움에 작게 한숨을 쉬었다. 그리고 악셀은 이를 갈며 생각했다.

'요리를 배워야겠군.'

다음 날.

아리아드네는 환상 도서관에서 눈을 떴다. 눈을 뜨자마자 보인 건 아무것도 쓰여 있지 않은 책의 표지와 그것을 쥐고 있는 길고 흰 손가락들이었다.

그녀는 몇 번 눈을 깜박인 뒤에야 무슨 상황인지 깨달았다. 자신은 독서 중인 파이의 무릎을 베고 누워 있었다.

"일어나셨군요."

파이가 보던 책을 덮어 내려놓고 다정한 손길로 그녀의 이마에 흐트러진 머리칼을 쓸어 넘겼다.

"아직 이른 시간입니다, 아리아. 더 주무셔도 됩니다."

"파이…… 내가 왜 여기에 있어?"

"파이가 불러들였습니다. 아리아의 몸에 피로로 인한 미열이 있고, 잠자리도 불편해 보였거든요."

그가 부드럽게 미소 지으며 덧붙였다.

"여기서는 몸 상태가 어떻든 편히 잠들 수 있지 않습니까."

"그렇긴 한데……."

정말로 푹신한 침대에서 달게 자고 일어난 느낌이었다. 그녀는 그의 손을 밀어내고 몸을 일으키며 말을 이었다.

"그럼 저기 저 쿠션 더미에 두지 그랬어. 다리 안 저려?"

"파이는 인간이 아니잖습니까, 아리아. 그런 것에 구애받지 않습니다."

"그래도 미안하니까 다음부터는 그냥 쿠션으로 해 줘."

"……예."

파이가 한 박자 늦게 대답했다. 아리아드네는 기지개를 켜고 눈을 비볐다.

"지금 몇 시쯤이야? 다른 사람들은 일어났어?"

그녀가 가져다 둔 시계를 확인한 파이가 대답했다.

"8시쯤 되었습니다. 대부분 잠들어 있고 불침번인 용병단원과 뤼르이나민이 깨어 있는 듯합니다."

"뤼르가? 일찍 일어났네."

"잠을 못 잔 모양입니다. 밤새도록 기척이 느껴졌거든요."

"이런. 나가 봐야겠다."

아리아드네가 한숨을 쉬며 일어서자 파이가 그녀를 붙잡았다.

"잠시만요, 아리아. 어제 말씀드렸던 기록을 정리해 두었습니다."

그가 종이를 한 장 건넸다. 아리아드네의 채널에 접속하는 대정령들의 이름과 그들의 영토에 발생한 적 있는 큰 자연재해를 보기 좋게 정리해 둔 것이었다.

자연재해마다 각주가 빼곡했다. 관련된 기록물 목록은 물론이고, 그 기록물이 구현하는 데 도움이 될 정도로 상세한지 아닌지, 실제로 구현하면 이번 화산 폭발과 비교해서 얼마나 힘들지도 정령석 단위로 쓰여 있었다.

'갈수록 파이가 자료 만드는 실력이 느네. 이젠 거의 인쇄한 수준이야.'

그녀에게 딱 맞는 자료였다. 아리아드네는 종이를 훑어보며 감탄하다가 물었다.

"이걸 벌써 정리했어? 밤새 한 거야?"

"파이는 잠을 자지 않으니까요. 나중에 목록을 보시고 원하는 책을 알려 주시면 가져오겠습니다."

"세상에. 고마워, 파이."

그녀는 어떤 자연재해가 있는지 대강 기억해 두고 종이를 내려놓았다.

"파이, 뭐 필요한 거 없어? 고생했는데 보답해 주고 싶어."

"필요한 것……."

파이가 고개를 기울이더니 나직한 목소리로 말했다.

"그보다, 아리아."

"응?"

"악셀 발렌타인을 정말로 토벌대에 합류시키실 겁니까?"

"응, 그러려고."

"어째서입니까? 아리아라면 주인공이 없어도 대미궁을 정복할 수 있습니다."

"같이 가고 싶다고 저렇게까지 노력하잖아. 악셀이 있으면 유리해지는 것도 사실이고."

"유리하지 않습니다, 아리아."

"어?"

파이가 유리알 같은 금빛 눈동자로 그녀를 응시하며 재차 말했다.

"악셀 발렌타인의 합류는 아리아에게 유리하지 않습니다."

"……왜 그렇게 생각해?"

"아리아도 이미 알고 있지 않습니까."

파이는 무표정하게 말을 이었다.

"우선, 악셀 발렌타인은 통제가 힘듭니다."

"나아지려 하잖아. 어젠 스스로 사과까지 했는걸."

"아리아. 실패하고, 넘을 수 없는 벽을 느껴 보고, 여러 번 죽어 본 주인공과 그런 경험이 없는 지금의 악셀은 다릅니다."

"대신 소설 속 주인공보다 더 빨리 강해졌잖아."

"대미궁이 어떤 곳인지 알지 않습니까. 아리아에게 필요한 건 단순히 강한 동료가 아니라 아리아가 독을 마시라고 해도 믿고 바로 마실 수 있는 동료입니다."

"악셀도 같이 토벌 다니다 보면 곧 그렇게 될 거야. 다른 사람들도 처음부터 내 말을 바로 따른 건 아니잖아?"

파이가 고개를 저었다.

"다른 사람과 그는 다릅니다. 가장 결정적인 차이점이 있으니까요."

"뭐가?"

"아리아만 안전하면 다른 자들은 실수로 죽어도 됩니다. 소설 속 주인공이 첫 도전에서 살아남았듯이 아리아도 빠져나와 다른 후보를 데리고 도전하면 됩니다."

파이에게서 들을 줄은 몰랐던 서늘한 음성이었다. 아리아드네는 흠칫 놀라 그를 올려다보았다.

"파이?"

"하지만 악셀 발렌타인은 다릅니다."

"물론 악셀은 죽으면 회귀하니까 다르지만……."

"그는 분명 압도적으로 강하지요. 대미궁 밖에서 그를 죽일 수 있는 존재는 거의 없을 겁니다. 그러나 대미궁은 그런 악셀 발렌타인도 허무하게 죽어 버릴 수 있는 곳입니다."

"……."

"그가 잠깐의 방심이나 실수로 죽는다면, 그래서 회귀한다면, 그 순간 모든 희망이 사라지는 겁니다. 알고 계시잖습니까."

"2년 남았어. 그동안 훈련하고 조심하면 돼."

"잊고 계신 것 같은데."

파이는 가지런히 꽂혀 있는 열 권의 소설책 중 마지막 권을 가리켰다.

"대미궁에 들어가는 순간부터 마왕은 최우선적으로, 그리고 집중적으로 악셀 발렌타인을 노릴 겁니다. 그가 죽어야 자신의 그릇으로 확정되니까요."

"……."

"그가 죽기만 하면, 아리아, 당신이 대미궁을 정복하더라도 마왕이 승리하게 됩니다. 이런 위험성을 감수할 정도로 그에게 쓸모가 있습니까?"

"……파이, 난 대미궁에서 아무도 죽게 하지 않을 거야. 그게 내 목표고, 그걸 위해서 지금까지 평생을……."

"아리아. 사실 그것보다도 더, 가장 위험한 요소가 있습니다."

"더 있다고?"

"악셀 발렌타인이 라비린토스에서 회귀 능력을 각성하고 나면 아리아는 영원히 알 수 없게 됩니다."

그가 아리아드네에게 한 걸음 다가왔다. 그러곤 그녀의 양어깨를 움켜쥐고 고개를 숙여 그녀와 시선을 맞췄다.

"당신의 눈앞에 있는 그가 회귀한 자인지 아닌지를 말입니다."

아리아가 움찔했다. 파이가 고개를 비스듬히 기울였다. 노란 리본 끈으로 묶어 둔 긴 은발이 그의 어깨를 타고 미끄러진다.

"회귀가 일어나도 아리아는 아무것도 기억하지 못할 테니까요. 이미 실패한 것을 알고 난 뒤엔 늦습니다."

그는 낮게 한숨을 쉬고 말을 이었다.

"아리아, 주인공은 너무 크고 위험한 변수입니다. 파이는 그자가 그 변수를 감수할 만큼 쓸모가 있을지 모르겠습니다."

"……."

"파이는 전에 제안했던 방법으로 아리아가 그를 치워 버리길 바랍니다. 그쪽이 훨씬 안전합니다."

아리아드네는 파이에게 들었던 제안을 떠올렸다. 그가 악셀을 떼어 놓기 위해 구상한 방법은 악셀이 가짜 목표를 추구하게 만드는 것. 그냥 악셀 발렌타인에게 그의 출생 과정과 그가 마왕의 그릇임을 모조리 알려 준 다음, 한 가지 정보를 주면 된다.

하얀 잔.

태초에 신이 이 세계, 엘리시움을 정화하기 위해 자신의 피를 짜내 뿌렸을 때 썼다고 전해지는 잔. 모든 삿된 것을 정화하고 저주를 축복으로 바꾸어 버린다는 전설 속의 성물. 그 잔을 이용하면 마왕의 낙인을 씻어 낼 수 있을지도 모른다고 알려 주는 것이다.

당연히 거짓말이다.

하얀 잔의 전설 자체는 사실이긴 했다. 실제로 소설 속에서도 주인공이 잠시 하얀 잔을 찾아다닌 적이 있다.

물론 엔딩 전까지 주인공은 자신이 마왕의 그릇인 줄 몰랐으므로 잔을 찾는 건 제 낙인 때문이 아니라 다른 이유였다. 직전의 회귀에서 오염의 늪지기에게 패배해서 죽은 탓에 정화의 성물인 하얀 잔을 구하려 했던 것이다. 소설에서 주인공은 많은 시간을 허비한 끝에 하얀 잔의 단서를 잡았다.

'그리고 곧 확신했었지. 하얀 잔을 구해 봤자 그다지 쓸모가 없다고.'

하얀 잔은 실존하는지도 의문일뿐더러 설령 실존한다 해도 소용이 없다.

'그건 정화의 성물이 아니라 성장의 성물이었으니.'

군주인 늪지기의 오염을 정화하는 데에도 큰 도움이 되지 않는 성물이 마왕의 낙인을 지울 수 있을 리가 없다.

결국 불가능한 목표를 좇아 악셀을 몇 년이고 헤매게 만들어 놓고, 그사이 그녀가 대미궁을 공략하라는 말이다.

지나치게 잔인한 방법이었다. 아리아드네는 그런 거짓말로 악셀을 농락하고 싶지 않았다. 그녀의 낯빛이 어두워지자 파이가 부드럽게 말했다.

"거짓말을 하고 싶지 않으시다면 그냥 진실만 알려 주시는 방법도 있습니다. 너는 마왕의 그릇이 될 몸이니 대미궁에 접근조차 하지 말라고 말입니다."

"그것도 거짓말이잖아. 그릇이 되는 조건은 그게 아니니까."

"마왕은 새 몸을 얻기 전까지는 대미궁 내에만 영향을 미칠 수 있기에 결과적으로는 차이가 없습니다. 대미궁만 피해 다니면 주인공의 실력으론 어디든 안전할 테니까요."

파이가 화사하게 웃으며 그녀의 손을 잡았다.

"아리아는 그런 자보다 이 세계를 구하는 것에만 집중하면 됩니다. 파이가 최선을 다해 돕겠습니다."

아리아드네는 자신을 내려다보며 웃는 새하얀 청년을 마주 바라보다가 불쑥 말했다.

"그래. 내겐 네가 있잖아."

"예, 그럼……."

"네가 도와주기 때문에 악셀을 데려가는 편이 더 유리해."

파이의 입가에서 미소가 사라졌다. 그가 고개를 갸웃거리며 말했다.

"파이는 잘 이해가 되지 않습니다."

"네 주장에는 전제 조건이 있어. 악셀의 죽음 말이야."

"……?"

"그건 곧 악셀이 대미궁에서 죽지만 않으면 대부분 걱정할 필요가 없는 문제라는 뜻이잖아."

아리아드네는 그의 손을 놓고 황금 책장으로 다가갔다.

"왜 당연히 악셀이 죽을 거라고 생각해?"

"소설 속에서 주인공이 얼마나 많이 죽었는지 아시잖습니까. 대미궁은……."

"주인공은 아무것도 모르고 도전했어. 하지만 우리는 대미궁이 어떤 곳인지 잘 알아."

10권의 원작 소설 옆에 꽂혀 있는, 가죽 끈으로 철해진 두꺼운 종이 뭉치들. 그녀는 그중 하나를 꺼내서 들어 보였다. 첫 장에 반듯한 글씨로 쓰인 〈대미궁 1-3구역 공략 계획(최종본)〉이라는 제목이 잘 보이도록.

파이의 글씨였다.

"파이, 우리는 10년이 넘도록 이걸 준비해 왔어."

아리아드네는 표지를 손끝으로 쓸며 과거를 회상했다.

"가능한 모든 아이템. 가능한 모든 수단. 환상 도서관을 이용해 준비할 수 있는 거의 모든 것을 준비했잖아."

7살에 처음 환상 도서관에 들어와 세상이 멸망한다는 걸 알게 된 뒤부터 18살이 된 지금까지. 대부분의 시간을 쉬지 않고 달려왔다. 멸망을 막겠다는 뚜렷한 목표를 위해.

"네가 있어서 할 수 있었던 일이야. 파이, 나는 너를 믿는 만큼 우리가 세운 계획도 믿어."

"……!"

그녀가 다정한 눈길로 그를 바라보았다. 오랜 신뢰와 깊은 친근감이 그 눈에 담겨 있었다. 파이는 어쩐지 귀 끝이 달아오르는 느낌이 들었다.

"아리아……."

"네가 '최종본'이라고 쓰면서 내게 뭐라고 했었는지 기억해?"

"……이 공략이라면 혹여 아리아의 동료가 터무니없는 실수를 하게 되더라도 충분히 대응하고 수습할 수 있을 거라고 말씀드렸었지요."

"맞아. 그게 최종본의 기준이었지."

진행 과정에서 실수가 발생해도 실패하지 않도록, 어떤 상황에서든 안전하게 후퇴할 수 있는 길을 마련했다. 주인공처럼 전멸한 뒤에 다시 도전할 순 없기에 그래야만 했다.

"파이, 우리가 만든 공략은 악셀이라는 변수로 흔들릴 만큼 허술하지 않아."

"……."

"그리고 너와 내가 이 공략을 만들면서 제일 갈등했던 부분이 뭔지 알지?"

망설이던 파이가 눈을 내리깔며 대답했다.

"……소설과 달리 전방위로 커버하던 주인공이 없으니 아리아가 주인공의 역할을 어느 정도 감당해야 하는데…… 최대한 아리아의 몸에 무리가 가지 않게 하려고 공략을 계속 조절했었지요."

"그래. 주인공의 역할을 대체하는 거. 그게 주된 고민거리였잖아."

파이는 다른 동료들이 위험하더라도 아리아드네의 건강을 최우선 하는 방향으로. 아리아드네는 자신이 부담을 좀 더 지더라도 보다 확실하고 빠른 방향으로.

그렇게 파이와 아리아드네가 제시하는 방향 사이의 타협점을 찾아낸 뒤에야 공략 계획서에 최종본이라는 명칭을 붙였다.

"이건 악셀 없이도 여유가 있도록 짠 계획이야. 당연히 걔가 있으면 훨씬 더 여유가 생겨. 특히 내게."

파이는 부정하지 못했다. 아리아드네는 계속해서 말했다.

"여유가 생기면 더욱 안전해지고 뜻밖의 변수에도 더 잘 대응할 수 있지. 난도가 하락하는 거야."

"……."

"예를 들어 이번 요람 강림만 해도 봐. 악셀이 없었다면 더 힘들었을걸. 희생자가 생겼을 확률도 높고."

"악셀 발렌타인이 없어도 막아 낼 방법은 있었습니다."

"있기야 있겠지. 하지만 어떤 것이든 이번에 쓴 방법보다는 어려웠을 거야."

파이는 반박하려다 말았다. 마을 사람들이나 뤼르 이나민을 포기한다면 이번에 쓴 것보다 더 간단하고 쉬운 방법이 있다. 그러나 아리아드네는 그런 길을 원하지 않을 것이다. 그래서 파이는 그 이야기를 아예 꺼내지 않았다.

"파이, 게다가 마왕이 그를 집중적으로 노린다는 건 반대로 생각하면 마왕이 어떻게 나올지 예상하기 쉽다는 뜻도 돼."

"그건."

"적의 행동을 예상하기 쉬울수록 전략을 짜기는 더 쉬워져. 안 그래?"

"······그렇긴 합니다."

파이가 어쩔 수 없다는 듯이 동의했다.

"악셀의 합류가 유리하다는 건 확실해. 그럼 남은 문제는 악셀이 회귀해도 내가 알 수 없다는 점인데."

아리아드네는 공략 계획서 최종본을 제자리에 꽂고 파이를 돌아보았다.

"그건 아주 간단히 해결할 방법이 있어."

"어떻게 말입니까?"

"악셀에게 사실대로 알려 주면 돼."

"예?"

"회귀 능력 자체가 마왕의 권능이라는 걸 알려 줄 거야."

파이의 눈이 커졌다. 그녀는 차분히 말을 이었다.

"라비린토스에 가 보기 전에는 들어 봤자 못 믿을 얘기니까, 거기서 악셀이 과거를 알고 난 다음에 알려 주면 돼."

"죽으면 회귀하게 된다고 그에게 알려 주겠다는 뜻입니까? 진심이십니까?"

"뭘 그렇게 놀라. 네 제안대로 하게 돼도 알려 주게 될 진실이었는데."

"다릅니다. 파이는 회귀 능력은 숨기고 마왕의 그릇인 것만 가르쳐 주자는 뜻이었습니다."

고개를 내저은 파이가 심각하게 말했다.

"죽어도 회귀한다는 것을 알게 되면 주인공을 더 통제하기 힘들어질 겁니다. 그자는 더 방심하게 될 거고요."

"회귀하면 마왕에게 몸을 뺏기게 될 거라는 사실도 가르쳐 줄 거니까 괜찮아. 그럼 오히려 알아서 더 조심하겠지."

"……그런 말들을 다 믿겠습니까? 아리아가 조심하라고 한다고 해서 진심으로 믿고 따를까요? 그 주인공이?"

아리아드네는 짧은 기간 사이 악셀이 보여 주었던 변화를 떠올렸다. 처음에는 그 난폭함에 기가 질렸다. 그런 짓을 하고도 제가 뭘 잘못했냐는 듯 뻔뻔하게 굴기까지.

'답이 없어 보였는데.'

그러나 악셀은 예상보다 쉽게 그녀에게 굽히고 들어왔고, 시키니까 사과를 하기도 했다. 제멋대로 굴다가 일이 꼬이는 걸 보더니 그 뒤엔 바로 명령을 들었다. 나중엔 알아서 사과하고 스스로 앞으로 주의하겠다는 말까지 하고.

물론 여전히 말보다 행동이 빠르고 거칠긴 하지만, 그래도.

'조금씩 나아지고 있어. 아직 많이 멀었긴 해도 변화 자체는 생각보다 빠르잖아.'

이미 받아들이기로 결심했다. 이제 와서 번복할 것도 아니니 결심한 자신이 확실하게 책임져야 하지 않겠는가.

그녀는 담담하고 간결하게 대답했다.

"믿고 따르게 만들어야지. 내가."

파이는 그녀의 흔들림 없는 눈동자를 응시했다.

어린 시절부터 지금까지 거대한 목표를 외면하지 않고 직시해 온 사람의 눈이다. 정오의 하늘처럼 깨끗하고 선명한 푸른빛. 그는 문득 사람들이 왜 아리아드네를 아름답다고 말하는지 알 것 같았다.

파이는 아리아드네 외의 인간을 본 적이 한 번도 없다. 아리아드네를 통해 다른 사람들을 감지하는 건 기척이나 기운을 이용한 거라 눈으로 보듯 뚜렷하게 인식하지는 못한다.

아름다움은 상대적인 감각이다. 파이로서는 체감하기 힘들다. 그는 아리아드네와 다른 누군가를 비교하는 것이 불가능했고, 비교할 필요성도 느끼지 못했으므로.

그래서 그는 그녀가 아름답다는 걸 지식으로는 알고 있었으나 실질적으로 느껴 보지는 못했다. 지금 이 순간 이전까지는 그랬다는 뜻이다.

세상에는 누군가와 비교하지 않아도 느낄 수 있는 아름다움도 있었다.

아리아드네는 환상 도서관에서 나오자마자 뤼르를 찾아가기로 했다. 그가 밤새 한숨도 못 잔 것 같다는 파이의 말에 걱정이 되었다.

'설마 또 죽으려 하진 않겠지?'

그녀의 잠자리는 신전 내부에 막사를 설치해서 다른 사람들과 분리되어 있었다. 신분이 신분이다 보니 다들 신경을 썼다. 벨바렛만이 호위를 위해 같은 막사에서 잤다.

그녀는 아직 잠들어 있었다. 아리아드네는 벨바렛이 깨지 않도록 조심해서 옷을 갈아입은 뒤 막사 입구의 천을 걷고 밖으로 나왔다.

"……!"

나오자마자 붉은 눈동자와 눈이 마주쳤다. 그녀는 기겁했다.

"여, 여기서 뭐 하는 거야?"

입구 맞은편에 악셀 발렌타인이 앉아 있었다. 언제 일어난 건지 멀끔한 얼굴에 옷도 완벽히 챙겨 입은 상태였다.

"당신이 일어난 기척이 느껴져서 기다리고 있었습니다."

"기다려? 왜?"

"당신의 곁을 지켜야 하지 않습니까."

"그걸 왜 네가 해? 내 호위는 벨바렛인데."

"있으나 마나 한 그런……."

반사적으로 대꾸하던 악셀이 말끝을 흐렸다. 그러곤 급하게 고쳐 말했다.

"……그 사람은 지금 자고 있으니 제가 따르겠습니다."

수습해 봤자 이미 다 들었다. 아리아드네는 가늘게 뜬 눈으로 그를 흘겨보았다. 악셀은 태연한 얼굴로 턱을 들고 있다가 아리아드네가 말이 없자 슬그머니 그녀의 눈치를 보았다.

그 모습을 보니 왜 벨바렛이 웃음을 참기 힘들어서 사과를 받아 주기로 했다는 건지 알 것 같았다. 아리아드네는 픽 웃고는 걸음을 옮겼다.

"괜찮으니까 쉬고 있어."

필요 없다고 하는데도 악셀이 졸졸 따라왔다. 그녀는 한숨을 내쉬었다.

"악셀, 난 널 토벌대의 동료로 받아들인 거지 호위로 고용한 게 아니야."

"정령사를 혼자 두는 경우는 어디에도 없습니다."

어디에도 없긴, 소설 속에 다 있다.

주인공이 마물 틈바구니에 정령사 혼자 내버려 두고 떠나면서 한 말이 '정령사고 나발이고 제 몸 하나도 못 지킬 쓰레기라면 데려갈 가치가 없다.'였다.

'그래서 결국 안 데려가고 자기가 글라무스로 정령사 역할을 했었지…….'

그 주인공하고 따라오지 않아도 된다는데 이 안전한 곳에서까지 굳이 호위를 자처하는 악셀을 비교하니 같은 사람 맞나 싶었다.

"그거야 위험한 곳일 때 얘기고. 신전 밖으로 나갈 것도 아니니까 신경 쓰지 마."

악셀은 묵묵부답이었다. 아리아드네는 어깨를 으쓱이고는 그를 뒤에 매단 채 신전 구석으로 향했다.

불침번을 선 용병단원 말고는 다들 아직 잠들어 있었다. 뤼르 이나민은 어제와 똑같은 신전 구석에서 똑같은 자리를 바라보고 있었다. 눈 아래가 거뭇거뭇하다. 아리아드네는 그의 앞으로 가 인사를 했다.

"안녕하세요, 뤼르."

"……안녕하십니까, 정령사 님."

"아리아드네 엘디어예요. 아리아라고 부르시면 돼요."

처음에 이름을 알려 주긴 했지만, 그때는 그가 제대로 정신을 차리기 전이라 기억하지 못할 것 같았다. 아리아드네가 다시 자신을 소개하자 뤼르가 깜짝 놀랐다.

"아리아드네 엘디어? 설마 아리아드네 성녀님이십니까?"

그녀는 그 말에 비로소 잠깐 잊고 있었던 사실을 깨달았다.

'아, 나 성녀였지.'

신성력도 신앙도 없이 그저 엘릭서를 기부한 대가로 받은 명예 성녀직이라 잊고 살 때가 많았다. 애초에 그녀는 성녀보다 정령사나 아버지를 처벌하고 작위를 계승한 공작으로 훨씬 더 유명했다.

'하지만 뤼르는 이 마을에서 5년간 거의 갇혀 살았을 테니 나를 성녀로서만 알고 있겠구나. 신관이기도 하고……'

그녀는 고개를 끄덕였다.

"네. 엘릭서를 봉헌한 뒤 과분하게도 성녀라는 칭호를 받았었죠."

"맙소사, 뵙게 되어 영광입니다. 아리아드네 성녀님."

뤼르가 심장께에 두 손을 모으고 허리를 숙였다. 신관들의 정식 인사법이었다.

"성녀님의 발걸음에 엘의 광명이 비치기를."

"이제 신관 아니라고 하시더니."

아리아드네가 살짝 장난스럽게 말했다. 뤼르는 당황하며 제 입가를 문질렀다.

"습관이 무섭군요. 죄송합니다."

"그러지 마세요. 신관이 신관다운 건 사과할 일이 아니잖아요."

"저는……."

"신관이 아니라는 말은 그만하시고요."

그녀는 뤼르가 자꾸 바라보던 곳에 시선을 주었다. 그리고 추측이 틀렸길 바라며 입을 열었다.

"뤼르, 혹시…… 죽은 사도들 중에 아는 사람이 있었나요?"

"예."

그는 아리아드네와 같은 곳을 바라보며 멀거니 중얼거렸다.

"저 자리에 있던 아이가 살아남은 마지막 동생이었습니다."

바싹 말라붙은 목소리였다. 아리아드네는 이마를 짚고 속으로 욕을 했다.

'망할.'

그 소년 사도가 진짜 뤼르의 남동생이었다니. 함부로 이야기를 꺼내기가 어려워졌다. 그녀가 머뭇거리며 말을 고르고 있는데, 곁에 있던 악셀이 무심하게 입을 열었다.

"검은 잔을 받아 마셨으면 그건 더 이상 네 혈육이 아니라 마물이나 다름없다. 연연할 가치가……."

'이 인성 망한 자식이 뭐라는 거야!'

아무리 사실이라도 그 소년 사도의 목을 벤 당사자가 할 말은 아니었다. 아리아드네는 황급히 악셀의 정강이를 걷어찼다.

악셀은 충분히 피할 수 있었음에도 피하지 않고 그녀의 발길질을 고스란히 맞아 주었다. 그러고는 무슨 짓이냐는 듯 찡그린 얼굴로 그녀를 돌아보았다. 아리아드네는 다급하게 입 닥치란 손짓을 했다.

악셀은 눈치가 없는 게 아니라 눈치를 볼 생각이 없을 뿐이었다. 그가 탐탁지 않은 낯으로 입을 다물었다.

뤼르가 고개를 돌려 악셀에게 시선을 주었다. 그는 뜻밖에도 흐릿한 미소를 띠고 있었다.

"그러고 보니, 기사님은 어떻게 한눈에 구별하셨습니까?"

"무엇을?"

"사도들 말입니다. 저는 그들이 스스로 정체를 드러내기 전까지 전혀 알아보지 못했는데."

"다른 놈들은 넋이 나가서 죄다 너한테 시선이 고정되어 있는데 그놈들만 멀쩡하게 눈알을 굴리고 있었다. 뻔하지 않나."

"눈썰미가 대단하시군요."

뤼르는 속없이 감탄했다. 아리아드네는 이마를 짚었다.

'좋은 관찰력이긴 한데, 아무리 그래도 겨우 그걸로 확신하고 바로 목을 벴다고? 지나치게 결단이 빠르잖아.'

만에 하나 뤼르처럼 협박당하고 있던 보통 사람이었으면 어떡하려고.

'아, 어차피 쟨 그런 건 별로 고려 안 하겠지……'

신관이 씁쓸하게 웃으며 말을 이었다.

"제게도 그런 눈썰미가 있었다면 좋았을 겁니다. 저는 우둔하고 눈 먼 자라 제 이웃의 거짓된 거죽조차 뚫어 보질 못했거든요."

그가 자리에서 일어나더니 동생이라던 사도가 죽은 자리로 다가갔다. 그는 아무것도 없는 그 텅 빈 곳을 잠시 내려다보았다.

아리아드네는 그가 눈물을 흘릴 거라 생각했다. 하지만 그는 곧 그 자리에서 시선을 떼더니 무표정한 얼굴로 노파 사도가 죽은 자리를 가리켰다.

"마거릿 이나민. 이 마을에서 30년이 넘게 유일한 의사이자 산파 노릇을 하던 사람입니다."

이어 그는 중년 남성 사도가 있었던 자리를 가리켰다.

"게일 피카로. 약 5년 전 이 마을에 찾아온 이방인입니다. 이자가 모든 일의 원흉이었지요."

"네? 피카로?"

조용히 들으려던 아리아드네는 저도 모르게 되묻고 말았다.

레다 피카로, 엘릭서 실험의 배후이자 미궁의 은둔자로부터 검은 잔을 받았던 그 흑마법사와 무슨 관계가 있나?

뤼르의 눈이 약간 커졌다.

"그자를 아십니까?"

"아뇨. 그자를 안다기보다는 피카로 가문을 알아요. 엘디어 영지 근처에 있던 남작 가문이거든요."

그녀는 얼떨떨하게 설명하면서 얼른 채널을 열었다. 정령술을 쓰려는 것이 아니기에 비공개 상태로.

'파이.'

[예, 아리아.]

'게일 피카로라는 이름 본 적 있어?'

[레다 피카로에 대해 조사하던 중에 나왔던 이름입니다. 관련 정보를 요약해 드릴까요?]

'핵심만 부탁해.'

[게일 피카로, 약 10년 전 35세의 나이로 토벌 중에 전사한 정령사이며 레다 피카로의 숙부입니다.]

'10년 전에 전사했다고? 그럼 어제 번제를 치른 게일 피카로는 누구야?'

[게일 피카로에 대한 정보의 출처는 <왕국 귀족 연감>입니다. 어제 본 사도가 그자였다면 해당 기록이 오류일 가능성이 높습니다.]

'토벌에서 죽은 척하고 검은 잔을 받았나?'

[자료 부족, 알 수 없음. 게일 피카로와 관련된 자료를 좀 더 탐색해 보겠습니다.]

'부탁할게.'

삼촌과 조카가 각각 사도와 흑마법사로 검은 잔을 받았다니, 무언가 관계가 있을 것 같은 예감이 들었다. 그사이 뤼르는 마음을 가다듬었는지 담담히 말했다.

"성녀님께 이 마을에서 무슨 일이 있었는지 모두 말씀드리겠습니다.

조금 긴 이야기가 되겠군요……."

그의 입에서 흘러나온 이야기는 비극이었다.

5년 전 뤼르 이나민은 부모님이 돌아가시고 고향에 어린 동생 셋만 남았다는 비보를 전해 들었다. 그는 장례를 치르고 동생들을 데려오기 위해 휴가를 내고 이나민 마을로 돌아갔다.

뤼르가 돌아오기 전까지 동생들을 맡아 돌봐 주고 있었던 사람이 마거릿 이나민이었다. 그녀는 정령사였지만 싸움이 무서워 전장에서 도망쳐 이나민 마을에 숨어 살고 있었다. 도망치는 순간부터 정령술은 그만뒀고, 전장에서 어깨너머로 배운 의술을 이용해 산파 겸 의사로 마을의 일원이 되었다고 한다.

게일 피카로는 뤼르 이나민이 돌아오기 몇 달 전부터 마거릿의 손님으로 머물고 있었다. 뤼르가 도착했을 당시 마거릿은 이미 게일의 영향으로 사도가 된 뒤였다. 그리고 게일은 정령사의 자질이 있던 뤼르의 막냇동생을 사도로 만들기 위해 은밀히 세뇌하던 중이었다.

뤼르의 부모가 죽은 건 사고가 아니라 그자의 짓이었다. 게일은 뤼르도 죽여 버릴 작정이었다. 그러나 부모의 장례를 치르는 뤼르를 평범한 손님으로 가장하고 지켜보던 와중에 그는 생각을 바꿨다. 동생들을 인질로 삼으면 신관을 마음대로 부려 먹을 수 있겠다는 판단이 섰기 때문이었다.

게일은 마왕 샤이탄으로부터 그를 섬기는 종교를 창시하라는 임무를 받은 사도였다. 하지만 정령사 출신인 그로서는 종교를 만든다는 게 쉽지 않았다. 그래서 게일에게는 신앙심이 깊은 신관이 필요했다.

그는 뤼르에게 협조하지 않으면 동생들을 죽이겠다고 협박했다. 뤼르가 거부하자 게일은 첫째 동생을 그의 눈앞에서 자살하게 만들었다. 오염의 늪지기를 모시는 사도의 권능으로 정신을 조종해서 말이다.

게일이 다음은 이 아이 차례라며 뤼르의 둘째 동생을 가리켰을 때, 뤼르는 그들에게 굴복할 수밖에 없었다.

그는 스스로 신전에 은퇴 신청을 했다. 그리고 그들이 원하는 대로 신전의 건축 양식을 알려 주고, 샤이탄의 성전을 쓰고, 신관복을 개조하고, 샤이탄에 대한 예배를 주관했다. 5년 동안.

그사이 뤼르의 막냇동생은 사도들에게 완전히 물들어 충실한 사도가 되어 버렸다. 남아 있던 둘째 동생은 사도가 된 막냇동생이 불러낸 마물에게 죽었다.

"그 뒤는 보신 대로입니다."

웃는 것인지 우는 것인지 구별되지 않는 일그러짐이 뤼르의 얼굴에 떠올랐다.

"이 마을에서 자의로 신을 배신한 건 저 혼자입니다."

"……."

"마을 사람들은 줄곧 사도의 권능에 조종당한 가여운 이들입니다. 정말로 마왕의 신도가 된 것이 아니니 그들을 비난하지 말아 주십시오."

"……."

"더 알고 싶으신 게 없다면 이제 제가 마무리를 하도록 허락해 주셨으면 합니다."

마무리가 무엇을 의미하는지는 뻔했다. 아리아드네는 할 말을 잃었다. 어째서 뤼르가 막냇동생이 죽은 자리 앞에서 눈물을 흘리지 못했는지 조금이나마 알 것 같았다. 그녀는 마른세수를 했다.

'애도와 위로는…… 나중에. 지금은 아니야.'

그런 걸 잘할 자신도 없다.

'냉정해지자. 목표를 생각해. 만만한 목표가 아니잖아. 원작과 다른 이변은 샅샅이 알아 둬야 해.'

이 세계는 어디서든 이런 비극이 일어날 수 있었다. 지금 이 순간에도 어디선가 비슷한 일이 일어나고 있는 중일지도 모른다.

그녀는 뒤를 돌아보고 상처를 감싸 안는 역할이 아니라 앞을 보고 판단하는 역할을 해야만 했다. 그녀 외에는 그 역할을 할 수 있는 사람이 아무도 없으므로.

'이 마을에서 일어난 일엔 이상한 점이 많아. 특히 사도들의 행동이 이상해.'

이상한 점이 한둘이 아니었다. 예를 들어 게일 피카로가 뤼르의 막냇동생을 사도로 만들려고 접근했다는 점.

타인에게 검은 잔을 받도록 강제할 수는 없다. 정신을 조종해도 불가능하다. 인간성을 버린 인간이 마계의 일원이 되길 진심으로 간청하는 것을 마계 쪽에서 쓸모를 보고 받아들여야지만 내려지는 게 검은 잔이었다.

뤼르의 동생의 경우, 아직 어린아이니 세뇌 교육으로 마계에 충성하도록 만들었을 가능성이 높다. 몹시 이례적인 일이다. 마계에서 그런 식으로 검은 잔을 받은 자를 늘려 나갈 작정이었다면 진작 사방에서 자질 있는 아이들이 납치됐을 것이다.

마계는 물론이고 검은 잔을 받은 자들도 동지를 늘리는 데에는 일절 관심이 없다. 관심이 없을 수밖에 없는 합리적인 근거도 있다. 마계는 엘리시움을 정복하고 다스리려는 게 아니라 전멸시키는 게 목적이니 인간을 포섭하려 애쓸 이유가 없다는 것.

'이번이 예외라면, 왜? 무엇을 위해?'

게일 피카로가 마왕으로부터 직접 받았다는 임무 때문일까?

'사도들이 파벌을 따지지 않고 모여서 활동한 것도 마왕이 직접 임무를 내린 탓인가?'

군주들이 경쟁 관계니 사도들도 그들 셋 중 하나를 중점적으로 모신다. 오염의 늪지기로부터 힘을 빌린 사도는 오염을 제어할 수 있다. 또한 오염 지역의 햇볕을 쬐다 보면 미쳐 버리는 것처럼 인간의 정신에도 영향을 끼치는 게 가능하다.

뤼르의 이야기를 들어 보면 게일은 확실히 늪지기의 사도였다.

'번제로 요람을 강림시킨 게 의아하긴 한데, 그래도 정황상 그자는 늪지기의 사도일 수밖에 없어.'

사도가 마물의 요람으로부터 힘을 빌리면 마물을 부릴 수 있다. 뤼르의 막냇동생이 이 경우였다. 마물을 불러내 마을에 접근하는 인간들을 몰살시킨 게 그 아이의 짓이었다.

미궁의 은둔자로부터 힘을 빌리면 미궁 같은 괴이한 공간을 만들어 낼 수 있다. 마거릿 이나민이 은둔자의 사도였다. 이나민 마을을 둘러싼 기묘한 안개 같은 것이 그녀의 작품이었다고 한다.

즉, 세 군주의 사도들이 한곳에서 같은 목적을 위해 5년간 협력하며 지냈다는 뜻이다.

'보통 검은 잔을 받은 자들은 모시는 군주에 따라 파벌이 갈려 경쟁하느라 바쁠 텐데.'

아무래도 게일이 마왕에게 직접 임무를 받았다는 건 사실인 듯했다. 그게 아니면 각자 다른 군주의 사도들이 몇 년이나 협력하고 지냈다는 게 설명이 되지 않는다.

"……뤼르, 몇 가지 더 묻고 싶은 게 있는데요."

"예, 말씀하십시오."

"우선, 사도가 샤이탄에 대한 신앙을 퍼뜨리려 한 이유가 뭔가요? 마왕은 대체 왜 그런 임무를 내린 거죠?"

"그건 저도 모릅니다. 다만, 게일이 종종……."

뤼르는 아랫입술을 질근거렸다.

"……성공하기만 하면 이 마을은 엘리시움이 완전히 멸망해도 살아남는 유일한 마을이 될 테니 행운에 감사하라는 소리를 했었습니다."

무슨 뜻일까.

흔한 사이비처럼 신도를 늘리는 게 목적이라면 이런 조그만 마을을 격리해 놓고 있을 게 아니라 포교를 하러 다녀야 할 텐데.

'작은 집단을 격리해 놓고 성공하길 기다린다라…….'

실험 과정과 비슷하다. 그들은 이 마을에서 뭔가 실험하고 있었던 걸까?

모르겠다.

'정보가 너무 적어.'

아리아드네는 게일이 했다는 말을 곱씹다가 포기하고 다음 질문을 했다.

"아까 마을 사람들을 세뇌해서 예배를 드리게 했다고 했었죠. 사도의 권능으로."

"네."

"사도들의 임무는 샤이탄에 대한 신앙을 만드는 거라고 했잖아요. 그런데 세뇌해서 믿는 것으로도 신앙이 생겨나나요?"

"……!"

"세뇌로 가능했으면 신관인 당신의 도움이 필요가 없었을 텐데요."

"예리하시군요."

뤼르는 희미하게 웃고는 단언했다.

"세뇌로 진짜 신앙이 만들어질 리가 없지요. 그런 거짓된 믿음은 신께 닿지 않습니다."

"그 말은……."

"게일을 설득했습니다. 속이야 어쨌든 겉으로는 종교의 형식을 갖추고 꾸준히 예배를 올리다 보면 마을 사람들 모두에게 신앙이 생길 거라고요."

"당신이…… 사도를 속였다고요?"

뤼르의 황금빛 눈이 서늘해졌다. 그 눈에 아득한 증오의 편린이 묻어났다.

"……게일은 여기서 계속 기다리고 있었습니다. 아무리 기다려도 오지 않을 임무 완수의 날을 말입니다."

긍정이었다.

아리아드네는 소름이 돋는 것을 느꼈다. 저 신관은 최악의 상황에서도 완전히 굴복하지는 않았다. 절대 목적을 이룰 수 없는 길로 유도하면서 잘 되어 가고 있다며 사도를 농락하고 있었던 거다.

단순한 복수가 아니었다. 사람들의 정신을 조종하지 않고 계속 예배를 드리게 했다면 어쩌면 한둘쯤은 진심으로 샤이탄을 믿게 되었을 수도 있다. 누군가는 그저 살고 싶어서, 두려워서, 인류와 신을 배신하고 검은 잔을 구걸하게 되었을 수도 있다.

그 모든 가능성이 뤼르 이나민에 의해 원천적으로 봉쇄당했다. 사람들을 정신이 통제당하는 상황에 몰아넣음으로써, 아이러니하게도 그들을 온전한 피해자로 만들었다. 마왕에 대한 신앙이 만에 하나라도 생겨나지 않도록 막기까지 했다.

사도들에게 임무 진행이 순조롭다고 믿게 만들어서 그들이 이나민 마을을 처분하고 다른 희생자를 찾아 떠나는 것도 막았다.

'여전히 금안인 이유를 알겠어.'

아슬아슬하고 힘겨운 줄타기였을 것이다. 심지어 끝이 언제일지조차 알 수 없는.

신을 배신해서라도 지키고 싶었던 동생들이 희생당했으니 다른 사람이야 죽든 말든 다 포기해 버릴 수도 있었다. 그는 그러지 않았다. 어떻게 자신에게 이런 비극을 주느냐고 신을 원망하고 증오하게 될 만도 한데 그러지 않았다.

본인이야 어떻게 생각하든 간에 실질적으로 뤼르 이나민은 신을 배신한 적이 없다.

'유능하고 신실해.'

그녀에게는 바로 이런 신관이 필요했다.

'은퇴한 상태라 대신전의 간섭도 없고.'

정말이지 탐이 나는 인재였다. 다만.

'당장 죽고 싶어 하는 이 사람을 어떻게 말리지?'

그는 가족을 전부 잃었다. 그를 생지옥에 빠뜨린 사도들은 악셀이 다 처리했다. 마을 사람들도 해방되었다. 이제 자신을 처리할 차례라는 뤼르의 말은 진심이었다.

설령 인재가 아니라 해도 아리아드네는 그를 자살하게 내버려 둘 순 없었다.

"더 궁금한 건 없으십니까?"

뤼르가 재촉하듯 물어 왔다. 짧은 순간 고민하던 그녀는 솔직해지기로 했다.

"뤼르, 당신은 제게 궁금한 게 없나요?"

"예?"

"제가 어쩌다 이 마을에 왔는지, 왜 당신을 도왔는지, 알고 싶지 않아요?"

신관은 물끄러미 그녀를 바라보더니 입을 열었다.

"그보다는…… 성녀님께서 어떻게 제가 만든 피난의 성역에 대해 알고 계신지가 더 궁금합니다."

"아, 그건."

아리아드네는 어깨를 으쓱했다.

"제가 이 마을에 오게 된 이유와 연결되는 질문이네요."

"……?"

"뤼르 이나민, 당신에 대해 조사하다가 그 성역도 알게 되었거든요."

"저에 대해 조사하셨다고요?"

"네. 당신이 5년 전에 은퇴하고 귀향했다길래 이 마을까지 온 거고요."

뤼르의 단정한 얼굴에 비로소 의문이 서렸다. 그는 특별히 유명하지도 않았고 대단한 신성력을 가지고 있지도 않았다.

신관들 사이에서야 정교한 신성력 컨트롤이나 뛰어난 신성 마법 실력이 화제가 되지만, 신전 밖에서는 아무도 그런 것에 관심이 없다. 사람들은 신관이 가진 신성력의 양에만 관심이 있다. 마법적 지식이 필요하면 마법사를 찾지 신관을 찾진 않는다.

그는 의아한 듯 물었다.

"왜 저를 찾아오신 겁니까?"

"제게 당신이 필요해서요."

아리아드네의 말에 가만있던 악셀이 움찔 놀랐다. 그녀는 뤼르에게만 시선을 주고 있었다. 신관의 황금색 눈이 커졌다.

"제가 필요하다니요? 어디에?"

"제 목표를 이루는 데에 당신이 필요해요, 뤼르 이나민."

"목표……?"

"제 목표는 대미궁 토벌이거든요."

"……예?"

"당신이 대미궁 토벌대의 일원이 되어 주었으면 좋겠어요. 그래서 제가 여기까지 온 거예요."

아리아드네가 눈꼬리를 접으며 가볍게 덧붙였다.

"이를테면, 스카우트죠."

뤼르의 입이 멍하니 벌어졌다. 그는 혼란스러운 얼굴로 그녀를 보다가 더듬더듬 되물었다.

"성녀님께서 대미궁을 토벌하시겠다고요?"

"네."

"그런데 왜 저를?"

뤼르는 이해할 수 없다는 듯 제 모습을 훑어보았다. 아리아드네의 곁에 선 악셀 역시 그를 쏘아보았다.

'대체 저자의 어디가 그리 쓸모 있어서 아드리안이…….'

악셀은 절로 이가 갈리는 것을 턱에 힘을 주어 참았다. 그가 보기에 뤼르 이나민은 흔해 빠진 신관인 데다 검은 잔을 받은 자들에게 협력까지 한 쓰레기였다.

동생 때문에? 그 상황에서 그들에게 굽힌다고 해서 동생을 구할 수 있긴 했나?

인질범에게 굴복하는 건 어리석은 짓이다. 결과적으로 5년간 그들에게 농락당하며 동생들도 전부 잃지 않았나. 심지어 인질 중 하나는 검은 잔을 받기까지.

시간만 허비한, 아무 의미 없는 노력이었다. 악셀 자신이라면 그러지 않았을 것이다. 인질을 포기하고 탈출하여 후일을 도모하는 것이 합리적이다. 이 정도 판단도 못 해서 사도들에게 휘둘리던 인간을 어디다 쓴단 말인가? 악셀은 이해가 되지 않았다.

반면 아리아드네는 마음을 굳힌 상태였다.

원작에 뤼르 이나민이 나오는 건 주인공이 그를 한 차례 기용한 적이 있기 때문이다. 주인공은 그전 회귀 때 데려갔던 신관의 추천으로 그를 영입한다. 당시 주인공은 뤼르를 꽤 쓸 만하다고 평가했지만, 다음 회귀부터는 결국 다른 신관을 동료로 선택했다. 신관을 무제한 만능 포션인 양 이용하는 그의 방식에는 신성력이 넉넉한 신관이 더 알맞았기 때문이었다.

그러나 아리아드네는 주인공과는 조금 다른 방식으로 공략을 진행할 예정이었다.

'덜 위험하고, 덜 다치고, 퇴로와 휴식 시간을 충분히 확보하는 방식으로.'

토벌대가 덜 다치면 당연히 신성력 소모량도 적다. 보급이 충분해서 쉴 여유가 있다면 부상이 즉시 완치되도록 신성력을 낭비할 필요도 없다. 대신 그런 식으로 진행하려면 전투 중이 아닐 때에 유용한 기술들이 필요했다. 피난의 성역 같은 것 말이다.

'이 방식에는 저 사람이 적격이야.'

사실 원작처럼 악셀에게 보스 격리를 맡기고 그 위주로 공략을 바꿀 수도 있었다. 처음 악셀을 받아들이기로 했을 때는 실제로 잠깐 그런 생각을 하기도 했고. 그렇게 되면 굳이 뤼르라는 신관을 고집할 이유가 없었다.

하지만 악셀과 한번 같이 전투를 치러 보고, 파이와 논의하고, 뤼르의 이야기를 들으면서 생각이 달라졌다. 아리아드네는 뤼르를 직시하며 차분히 말했다.

"성역의 새로운 활용 방안에 대한 경험적 고찰과 실전 응용 사례 연구."

"그건……!"

"당신이 7년 전에 쓴 논문이죠. 인상 깊게 봤어요."

"논문이라니요. 그건 그런 거창한 것이 아닙니다."

뤼르가 민망한 낯으로 중얼거리더니 물었다.

"제가 일하던 신전 내에서도 몇몇만 본 글인데, 어떻게 아십니까?"

"어쩌다가요. 제겐 아는 게 아주 많은 친구가 있거든요."

뤼르를 영입하기로 결정한 뒤 환상 도서관에서 그에 관련된 자료를 더 찾아보던 파이가 그녀에게 보여 준 논문이었다. 그 논문에는 다양한 성역 마법의 응용법이 있었다. 피난의 성역에 대해서도 거기에 나와 있었다. 아리아드네와 파이는 그 논문을 보다가 감탄하고, 토벌에 성역을 활용하는 방안을 구상하기도 했다.

"그 논문을 보고 찾아온 거예요. 그리고 당신을 직접 보고 나니 더 확신이 섰어요."

아리아드네는 뤼르를 향해 손을 내밀었다.

"뤼르, 저와 함께 대미궁으로 가지 않겠어요?"

"……."

"대미궁을 닫겠다는 거, 무모한 소리로 들릴 거 알아요. 원한다면 결정을 보류하고 일단 참관부터……."

"아니요. 그리 들리진 않습니다."

뤼르가 고개를 젓고 나직이 말했다.

"성녀님의 영토를 봤으니까요."

정령사만큼은 아니어도 신관 역시 늘 부족했다. 그래서 뤼르는 소년 시절부터 많은 토벌에 참여했고 많은 정령사를 보았다. 은퇴하기 전까지는 성역을 토벌에 활용하는 방안에 대해 논문 비슷한 것을 쓸 정도로 열정적이기도 했었다.

그런 그로서도 화산 폭발을 정령술로 재현하는 건 상상조차 못 한 미친 짓이었다. 심지어 저렇게 어린 나이의 정령사가.

"성녀님 같은 정령사가 이끄는 토벌대라면 대미궁을 닫는 것도 가능하겠지요."

"믿어 줘서 고마워요, 뤼르."

"하지만 저 같은 죄인이 그런 자리에 정말로 필요한지는 의문입니다."

"음, 그 말, 필요하기만 하면 토벌대에 합류하겠다는 뜻으로 해석해도 되나요?"

아리아드네가 되묻자 뤼르가 머뭇거렸다.

"저는……."

"절 믿는 만큼 제 안목도 좀 믿어 주시면 좋겠는데요. 제 토벌대엔 당신 같은 신관이 필요해요. 그리고, 뤼르."

새파란 눈동자가 그늘진 신관을 비췄다. 그녀는 무표정하게 속삭였다.

"대미궁의 끝에는 샤이탄이 있을 거예요. 이 모든 비극의 근원인 마왕이."

"······!"

"제가 감히 당신의 슬픔을 가늠할 수는 없겠죠. 그렇지만 저는 당신의 복수를 함께할 순 있어요."

뤼르의 얼굴에서 표정이 사라졌다. 그는 조금 전 사도들을 속였다고 말했을 때처럼 서늘해진 금안으로 그녀를 바라보았다.

아리아드네는 그 눈에 여전히 증오가 묻어 있는 것을 확인했다. 그의 모든 혈육을 빼앗고 신을 배신하게 만든 존재에 대한 분노. 신관답지 않은 눈빛이었으나 그래서 더 마음에 들었다.

"뤼르, 다 끝났으면 이제 마무리를 하고 싶다고 했죠?"

"······."

"아까 제가 말했듯이 아직 아무것도 안 끝났어요."

그녀는 재차 손을 내밀었다. 그녀의 손끝에 뤼르의 시선이 붙들렸다.

"진짜 마무리를 하러 가요, 우리."

그녀가 말했다.

그의 눈동자 속 그늘에서 작은 불씨가 피어올랐다. 그가 쉰 목소리로 물었다.

"······대미궁의 지하에서 그것을 죽이실 겁니까?"

아리아드네는 웃으며 답했다.

"죽일 거예요. 제 최선을 다해서."

그녀의 진심이었다. 그것으로 충분했다. 검은 옷의 신관은 홀린 듯이 그녀의 손을 잡았다.

 마을 사람들이 한둘씩 깨어나기 시작했다. 오랜 세뇌에서 풀려난 후유증인지 그들은 극심한 어지러움과 구토감을 느꼈다. 몇몇은 토하다가 도로 기절하기까지 했다.

 아리아드네는 혹시 몰라 엘릭서를 내놓았다. 오염된 건 아니지만 오염의 늪지기를 모시는 사도의 영향하에 있었으니 엘릭서가 효과가 있을지도 몰랐다. 벨바렛이 용병단원들을 지휘하며 사람들에게 엘릭서를 먹이고, 뤼르가 바쁘게 돌아다니며 사람들을 치료했다.

 그사이 아리아드네는 뤼르가 그려 준 구조도를 들고 신전 내부로 향했다. 악셀은 당연한 듯이 그런 그녀의 뒤를 따라왔다.

 그녀는 그와 함께 뤼르가 접근하지 못했던 사도의 방과 창고 등을 한 차례 뒤졌다. 소소한 몇 가지 아이템 외에는 별다른 소득이 없었다.

 그러다 게일의 방에서 굉장한 것이 나왔다. 게일 피카로의 일기장이었다. 자물쇠로 잠겨 있었지만 그건 문제도 아니었다. 그녀가 악셀에게 말없이 일기장을 내밀자 그가 자물쇠를 움켜쥐어 가루로 만든 다음 돌려주었다.

 "대체 무슨 목적이었는지 나와 있으면 좋겠는데."

 아리아드네는 햇빛이 잘 드는 창가에 앉아 일기장을 펼쳤다. 그녀의 곁에 서서 일기장을 들여다보려던 악셀이 움찔하더니 돌연 창밖을 보았다.

 "왜 그래?"

"누가 옵니다."

그가 아리아드네를 제 뒤로 당기며 검을 뽑아 들었다. 그녀는 당황하여 물었다.

"누가? 어디서?"

"정령 기사입니다. 하늘로 오고 있습니다."

악셀이 창가에 기대서며 하늘을 노려보았다. 아리아드네는 그를 따라 하늘을 보았지만, 그녀의 눈엔 뭉실거리는 구름만 보였다.

"정령 기사라고? 정령수의 기척이 느껴지는 거야?"

"예. 바람 계열 정령수입니다."

"숫자는?"

"정령수는 하나, 사람은 둘입니다. 하나는…… 정령 기사가 아니군요."

바람 계열 정령수. 하늘로 날아오고 있는 정령 기사와 정령 기사가 아닌 사람. 이나민 마을의 현 상황, 그리고 그녀가 보냈던 지원 요청들. 어째 정체를 알 것 같았다. 그녀는 눈썹을 모으고 물었다.

"정령수 모습도 보여?"

"아직 눈에는 보이지 않습니다. 속도가 빠르니 곧 보일 겁니다."

"정령수가 보이기 시작하면 얘기해 줘. 에메랄드 깎아 만든 것 같은 독수리인지."

"아는 정령수입니까?"

"응, 꽤 잘."

그녀는 일기장으로 시선을 돌렸다. 언뜻 보니 암호가 섞여 있는 것 같았다.

'무슨 말인지 도통 모르겠네.'

얼마 지나지 않아 악셀이 입을 열었다.

"당신이 아는 정령수가 맞는 것 같습니다."

역시나.

아리아드네는 일기장을 덮어 챙겼다. 마중을 나가야 할 듯했다.

"위에 사람 두 명 타고 있지? 한 명은 은발이고, 너도 아는 사람일 텐데."

"그…… 마법사로군요."

악셀의 눈썹이 꿈틀거렸다. '그'와 '마법사' 사이에 좋지 못한 수식어가 생략된 느낌이었다. 대놓고 말 안 하고 삼키는 걸 보니 발전을 하고 있긴 하네 싶어서 아리아드네는 별말 하지 않았다.

"지원 요청한 지 얼마나 됐다고…… 하여간 성격 급해. 콘라드만 고생이지."

그녀는 한숨을 쉬며 자리에서 일어났다.

"만나면 사과부터 해, 악셀."

"……예."

"네가 잘못한 건 알지?"

악셀은 알긴 아는데 별로 사과하고 싶진 않다는 듯한 표정을 지었다. 아리아드네는 벌써 골치가 아파졌다.

그러고 보니 소설 속에선 악셀 발렌타인이 에리히 위버를 칼로 찌르기도 했었다. 에리히는 배에서 피를 철철 흘리면서도 끝까지 욕을 했었고.

'뭐라더라, 마왕이 죽기만 하면 바로 내가 네 뒤통수 갈길 테니 뒈지기 싫으면 뒤통수 조심하랬던가.'

에리히가 악셀의 출생을 가지고 비웃으며 인성이 그 꼴인 이유를 알겠다고 하는 바람에 그 지경이 났다. 그리고 에리히가 그렇게 악셀을 비웃은 건 악셀이 의식 불명이 된 동료를 죽이고 떠나려 했기 때문이고.

'합리적으로만 따지면 주인공 판단이 맞긴 해.'

짐이나 다름없어진 동료를 데리고 대미궁을 뚫을 순 없고, 그렇다고 동료가 회복하기를 무한정 기다릴 수도 없었다. 그들의 보급품은 이미 바닥을 드러내고 있었으니까.

그냥 남겨 두고 가면 마물에게 고통스럽게 죽게 될 테니 악셀로서는 나름 배려랍시고 제 손으로 끝내 주려 한 거였다.

'그래도 그런 식은 좀 아니지.'

눈물을 흘리진 않더라도, 동료가 회복 불가능하다는 판단이 서자마자 설명도 없이 대뜸 죽이려 하는 건 정말 아니었다.

어쨌든 그 사건 이후의 회귀부터 악셀은 토벌대의 인원을 최대한 축소했다. 예비 인원 따위는 버리고 꼭 필요한 사람만 남겨서 보급의 여유를 확보했다. 그런 식으로 시행착오를 겪어 나온 최적 인원이 5명이었다.

에리히 위버는 그 사건을 겪고도 5명이라는 인원 안에 거의 매번 들어가는 사람이었다. 그리고 거의 매번 주인공과 충돌했고, 대미궁의 끝에 도달할 때까지만 서로를 참아 주는 사이가 되곤 했다.

'원작보단 나은 사이가 되어야 하는데……'

아리아드네는 악셀을 흘깃 올려다보며 속으로 한숨을 내쉬었다.

신전 밖으로 나오니 그녀의 눈에도 에메랄드빛 독수리가 보이기 시작했다. 확실히 에리히의 호위 기사인 콘라드의 정령수다. 한동안 대마법사 곁에 가 있겠다더니 위버에 도착한 아리아드네의 지원 요청을 보고 바로 날아온 모양이었다.

굉장한 속도로 가까워진 독수리가 신전 위를 한 바퀴 돌고 아래로 내려왔다. 아리아드네와 악셀을 발견했는지 바로 그들 앞으로.

"아리아!"

은회색 로브를 걸친 은발의 마법사는 정령수가 착륙하기도 전에 다급하게 뛰어내렸다. 뒤이어 내린 정령 기사가 에메랄드 독수리를 거두며 푸념했다.

"도련님, 제발 정령수에서 뛰어내리지 좀 마십시오. 위험하다니 까요."

에리히는 듣는 둥 마는 둥 아리아드네 앞으로 달려왔다. 그는 그녀의 양어깨를 쥐고 정신없이 살폈다. 손이 떨리고 있었다.

"야, 어디 다친 데는 없지? 다쳤으면 가만 안 둔다."

"괜찮아요, 에리히 오라버니."

"은퇴한 신관 만나러 간다던 애가 난데없이 지원 요청이라니, 다들 얼마나 놀랐는지 알······."

빠르게 말을 쏟아 내던 에리히가 갑자기 입을 다물었다. 아리아드네 옆에 서 있던 악셀을 뒤늦게 발견한 탓이었다. 녹색 눈동자가 대번에 형형해졌다. 에리히는 반사적으로 아리아드네를 제 품으로 잡아당겼다.

"저거 뭐야. 저게 왜 여기 있어?"

"오라버니, 그게······."

"콘라드!"

에리히가 그녀를 감싸 안고 뒤로 물러나며 날카롭게 외쳤다. 콘라드가 즉시 검을 빼 들고 그들과 악셀 사이를 가로막았다.

그것을 본 악셀의 눈썹이 꿈틀거렸다. 아리아드네는 불안해졌다. 치료하려던 뤼르한테도 으르렁거렸던 악셀이 이거 보고 또 난리 치면 어떡하지?

'제발 가만히 있어, 먼저 사과부터 하고……!'

그녀가 악셀에게 눈빛을 보내는 사이, 에리히의 주위에 반딧불 같은 작은 빛들이 모여들었다.

"미친 개새끼가 어디서 감히 내 동생 곁에서 어슬렁거려?"

"잠깐, 내 말을 좀……."

"면상을 지져 주마."

까드득 이를 간 에리히가 손을 휘둘렀다. 새파란 번개가 그 손짓을 따라 화살보다 빠른 속도로 내쏘아졌다. 동시에 악셀의 발아래에서 바위가 거인의 손아귀처럼 치솟아 그를 움켜쥐려 했다.

아리아드네는 순간 놀랐다. 대마법사가 쓰던 무영창 마법? 얼마 전까지는 못 하던 건데? 심지어 이중으로?

악셀은 제 얼굴로 쏘아지는 번개를 한 팔로 가볍게 쳐 냈다. 번개용, 벼락의 일부가 그 팔에 휘감겨 있었다. 아래에서 치솟은 바위 손아귀는 어느새 튀어나온 아름드리 나무뿌리를 뻗어 얽매며 막았다.

"이 자식이?"

에리히가 주먹을 꽉 움켜쥐었다. 거인의 손과 수사슴이 뻗은 뿌리가 부들부들 떨리며 힘겨루기에 들어갔다. 그 와중에 악셀은 아주 큰 결심을 앞둔 것처럼 인상을 찌푸리더니 까닥 고개를 숙였다.

"그때는 미안했다."

"뭐?"

에리히의 표정이 괴상해졌다. 어이가 없어서 집중이 풀렸는지 바위 손아귀가 우르르 무너져 내렸다. 악셀이 하, 하고 짧게 한숨을 내쉬고는 이어 말했다.

"내 잘못이니 최대한 보상해 주지. 원하는 것이 있으면 말해라."

"뭔 헛소리야?"

"전투 중에 습격한 것을 정식으로 사과하겠다는 뜻이다."

악셀은 그리 말한 뒤 슬쩍 아리아드네를 살폈다. 그녀의 표정이 밝았다. 이러면 되나? 쉽군. 그는 내심 안도하며 어깨를 폈다.

에리히는 기가 차서 입을 벌렸다.

"저게 지금 뭐라는 거야?"

"오라버니."

아리아드네는 그의 품에서 벗어나 둘 사이에 섰다. 그러곤 손을 들어 악셀을 소개했다.

"이쪽은 악셀 발렌타인 자작이에요. 악셀, 여긴 내 외사촌인 에리히 위버 소백작. 인사해."

그녀의 손짓에 악셀이 정령수를 집어넣고 가볍게 묵례했다. 에리히는 그 고분고분한 태도를 보고 눈이 가느스름해졌다.

저거 뭐야, 저번에 봤을 때랑은 분위기가 딴판인데? 무슨 꿍꿍이지?

어정쩡하게 있던 콘라드가 분위기를 보곤 슬그머니 검을 내리며 에리히 쪽으로 물러섰다. 아리아드네가 살짝 긴장한 채 덧붙여 말했다.

"오라버니, 악셀도 앞으로 대미궁 토벌대에 참여하게 됐어요. 실력이 대단한 정령 기사니 여러모로 보탬이 될 거예요."

"하?"

에리히가 헛웃음을 흘리더니 팔짱을 꼈다.

"저걸 데려가겠다고? 대미궁에?"

"네."

"해골, 너 왜 그래? 저 은혜도 모르는 새끼가 무슨 짓을 했는지 잊었어?"

"잊지 않았어요. 안 그래도 그 일을 직접 수습하겠다는 조건으로 받아들이겠다고 했거든요."

"수습이고 자시고, 저걸 데려다 쓰겠다고? 저런 미친놈이 쓸모가 있겠어? 뒤통수나 안 치면 다행이지!"

에리히가 붉으락푸르락해져서 목청을 키웠다.

"저 새끼가 끼어드는 거 난 절대 동의 못 해!"

"에리히 오라버니, 잠시 진정하고 제 얘기를……."

아리아드네가 무어라 설득하려는 찰나 악셀이 끼어들었다.

"그 좋은 머리로 객관적인 판단이라는 걸 좀 해 보지, 마법사."

"뭐?"

"너희 모두를 합친 것보다 내가 더 강하다. 누가 더 아리아에게 쓸모가 있을지는 명백하지 않나?"

"아리아아? 이게 어디서 함부로……!"

"그래도 모르겠으면 힘의 격차를 한 번 더 체감하게 해 주지."

"이 새끼가 보자 보자 하니까!"

에리히가 악셀의 멱살을 잡으려 들었다.

"오라버니, 잠깐만!"

아리아드네는 황급히 끼어들어 에리히의 팔을 붙잡고는 악셀을 노려보았다.

"악셀, 내가 사과하랬지 시비를 걸랬어?"

"사과와 사실을 왜곡하는 건 별개의 문제입니다."

악셀이 미간을 찡그리며 되물었다.

"저렇게 감정에 휘둘려 현실을 부정하려 드는 마법사야말로 도움이 안 되지 않습니까? 실제로도 제가 습격했을 때 저자는 아무것도 하지 못했……."

"말조심해, 악셀!"

아리아드네는 악셀의 입부터 틀어막은 뒤 에리히를 돌아보았다. 에리히의 얼굴에서 표정이 싹 사라졌다.

"……전투 중에 기습한 놈이 뭐가 잘났다고 누굴 평가해?"

바람이 불지도 않는데 은회색 로브 자락이 펄럭거렸다. 아까는 장난이었다는 듯 그의 몸에 강렬한 빛이 어렸다. 심상찮은 기세에 악셀의 자세도 바뀌었다. 검 손잡이에 손이 올라간다.

마법사와 기사의 대결은 원래 기사에게 유리하다. 마법사에게는 마법을 영창할 시간이 필요하지만 기사는 바로 검을 휘두르면 그만이기 때문이다.

물론 영창할 시간을 줘 버리면 마법사가 압도적으로 유리해진다. 따라서 마법사와 전투가 벌어질 기색이 보이면 시간을 주지 말고 즉시 제압해야 한다. 악셀은 원칙대로 곧바로 에리히를 기절시키려다 창백한 아리아드네의 낯빛을 보고 멈췄다.

저 마법사를 제압하는 건 간단하지만, 그녀가 그에게 실망하는 건 간단한 문제가 아니다. 그는 검에 손을 올린 채 잠시 참았다. 그러자 아리아드네가 지끈거리는 관자놀이를 부여잡고 나섰다.

"오라버니, 그만."

"……."

"영창 멈춰요. 악셀, 너도 검에서 손 떼."

"······."

"이런 마을 한복판에서 지금 둘이 목숨 걸고 싸우기라도 할 거예요? 여기에 민간인이 얼마나 많은데."

"······."

"제 말 안 들려요? 당장 멈추라고요. 둘 다."

단호한 어투에 악셀이 먼저 검에서 손을 뗐다. 에리히도 이를 악물고 마법 영창을 중지했다. 휘날리던 로브와 머리칼이 천천히 가라앉았다.

아리아드네는 절로 나오는 한숨을 삼키고 콘라드에게 물었다.

"콘라드, 오라버니 혼자 먼저 온 거지? 다른 사람들은?"

"대마법사님께서 눈표범 기사단의 일부를 이끌고 오고 계십니다. 오늘 안에 도착하실 겁니다."

"뭐? 그렇게 빨리?"

"빠른 정령수를 가진 기사들만 선별하셨거든요."

"그렇구나. 미안한데 부탁 좀 해도 될까?"

"하명하십시오."

"하늘 돌면서 새벽 용병단이랑 황금뿔 기사단 좀 찾아봐 줘. 거기에도 지원 요청을 했었거든. 찾으면 이 편지 좀 전해 주고."

어제 미리 써 둔 편지였다. 어느 쪽이든 먼저 도착하는 지원군을 통해 다른 이들에게 전하려고.

"알겠습니다."

편지를 받아 든 콘라드가 잽싸게 정령수를 타고 날아올랐다.

그렇게 일을 먼저 처리한 뒤에야 아리아드네는 두 남자를 돌아보았다. 에리히는 악셀로부터 그녀를 보호하듯 서 있었고, 악셀은 그런 그를 싸늘한 눈으로 노려보고 있었다.

'각오하긴 했는데……'

어째 앞날이 까마득했다. 당장 피 튀기며 싸우지 않는 걸 감사히 여겨야 하나.

'그렇다고 이대로 둘 순 없지.'

아리아드네는 마음을 다잡고 먼저 악셀에게 시선을 주었다.

"악셀 발렌타인."

딱딱하게 부르자 악셀이 그녀를 흘깃 본다. 그녀는 눈썹을 모은 채 말했다.

"내가 너를 받아 주면서 걸었던 조건을 벌써 잊었어?"

"……"

"그렇게 계속 남을 무시하면서 다른 사람들과 잘 지낼 수 있을 거라 믿는 건 아니겠지."

"……그럼, 비위를 맞추기 위해 거짓말을 하라는 겁니까?"

"아니. 예의를 지키라는 거야. 솔직한 거랑 무례한 건 다르잖아."

악셀이 입을 다물었다. 그다지 내키지 않는 듯한 얼굴. 그녀는 그를 올려다보며 차분히 말을 이었다.

"다시 한번 말하지만, 악셀, 이건 네가 동료가 되기 위한 기본 조건 이야."

"……"

"못 하겠으면, 혹은 하기 싫으면 그만두고 떠나면 돼. 네가 혼자 다닐 거라면 내가 무슨 권리로 너한테 이런 걸 요구하겠어?"

"……"

"하지만 네가 나와, 그리고 내 동료들과 함께 다닐 거라면 네가 타인에게 맞춰야 하는 부분도 있다는 걸 명심해."

이렇게 뻔한 잔소리를 할 생각은 아니었는데. 그녀라고 해서 다른 사람들과 완벽히 잘 지내는 것도 아니고 말이다. 아리아드네는 속으로 한숨을 내쉬며 말을 이었다.

"각자 조금씩 굽히면서 서로에게 맞춰 주는 거. 그건 거짓도 아니고 비굴한 일도 아니야. 서로에 대한 존중이고 함께 지내기 위한 예의지."

악셀은 아리아드네가 피곤해 보인다는 점에 주목했다. 그녀가 자신과 관련된 문제 때문에 피곤해한다. 이건 좋지 못한 신호다. 편하게 느껴도 모자랄 판에.

그는 다른 인간들을 그다지 존중해 주고 싶지 않았다. 그들과 잘 지내고 싶은 마음도 없다.

그러나 그게 아리아드네의 곁에 있기 위한 전제 조건이라면 그녀에게 맞출 각오는 되어 있었다. 그녀가 다른 인간들 전부보다도 그를 택하게 된다면 모를까, 그전에는 그녀 곁의 사람들에게 신경을 써야 한다. 악셀은 그런 의미에서 그녀의 말을 납득했다.

"……무슨 뜻인지 알겠습니다, 아리아. 앞으로는 그 점도 조심하겠습니다."

"그래, 부탁할게."

그래도 말하면 알아듣는구나. 아리아드네는 내심 감동하며 끄덕였다. 좀 쓰다듬어 주고 싶은데 에리히의 시선이 신경 쓰여서 그러진 못했다.

"무슨 열 살배기 애냐? 그런 걸 배워야 알게?"

에리히가 비아냥거리며 끼어들었다. 아리아드네가 싸늘한 눈으로 그를 돌아보았다.

"오라버니도 잘한 거 없으니 조용히 해요."

"내가 뭘?"

"악셀 보자마자 다짜고짜 공격부터 했잖아요. 제 말은 듣지도 않고."

"그럼 보자마자 우릴 공격했던 놈을 상대로 내가 예의를 차려야겠어?"

"그래서 똑같이 굴겠다고요? 열 살배기 어린애, 아니잖아요."

"……."

"그리고 악셀이 사과한다고 오라버니가 꼭 받아 줘야 할 필요는 없는데, 그렇다고 코앞에서 욕을 해 대면 어떡해요? 계속 싸우자는 것밖에 더 되냐고요."

"……너 은근히 저거 편든다?"

"편드는 게 아니라……."

"저거랑 싸우지 말라는 게 편드는 거지, 아니야?"

"싸움은 마물 상대로 해야죠. 동료가 아니라."

"난 분명히 저거 동료로 받아들일 생각 없다고 했어."

에리히가 단호하게 부정하고는 허리를 굽혀 그녀와 눈높이를 맞췄다.

"아리아, 왜 갑자기 저걸 어르고 가르쳐 가며 대미궁에 데려가려고 하는 거냐? 네가 왜 그래야 하는데?"

아리아드네는 일순 말문이 막혔다. 이걸 어떻게 설명해야 하지? 모든 걸 알고 있는 파이한테처럼 얘기할 순 없는데.

그녀가 머뭇거리자 에리히가 눈을 내리깐 채 나지막하게 속삭였다.

"……우리가, 내가, 부족하기 때문에?"

"네?"

"나는 내가 약하다고 생각해 본 적이 없었는데. 얼마 전까지는 말이야."

에리히는 제 손을 흘깃 내려다보았다. 그늘진 얼굴이었다.

"내가 오만했던 건, 그래, 저놈 덕에 확실히 깨닫긴 했지. 네 목표가 얼마나 엄청난 건지 잘 알면서 나는 게을렀어. 그렇지?"

아리아드네는 찰나 머뭇거렸다.

솔직히 지금까지 에리히에게 절박함이 부족했던 건 사실이었다. 현재 에리히 위버는 26세. 원작에 등장하는 같은 나이의 에리히 위버에 비해 여러모로 실력이 모자랐다.

이유는 명확했다. 소설 속의 에리히는 24살에 베로니카가 자신을 지키려다 죽는 것을 목격하고 지독한 좌절을 겪었다. 그 뒤 그는 미궁이란 것을 세상에서 아예 없애 버리겠다고 결심하고 뼈를 깎는 노력으로 마법에만 매진한다.

그 에리히 위버는 제 할아버지보다 천재임에도 불구하고 평생 단한 번도 제 실력에 만족해 본 적이 없다. 그에 비해 그런 위기를 겪어보지 못한 지금의 에리히는…….

충분히 대단한 마법사이긴 하지만, 정확히 그뿐이었다.

원작보다 훨씬 강해진 베로니카나 루드빅과 달리 에리히는 되레 원작 이하의 모습을 보이고 있다. 그게 못마땅하다거나 대미궁을 공략하기에 모자란다는 뜻은 아니었으나 어쨌든 사실이 그러했다.

그래도 아니라고, 괜찮다고 위로해야 했다. 에리히에게 그런 절박함을 요구할 순 없었다. 소설과 다르게 베로니카를 살리겠다고 결정한 건 그녀였고 그 결정을 절대 후회하지도 않으므로.

그녀는 얼른 고개를 저었다.

"그런 뜻이 아니에요, 에리히 오라버니."

"……됐다. 저놈 문제는 내가 저거보다 강해진 후에 따질 테니까."

갑자기 침착해진 에리히가 고개를 들었다. 그는 빙긋 웃으며 말했다.

"그럼, 이제 여기서 무슨 일이 있었는지나 얘기해 봐."

아리아드네의 지원 요청에 본부에 남아 있던 새벽 용병단 전체와 황금뿔 기사단의 절반, 눈표범 기사단의 일부, 대마법사가 만사를 제치고 이나민 마을에 몰려왔다.

그녀는 황금뿔 기사단의 일부에게 마을의 안정과 치안을 맡기고, 새벽 용병단에 사건 조사와 추적을, 눈표범 기사단에게 마을 주변 마물의 정리를 맡겼다.

그리고 이나민 마을의 뒤처리에 대해 국왕과 논의하는 건 대마법사에게 부탁했다.

아리아드네는 그렇게 대강 큰일을 처리한 뒤에야 엘디어로 돌아올 수 있었다. 벨바렛과 단둘이 출발했을 때와 달리 돌아갈 때는 악셀과 뤼르, 에리히까지 그녀를 뒤따라왔다.

엘디어로 돌아가자마자 뤼르와 악셀이 머물 곳부터 마련했다. 그녀는 공작 저택의 북쪽 탑을 개조하여 토벌대를 위한 본부 겸 훈련장으로 쓰고 있었다. 예전에 그녀의 공부방이 있었던 탑이다. 작위를 계승

하자마자 가장 먼저 여길 뜯어고쳤었다.

　도착하자마자 에리히는 연구할 게 있다며 제 방에 틀어박혔다. 뤼르는 제게 주어진 방이 지나치게 호화로워 어색해했다. 반면 악셀은 방 내부에는 관심이 없고 제 방이 아리아드네의 방과 아예 다른 건물이라는 점을 불만스러워했다.

　아리아드네가 한동안 밀린 공작으로서의 업무를 처리하는 사이 그들은 서로 얼굴을 마주하지도 않았다. 에리히는 아예 나오질 않고, 악셀은 아리아드네 외의 사람에게 먼저 다가갈 인간이 아니었다. 그나마 온화한 뤼르는 여기저기 인사 정도는 하고 지냈지만.

　아리아드네는 어색한 토벌대의 분위기를 일단 내버려 두었다.

　'아직 안 온 사람도 있으니까.'

　루드빅과 베로니카가 세 번째 정령수를 얻으러 가서 아직 돌아오지 않았다. 이나민 마을 뒤처리로 바빠 여유가 없기도 했고.

　정령 기사들은 아리아드네가 돌아오고 나서 한 달 남짓한 시간이 흐른 후에 차례로 도착했다. 아리아드네가 파이와 함께 게일의 일기장 분석을 막 끝냈을 무렵이었고, 그녀의 19번째 생일이 다가오고 있는 겨울의 초입이었다.

　"이것도 원작에 안 나온 정보네."

　아리아드네는 환상 도서관의 쿠션 더미에 기대앉은 채 게일의 일기장을 보고 있었다. 정확히는 파이가 번역하여 정리한 사본이었다.

　게일 피카로가 암호와 사도들만의 은어를 섞어 일기를 쓴 탓에 완벽히 해석하기까지 근 한 달이 걸렸다. 그나마도 치트키나 다름 없는 파이가 아니었다면 1년이 넘게 걸렸을 것이다.

"마계의 침공에 이런 이유가 있었을 줄은 몰랐어. 게다가……."

그녀는 말끝을 흐리며 심란한 표정으로 일기장 사본을 내려다보았다. 파이는 여성의 모습으로 그런 그녀를 끌어안다시피 달라붙어 그녀의 어깨에 턱을 올리고 속삭였다.

"이 정보가 사실일까요? 교차 검증을 할 만한 정보가 부족합니다."

"적어도 게일 피카로에겐 진실이었겠지. 정황이 딱 들어맞는 것도 그렇고. 소설에선 설명 안 된 부분들이잖아."

"확실히 원작에는 마왕이 엘리시움을 침공하게 된 이유가 나와 있지 않습니다. 마왕에게 새로운 몸이 필요한 이유도요."

"갈수록 드는 생각인데, 원작 소설에는 뭔가 빠진 내용이 많아."

"파이도 아리아의 생각에 동의합니다."

"그런데 파이, 간지러우니까 귀에 대고 말하지 마."

아리아드네는 어깨를 움츠리며 파이를 밀어냈다. 하얀 머리카락을 구름처럼 늘어뜨린 소녀가 부러 풀이 죽은 표정을 지어 보였다.

"일기장 해석에, 피카로 가문 뒷조사, 토벌대 훈련을 위한 새로운 미궁 선정까지, 그간 파이는 바쁘게 고생했습니다. 상을 받을 자격이 있지 않습니까?"

"나한테 달라붙는 게 무슨 상이야?"

"아리아가 요즘 환상 도서관에 자주 오지 않아서 스킨십이 부족합니다."

"그래도 너무 가깝잖아."

"파이는 지금 아리아와 동성인 상태인데, 이 정도도 부담스럽습니까?"

시무룩한 말투에 아리아드네는 마음이 약해지는 것을 느꼈다. 파이
는 아리아드네 외의 사람을 만날 수 없다. 그녀가 아니면 누군가의 체
온을 느낄 방법도 없다.

'외롭겠지…….'

그래서 아리아드네는 이런 문제에서 파이에게 물러질 수밖에 없
었다.

"알았어, 이리 와."

그녀가 한숨을 내쉬며 팔을 벌리자 파이가 환하게 웃으며 달라붙
었다.

"감사합니다, 아리아."

그녀는 옆구리에 파이를 매달고 일기장을 다시 펼쳤다.

게일 피카로는 마왕이 자신에게 내린 명령을 기록하면서 감격과 흥
분으로 버무려진 어투로 그 의미를 분석해 두었다. 마왕의 탄생과 그
의 능력, 목적, 현 마계의 상황까지 언급해 가면서.

표현은 광신도의 찬양 같았으나 내용은 명확했다. 그에 따르면 마
왕이 샤이탄을 믿는 신앙을 만들라고 명한 목적은 스스로 신이 되기
위해서였다. 사이비 교주나 절대 군주 같은 비유적인 의미의 신이 아
니라 한 세계를 지배하는 진짜 '신' 말이다.

마왕 샤이탄은 마계에서 가장 강한 존재였다. 신을 넘볼 정도로. 그
정도에서 만족했으면 좋았을 것을 그는 끝내 마계의 신을 넘어서려 했
다. 마왕은 신이 무엇인지, 신과 세계의 관계가 어떤지도 알지 못하는
상태로 마계의 신을 죽이고 신의 권능을 빼앗았다.

그렇게 신이 죽자 신을 잃은 세계는 무너지기 시작했다. 또한 신이

아닌 몸으로 신의 권능을 지니게 된 대가로 마왕의 육체도 붕괴하기 시작했다.

마계는 문자 그대로 바스러지는 중이었다. 멀쩡하던 땅이, 하늘이, 먼지가 되어 흩날리며 조금씩 사라져 간다. 사라진 자리에는 아무것도 남지 않는다. 빛도, 공기도 없는 끝없는 공허뿐.

마왕의 몸도 세계처럼 발끝부터 조금씩 부서졌다. 살아남은 마계의 생물들은 번식 능력을 잃었다. 마신이 죽은 뒤로 마계에는 새로운 생명이 단 하나도 태어나지 않았다.

마왕은 비로소 신과 세계에 대해 알게 되었다.

세계를 육체에 비유한다면 신은 세계의 영혼이다. 모든 세계에는 적어도 하나 이상의 신이 있으며, 신이 없는 세계는 영혼 없는 몸뚱이나 다름없었다. 세계가 죽어 버린다는 뜻이다.

다급해진 마왕은 스스로 새로운 마계의 신이 되어 자기 자신과 마계를 구하려 했다. 하지만 실패했다. 그는 신을 죽일 정도로 강했으며 신에게서 빼앗은 권능까지 있었지만 진정한 신이 될 수는 없었다. 신이란 스스로 되는 것이 아니라 세계로부터 선택받는 존재였으므로.

신은 신앙으로부터 태어난다. 그 세계가, 구체적으로는 그 세계의 자아 있는 생물들 모두가 신이라 믿는 것이 신이 된다.

마왕은 마계를 정복했으나 마계의 모든 생물이 자신을 신으로 믿게 만들 수는 없었다. 그러고 있을 여유도 없었다. 신이 죽자마자 썩어 가는 세계를 빼앗은 권능으로 시간을 멈추어서 간신히 버티고 있었으니.

마왕은 마계 전체를 멈춰 놓고 창조의 권능으로 만든 '요람'을 이용해 새로운 마물을 생산했다. 살아남은 마물들이 멈춰 버린 마계에서 먹고 마실 것을 마련하기 위해 오염을 생산하는 '늪지기'를, 머물 곳을 마련하기 위해 미궁을 짓는 '은둔자'를 만들었다.

마계는 그 임시방편으로 어찌어찌 버티고 있었다. 그러나 마왕 본인의 몸은 그럴 수가 없었다. 몸의 시간을 멈추면 마왕 자신이 아무것도 할 수 없게 되니 부서지는 속도를 늦추는 정도가 한계였다.

돌파구를 찾던 마왕의 눈에 띈 것이 엘리시움, 바로 이 세계였다. 마왕은 죽은 마계를 버리고 엘리시움을 새로운 마계로 만들기로 결심했다.

엘리시움의 마계화. 엘리시움의 환경을 마계처럼 바꾸고 마계의 생물들을 모조리 이주시키는 것. 그러면 기존 엘리시움의 생명들은 버티지 못하고 다 죽겠지만, 마왕으로선 알 바 아닌 일이었다.

오히려 마왕은 신이 되기 위해 적극적으로 그들을 말살하길 원했다. 엘리시움의 새로운 신이 되려면 엘리시움의 모든 사람이 엘이 아니라 샤이탄을 자신의 신이라고 믿어야 한다.

마왕은 가장 단순하고 빠른 계획을 세웠다. 단 한 명이라도 된다. 샤이탄을 신으로 믿는 극소수의 인간만 살려 놓고 나머지는 모조리 죽인다.

'모두'가 중요하지, 숫자는 중요하지 않으므로 그 수는 적을수록 좋다. 그러면 '살아 있는 엘리시움의 인간'은 전부 샤이탄을 신으로 믿게 되니 마왕은 자연스럽게 엘리시움의 신이 된다.

일단 신의 자격을 얻고 나면 그 뒤로는 믿음 같은 건 큰 상관이 없었다. 씨앗이 싹틀 때는 많은 조건이 있지만 발아한 뒤로는 조건이 좀 달라져도 괜찮은 것과 마찬가지다.

극단적인 예시로 신이 된 후에 자신을 신으로 만들어 준 신자를 모두 학살한다고 해도 신격은 유지된다. 어떻게든 신이 되기만 하면 그 뒤로는 무슨 짓을 하든 영원히 신이라는 뜻이다.

처음 마왕은 직접 신앙을 만들어 보려 했다. 그 결과가 검은 잔이었다. 검은 잔을 받은 자들이 샤이탄을 신으로 믿자 마왕은 성공했다고 여겼다.

그러나 아니었다. 검은 잔을 받아 마시면 인간이 아니라 마계의 생물이 되어 버린다. 그들의 신앙은 아무런 소용이 없었다. 엘리시움의 신에 대한 믿음을 품는 건 순수한 엘리시움의 인간이어야만 했다.

그 실패 이후 마왕의 몸에 남은 시간은 얼마 되지 않았다. 따라서 마왕으로선 새로운 몸을 마련하는 것이 급선무였다. 신이 되는 건 새 몸으로 갈아탄 뒤에 해도 된다.

그래서 마왕은 새 육체를 구하는 일에 집중하고, 신앙을 만드는 일은 세 군주들에게 맡겼다. 엘리시움을 점령하는 것보다 그 일이 우선이었다. 어차피 샤이탄의 신자가 탄생하기 전에는 엘리시움을 완전히 멸망시킬 수도 없다.

그로 인해 세 파벌 간에 경쟁이 붙었다. '엘릭서'도 그 경쟁의 일부였다. 오염의 늪지기를 견제하기 위해 엘릭서를 만들었다는 레다 피카로의 말은 반쪽짜리 진실이었다.

나머지 반쪽은 은둔자의 권속들이 엘릭서를 이용해 샤이탄에 대한 신앙심을 형성하려는 계획을 세웠다는 것이다.

아리아드네는 그 부분을 읽다가 낯빛을 굳혔다.

'원작에선 악셀이 엘디어를 박살 내고 엘릭서를 빼앗아서 이 계획이 무산된 거였나?'

아니면 그 계획으로는 신앙을 만들 수 없다는 것을 깨닫고 레다가 공작을 버리고 떠난 건지도 모르겠다.

'이번에는 내가 소설보다 훨씬 일찍 그 계획을 무산시켜 버렸지.'

그 여파가 이번 사건이었다. 게일 피카로는 검은 잔을 받은 뒤로 죽은 척하고 고향에 돌아가지 않았다. 그는 제 조카인 레다 피카로가 검은 잔을 받았다는 것도 몰랐다. 다른 세력 소속이었던 탓이다.

그러다 레다가 흑마법사로 처형당하자 뒤늦게 무슨 일인지 알아보게 된다. 사도인 게일에게 죽은 혈육에 대한 안타까움 따위는 없었으니, 그냥 은둔자의 권속이 무슨 일을 벌이다 실패한 건지 파헤쳐 본 거였다.

그는 은둔자 세력의 수작이었던 엘릭서가 신전에 기부되면서 되레 엘에 대한 신앙심을 고취하는 결과를 낳았다는 것을 알아냈다.

완벽한 실패였다. 게일은 뭘 하려거든 인간들을 엘의 신전으로부터 아예 격리해 놓고 시작해야겠다는 결론을 내렸다.

그가 엘릭서의 실패와 자신이 내린 결론에 대해 마계에 보고하자 마왕이 그에게 친히 임무를 주었다. 직접 한번 신앙을 만들어 보라는 임무였다.

게일 피카로는 그렇게 마왕 직속의 사도가 되었다. 그러고 나서 그가 벌인 일이 이나민 마을 사건이었다.

아리아드네는 일기장을 덮고 내려놓았다. 처음 알게 된 내막이나 진실이 많았으나 당장 그녀의 계획에 영향을 끼칠 만한 건 없었다.

'샤이탄 신앙이 생겨나는 걸 주의하는 정도일까. 그건 신전에 경고해 주면 알아서 하겠지.'

다른 건 변함이 없다. 대미궁을 닫고 마왕이 악셀의 육체를 빼앗지 못하도록 막으면 끝이다. 그러나.

그녀는 무릎을 당겨 안고, 세운 무릎에 고개를 파묻은 채로 중얼거렸다.

"역시 이나민 마을 사건은 내가 만들어 낸 나비 효과로 생겨난 거였어. 뤼르가 그런 비극을 겪게 된 것도……."

"자책하지 마세요, 아리아."

파이가 그녀를 끌어안고 속삭였다.

"죄를 저지른 건 아리아가 아닙니다. 당신은 오히려 그의 삶이 완전한 비극으로 끝나는 것을 막아냈지 않습니까."

"원작대로 흘러가게 내버려 뒀다면 아예 이런 일이 일어나지 않았을지도 몰라."

"그러려면 아리아가 엘릭서 실험을 계속 당해 줘야 하잖습니까. 당신으로선 어쩔 수 없는 일이었어요."

그는 그녀를 대변하듯 말했다. 아리아드네는 희미하게 웃었다.

"그래, 나로선 어쩔 수 없는 일이었지. 그러니까 후회하진 않아."

"아리아, 어차피 소설 속에서도 비슷한 일이 일어났을 겁니다. 서술되지 않았을 뿐이지요."

"어떻게 그걸 확신해?"

"엘릭서 관련 계획은 결국 실패했을 테니, 늦든 빠르든 비슷한 사건이 일어났을 거예요. 아리아가 아무것도 안 했어도 말입니다."

"……."

"마계의 세력에 대한 정보나 마계의 침공 이유, 마왕의 목적 같은 것도 소설엔 안 나오잖습니까? 쓰여 있지 않다고 해서 존재하지도 않는 것은 아닙니다."

"……."

"아리아가 자책할 이유는 없습니다. 당신 탓이라는 생각은 절대 하지 마세요."

"……안 해, 그런 생각."

"하시잖아요, 조금쯤은."

파이는 미소 지으며 다정하게 그녀의 머리를 쓸어 넘겼다.

"그 때문에 주저앉지도 망설이지도 않겠지만, 그래도 잊고 넘기지 못할 만큼은 생각하시잖아요."

"……"

"뤼르 이나민에게 죄다 고백하고 사죄하진 않더라도, 그에게 미안함을 느끼고 책임감을 가질 만큼은 생각하시지 않습니까."

"……파이."

하얀 머리의 소녀는 신관을 닮은 금빛 눈동자로 웃고 있었다. 아리아드네는 한숨처럼 말했다.

"넌 나를 너무 잘 알아."

"그런 생각을 버리라고 파이가 자꾸 권하면 아리아는 이제 파이에게도 티를 내지 않고 속으로만 계속 생각하시겠지요."

"안 그래. 그런 생각 안 할게. 대미궁 닫는 데에 아무 도움 안 되는 생각이잖아."

"아리아."

파이가 그녀에게서 조금 떨어지며 남성으로 돌아갔다. 골격이 바뀌고 키가 커지며 그녀의 어깨에 닿은 손도 커지는, 신기하면서도 익숙한 광경. 그가 부드럽고 낮은 목소리로 말했다.

"파이가 대미궁을 닫고 나서도 뤼르 이나민이 살아갈 목적을 얻는 방법을 미리 구상해 두겠습니다."

"……!"

"이나민 마을 사람들의 세뇌 후유증을 해결하는 방법도 찾아보겠습니다."

아리아의 눈이 커졌다. 그의 손이 어깨에서 뺨으로 올라왔다.

"그러니 그 신관에 대한 책임감이나 쓸데없는 죄책감은 파이에게 맡기시고 잊어버리세요. 애초에 아리아 탓이 아닌 일이니까요."

"그런 생각 안 한다니까."

아리아드네가 부정하자 파이가 고개를 기울이며 눈웃음을 쳤다.

"그럼 잊으실 거지요. 네에? 파이에게 약속해 주세요, 아리아."

애교가 담뿍 담긴 태도였다. 다분히 그녀 취향의. 아리아드네는 당황했다.

"잠깐만, 파, 파이, 너 어디서 이런 거 배웠어?"

"보기 싫으신가요?"

"보기 싫은 게 아니라…… 어디서 배운 거야, 대체?"

"소설책에서 봤습니다."

"……내 서재에 있는 소설책은 아니지?"

아리아드네는 황금 책장 한쪽에 있는 로맨스 소설을 힐끔 보았다. 그녀의 책장에 로맨스 소설은 거의 없었다. 그래도 어쨌든 있긴 있었다. 세 권쯤. 아니, 네 권쯤. 저걸 파이가 죄다 봤을 거라 생각하니 귀가 화끈거렸다.

"다른 사람의 서재에서 본 책입니다."

파이가 태연히 말했다. 아리아드네는 눈을 흘겼다.

"거짓말."

"왜 그렇게 생각하세요?"

"나 보라고 한 거니까 당연히 내가 본 소설에서 나온 거겠지! 내가 그런 걸 좋아할 거라고 생각해서……."

그녀는 따지다 말고 민망함에 손으로 얼굴을 가렸다. 저거 다 봤겠지? 봤나? 당연히 봤겠지! 왜 지금까진 저걸 생각 못 했지?

'저 책들 진작 불태워 버렸어야 했는데!'

작은 웃음소리가 들렸다. 파이는 얼굴을 가린 그녀의 손을 붙잡아 부드럽게 내렸다. 소년에서 청년 사이. 아리아드네의 또래로 보이는 그가 말갛고 예쁜 웃음을 지으며 물었다.

"그러면 안 되나요?"

"응? 뭘?"

"파이가 아리아가 좋아할 만한 행동을 배워서 하는 게 나쁜 일입니까?"

"……."

"못된 짓인가요? 아리아가 안 된다고 하면 파이는 다신 안 이러겠습니다."

섬세한 속눈썹이 깜박이며 순진하게 느껴질 정도로 맑은 눈동자가 그녀를 바라본다.

"그러니까 나쁜 일이면 파이를 야단쳐 주세요, 네에?"

달콤하게까지 들리는 목소리였다. 아리아드네는 넋이 나가 있다가 간신히 정신을 차렸다. 여전히 그녀의 뺨을 감싸 안고 있는 파이의 손이 조금씩 움직이더니 손끝이 그녀의 귓불에 닿았기 때문이었다. 그녀는 움찔하며 반사적으로 말했다.

"파이, 손."

"아."

파이가 멈칫하고는 물었다.

"불편하시면 다시 여성으로⋯⋯."

"아니, 그럴 필요는 없고."

아리아드네는 그의 손을 겹쳐 쥐고 살짝 떼어 놓았다. 파이는 아쉽게 손을 거두며 생각했다. 귓가에 속삭이거나 귀를 만지면 밀어내는 걸 보니 아무래도 아리아드네는 귀가 예민한 듯하다고. 그는 이 새로운 정보가 무척 마음에 들었다.

아리아드네가 웃고 있는 파이에게 눈을 흘겼다.

"⋯⋯지금 다 알고 그러는 거지."

"네?"

"나쁜 일이냐고 물으면서 더 애교를 부리는 게⋯⋯."

말을 멈추고 잠깐 고민하던 그녀가 돌연 픽 웃었다. 그러곤 귀엽다는 눈으로 그를 보다가 작게 한숨을 쉬었다.

"파이, 굳이 이런 시도까지 안 해도 괜찮아. 내가 미안해."

"네? 아리아가 갑자기 왜 사과를⋯⋯."

"내가 요새 환상 도서관에 잘 안 와서 많이 외로웠던 거지? 가끔 와도 일만 하고 나가 버리고 말이야."

"⋯⋯."

"그래서 안 하던 일까지 시도해 보는 거고. 그러면 내가 좀 더 자주 올까 싶어서. 그렇지?"

맥락은 맞는데 뭔가 뉘앙스가 다르다. 파이의 표정이 미묘해졌다. 그러거나 말거나 아리아드네는 파이를 끌어안더니 토닥여 주었다.

"안 그래도 돼. 아무리 바빴다지만 내가 나빴어. 미안해, 파이."

"⋯⋯."

"앞으로 자주 올게. 일 없을 때도 놀러 오고, 정 바쁘면 채널이라도 열 테니까. 응?"

그녀가 달래듯 말했다. 파이는 뭐가 문제인지 깨달았다. 그녀는 지금 파이를 '엄마의 관심을 끌려고 엄마가 즐겨 보는 드라마의 남 주인공을 흉내 내는 어린애'처럼 대하고 있었다. 파이의 모든 행동에 한 치의 사심도 없을 거라 여기는 거다.

'사심이라.'

자기 자신이 무엇인지도 모르는 주제에 그런 마음을 품는 건 우습지만.

'이미 너무 많은 것을 읽어 버려서.'

아리아드네는 고작 자기 서재에 있는 로맨스 소설 몇 권을 민망해했다. 아무래도 그녀는 환상 도서관이 어떤 곳인지 완벽히 파악하지 못한 듯하다.

다른 사람들의 서재도 그녀의 서재와 비슷할 거라 생각한 걸까?

'물론 파이가 아리아에게 그런 얘기는 전혀 하지 않은 탓도 있겠지만.'

다양한 세계의 사람들이 각자 인상 깊게 읽은 글로 채워진 무수히 많은 서재들. 그 서재들로 이루어진 것이 환상 도서관이다. 그 안을 돌아다니며 책을 읽는다는 건, 수많은 사람의 심연을 들여다보는 것과 마찬가지였다.

정보만 있는 것이 아니라 욕망이 함께 있다. 사람들이 다양한 욕망을 채우기 위해 읽은 글들. 재미, 성공, 권력, 명예, 사랑, 그리고 내밀한 욕구들. 사실 비율을 따지자면 정보나 통찰, 분석 등을 담은 책보다 그런 책들이 더 많다.

파이는 자신을 토닥이고 있는 아리아드네를 내려다보았다. 아무래도 덩치 차이가 나다 보니 그녀가 그에게 폭 안겨 있는 모양새다. 그가 남성인 상태인데도 지금 그녀는 불편해하지 않고 그를 끌어안고 있다.

'아리아, 파이가 왜 자아를 남성으로 확립했을 것 같습니까?'

그는 입 밖으로 그 질문을 꺼내지 않았다. 그저 빙그레 웃으며 그녀를 품에 꽉 안았다.

"네, 자주 와 주세요, 아리아."

아리아드네는 환상 도서관에서 나오자마자 새벽 용병단의 보고를 들었다. 이나민 마을로 출발하기 한참 전에 에리히에게 줄 비행 아이템을 구하러 보냈었던 이들이었다.

"구해 왔다고?"

그녀는 반색하며 되물었다. 대표로 온 용병단원이 뿌듯하게 상자를 내밀었다.

"예. 이것입니다."

"예상보다 빠른걸. 수고했어."

상자 안에 어린아이 주먹만 한 검은 구슬이 있었다. 구슬 표면에 금으로 촘촘한 깃털 문양이 입사되어 있었다. 아리아드네는 손끝으로 그것을 살짝 만져 보았다. 겉보기에는 금속인데 따뜻한 온기와 두근두근한 박동이 느껴진다. 확실했다.

'이카로스.'

그녀는 용병단원을 치하하여 내보내고 정령석을 하나 꺼냈다.

'바람 속성이 포함된 게…… 아, 이거면 되겠네.'

얼음처럼 투명한 정령석. 그 안에는 반짝이는 하얀 눈이 고요하게 쌓여 있었다. 만년설 왕관의 정령석이다. 위버성 주위에 늘 몰아치는 눈보라는 라랏슈아산을 타고 내려온다. 이를 반영하듯 만년설 왕관에게는 눈보라를 불러일으키는 힘이 있다.

그녀는 그 정령석을 구슬 가까이에 내려놓고 멀찍이 물러났다. 그러자 구슬에 새겨져 있던 금 입사 장식이 서서히 벌어졌다. 어느 순간 웅크리고 있던 새가 날개를 펴듯 황금으로 테를 두른 새까만 날개가 확 펼쳐졌다. 그 날개로 감싸여 있던 젤리처럼 흐물흐물한 덩어리가 제 몸의 일부를 쭉 뻗어 정령석을 낚아챘다.

그러곤 꿀꺽.

정령석을 삼킨 그것은 언제 자기가 날개를 폈냐는 듯 눈 깜빡할 사이에 웅크려 도로 구슬 같은 모양이 되었다.

'소설에 나온 그대로네.'

아리아드네는 만족스럽게 웃었다.

이카로스는 엄밀히 말하면 아이템이 아니다. 어느 미친 마법사가 원래 엘리시움에 살던 괴물과 마계의 마물을 융합해서 구슬에 욱여넣은 기묘한 물건이었다. 생물도 무생물도 아닌 것. 만든 마법사 본인도 이것이 뭔지 몰랐다. 그자는 이카로스 근처에서 바람 마법을 쓰다가 잡아먹혀 죽었다고 한다.

'원작에선 주인공이 토벌에 데려간 적 있는 다른 마법사가 용도를 알아내서 쓰던 건데.'

그 마법사는 이걸 가방으로 가공해서 안에 정령석을 잔뜩 담은 다음, 비행 아이템으로 잘 써먹었다. 마법사의 최대 단점인 기동력을 보완해 주는 훌륭한 아이템이었다.

아리아드네는 소설과 똑같이 이걸 가공해 에리히에게 줄 작정이었다. 그러나 문득 그가 했던 말이 떠올랐다.

"내가, 부족하기 때문에?"

그녀는 심란한 표정으로 이카로스를 내려다보았다. 이걸 아이템으로 만들어서 주면 에리히의 자존심을 더 상하게 만드는 것 아닐까.

'실력 부족한 거 맞으니까 이 아이템 쓰라고 하는 것 같잖아.'

에리히는 무영창 마법에 감탄하는 아리아드네에게 아직 멀었다는 말만 남기고 줄곧 틀어박혀 있다. 아리아드네는 그때 잠시 머뭇거렸던 것을 못내 후회했다. 괜히 에리히의 자신감만 깎아 먹은 꼴이 되어 버려서.

'그렇다고 오라버니가 얼버무려 넘긴 문제를 내가 꺼내서 사과하면 더 자존심 상해할 거고.'

어떻게 하면 에리히가 자신감을 되찾을까.

악셀을 이기는 게 정답이겠지만 솔직히 그건 불가능한 일이었다. 그렇다고 알아서 하라고 내버려 두기도 싫었다. 다른 사람도 아니고 친오빠나 다름없을 정도로 가까운 에리히인데.

'루드빅이나 베로니카에겐 성장할 방법을 줘 놓고, 에리히 오라버니한텐 아무것도 못 해 주고 있는 것도 신경 쓰이고······.'

아리아드네는 대미궁 토벌까지 남은 시간을 가늠해 보았다. 아직 여유가 있다. 망설이며 상자를 매만지다가 결국 그걸 들고 자리에서 일어났다.

'그 마법사보다 에리히 오라버니가 훨씬 더 똑똑한데, 그자가 알아낸 이카로스 사용법을 오라버니가 못 알아낼 리가 없어.'

누군가가 다 차려서 떠먹여 주는 것만 받다 보면 실력이 늘기도 어렵고 자신감도 잘 생기지 않는다. 스스로 발전하는 경험이 자신감을 되찾는 데에 도움이 될 것이다. 아리아드네는 일단 그렇게 판단을 내렸다.

'이걸 힌트로 주는 거야. 오라버니를 믿고 맡겨 보자.'

그녀는 곧장 에리히의 방으로 가서 문을 두드렸다. 방은 비어 있었다.

'또 연구실에 있나 보네.'

지하 연구실로 내려가 보니 불빛이 문틈으로 새어 나왔다. 그녀는 상자를 들고 노크했다.

"오라버니."

"어, 해골. 문은 열어도 되는데 위험하니까 들어오진 마."

문을 열자 연구실 바닥을 가득 채우고 있는 마법진이 보였다. 에리히는 심각한 얼굴로 쭈그려 앉아 마법진을 들여다보고 있었다.

"그 해야 할 연구란 건 언제 끝나요?"

"왜? 토벌 계획 잡았어?"

"아뇨, 아직이요. 루드빅도 니카도 안 돌아왔잖아요."

"그럼 괜찮잖아. 이건 지금 해 둬야 해."

"무슨 연구인진 계속 안 가르쳐 줄 거예요?"

"나중에 성공하면 가르쳐 줄게."

에리히가 어깨를 으쓱이며 대답했다. 시선은 여전히 마법진에 가 있었다. 요즘 계속 저 상태다. 식사도 제대로 안 하는 것 같은데.

아리아드네는 살짝 한숨을 내쉬고 상자를 문가에 내려놓았다.

"이거, 선물이에요."

에리히가 비로소 마법진에서 눈을 떼고 그녀를 돌아보았다.

"응? 뭔 선물?"

"도움이 될 것 같아서 구한 물건인데 어떻게 써먹어야 할지 잘 모르겠거든요. 그냥 오라버니 가지세요."

"우리 해골이 모르는 것도 있었어?"

"당연히 있죠."

그녀는 간단히 이카로스에 대해 설명했다. 유래와, 바람 속성 정령석이나 마법에 반응한다는 것까지만. 제작자를 잡아먹은 물건이란 소리를 들으면 보통 꺼림칙하게 여길 텐데 에리히의 눈은 호기심으로 반짝거렸다. 역시 천생 마법사였다.

"이걸로 실험 좀 해 봐도 되냐? 안 망가지게 조심할게!"

"오라버니 선물이라니까요. 마음대로 하세요."

에리히가 희희낙락하며 상자를 집어 들었다. 새 장난감을 받은 꼬맹이 같은 모습이었다. 아리아드네는 그 모습을 보고 조금 안심했다. 가공하지 않고 바로 주길 잘했다는 생각이 들었다.

'힘내요, 오라버니. 오라버니는 진짜로 이 대륙 최고의 천재 마법사라고요. 누가 뭐라든 오라버니를 대체할 사람은 없어요.'

대놓고 하기엔 쑥스러운 말이었다. 그녀는 그런 응원 대신 에둘러 말했다.

"너무 무리하진 말아요. 오라버니가 드러눕기라도 하면 토벌 일정에 지장이 가니까."

이카로스를 들여다보고 있던 에리히가 고개를 들었다. 그는 제 시선을 슬쩍 피하는 아리아드네를 물끄러미 보다가 의뭉스럽게 웃었다.

"우리 해골은 대체로 뭔 생각을 하고 사는지 모르겠는데, 가끔가다 속이 빤히 보일 때가 있어."

"무슨 뜻이에요?"

"귀여워 죽겠다고."

킬킬 웃은 그가 상자를 들어 보였다.

"선물 고맙다. 이걸로 나중에 끝내주는 거 보여줄게."

바로 그 다음 날에 베로니카가 돌아왔다. 새카만 철마를 타고 긴 검은 머리카락을 휘날리며. 아리아드네는 만사 제쳐 놓고 그녀를 맞이했다.

"다치지는 않았어? 아픈 곳은?"

"그다지요. 아프지도 않아요."

"고생 많았어. 일단 좀 쉴래?"

"아뇨. 결과부터…… 보여 드리고 싶어요."

특유의 느릿한 말투로 대답한 베로니카가 팔을 뻗었다. 그녀에게서 엷은 보랏빛이 도는 투명한 물거품이 퐁퐁 솟아났다. 베로니카의 팔을 휘감듯이 한 바퀴 돈 물거품들이 그녀의 손바닥 위에 모여들며 작은 형상을 이루었다.

앙증맞은 해파리 모양 정령수였다. 해파리가 은은하게 반짝이며 베로니카의 손 위에서 인사하듯이 빙글 돌았다. 그 서슬에 해파리 주위를 휘감은 작은 물거품들이 레이스처럼 휘날렸다.

"와……."

아리아드네는 감탄하며 저도 모르게 손을 내밀었다.

"안 돼요, 아가씨."

베로니카가 아리아드네의 손이 닿기 전에 얼른 정령수를 뒤로 뺐다.

"잊으셨어요? 이 애…… 독 덩어리잖아요. 맨손으로 만지시면……
위험해요."

"아, 그랬지, 참."

그녀가 골라서 베로니카에게 추천한 정령수였지만 실물을 보는 건
처음이었다. 해파리라는 묘사를 보고 연상했던 것보다 훨씬 예뻐서
홀릴 뻔했다.

"얘 이름은 붙였어? 이름 없는 정령수잖아."

"물거품…… 이요."

"으음, 니카다운 작명이네."

어쩌다 보니 베로니카는 죄다 이름 없는 정령수와 계약하게 되었는
데, 그녀는 그 정령수들에게 하나같이 직관적인 이름을 붙였다. 금속
말은 철마, 그림자로 이루어진 나비는 그림자나비, 이번에는 물거품
해파리라고 물거품.

"어쨌든 세 번째 정령수를 무사히 얻었구나. 축하해, 니카."

아리아드네가 미소 지었다. 베로니카가 마주 웃으며 답했다.

"다, 아가씨 덕분이에요."

"난 힌트를 줬을 뿐이야. 해낸 건 너지."

"아가씨가 아니었으면, 정령수 여럿과 계약하는 거…… 시도는커녕,
발상도 못 해 봤을 텐데요."

"그게 가르쳐 준다고 아무나 할 수 있는 일일 것 같아? 니카라서 가

능했던 거야."

아리아드네는 고개를 내저었다.

대부분의 정령 기사가 정령수 하나와만 계약하는 이유는 간단했다. 그 이상은 몸이 견디지 못하기 때문이다. 물론 간혹 천부적으로, 혹은 훈련을 통해 정령수 하나를 받아들이고도 여유가 남는 경우가 있다. 그런 이들조차 두 번째 정령수를 얻는 일이 드문 건 대개 궁합 때문이었다.

정령 기사와 정령수의 궁합, 그리고 기존 정령수와 새로운 정령수의 궁합이 맞지 않으면 심각한 부작용이 생긴다.

아리아드네가 베로니카나 루드빅에게 도움을 준 건 주로 그 궁합의 문제였다. 어떤 정령수가 그들과 그들이 이미 가지고 있는 정령수들과 잘 어울리는지 파이의 도움을 받아 찾아 주는 것이다. 그 외에 정령수를 받아들일 수 있는 그릇을 획기적으로 늘릴 수 있는 기연도 각자 한 번씩은 겪게 해 주긴 했다.

하지만 그런 것들을 다 가르쳐 준다고 해서 아무나 이렇게까지 해낼 수 있는 건 절대 아니다.

'베로니카니까 이렇게 쉽게 해내는 거지. 진짜 대단해.'

이제 소설 속에서 주인공이 대미궁에 데려갔던 정령 기사들과도 비교가 안 된다. 아리아드네는 흐뭇한 기색을 숨기지 않았다. 베로니카는 흐음, 하고 턱을 괴더니 그런 그녀를 빤히 바라보았다.

"아가씨는…… 제가 잘 해내고 있다고, 생각하시나요……?"

"당연하지. 그럼 아니야? 이번에도 이렇게 빨리 성공해서 돌아왔는데. 정말 잘하고 있어, 니카."

"진심이세요……?"

"내가 뭐 하러 이런 걸로 거짓말을 해?"

"저희 자존심이나…… 의욕을 위해? 거의 화 안 내시잖아요, 아가씨는."

"화낼 필요가 없으니 안 내는 거야. 내야 할 땐 내."

베로니카가 미간을 모은 채 덧붙였다.

"아가씨는…… 물러요."

"내가?"

"특히…… 아가씨가 책임져야 한다고 생각하는…… 그런 사람들한 테는, 정말 너무, 물러요."

"글쎄, 내가 정말 무른 사람이면 정령수 둘로도 만족 못 해서 세 번째를 얻어 오라고 시키진 않겠지."

"아가씨는 저번에…… 저희가 모두 그 애한테 당했을 때, 저희에게…… 화를 냈어야 해요."

"그게 왜 너희에게 화낼 일이야? 악셀 그놈한테 화를 내야지."

"이거 봐요."

베로니카가 물거품을 거두며 느릿한 한숨을 내쉬었다.

"아가씨는…… 우리가 그 애 하나에게 전부 제압당했는데도, 실망스러워하지도 않고…… 그럴 수도 있다고, 여기신 거죠."

아리아드네로선 당연한 일이었다. 악셀 발렌타인은 먼치킨 주인공이니까. 다른 사람들과는 출발선부터 다르다. 악셀과 다른 이들을 동등한 선에서 비교하는 건 일종의 차별이었다.

그녀의 표정을 본 베로니카가 눈썹을 늘어뜨렸다.

"그건, 너무해요."

"응?"

"기대를, 안 하셨다는 뜻이잖아요. 우리에게……. 제게."

"……!"

"기대를 안 하시니까, 실패해도 화를 내지 않고…… 좀 부족해도 잘하고 있다고만 하시는 거잖아요……."

아리아드네는 뒤통수를 한 대 맞은 듯한 기분이 되었다.

"그건 너무해요. 차라리 모자라다고, 더 잘하라고…… 다그쳐 주세요. 제게 더 기대해 주셨으면 좋겠어요. 더 노력할 테니까……."

무릎 위로 가지런히 모아 놓은 베로니카의 양손이 떨렸다.

"정말 제가 잘하고 있는 건가요……? 그 애한테…… 그렇게 일방적으로 당했는데도요?"

눈을 내리깔고 중얼거리던 그녀가 고개를 들었다. 까만 눈동자가 밤의 유리창처럼 아리아드네의 모습을 비춰 냈다. 베로니카가 드물게 또박또박한 발음으로 물었다.

"아가씨께서는, 정말로 지금의 제 실력에 만족하시나요?"

그 얼굴 위에 자기가 부족해서 그러냐고 묻던 에리히의 얼굴이 겹쳐진다. 아리아드네는 잠시 입을 다물었다가, 천천히, 분명하게 대답했다.

"아니, 만족하지 않아."

"역시……."

"하지만 니카가 잘하고 있다는 말은 빈말이 아니야. 기대하고 있으니까 만족하지 못하는 거고."

입을 다문 베로니카가 물끄러미 그녀를 바라보았다. 납득이 가지 않는다는 듯한 얼굴이다. 아리아드네는 옅은 한숨을 내쉬었다.

"기대를 안 하면 내가 어떻게 너한테 대미궁을 같이 토벌하러 가자는 미친 소리를 할 수 있겠어? 지금까지 아무도 살아 돌아온 적이 없는 곳인데."

"그건 아가씨가 너무 대단하시니까……."

"나는 신이 아니야, 니카. 완벽하지도 않고 못하는 것도 많아."

베로니카가 입술을 약간 내밀었다. 저건 우리 아가씨가 그럴 리가 없어요. 아가씨는 완벽한데! 라는 표정이다. 아리아드네는 조금 웃고는 차분히 말을 이었다.

"내가 만족하지 않는 건 다들 더 강해질 수 있다는 걸 알기 때문이야. 화를 내지 않는 건 다들 노력하고 있다는 걸 알기 때문이고."

"……."

"정말 부족하다고 판단했으면 난 이미 다른 사람들을 모아서 새로운 토벌대를 꾸렸을 거야. 그러기 위한 후보 목록도 있었고."

그 말에 베로니카가 움찔 놀랐다.

"니카, 있었다, 는 거지, 내가 그 목록을 쓸 일은 이제 없어. 우리 토벌대가 될 사람은 다 모였거든."

아리아드네는 고개를 젓고는 베로니카의 손 위에 제 손을 가만 얹었다.

"각자 실력을 가다듬고 서로 손발을 맞추는 일만 남았지. 어떻게 할지는 늘 생각하고 있어. 내가 모두를 모았으니까 그런 걸 구상하는 건 내 책임이잖아."

"……."

"니카, 내 판단을 믿어?"

"믿어요. 언제나."

베로니카가 고민조차 하지 않고 즉답했다. 아리아드네가 미소 지었다.

"내 판단을 믿는다면 내가 잘하고 있다고 판단하는 것도 믿어 줘."

"······!"

"초조해하지 않아도 돼, 니카. 불안해하지도 말고. 니카는 굉장히 잘하고 있으니까."

"······."

베로니카의 눈동자가 떨렸다. 그녀는 몇 차례 눈을 깜박이더니, 한숨인지 감탄인지 모를 숨을 토해 냈다.

"아가씨는······."

"응."

"······겨우 열여덟 살이신데······ 저보다 한참 어른 같아요."

"으음, 진짜로 한참 어른일 수도 있지."

아리아드네는 장난스럽게 대답했다. 전생의 나이까지 친다면 한참 어른이 맞다. 베로니카는 농담으로 들었는지 쿡쿡 웃고는 아 참, 하며 말을 꺼냈다.

"그러고 보니 토벌대가 될 사람이······ 다 모였다고요? 새로운 신관, 정하신 거예요?"

"아, 그게."

아리아드네는 베로니카가 어떻게 반응할지 짐작이 되지 않았다. 보통 베로니카는 아리아드네가 판단하는 것을 그대로 수용하는데, 이건 하필 이번에 베로니카를 심란하게 만든 그 악셀 문제라.

그녀는 고심하며 대답했다.

"신관은 전에 말한 뤼르 이나민으로 정해졌고, 그 외에 정령 기사가 하나 늘었어."

"정령 기사요? 어떤 사람인데요?"

"그, 음⋯⋯."

아리아드네가 최대한 부드럽게 설명하려고 말을 고르는 사이 그들이 있는 응접실에 노크 소리가 들려왔다.

"악셀 발렌타인입니다. 들어가도 되겠습니까?"

그녀는 생각했다. 타이밍 한번 끝내주네. 이것도 주인공이라 그런 거니?

베로니카가 고개를 갸우뚱 기울였다.

"⋯⋯아가씨, 저 애가 왜 여기에 있나요?"

"그, 내가 토벌대에 받아들인 새로운 정령 기사가 쟤거든."

아리아드네는 어색하게 웃으며 말한 뒤 얼른 덧붙였다.

"지난번 일은 확실히 사과하고 수습하겠다는 약속을 받았어. 물론 그 사과를 받아 줄지 말지는 니카의 자유고."

베로니카는 눈만 깜박였다. 아리아드네가 그녀의 안색을 살피는 동안 악셀이 재차 노크하고는 초조한 어조로 그녀를 불렀다.

"아리아?"

"⋯⋯들어와, 악셀."

악셀이 곧바로 문을 열고 들어왔다. 그는 베로니카 쪽에는 눈길도 주지 않고 아리아드네에게 성큼성큼 다가와선 화려한 카드를 내밀었다.

"당신에게 이런 것이 왔습니다."

"응?"

카드에는 황금 장미가 장식되어 있었다. 장미에 달린 작은 다이아몬드는 꽃잎에 맺힌 이슬을 표현한 듯했다.

'뭐야, 이 호화찬란한 카드는⋯⋯. 아.'

내용은 짧고 간결했다.

-아리아드네 엘디어 공께, 혼인을 전제로 한 만남을 청합니다. 허락해 주신다면 곧바로 가문의 자제가 방문하겠습니다.

뻔한 청혼서였다. 아리아드네는 작위를 계승한 뒤로 지금까지 이런 걸 수십 통은 받았다.

전령의 실종이 잦고 전문 길드를 통한 우편은 비싸고 느리다는 것을 고려하면 보내진 청혼서가 전부 도착하진 않았을 텐데도 그랬다.

갓 성년이 된 미혼의 공작. 어마어마한 부자에 탁월한 정령사이며 외모까지 눈부시게 아름답다. 결혼 시장을 뒤흔들다 못해 아예 뒤집어 놓을 만한 조건이었다.

거짓말 좀 보태서 국내외 결혼 적령기 귀족 남성들은 몽땅 그녀에게 청혼서를 보내고 있었다.

대놓고 청혼하진 않아도 은근히 떠보는 곳들도 많았다. 아리아드네가 사교계에 자주 모습을 보였다면 귀족 남성들의 경쟁이 눈에 보일 정도로 치열하고 격렬해졌을 것이다.

그러나 그녀가 파티장이 아니라 전장에 주로 출몰하고 초대는 대부분 바쁘다는 핑계로 거절하니, 어쩔 수 없이 편지나 방문 요청만 줄기차게 쏟아지는 중이었다.

그녀는 큰 감흥 없이 카드를 읽고 나서 고개를 들었다.

"이게 왜?"

악셀은 순간 말문이 막힌 듯했다. 아리아드네는 카드에 달린 황금 장미를 만져 보았다.

'이거 진짜 순금이랑 다이아몬드인가? 이 장식 때문에 봉투에 안 넣고 보냈나 보네.'

아무래도 청혼서가 쏟아진다는 소문을 듣고 조금이라도 더 관심을 끌려고 이런 사치스러운 장식을 한 모양이었다.

가문 이름을 보니 다이아몬드 광산으로 유명한 곳이다. 그녀 또래의 아들이 둘인가 셋인가 있을 텐데 그중 누가 상대인지도 써 두지도 않은 걸 보니 아무나 원하는 놈 고르란 소린 듯하고.

짧은 흥미는 거기까지였다. 그녀는 카드를 테이블에 대충 내려놓았다.

'이자벨한테 알아서 거절 답장 보내라고 해야겠다.'

다른 모든 청혼서와 같은 결말이었다. 멀거니 그녀를 내려다보던 악셀이 물었다.

"결혼할 겁니까?"

"하긴 해야지."

"예?"

"지금 당장은 말고. 엘디어의 가주가 결혼을 안 할 수는 없잖아. 언젠가는 할 거야."

아리아드네가 어깨를 으쓱하고는 덧붙였다.

"아마 대미궁 다녀오면 하겠지?"

"……!"

악셀은 상당히 큰 충격을 받았다.

그는 지금까지 아리아드네와 결혼이라는 단어를 연관 지어 본 적이 없었다. 더 자세히 말하자면 아드리안이 결혼할 수도 있다는 발상을 해 본 적이 없다.

그녀가 누군가와 결혼하여 함께 살 수도 있다고? 앞으로 어떤 빌어먹을 새끼가 감히 그녀의 곁에 들러붙어 살게 될 거라고? 무슨 자격으로? 그러면, 아리아드네가 결혼하면, 그놈이 그녀에게 가장 특별한 존재가 되는 건가?

머릿속에서 풍랑이 일었다. 이게 무슨 감정인지 잘 모르겠지만 일단 어떤 새끼일지 모를 미래의 그 잡놈을 죽이고 싶어졌다. 그런 악셀의 심정을 알 리 없는 아리아드네가 의아하게 물었다.

"왜 그래? 아, 그러고 보니 이걸 왜 네가 가져왔어? 로이는 뭘 하고? 이자벨은?"

로이는 공작성의 우편물 담당 하인이었다. 이런 청혼서는 로이가 분류해서 아리아드네의 대외적 비서인 이자벨에게 보내고 이자벨이 정리한 뒤에 그녀에게 보고하는 게 정상이었다.

악셀은 요동치는 마음을 가라앉히며 대꾸했다.

"당신의 비서가 들고 가는 것을 우연히 봤습니다."

"이자벨이 나한테 온 편지를 함부로 내줄 사람이 아닌데. 악셀, 너 이자벨한테서 이거 억지로 빼앗았지?"

"……."

그가 입을 다물고 시선을 피했다. 아리아드네의 눈이 가늘어졌다.

"악셀?"

"……죄송합니다."

"나한테 사과할 게 아니라 가서 이자벨한테 사과해."

아리아드네는 이마를 짚고 한숨을 쉰 다음 아차 하고 덧붙였다.

"이자벨한테 나중에 물어볼 거니까 무례하게 굴지 말고."

"예."

"일 저지른 다음에 사과하는 것도 그만하자. 그러면 안 되는 거 이제 알잖아, 응?"

"예, 주의하겠습니다."

악셀이 얌전히 대꾸했다. 검은 머리에, 온통 새카만 옷차림에, 불길한 새빨간 눈을 가진, 제 외양만큼 포악한 기운을 풍기는 덩치 큰 남자가 제 반쪽도 안 될 아리아드네의 잔소리에 고분고분 수그린다.

그 촌극을 유심히 보고 있던 베로니카가 입을 열었다.

"아가씨."

"아, 니카. 미안, 정신이 없어서……."

"저 애가 그때 일…… 사과하고 수습할 거라고, 하셨죠?"

"그럴 거지, 악셀?"

아리아드네가 그를 돌아보며 되물었다. 제발 잘 좀 하자는 걱정이 섞인 눈빛이었다. 악셀은 그런 그녀의 시선이 묘하게 마음에 들었다. 걱정과 응원을 함께 받는 느낌이라서일까. 그는 베로니카에게 순순히 고개를 숙여 보였다.

"그날 습격한 것을 정식으로 사과하겠다. 원하는 대로 보상도 해 주지."

베로니카는 멀뚱히 그런 그를 보다가 대답했다.

"그럼, 욕 좀 할게."

"……?"

악셀은 순간 그녀의 말을 이해하지 못했다. 아리아드네도 마찬가지였다. 베로니카는 태연히 입을 열었다.

"멍청이."

"……."

"얼뜨기."

"……."

"폭력적이고…… 성급해. 방법이, 세련되지 못해. 힘만 세다고…… 다가 아니야. 그건 떼쓰는 어린애 수준…… 이잖아."

악셀의 미간에 주름이 생겼다. 베로니카는 한참 남았다는 듯 턱을 치켜들었다.

"천지 분간 못 하고 날뛰기만 하면…… 아무리 강해도, 사고뭉치 골 칫거리에 불과해."

"……."

"골칫거리."

그녀가 한 번 더 강조했다. 악셀의 미간이 좀 더 구겨졌다. 가만 서 있어도 위협적인 장신인 그가 인상을 쓰니 꽤나 험악했지만 베로니카 는 아랑곳하지 않았다. 이번엔 아예 악셀을 손가락으로 가리키며 말 했다.

"사고뭉치 골칫거리."

"……."

"아가씨한테 잘 보이고 싶었으면…… 깽판을 치는 게 아니라 합리 적인 제안을, 했어야지. 이 골칫거리야."

"……."

"그런 제안이 안 떠오르면, 한껏 약하고 불쌍한 척이라도 해 보든 가……. 아가씨는 그런 거에 약하니까."

"니, 니카?"

넋 놓고 보고 있던 아리아드네가 당황했다. 악셀은 솔깃한 듯 반문 했다.

"그녀가 무엇에 약하다고?"

"아가씨께 다 들었어……. 만약 네가 아가씨한테, 그렇게 날 두고 가는 건 너무했다고…… 상처받았다고 울면서, 매달렸으면……."

"뭐? 왜 그런 한심한 짓을……."

"그랬으면, 아가씨는 어쩔 줄 몰라서…… 계속 미안해하면서, 너한 테 잘해 줬을걸."

악셀이 벼락 맞은 듯한 얼굴을 했다. 아리아드네는 얼이 빠져서 입을 벌렸다. 듣고 보니까 진짜 자기가 그랬을 것 같아서.

"실제로 아가씨가 너한테…… 미안해할 건, 거의 없는데도 말이야. 아가씨가 네게 베푼 게 얼마나 많은데…… 너, 배은망덕해."

두 사람을 동시에 충격에 빠뜨려 놓고 베로니카는 아주 후련한 얼굴로 식은 차를 벌컥벌컥 들이켰다. 오랜만에 말을 많이 해서 목이 타는 모양이었다. 찻잔을 한 번에 비운 그녀는 손등으로 입가를 슥 닦고 자리에서 일어섰다.

"이제, 나가자."

그녀가 한 손으로 검집을 쥔 채 악셀에게 턱짓했다. 악셀이 영문을 모르겠다는 표정을 짓자 그녀가 귀찮다는 듯 찡그리고 툭 말했다.

"한 판 붙자고."

"……?"

"보상하겠다며. 대련하자. 그게 너한테…… 내가 받고 싶은, 보상이야."

"대련? 너와 내 격차로는 제대로 된 대련이……."

반사적으로 대꾸하던 악셀이 말끝을 흐리며 아리아드네의 눈치를 보았다. 베로니카는 그게 뭔 상관이냐는 얼굴로 악셀을 쳐다보왔다.

"그냥 나와. 대련이 마음에 들면…… 그때 일, 용서해 줄게."

악셀은 뭐 이런 게 다 있냐는 표정을 짓고는 아리아드네를 돌아보았다. 저 이상한 여자를 좀 말려 달라는 듯한 시선이었다. 아리아드네는 환한 미소를 돌려주었다.

"잘됐네, 악셀. 용서받을 기회야."

"아리아? 진심입니까?"

"응, 잘 하고 와."

그녀는 손까지 살래살래 흔들었다. 악셀은 제 머리를 거칠게 쓸어 넘기더니 베로니카를 노려보았다.

"미리 말해 두지만 나는 지도 대련 같은 건 못 한다."

"누가…… 그런 거 해 달랬어?"

"대련에서 이겨야지만 사과를 받아 줄 건가?"

"그런 조건은, 말 안 했는데."

"져 달라는 것도 아니면, 대체 뭘 원하는 거지?"

"그냥 한 판 붙자니까……."

어깨를 으쓱한 베로니카가 돌아서며 덧붙였다.

"안 그렇게 생겨서 말 참 많네."

"……."

울컥한 악셀이 검을 움켜쥐고 일어섰다. 베로니카가 문고리를 잡으며 아리아드네에게 인사했다.

"아가씨, 다녀올게요."

그녀에겐 평소의 나른함 대신 전투 직전의 흥분이 맴돌았다. 아리아드네는 웃으며 배웅했다.

"그래. 막 돌아와서 피곤할 텐데 너무 무리하진 말고."

"네!"

경쾌하게 대답한 베로니카가 밖으로 나갔다. 악셀이 내키지 않는 걸음으로 그런 그녀를 뒤따라갔다.

아리아드네는 위층의 집무실로 향했다. 창밖으로 훈련장이 내려다 보이는 곳이었다. 창가에서 내다보니 악셀과 베로니카가 떨어져 서서 각자 검을 꺼내 드는 것이 보였다.

베로니카와의 대련은 그녀 주위의 모든 정령 기사가 기피하는 일이었다. 토벌에서 같이 손발을 맞추는 루드빅마저도 말이다.

베로니카는 검을 뽑으면 인상이 확 바뀌는데, 대련이건 실전이건 완전히 몰입해서 잘 멈추질 못했다. 자기 피건 남의 피건 피를 보고서야 정신을 차리고 멈추는 게 대부분이라고.

고아가 된 베로니카를 주워다 제자로 삼았던 백작 부인의 말에 의하면 처음엔 백작 부인 본인 말고는 아무하고도 대련을 못 했단다. 상대가 누구든 일단 죽일 기세로 달려드는 터라 베로니카보다 약한 사람이면 크게 다칠 수도 있어서 그랬다나.

'몰살된 마을의 유일한 생존자로서 남은 후유증이겠지…….'

아리아드네는 안타까운 기분으로 베로니카를 바라보다가 조금 웃고 말았다. 멀리서 봐도 그녀가 들뜬 것이 확연히 느껴졌기 때문이다.

'악셀이라면 베로니카가 정말 죽일 작정으로 검을 휘둘러 대도 안 다칠 테니까.'

베로니카 입장에서 악셀은 마음껏 날뛰어도 되는 훌륭한 샌드백인 셈이다. 대련의 승패는 크게 중요하지 않다. 지든 말든 베로니카는 지칠 때까지 계속할 테니까.

베로니카에게서 철마가 튀어나왔다. 악셀은 아름드리를 꺼내 올라 탔다. 곧 폭탄이 터지는 것 같은 소리가 연달아 들려오기 시작했다.

'악셀이 니카하고는 의외로 잘 지내겠네. 잘됐어.'

악셀 본인은 별로 동의하지 않을 듯한 생각이었지만 아리아드네로 선 흐뭇하기만 했다.

루드빅이 엘디어로 돌아온 건 그로부터 며칠이 지난 뒤였다.

그는 이른 새벽에 성의 후원에 착륙했다. 경비병들은 물로 이루어 진 드래곤과 그 위에 탄 붉은 눈의 남자를 확인하고 경보 대신 경례 를 올렸다.

루드빅은 후원에 내린 뒤 용오름을 작게 줄여 어깨에 얹었다. 붉은 눈으로 사람들 사이에서 살아온 그는 정령수를 꺼내 놓고 다니는 것 이 습관이 되어 버렸다. 그러지 않으면 마주치는 사람마다 불안해하 거나 대놓고 면박을 주는 꼴을 봐야 하니까.

그는 우선 북쪽 탑의 제 방에 짐을 풀어 놓았다.

'이젠 이 방이 더 집 같군.'

루드빅은 아리아드네의 영웅이 되겠냐는 제안을 받아들인 뒤부터 거의 집에 돌아가질 않았다.

왕세자의 목숨을 구한 공로로 받았던 작위에 영지가 딸려 있지 않 았던 터라 그의 집은 그냥 수도에 있는 저택이었다. 태어나자마자 버려 진 왕족이니 그에게는 가족도 없고 기다리는 사람도 없었다. 아무도 없는 빈집에 그다지 돌아가고 싶지 않았다.

짐 정리를 하는 사이 하늘에 여명이 번졌다. 루드빅은 시간을 가늠했다.

'아침 식사 시간 전에 간단한 디저트 정도는 만들 수 있겠는데.'

간식거리와 함께 돌아왔다는 인사를 하면 좋을 듯했다. 루드빅은 콧노래를 흥얼거리며 주방으로 향했다.

사람들이 생활하는 공간에서 화재에 대한 대비가 가장 잘 되어 있는 곳은 주방이다. 그래서 정령 기사가 되기 전의 어린 루드빅은 부엌에서 자랐다.

듀리도트 왕가에서는 루드빅을 거의 대놓고 버렸다. 왕실은 루드빅이 4살 때 화재로 왕자가 불타 죽었다고 공표했다.

같은 시기, 저주받은 땅과 가까운 요새에 4살짜리 붉은 눈의 어린애가 고아랍시고 내버려졌다. 누가 봐도 그 왕자라는 게 뻔했다. 늘 마물과의 전쟁을 치르고 있는 요새니 거기서 죽으라고 보낸 거였다.

요새를 지키던 자작은 처음에는 루드빅을 가엾게 여겨서 제 아내에게 맡겼다. 그러나 집에서 불이 나서 아내가 화상을 입자 더는 루드빅을 가엾게 여기지도 왕자로 대우해 주지도 않았다.

자작은 처치 곤란해진 루드빅을 요새의 주방 중 화재 방비가 제일 잘된 곳에 처박았다. 정령 기사, 신관, 마법사 등등의 고위직을 위한 식사를 준비하는 주방이었다.

그렇게 루드빅은 15살에 용오름과 만나기 전까지 그 주방에서 부엌데기로 살았다. 천만다행으로 주방장이 관대하고 정이 많은 사람이어서 학대 같은 것은 없었다.

정령 기사가 되고 나서도 요리를 계속 익힌 건 취미였지만, 그전의 루드빅에게 요리란 일상이자 그가 할 수 있는 유일한 행동이었다.

'머랭 케이크로 할까. 공작님은 지나치게 단 건 안 좋아하시고, 소 백작과 베로니카 경은 달수록 더 좋아하니 두 종류를 만들어서…….'

메뉴를 구상하며 걸음을 옮기던 루드빅은 문득 이상함을 느꼈다. 북쪽 탑에 딸린 작은 주방은 거의 비어 있다. 탑에 머무는 사람이 토 벌대원뿐이라 몇 안 되는 데다 자리를 비울 때도 많아서 본성의 주방 에서 같이 식사를 준비하기 때문이다.

루드빅만이 취미 생활을 할 때 바쁜 본성의 주방을 방해하지 않으 려고 북쪽 탑의 주방을 썼다. 그가 아니면 사람이 있을 일이 없다는 뜻이다.

'왜 인기척이……?'

수상했다. 루드빅은 기척을 감추며 조심스럽게 접근했다. 그러나 주 방 안에 있던 사람이 보통이 아닌지 그의 접근을 빠르게 알아차리고 말았다.

문이 벌컥 열리며 곧바로 검이 날아왔다. 루드빅은 반사적으로 검 을 뽑아 막았다.

"……!"

맞닿은 상대의 검에 금빛 전류가 흐르고 있었다. 데자뷔가 느껴지 는 상황에 루드빅은 설마 하며 상대를 확인했다. 칼날 너머에서 그보 다 더 새빨간 눈동자가 보였다. 루드빅은 섬뜩한 기분으로 그자의 이 름을 읊었다.

"악셀 발렌타인?"

악셀 역시 그의 얼굴을 확인했다. 그는 쯧, 하고 혀를 차며 검을 거 두고 물러섰다.

"돌아왔나."

악셀이 그를 위아래로 훑어보더니 몸을 돌렸다. 루드빅은 주방으로 들어가는 그를 어안이 벙벙해져서 쳐다보았다.

'왜 저 녀석이 여기에?'

루드빅은 검을 여전히 든 채로 그를 뒤따라 주방으로 들어섰다. 악셀은 검을 든 그에게 등을 보이는 것에 신경 쓰지 않고 들여다보던 것에 집중하고 있었다. 오븐이었다.

'이 자식이 여기서 왜 오븐을 보고 있지?'

루드빅은 점점 더 의문이 커졌다. 악셀은 뒤에 루드빅이 있다는 것조차 반쯤 잊은 듯했다. 그는 오븐 속을 뚫어져라 보다가 대뜸 손을 집어넣었다. 루드빅이 기겁했다.

"미친……!"

"온도는 맞는 것 같은데."

악셀은 돌아보지도 않고 혼잣말을 하더니 맨손으로 그릇을 꺼냈다.

'아, 저 자식도 붉은 눈이었지, 참.'

루드빅은 뒤늦게 그 사실을 떠올리고 진정했다. 그러는 사이 악셀은 그릇 속을 심각하게 살펴보고 있었다. 루드빅은 대체 저놈이 여기서 뭘 하나 싶어 슬그머니 검을 내리고 다가가 들여다보았다. 그릇 안에는 정체불명의 시커먼 것들이 가득했다.

"뭐지, 숯인가?"

반사적으로 튀어나온 말에 악셀이 홱 돌아보았다. 살기 어린 눈빛에 루드빅은 저도 모르게 움찔했다.

"아니, 그…… 네가 왜 여기에 있나?"

대답 대신 악셀의 뒤에서 불꽃으로 이루어진 늑대의 꼬리가 툭 튀어나왔다. 겁화의 일부였다.

'공격인가?'

루드빅은 놀라 떨어지며 검을 쥐었다. 악셀은 묵묵히 시커먼 그 덩어리들을 겁화의 꼬리 속에 털어 넣었다. 늑대 꼬리에서 불길이 확 치솟았다가 가라앉았다.

겁화를 집어넣고 빈 그릇을 치운 뒤에야 그가 루드빅을 향해 돌아섰다.

"나는."

한마디 내뱉어 놓고는 미간을 구긴 채 한동안 말이 없다. 루드빅은 악셀의 등 뒤로 보이는 주방이 아주 엉망진창이라는 것을 그제야 깨달았다. 납작 으스러진 달걀 더미, 사방에 날린 밀가루, 녹아 버린 버터 자국, 새카맣게 탄 설탕……

'뭘 어떻게 하면 이렇게까지 엉망이 되지?'

충격적인 난장판에 루드빅이 얼이 빠져 있는데 악셀이 깊은 한숨을 내쉬고 고개를 숙여 보였다.

"그땐 실수했다. 미안하다."

"……?"

빠르게 고개를 든 그가 사무적으로 물었다.

"보상으로는 뭘 원하나?"

"뭔 소리를 하는 건지 모르겠군. 여기 있는 이유나 말해라. 대답 여하에 따라 공격하겠다."

루드빅이 검을 고쳐 쥐며 그를 노려보았다. 악셀은 미간을 구긴 채 대답했다.

"대미궁 토벌에 참여해도 된다는 허락을 받았다."

"뭐라고?"

루드빅은 귀를 의심했다. 자신이 세 번째 정령수를 얻는 사이 대체 무슨 일이 있었던 거지?

"공작님은 분명 너보다 내가 더 적합하다고 했는데, 어째서?"

루드빅의 반문에 악셀의 눈이 이글거렸다. 그는 살기 어린 투로 되물었다.

"네놈이 나보다 적합하다고?"

"당연한 것 아닌가? 공작님의 토벌대에 너처럼 제멋대로인 놈은 필요 없어. 그분께선 네가 아닌 나를 선택하셨다."

루드빅이 비웃음을 띠며 말했다. 악셀의 몸에서 불길이 일렁거렸다. 격해진 감정에 반응해 새어 나온 정령의 힘이었다. 그러자 루드빅의 어깨에 앉아 있던 용오름이 파도 소리 같은 울음소리를 내며 몸을 일으켰다.

루드빅은 악셀의 공격을 예상하고 맞받아칠 준비를 했다. 악셀은 그런 그를 무표정하게 바라보았다. 무언가 억눌러 참는 듯 턱에 바짝 힘이 들어가 있었다.

공기가 팽팽해졌다.

'세 번째 정령수를 얻었는데도 저 자식 압박감이……'

맹수의 콧잔등을 발로 걷어찬 다음 반응을 기다리는 기분이었다. 루드빅의 등줄기로 식은땀이 흘렀다. 그러나 그의 긴장이 무색하게도 악셀에게서 새어 나왔던 불길은 폭발하는 대신 조용히 갈무리되었다.

"……그녀가 허락했으니 네 주장은 의미가 없다. 실수에 대한 보상으로 뭘 바라는지나 말해라."

악셀은 거칠게 말을 내뱉고는 조리대로 돌아갔다. 에리히 때와 비교하면 장족의 발전이었지만, 루드빅으로선 그런 사실을 알 길이 없었다. 그는 기가 차서 입을 열었다.

"보상? 누가 그런 것을 원한다고 했나? 네가 했던 짓은…… 너 뭐하냐?"

울컥해서 말을 쏟아 내던 루드빅은 무심코 묻고 말았다. 악셀이 하는 짓이 너무 이해가 안 갔기 때문이다. 악셀은 계란 노른자에 물을 섞더니 반죽에 통째로 붓고 있었다. 밀가루가 물 위에 둥둥 떴다.

그가 귀찮은 듯 대꾸했다.

"보면 모르나."

"모르겠으니 묻는 거 아냐. 지금 대체 뭐 하냐고."

"……파운드케이크를 만들고 있다."

"파, 뭐?"

루드빅은 황당한 심정으로 수프인지 반죽인지 모를 것을 휘젓는 악셀을 보았다. 저놈이 여기서 빵을 굽고 있는 것도 당황스러운데, 루드빅에게 그보다 더 당황스러운 건 저 반죽의 상태였다.

'저놈은 상식이라는 게 없나?'

악셀은 루드빅을 내버려 두고 요리를 계속했다. 도저히 눈 뜨고 봐줄 수가 없는 방식으로. 루드빅은 참지 못하고 끼어들었다.

"그거 그렇게 하면 망한다."

악셀이 멈칫했다. 그가 사납게 루드빅을 노려보았다.

"참견하지 마라."

"하."

루드빅은 코웃음을 치고 빈 조리대 쪽으로 향했다. 원래 머랭 케이크를 만들 생각이었지만 계획을 바꿨다.

그는 순식간에 반죽을 만들고 파운드케이크를 구웠다. 오븐에서 금세 맛있는 냄새가 퍼져 나왔다.

반면 악셀이 반죽을 집어넣은 오븐에서는 검은 연기가 뭉클뭉클 새어 나오고 있었다.

루드빅은 노릇한 파운드케이크를 꺼내 보란 듯이 내려놓았다.

"이게 파운드케이크란 거다."

그것을 물끄러미 보던 악셀은 제가 오븐에서 꺼낸 숯덩이를 겁화에게 땔감으로 던져 주며 중얼거렸다.

"……요리 따위는 아무 의미가 없다. 음식은 배를 채울 수만 있으면 그만이지."

"그래? 그럼 너는 왜 여기서 이러고 있지?"

"……."

악셀이 침묵했다. 루드빅은 헛웃음을 흘리고는 제가 쓴 조리 도구들을 정리했다. 악셀은 루드빅이 내려놓은 파운드케이크를 다시 바라보았다. 그린 듯이 완벽하고 먹음직스러운 모양이었다. 지난 한 달여간 자신은 계속 실패했었는데.

인정할 수밖에 없었다. 루드빅 블레이르는 요리를 잘한다. 악셀 발렌타인은 요리를 못한다.

악셀은 전투 외의 것에 가치를 둬 본 적이 거의 없다. 그의 인생이 전투의 연속이었기 때문이다.

그는 마물에게 양아버지를 잃었다. 약하고 힘이 없어서 아버지를 지키지 못했다. 이후에도 살아남기 위해서 그에게 가장 필요한 건 힘이었다. 기물 생활을 하는 내내 그에게 필요했던 것도 힘이었다. 기물은 전투 능력과 임무 수행 능력으로 평가받는 존재였으므로.

우 대륙에서도 그는 전투를 통해 인정받았고 작위까지 얻었다. 사람들은 그를 힘으로 평가했고 그에게서 힘만을 원했다.

그러나 그가 인정받고 싶은 사람인 아리아드네는 그에게 자꾸만 다른 것을 요구했다. 사람들과 잘 지내는 것이라든가, 타인에 대한 존중이라든가, 요리 같은 이상한 것들을.

아리아드네의 기준이 그렇다면 그는 그 기준에 맞춰야 한다. 악셀은 자신보다 약한 사람을 처음으로 인정하기로 했다.

그가 불쑥 말했다.

"루드빅 블레이르."

"……내 이름을 기억하고 있었군. 의외인데."

"요리를 배우고 싶다. 어떻게 하면 되지?"

"하?"

"대가를 말해라."

"요리를 배우고 싶다고? 나한테?"

악셀이 묵묵히 고개를 끄덕이고는 덧붙였다.

"내 실수에 대한 보상과 별개로 가르침에 대한 대가도 치르지. 뭘 원하나?"

비장한 어투였다. 루드빅은 그런 그를 황당하게 쳐다보았다. 자기가 인사도 없이 대뜸 공격했던 사람한테 이제 와선 요리를 가르쳐 달라고?

'이런…… 이렇게 괴상한 놈이었나?'

처음 봤을 때도 괴상하다고 생각했지만 지금은 그때와는 다른 방식의 괴상함이 느껴졌다.

"왜 요리를 배우고 싶어 하는 거지? 관심도 없으면서."

"아리아한테 필요하니까."

"공작님의 성함을 함부로 부르지 마라, 무례한 놈."

"그녀가 직접 부르라고 허락한 이름이다. 네가 뭐라 떠들든 상관없어."

악셀이 불쾌하다는 듯 인상을 썼다. 루드빅은 그럴 리 없다고 부정하려다가 아리아드네가 그에게도 이름으로 부르라고 몇 번이나 권했던 것을 떠올리고 멈칫했다.

"……공작님께서 정말 너를 받아들이신 건가?"

"그렇다고 하지 않았나. 의심스러우면 가서 직접 물어보도록."

루드빅은 자신이 눈앞의 남자를 대신해서 토벌대에 참여하게 된 것을 잘 알고 있었다.

'이자가 돌아왔다는 건 이제 토벌대에 내 자리가 없어진다는 뜻인가?'

그럴 수는 없었다. 루드빅은 주먹을 꽉 움켜쥐었다. 루드빅 블레이르는 아리아드네 엘디어의 남자가 되고 싶었다.

그녀에게 호감이 있기도 하지만 루드빅은 그녀의 남편이라는 지위 자체가 정말 탐났다. 그녀의 데뷔탕트 때 느꼈던 짜릿함을 잊을 수가 없었다. 아름다움과 신분만으로도 그렇게 강렬했는데 그녀는 그 정도로 그칠 사람이 아니었다.

루드빅이 보기에 아리아드네는 영웅이 되기 위해 태어난 사람이었다. 그녀는 어린 나이부터 충격적인 업적을 간단하게도 쌓아 나갔다. 그 모든 업적이 계단에 불과하다는 듯이. 그 계단은 결국 대미궁 토벌이라는 가장 위대한 업적에 닿을 것이다.

그녀의 이름이 드높아질수록 그녀의 옆에 설 남자에겐 엄청난 명예와 권력이 주어질 터다. 루드빅은 바로 그 자리를 원했다. 세계를 구하고 돌아온 영웅이 함께했던 동료와 결혼하는 건 정말이지 자연스럽고 완벽한 그림이지 않는가.

그 기회를 빼앗길 수는 없었다. 루드빅의 눈빛이 형형해졌다.

"공작님께서 네놈에게 요리까지 배우라고 하셨나?"

그녀가 완벽히 자신을 대체할 생각인가 싶어 불안감과 초조함이 치솟았다. 하지만 그의 질문에 악셀이 고개를 저었다.

"아니. 그녀는 토벌대에 네가 있으니 그럴 필요는 없다고 했다."

루드빅은 얼떨떨하게 눈을 끔벅였다. 찰나에 열띠게 치솟았던 감정이 찬물을 부은 것처럼 사그라들었다.

저 말은 악셀을 받아들여도 루드빅 자신의 자리는 변함없이 유지된다는 뜻 아닌가.

악셀은 무뚝뚝하게 말을 이었다.

"그녀는 네 요리에 몹시 만족하는 것 같았다. 그러니 네게 배우고 싶은데, 어떻게 하면 되겠나?"

"……공작님께서 나로 충분하다 하시는데 너는 왜 굳이 요리를 익히겠다는 거냐."

"그녀에게 필요한 건 전부 할 수 있는 사람이 되고 싶으니까."

루드빅은 잠깐 말문이 막혔다. 저놈은 지금 자기가 무슨 말을 하고 있는지 자각은 하고 있는 건가? 그는 태연하고 담백한 악셀의 낯빛을 살펴본 뒤 내심 결론을 내렸다.

'자각이 없군.'

그렇다면 굳이 깨우쳐 줄 이유는 없었다. 계속 모르고 있는 게 낫지. 루드빅은 침착하게 생각했다.

'공작님께서 이미 받아들이기로 결정하셨고, 내 자리도 유지된다면 이놈과 대립해 봤자 아무런 이득이 없다.'

아리아드네는 이 결정으로 그에게 미안해하고 있을 확률이 높았다.

'아마 은근히 더 챙겨 주면서 신경 쓰시겠지.'

그러면 차라리 이 기회를 살려 관대한 모습을 보이면서 점수를 얻고 좀 더 적극적으로 그녀에게 어필하는 게 나을 것이다.

지금까지 루드빅은 아리아드네의 마음을 장기적으로 얻을 생각이었다. 그녀가 토벌에만 집중하고 있고 그 토벌대 내에 자신의 경쟁자가 될 만한 남자가 없었기에 느긋했었다.

'이젠 그럴 수 없겠어.'

루드빅은 악셀을 지그시 훑어보다가 선뜻 말했다.

"좋아, 가르쳐 주지."

"대가는?"

"달아 둬라. 나중에 청구할 테니."

"알겠다."

악셀은 내심 루드빅을 의외로 쓸모가 있지만 순진한 놈으로 분류했다.

'내가 저놈의 특기를 다 익히고 나면 아리아는 저놈이 없어도 불편함을 못 느끼겠지.'

루드빅은 악셀을 어리숙한 경쟁자로 분류했다.

'요리를 핑계로 공작님과 최대한 떨어뜨려 놓고 빨리 그분의 마음을 얻어야겠군.'

동상이몽이었다.

루드빅이 돌아왔다는 소식에 뒤늦게 찾아온 아리아드네가 본 것은 나란히 서서 반죽을 만들고 있는 두 남자였다. 유혈 사태를 예상했던 그녀는 그 광경을 보고 멍하니 물었다.

"둘이 그새 친구가 된 거야?"

"아닙니다."

"아니요."

악셀과 루드빅이 동시에 반박했다. 그러거나 말거나 아리아드네는 한시름 놓은 얼굴로 웃었다.

"어쨌든 사이좋아 보이네. 다행이야."

"……."

그녀로선 가장 걱정했던 게 루드빅과 악셀의 관계였다. 무슨 일이 있었는지 몰라도 서로 검을 휘두르고 있는 게 아니라 나란히 저러고 있는 걸 보니 마음이 놓였다.

"참, 루드빅, 내가……."

"공작님!"

집사가 다급하게 달려오며 그녀의 말을 끊었다.

"위버에 출몰한 최상급 미궁이 터졌다고 합니다! 지원을 바란다는 요청이……."

"뭐? 정확히 어디에?"

"은거울 호수라고 합니다."

그녀가 가진 정보에 없던 미궁이다. 게다가 은거울 호수라면 위버성

바로 근처의, 그녀가 어릴 때 외가와 함께 소풍을 갔던 곳 아닌가.

"상황은 어떻지? 위버 사람들은 대피했어?"

"거기까지는 모르겠습니다. 이 소식도 방금 도착한 전령에게 들은 터라."

"그럼 미궁이 터진 건……."

위버와 엘디어의 거리를 고려해 보면 최소한 일주일 전이란 소리다.

일주일 전에 온 지원 요청.

아리아드네의 안색이 창백해졌다.

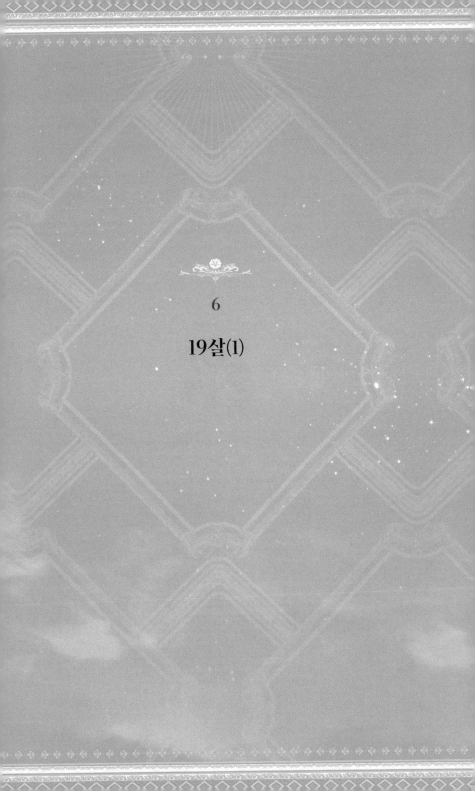

6

19살(1)

아리아드네는 소식을 듣자마자 위버로 향하는 토벌대를 꾸렸다.

그녀가 모은 이들은 물론이고 새벽 용병단과 황금뿔 기사단의 일부까지 차출해 만든 상당히 대규모의 토벌대였다. 부족한 신관은 가는 길에 있는 신전들에서 합류시킬 계획이었다.

그들은 다음 날 이른 새벽에 출발했다. 도착까지 대략 일주일. 그마저도 오염 지역을 통과하면서까지 최대한 빠르게 잡은 일정이었다.

비행 가능한 정령수를 이용해 소수의 정령 기사들만 날아간다면 하루 남짓 만에 도착하겠지만, 그들만 가는 건 큰 의미가 없었다. 미궁이 터졌다는 건 소수의 토벌대만으로 해결 가능한 상황이 아니라는 뜻이므로.

아리아드네는 달리는 마차 안에서 위버의 전령이 가져온 편지를 읽었다.

겨울이 다가오고 있기에 위버는 언제나처럼 대규모 토벌을 준비했다. 이번에는 변경백 부부가 함께 떠나고 대마법사 혼자 위버에 남았다고 한다.

토벌대가 떠나고 얼마 후, 돌연 은거울 호수에 미궁이 생겨났다. 그곳은 위버의 정령탑과 방어 마법진의 위력이 가장 옅은 외곽이었다.

외곽이라 해도 범위 내인 것은 분명한데 최상급 미궁이라 방어 마법을 뚫고 치솟은 듯했다.

은거울 호수에서 오염이 퍼지기 시작하면 눈보라성이 오염되는 건 금방이었다. 마음이 급해진 대마법사가 남은 기사들과 함께 토벌대를 꾸려 그 미궁에 진입했다.

변경백 부부에게도 소식을 보냈지만, 오염 지역을 돌아다니고 있는 그들에겐 쉽게 연락이 닿지 않을 게 뻔해 기다리지 못하고 토벌을 시작한 거였다. 그런데 토벌대는 돌아오지 않고 미궁에서 마물이 쏟아져 나왔다고 한다.

미궁은 출몰과 동시에 마물을 생산한다. 그러다 미궁 내부가 가득 차면 마물들이 외부로 기어 나와 오염 지역을 배회하게 된다.

토벌대가 미궁에 진입할 경우 마물들이 토벌대에게 몰리므로 한동안 오염 지역의 마물은 늘지 않는다. 그러다가 토벌대가 전멸하거나 실패하면 토벌대에 몰렸던 마물들이 한 번에 쏟아지면서 미궁 밖으로 튀어나온다.

그렇게 나온 마물이 많아 오염 지역을 채우다 못해 오염 지역 밖까지 몰려나오는 상황을 보통 '미궁이 터졌다'라고 표현한다.

그러니까 미궁이 터졌다는 건, 일반적으로 토벌대가 전멸했다는 뜻이다.

"할아버지……."

아리아드네는 아득한 기분으로 편지지를 움켜쥐었다.

'살아 계실 거야. 살아 계실 거라고. 그분이 어떤 분인데.'

그녀는 간신히 마음을 가라앉히고 눈을 감았다.

눈을 뜨자 환상 도서관 안에 있는 그녀의 서재였다.

"아리아."

다른 서재에 있었던 파이가 벽을 통과하여 그녀에게로 왔다. 노란 리본으로 긴 은발을 묶은 남성의 모습. 그 노란 리본을 보자 같은 리본을 가지고 있을 할아버지가 다시 떠올랐다.

아리아드네는 저도 모르게 울먹이며 파이를 끌어안았다.

"어떡하지, 파이. 할아버지가 돌아가셨으면, 나는……."

파이는 남성 상태의 제 품에 안긴 아리아드네를 놀라 내려다보다가 곧 그녀를 마주 안고 다독였다.

"괜찮을 겁니다, 아리아. 솔란 가르시아가 헤쳐 나왔던 아수라장들을 떠올려 보십시오."

크고 길쭉한 손이 부드럽게 그녀의 등을 쓰다듬었다.

"대마법사는 지금보다 여건이 좋지 않았던 옛날에도 최상급 미궁을 봉인한 경험이 있지 않습니까."

"그건 할아버지가 젊으셨을 때 일이잖아. 지금은……."

그녀는 말을 잇지 못하고 숨을 헐떡였다.

대미궁 정복 계획에 대마법사가 포함되지 않는 건 그의 나이 때문이다. 그는 현장에서는 이미 은퇴하다시피 한 사람이었다. 성전의 상황이 워낙 좋지 않으니 자꾸 활동할 뿐.

"젊은 만큼 경험이 부족했을 시절이지요. 괜찮습니다, 아리아. 그 사람이라면 무사할 거예요."

"……."

"대마법사에 대한 기록들을 떠올려 보세요. 더 열악한 상태로도 살아남았던 전설적인 인물입니다. 분명 미궁 어딘가에서 버티고 있을 겁니다."

부드럽게 속삭인 파이가 그녀의 뺨을 양손으로 감싸 들어 올렸다. 그러고는 허리를 숙여 시선을 마주한 채 미소를 지으며 말했다.

"그러니 얼른 대마법사를 구출하러 가셔야죠. 파이가 돕겠습니다."

"……응."

아리아드네는 눈물을 삼키며 끄덕였다.

파이의 말대로 대마법사는 수많은 토벌을 경험했고 가장 치열한 전장을 헤쳐 나온 노장이자 전대의 영웅이었다. 대마법사라는 칭호는 예의상 붙은 것이 아니었다. 솔란 가르시아라면 미궁 내의 어딘가에서 버티고 있을 것이다. 분명히.

'그래, 다른 생각 하지 말고 은거울 미궁을 닫는 것에만 집중하자.'

침착함을 되찾고 나니 울먹였다는 게 창피해졌다. 아리아드네는 살짝 달아오른 얼굴로 파이의 품에서 벗어났다.

"미안해, 파이. 어설픈 꼴을 보여서……."

"파이에게는 얼마든지 그런 모습을 보여도 됩니다. 파이는 언제나 당신의 편이니까요."

파이가 상냥하게 말하며 그녀의 눈가를 손으로 훔쳐냈다. 아리아드네는 눈을 감으며 작게 대답했다.

"……언제나 고마워."

파이는 아리아드네의 감은 눈꺼풀을 가만히 들여다보았다. 파르르 떨리는 속눈썹이 젖어 있었다. 그녀의 이런 약한 모습을 볼 수 있는 건 자신뿐이었다. 그녀가 힘들 때 기대려는 대상도 자신이다. 문득 그것이 만족스러워 파이는 깊게 웃었다.

눈을 감고 심호흡을 하던 아리아드네는 그 미소를 보지 못했다. 그녀가 눈을 떴을 때 파이는 평소의 다정한 표정으로 말했다.

"아리아가 오기 전까지 은거울 미궁에 관한 기록을 찾아보고 있었습니다."

"어때? 정보가 좀 있었어?"

아리아드네가 반색하며 물었다. 파이는 눈썹을 늘어뜨렸다.

"죄송합니다. 지금까지 검색한 서재들에서는 관련 정보를 찾을 수가 없습니다."

"그렇구나. 어쩔 수 없지. 여기에 모든 정보가 있는 건 아닐 테니까……."

"엘 문자로 된 기록으로만 한정해도 아직 파이가 들어가 보지도 못한 서재가 많습니다. 계속 탐색해 보겠습니다."

"응, 부탁할게."

파이가 찾아내는 정보에 따라 할아버지가 이끈 토벌대가 어떻게 되었는지 알아낼 수 있을지도 모른다. 환상 도서관은 '누군가가 인상 깊게 읽은 기록물'이기만 하면 미래의 정보건 과거의 정보건 보관되어 있으므로.

일정이 촉박했기에 토벌대는 대부분 노숙을 했다. 엘디어에서 출발한 지 나흘째 되는 날, 해가 지기 시작하자 그들은 눈이 쌓인 앙상한 숲속의 공터에서 짐을 풀었다. 곳곳에서 불이 피어오르고 취사 당번인 자들이 식사를 준비했다.

아리아드네를 포함한 일행은 늘 루드빅이 식사를 준비했다. 그때마다 루드빅은 악셀을 불러 요리를 가르치는 겸 보조로 부려 먹곤 했다.

악셀이 묵묵히 루드빅의 보조를 하는 걸 처음 본 에리히는 기절할 듯 놀랐다. 이후로는 볼 때마다 그를 비웃어댔다. 반면 아리아드네는 요리를 돕는 악셀을 매번 흐뭇해했다. 그래서 악셀은 에리히를 무시하고 계속 루드빅을 보조했다. 그에겐 아리아드네의 반응만이 의미가 있었으므로.

하지만 오늘은 달랐다.

"이번엔 됐어. 내가 할 거니까 가 봐."

루드빅이 손을 내저었다. 물러난 악셀은 주위를 둘러보았다.

에리히는 마법사들을 지휘해서 야영지 전체에 경계 마법을 설치하고 있었다. 샤이탄의 문양만 뜯어낸 검은 신관복 차림인 뤼르는 사람들을 돌아보며 환자가 없는지 확인하는 중이었다.

베로니카는 막사를 빠르게 쳐 놓고 구석에 앉아 무언가를 꼼지락꼼지락 만지고 있었다. 아리아드네는 새벽 용병단의 부단장 일라타와 황금뿔 기사단의 부단장을 모아 놓고 회의 중이었다. 황금뿔의 기사단장인 벨바렛은 엘디어를 지키기 위해 남아서 자리에 없었다.

주위를 확인한 악셀은 곧바로 아리아드네의 근처로 다가가 그녀를 기다렸다. 이미 짜 놓은 동선을 확인하는 정도라 회의는 금세 끝났다.

"그럼 다들 쉬어. 내일 보자."

"잠시만요, 단장님."

일라타가 떠나려는 아리아드네를 불러 세웠다. 그러고는 작은 꾸러미를 두 개 내밀었다.

"이건 제가 드리는 것, 그리고 이건 단장님 생일이라는 말에 제 아이들이 전해 달라고 한 겁니다. 생일 축하드립니다."

"어……."

아리아드네는 멍하니 앙증맞은 포장 리본을 보다가 웃으며 그것을
받아 들었다.

"고마워, 일라타. 제인이랑 제나랑 제이크한테도 고맙다고 전해 줘."

"······애들이 기뻐할 겁니다. 감사합니다."

일라타의 외눈에 살짝 습기가 감돌았다. 귀족, 그것도 엘디어 공작
쯤 되는 사람이 아무리 직속 부단장이라지만 평민 용병의 아이들 이
름까지 일일이 외우는 건 아주 드문 일이다.

그 광경을 보던 황금뿔 기사단의 부단장도 얼른 잘 포장된 꾸러미
를 꺼내 들었다.

"공작 각하, 이건 기사단 전체를 대신하여 전해 드리는 선물입니다.
생일 축하드립니다."

"경들도? 와, 고마워."

"그리고 이건 집사가 전해 달라고 한 고용인들의 선물입니다. 생일
연회를 준비했는데 급하게 떠나시게 되어 아쉽다는 말도 함께였습
니다."

"맙소사······."

아리아드네는 얼떨떨하게 또 다른 꾸러미를 받아 들었다. 어느새
한 아름이었다.

"잊고 있었는데······ 다들 정말 고마워."

그녀는 살짝 뺨을 붉힌 채 인사를 하고 돌아섰다. 일라타는 흐뭇하
고 울컥한 낯으로, 젊은 부단장은 반쯤 홀린 얼굴로 그런 그녀를 배
웅했다.

악셀은 한 발짝 떨어진 곳에서 기다리고 있었으나 탁월한 청력으로
그 모든 대화를 들었다. 그는 오늘이 아리아드네의 생일이라는 것을

전혀 모르고 있었다.

"······오늘 생일이셨습니까?"

"응, 따지고 보니 그러네. 정신이 없어서 잊고 있었는데."

아리아드네는 대충 대답하며 선물 꾸러미들을 안고 마차로 향했다. 마차 근처에서 루드빅이 그녀를 기다리고 있었다. 그가 차려 놓은 것을 본 아리아드네는 입을 딱 벌렸다.

"세상에, 루드빅, 이게 다 뭐야?"

"생일 축하드립니다, 공작님."

눈처럼 흰 케이크에 색색의 수정을 깎아 만든 정교한 인형이 올려져 있었다. 아리아드네의 모습을 본떠 만든 보석 인형이었다. 그 외에도 그녀가 좋아하는 음식들이 가득 차려져 있다.

앙상한 숲 한복판에서 준비했다기엔 믿기지 않을 정도로 호화로운 식탁이었다.

"야영지에서 이런 걸······ 어떻게 다 준비한 거야?"

"특별한 날이잖습니까. 이 정도는 준비해야지요."

빙그레 웃은 루드빅이 아리아드네가 안고 있던 선물들을 받아 들고 그녀를 상석으로 에스코트했다.

"생일 축하드려요, 아가씨."

아리아드네가 자리에 앉자마자 베로니카가 내내 꼼지락대던 꾸러미를 내밀었다.

"생일 축하한다, 해, 아리아."

에리히는 해골이라고 부르려다가 베로니카의 서늘한 눈빛에 얼른 호칭을 수정하고 작은 상자를 건넸다.

"생일 축하드립니다, 성녀님. 약소하지만······."

심지어 뤼르까지 조그만 꾸러미를 건넸다. 자잘한 상처까지 치료해주면서 안면을 튼 고용인들에게 전해 듣고 미리 준비했던 선물이었다.

"고, 고마워, 다들."

예상치 못한 축하의 연속에 아리아드네의 얼굴이 빨갛게 달아올랐다.

홀로 아무것도 준비하지 못한 악셀은 우뚝 멈춰 섰다. 그는 사람들에게 둘러싸인 아리아드네를 물끄러미 바라보다가 휙 돌아섰다.

선물들을 챙겨 놓고 루드빅이 야심 차게 준비한 요리들을 맛보던 아리아드네는 불현듯 악셀이 자리에 없는 것을 알아차렸다.

"악셀은 어디 있어?"

"그놈은 왜 찾아?"

에리히가 불퉁하게 대꾸했다. 베로니카는 아, 하고 뒤늦게 깨달은 낯이 되었다.

"그러고 보니, 안 보이네요……?"

"성녀님께서 회의 마치고 오셨을 때는 분명히 함께 있었습니다. 언제 사라진 건지는 못 봤지만요."

뤼르가 끼어들어 설명했다. 루드빅은 웃으며 차를 따라 건넸다.

"뭐, 어디서 검이라도 휘두르고 있겠지요. 그는 떠들썩한 분위기를 별로 안 좋아하지 않습니까."

"그럼 간다고 얘기라도 했을 텐데. 식사도 안 하고……."

"발렌타인 자작은 원래 말도 없이 제멋대로 행동하는 게 특기 아니었습니까?"

루드빅이 아리아드네의 앞에 그녀가 특히 좋아하는 달걀 요리를 밀어 놓으며 말했다. 맛있는 냄새가 풍겼다. 고픈 배가 그것에 반응했지만,

아리아드네는 악셀이 없는 것이 더 신경 쓰였다.

"아냐, 걔 요샌 안 그래. 꼬박꼬박 말하고 움직인단 말이야."

그녀는 고개를 젓고 벌떡 일어났다.

"공작님?"

"아가씨?"

"성녀님?"

빵을 우물거리던 에리히를 제외한 나머지가 일제히 놀라 그녀를 불렀다. 아리아드네는 옆에 두었던 망토를 다시 걸쳤다.

"잠깐 찾아보고 올게. 먼저 먹고 있어."

"먹다 말고 어딜 가려고? 자꾸 그러니까 비쩍 마르지."

먹던 것을 얼른 삼킨 에리히가 눈살을 찌푸리며 투덜거렸다. 뒤이어 루드빅이 은근히 서운한 티를 냈다.

"그러시면 음식이 다 식을 텐데요."

"미안해, 루드빅. 식기 전에 돌아올게."

그녀가 굽히지 않자 베로니카가 일어났다.

"같이 가요, 아가씨."

"니카, 식사 중이잖아. 금방 온다니까."

"호위할 거예요."

"멀리 안 가."

"호위할, 거예요."

까만 눈이 물끄러미 그녀를 응시했다. 아리아드네를 혼자 두지 않겠다는 무조건적인 의지가 느껴졌다.

베로니카가 왜 저렇게 완강한지 잘 아는 아리아드네는 언제나 그렇듯 져 주었다.

"……알았어. 같이 가자."

베로니카는 빙그레 웃으며 검을 들고 일어났다.

"대충 둘러보고만 와라. 쯧, 그딴 놈은 챙겨 봤자 별 보람도 없을 텐데."

에리히가 못마땅한 기색으로 배웅했다.

아리아드네는 베로니카와 함께 야영지 주변을 한 바퀴 돌았다. 얼마 되지 않아 금세 악셀이 보였다. 정확히는 아름드리가.

커다란 나무 뒤에 수사슴의 머리가 빼꼼 나와 있었다. 아리아드네가 손을 살짝 흔들자, 아름드리는 페리도트 같은 눈동자로 그녀를 빤히 보다가 나붓이 고개를 숙여 보였다.

그때 무언가 와르르 쏟아지는 소리가 들렸다.

"악셀?"

아리아드네는 다가가 나무둥치 뒤를 확인했다. 악셀은 급하게 뭔가를 집어 들어 팔찌에 쑤셔 넣고 있었다. 바닥에는 자잘한 물건들이 몇 개 굴러다녔다.

'인벤토리 정리라도 했나?'

"여기서 뭐 해?"

"아무것도 아닙니다."

"뭐든 좀 이따가 해. 식사를 거르면 안 되지."

"예, 먼저 가십시오. 금방 따라가겠습니다."

악셀은 떨어진 물건들 쪽에 시선을 둔 채로 대꾸했다. 아리아드네는 그가 인벤토리 아이템을 쓰는 모습을 보이기 싫어하는 건가 싶어서 순순히 물러났다.

"빨리 와."

"예."

그녀가 돌아서자 베로니카는 바로 뒤따르는 대신 슬쩍 악셀 쪽을 보았다. 그녀는 아리아드네와 달리 떨어져 있는 것들의 공통점들을 알아차렸다. 그가 갑자기 인벤토리를 뒤집어엎고 있는 이유도.

베로니카는 아리아드네가 듣지 못하도록 작게 속삭였다.

"너, 진짜 모르고 있었나 보네…… 아가씨 생일."

"……"

"출발하기 전부터…… 사람들이 은근히, 떠들썩했는데. 몰랐어? 당사자인, 아가씨야 그렇다 쳐도…… 다른 사람들끼리는 다…… 얘기했는데. 준비하는 거, 안 겹치려고……"

악셀은 다른 사람들하고 얘기 한번 제대로 나눠보질 않았으니, 당연히 몰랐다.

그나마 요리 강습과 대련이라는 각자 다른 목적으로 루드빅과 베로니카는 종종 보긴 했다. 하지만 루드빅은 일부러 내색을 안 했고 베로니카는 말이 적은 데다가 그런 것을 나서서 챙겨 줄 정도로 바지런하지 않았다.

베로니카가 혀를 차더니 물었다.

"지금 뒤늦게라도, 아가씨께 드릴 만한 선물…… 찾는 거지?"

"……뭐?"

"너도 아가씨 생일 선물, 드리고 싶잖아."

악셀이 이를 악물고 시선을 피했다.

"그런 거 아니니까, 저리 가라."

"빤히 보이는데……"

"아니라고 했다."

"쓸데없는…… 자존심."

어깨를 으쓱한 베로니카가 돌아섰다.

"나중에 해. 아가씨 기다리셔."

그녀가 멀어지자 악셀은 늘어놓은 것들을 다시 살펴보았다. 아무리 봐도 적당한 것이 없다. 다 실용적인 것들이거나 마물의 부산물들이었다. 쓰던 도구나 마물의 눈알 같은 걸 생일 선물로 줄 순 없지 않은가.

애초에 그는 인벤토리에 쓰지도 않는 물건을 쟁여 놓는 성격이 아니었다.

'제기랄.'

그는 팔찌에 물건들을 마구잡이로 쑤셔 넣었다. 아리아드네에게 필요한 사람이 되는 일이 왜 이렇게 어려운지 모르겠다.

'미궁을 혼자 닫는 게 더 쉽겠군.'

그냥 아드리안이 주는 임무를 해내기만 하면 되던 기물 시절엔 그리 어려울 것이 없었는데. 거칠게 물건을 주워 담던 악셀의 손놀림이 멈칫했다.

"이건……."

손가락 두 마디쯤 되는 지름의 칠색 수정 원석이었다. 빛이 비치는 방향에 따라 일곱 가지 색으로 변화하는 신비한 보석. 마법을 잘 받아들이는 재질이라 아이템의 내부 재료로 주로 쓰이지만, 그 특이한 아름다움 때문에 장신구로도 종종 쓰이곤 했다.

그리고 예전 아드리안이 악셀에게 처음으로 주었던 임무의 목표이기도 했다. 진짜 임무는 검화였지만 표면적으로는 어쨌든 칠색 수정을 캐 오는 게 임무였으니까.

악셀의 인벤토리 구석에 이것이 처박혀 있던 이유는 간단했다.

아드리안에게 버려졌다는 것을 깨달은 직후, 우 대륙으로 넘어가기 전. 그동안 아드리안이 주었던 임무에 뭔가 단서가 있지 않을까 싶어 되짚어 보다가 홧김에 수정 오아시스까지 가서 직접 캤었다. 당신이 버린 사람이 얼마나 유능한지 보라는 유치한 오기로 말이다.

캐고 나서 감정을 맡기니 역대 기록을 경신할 수준의 크기도 크거니와 잡티나 불순물도 전혀 없는 최고급품이었다. 감정한 사람이 몹시 탐냈고 소문을 듣고 팔라며 찾아온 이들도 몇 있었지만 악셀은 팔 마음이 전혀 없었다.

그는 그저 그 칠색 수정을 아드리안에게 보여 주고 싶었다. 그러나 전할 방법이 없었기에 그냥 그대로 인벤토리에 처박고 잊어버렸었다.

눈이 내린 어두운 숲속에서 칠색 수정은 남색이 섞인 은은한 보랏빛으로 반짝거렸다. 악셀은 그것을 물끄러미 보다가 집어 들었다. 옷자락으로 슥슥 닦다가 인벤토리를 뒤져 깨끗한 수건을 꺼내 다시 꼼꼼히 닦은 뒤에 조심스럽게 챙겼다.

그가 식탁으로 돌아가 보니 다른 사람들은 대부분 식사를 마친 뒤였다. 되도록 천천히 먹은 아리아드네만이 남아 있었다.

"왜 이렇게 늦었어?"

"죄송합니다."

"아니, 음, 야단치려던 건 아니었으니까 사과할 필요는 없고……. 얼른 먹어, 악셀."

아리아드네가 그를 향해 그릇을 밀어 주었다. 악셀은 묵묵히 식사를 끝냈다.

저녁 시간이 끝나자 다들 자기 막사로 흩어졌다. 아리아드네는 침대가 딸린 마차를 쓰고 있었기에 따로 막사가 없었다. 마차로 향하는 그녀를 악셀이 불러 세웠다.

"아리아."

"응? 왜?"

"……."

악셀은 품에 손을 넣은 채로 잠시 굳었다.

'생일 선물은 어떻게 주는 거였지?'

그는 11살 이후로 지금까지 한 번도 누군가의 생일을 축하해 본 적이 없었다. 어릴 때도 선물을 줘 봤던 사람은 아버지뿐이었다. 붉은 눈이라 양아버지와 단둘이 살았으니까.

게다가 이건 포장도 안 한 급조된 선물이다.

아리아드네는 이미 많은 선물을 받았다. 빠듯한 일정으로 행군 중인데도 정성 들인 것들부터 고급스러운 것들까지 여럿을.

'그에 비하면 이건……'

악셀은 난생처음으로 '초라함'이라는 감정을 느꼈다. 그가 굳어 있자 아리아드네가 의아하게 고개를 기울였다.

"왜 그래? 무슨 일 있어?"

"아무것도 아닙니다."

악셀은 결국 휙 돌아섰다. 도망치듯 제 막사로 걸음을 옮기는데 등 뒤로 사뿐사뿐한 발걸음이 따라붙었다.

"왜 따라오시는 겁니까?"

"네가 할 말이 있는데도 안 하니까."

"그런 거 없으니 저리 가십시오."

"없기는."

샐쭉한 대꾸가 돌아오더니 아리아드네가 빠르게 다가와 그의 팔을 잡았다.

"……!"

"뭔가 보여 주려다 말았잖아, 방금."

그 접촉에 놀란 악셀이 움찔한 사이 아리아드네는 발돋움을 하고 그의 코트 안주머니에 손을 쑥 집어넣었다.

"뭘 숨기는 거야?"

다른 사람이었다면 진작 쳐 내고 목을 잡아 메다꽂았을 행동이었다. 그러나 악셀은 전혀 대응하지 못했다. 좋은 향기가 났다. 그 향기에 어쩐지 기분이 이상해서 숨을 멈췄다.

코트 안쪽을 더듬는 작은 손의 움직임이 셔츠 위로 느껴졌다. 품 안에 바짝 다가온 몸이 너무 가늘어 보였다. 지금까지 가늠하던 것보다 훨씬 더. 잘못 움직였다가 그녀가 다치기라도 할까 봐 도무지 움직일 수가 없었다.

"찾았다."

안주머니에서 잡히는 것을 끄집어낸 아리아드네는 짐짓 엄한 표정으로 그것을 확인했다.

"……응?"

그녀는 악셀이 뭔가 사고 친 것이나 정체불명의 아이템 같은 것을 감췄으리라 예상하고 일부러 확인한 터였다. 하지만 나온 건 엉뚱한 칠색 수정이었다.

"이걸 왜……."

의아하게 물으려던 아리아드네의 눈에 악셀의 가슴팍에 늘어진 것이 보였다. 옷 안으로 걸고 있던 로켓 목걸이가 그녀가 안주머니를 뒤지는 서슬에 삐져나와 은빛으로 반짝이고 있었다.

한눈에 알아보았다. 일반적인 로켓 목걸이보다 크고 겉면에 겹화처럼 보이는 외뿔 늑대의 옆모습이 새겨진 주문 제작품. 그녀가 악셀의 13살 생일날에 보냈던 선물이었다.

소설 속에서 주인공 악셀 발렌타인이 양아버지의 희생으로 살아남아 도망칠 때 가지고 나오는 물건은 딱 두 개다. 아버지가 쓰던 검과 아버지가 손수 만들어 준 정령등. 아버지의 유품이라 할 수 있다.

그중 낡은 검은 현재 악셀의 수중에 없다. 겹화를 만났을 때 흔적도 없이 녹아 버렸으니까. 소설 속에서도 똑같이 일어나는 일이다.

정령등의 경우, 어린 악셀이 살아남으려 발버둥 치는 과정에서 박살이 나 버렸다. 악셀은 그중에서 아주 작은 파편 한 조각을 간직하고 다녔다. 아버지가 직접 새긴 그의 이름 중에서 아버지와의 공통점인 '발렌타인'이라는 성이 남아 있는 놋쇠 파편을.

보통 로켓 목걸이에 들어가기엔 좀 큰 파편이라 주인공은 그것에 구멍을 뚫어 펜던트로 만들었었다. 힘들고 포기하고 싶어질 때 움켜쥐고 의지를 다지는 용도였다.

그 서술이 생각나서 일부러 첫 번째 생일 선물로 로켓 목걸이를 준비했었다. 양아버지의 검이 녹아 버리는 건 정황상 피하기 어려워서 포기했지만 정령등 파편이라도 훼손 없이 간직하기를 바라는 마음에서.

벌써 근 10년은 된 일이다. 다른 기물들 시선도 있는데 대놓고 생일 선물이라고 챙겨 주기 어려워 보급품에 슬쩍 끼워 넣은 터라 어린 악셀이 그걸 잘 썼을지 신경 쓰였었는데.

'제대로 간직하고 있었구나……'

겹화가 새겨진 로켓은 세월의 흔적이 고스란히 남아 있었다. 그럼에도 소중하게 대했는지 깨끗하고 반질반질했다. 아리아드네는 아련함과 미묘한 죄책감이 섞인 기분으로 그 목걸이를 바라보았다.

"이거, 계속 가지고 다녔어?"

반쯤 정신 줄을 놓고 있던 악셀은 그 말에 비로소 그녀의 시선이 어디에 가 있는지 알아차렸다.

"……매년 제 생일마다 보급품에 섞여 있던 것들, 역시 당신이 직접 골라 보낸 거였습니까?"

"응, 뭐…… 그랬지."

이제 와서 이런 걸로 거짓말하기도 뭣하다. 아리아드네는 약간 민망한 기분으로 긍정했다. 악셀은 물끄러미 그런 그녀를 바라보았다. 뻔히 예상한 사실인데도 그녀에게서 직접 확답을 들으니 무언가 저릿했다.

"로켓 목걸이, 놀이판, 정령등, 해독구, 회중시계, 므네모시네."

그가 나직하고 무뚝뚝한 어조로 아리아드네가 보냈던 선물을 하나하나 읊었다.

"전부 가지고 있습니다. 열여덟 살 때 주셨던 미스릴 검만 빼고."

"그, 그래? 검은……."

"우 대륙에서 잃어버렸습니다. 제 실수로."

악셀은 그때의 일을 언급하고 싶지 않아 말을 돌렸다.

"놀이판은 정말 별로였습니다. 제가 어린앤 줄 아셨습니까?"

"열네 살 때였잖아. 애 맞지. 심심할까 봐 보냈던 건데."

"제가 심심할 틈이나 있었겠습니까? 훈련하기도 바쁜 와중에 교양이니 춤이니 하는 것들까지 배워야 했는데."

악셀이 퉁명스럽게 대꾸했다. 아리아드네는 푹 한숨을 내쉬었다.

"그것들 배우기 싫었어?"

"대체 왜 그런 시간 낭비를 해야 하는지 이해가 안 갔습니다."

"미안. 난 나름대로 쓸모가 있을⋯⋯."

"그 시절에는 그랬다는 뜻입니다."

아리아드네의 사과를 악셀이 얼른 자르며 덧붙였다.

"그 시절에는? 그럼 지금은?"

"뭐든 배워 두면 유용하다고 생각합니다."

악셀의 입매가 비스듬해졌다.

"무식하고 못 배워 먹은 천한 놈이라고 욕하려던 작자들이 할 말이 없어 부들부들 떠는 걸 볼 때, 특히."

"⋯⋯그래. 예법이나 상식은 보통 그런 용도지. 잘했어."

아리아드네는 그를 올려다보며 장난스럽게 웃었다. 소설 초반의 주인공처럼 어디 가서 무시당하거나 창피할 일 없길 바라고 넣은 교육이었으니 목적을 이룬 셈이다. 뿌듯했다.

악셀은 멍하니 그런 그녀의 표정을 보다가 팔을 들어 올렸다. 큰 손이 그녀의 어깨 근처에서 허우적대더니 차마 닿지 못하고 내려갔다. 그는 인상을 찡그린 채 중얼거렸다.

"언제까지 이렇게 붙어 계실 겁니까?"

"응?"

역시 얘는 찡그린 얼굴도 기가 막히게 잘생겼네, 같은 실없는 생각을 하고 있던 아리아드네는 그제야 제 자세를 자각했다. 바싹 붙어 한 손으로 그의 목에 걸린 로켓 목걸이를 당겨 쥐고 있는 자세. 어느새 악셀이 몸을 낮춰서 그녀는 발돋움을 하지 않고 있었다. 그 바람에 알아차리는 것이 늦었다.

얼굴이 지나치게 가깝다. 잘생긴 게 유달리 잘 보인 이유가 있었다.

"……!"

아리아드네는 화들짝 놀라 뒤로 물러났다.

"큭."

"아."

로켓을 쥔 손을 푸는 것을 깜박했다. 충분히 쳐 낼 수 있었음에도 그냥 순순히 목걸이에 끌려온 악셀이 픽 웃으며 말했다.

"목걸이가 아니라 목줄로 쓰라고 선물하신 거였습니까?"

"아니, 실수야!"

아리아드네는 얼른 손을 떼려다 불현듯 물었다.

"이거 열어 봐도 돼?"

"안 됩니다."

단호하게 거절한 그가 그녀의 손에서 로켓 목걸이를 받아 다시 옷 안쪽으로 집어넣었다. 아리아드네는 조금 아쉬웠다. 그래도 소중한 유품을 함부로 보여 줄 수 없는 건 충분히 이해하기에 더 캐묻지는 않았다.

악셀은 내심 안도했다. 로켓 안에 아버지의 유품과 함께 아드리안의 쪽지가 돌돌 말려 들어 있었다. 살아 돌아오지 마라, 라고 쓰여 있었던 그 마지막 카드 말이다.

아이러니하게도 그에게는 그 문구가 반드시 살아서 아드리안에게 돌아가겠다는 자극이 되곤 했다. 살기 한 톨 없이 배신하는 척을 하고 살아 돌아오지 말라더니, 그가 돌아왔을 때 지낼 곳을 완벽하게 마련해 놓고 튀었던 빌어먹을 마스터에게로.

그 쪽지를 지금까지 간직하고 있다는 걸 아리아드네에게 들키고 싶지 않았다. 아버지의 유품도. 두 가지 모두 그의 약점이자 나약함의 상징이기에 그녀에게는 특히 더 숨기고 싶었다.

"한껏 약하고 불쌍한 척이라도 해 보든가."

문득 베로니카가 했던 말이 떠올랐다.

악셀은 타인에게 약점을 일부러 드러낸다는 발상을 해 본 적이 없다. 본능적으로 거부감이 드는 행위다.

그런 짓이 정말 의미가 있을까?

그사이 자세를 바로잡은 아리아드네가 제 손에 들린 것을 발견하고 악셀에게 도로 내밀었다.

"아, 이거."

"……?"

"칠색 수정 맞지? 이렇게 큰 건 처음 보네. 왜 숨기려 한 거야? 자, 받아."

악셀은 그것을 받지 않고 물러섰다.

"그건 당신 겁니다."

"응?"

아리아드네가 갸웃 고개를 기울였다. 악셀은 입을 달싹였다. 생일 축하드린다는 한마디가 왜 이렇게 입에서 안 나오는지.

"예전에 명령하셨잖습니까. 그러니 그건 처음부터 당신 거였습니다."

그는 무뚝뚝하게 그 말을 던져 놓고 홱 돌아서서 막사로 들어갔다. 아리아드네는 칠색 수정과 악셀의 막사를 번갈아 쳐다보았다.

"내가 언제 그런 명령을…… 아."

악셀에게 주었던 첫 번째 임무.

그녀는 원작과 같지만 덜 힘든 상황을 조성하는 데에 집중하느라 그 임무 내용에는 큰 의미를 두지 않았다. 그러나 그에겐 뭔가 달랐던 모양이다.

'악셀에겐 무슨 의미였을까, 그 임무.'

알 것 같으면서도 확실치 않았다. 아리송했다. 만신창이인 꼴로도 형형한 눈을 하고 '아드리안!'이라 외치던 소년의 모습이 눈에 선연했다. 욱신, 하고 죄책감이 솟는다.

'그게 내 최선이었을까?'

어차피 이렇게 원작 전개를 버릴 작정이었다면 그냥 처음부터 악셀을 곱게 키우거나 아예 그의 인생에 끼어들지 말 걸 그랬다.

'그땐 원작과 다른 방식으로 대미궁을 공략할 자신이 없어서 그랬던 거지만……'

지금에 와서는 솔직히 후회된다. 그의 인생을 휘두르게 된 것이 미안하기도 하고.

일반적인 시각으로 보면 아리아드네는 나쁜 조직에 얽매여 있는 출신도 모를 불길한 고아를 후원해 주며 어른이 될 때까지 잘 키운 다음 막대한 재산과 함께 독립시켜 준 관대한 귀족이었다.

악셀이 해낸 임무로 얻은 것보다 그녀가 악셀에게 퍼부은 것이 훨씬 많으니 말이다. 그러니 사정을 아는 베로니카가 악셀에게 배은망덕하다고 하고 에리히가 왜 저놈한테 그렇게 무르냐고 하는 것이다.

하지만 악셀이 원작 소설에서 배드 엔딩을 맞이하는 주인공임을 알고 있으며 원작의 정보를 이용해 소설 속에서보다 훨씬 행복한 삶을 살게 된 아리아드네로서는 악셀에게 약해질 수밖에 없었다.

오직 파이만이 악셀에 대한 그녀의 미묘한 심정을 이해하고 있었다. 물론 말 그대로 이해는 한다는 것이지, 파이가 그녀의 부채감이나 책임감에 동의한다는 뜻은 아니었다. 파이는 아리아드네에게 주인공이 그녀 덕분에 원작보다 굉장히 나은 삶을 살게 되었음을 종종 상기시키곤 했다.

아리아드네는 손안에서 보석을 굴려 보았다. 어둑한 밤중의 칠색 수정은 검푸른 빛이었다. 빨려 들어갈 것 같은 깊은 색.

'예쁘다……'

차가워 보이는 색과 다르게 감촉은 그녀의 체온보다 따뜻했다. 내내 악셀의 품속에 있었던 탓일까.

잠깐 홀려 있던 아리아드네는 고개를 저었다.

'예쁜 건 둘째 치고, 이걸 갑자기 악셀이 준 이유가 뭘까?'

이제 와서 첫 번째 임무의 목표였던 물건을 왜 주는 거지? 인벤토리 정리를 하다 튀어나온 김에 그냥 준 건가?

그녀는 복잡한 기분으로 마차로 돌아왔다. 그리고 쌓여 있는 선물 더미들을 본 뒤에야 한 가지 가능성을 떠올렸다.

"……설마 이거 생일 선물이었어?"

정말로?

아리아드네는 얼떨떨해져서 칠색 수정을 등불에 비춰 보았다. 촛불 빛을 받으니 붉은색과 주홍색이 뒤섞여 일렁이는 색이 된다.

'이건 루드빅 눈동자 색이랑 비슷하네.'

붉은색이 좀 더 어둡고 강렬해지면 악셀의 눈동자와 비슷할 것 같았다. 그녀는 무심코 이리저리 움직이며 칠색 수정이 악셀의 눈과 비슷한 색을 띠는 지점을 찾았다.

"아, 이거다."

이글거리는 붉은색. 매혹적인 색이다. 그녀는 턱을 괴고 한참 그것을 들여다보았다.

'생일 선물…… 맞겠지?'

아무리 생각해도 하필 오늘 뜬금없이 이걸 준 이유는 그것밖에 안 떠오른다.

칠색 수정을 품에 넣고 망설이던 악셀의 모습이 떠올랐다. 그녀가 주었던 생일 선물들을 간직하고 있다고 하나하나 읊던 그의 모습도.

'어떡하지? 좀 감격인데.'

악셀은 오늘이 그녀의 생일인 걸 몰랐던 것 같은데, 급하게 선물을 찾았을 걸 생각하니 살짝 귀엽기도 하고.

그녀의 입꼬리가 스르륵 올라갔다. 주인공의 인생을 휘두르게 된 것은 여전히 후회된다. 그러나 '악셀 발렌타인'을 알게 된 건 그리 후회되지 않았다.

은거울 호수 주변의 넓은 꽃밭은 겨울이면 새하얀 설원이 되곤 했다. 그 설원은 지금 징그러운 마물들로 가득했다.

언덕 위, 눈보라성으로 가는 방향에 마법사들이 급하게 만들어 낸 암석 벽이 세워져 있었다. 각양각색의 마물들이 괴성을 지르며 그 암석 벽에 달려들었다.

마법으로 급조한 암석 벽이 성벽처럼 제대로 된 방어 기능을 발휘

할 순 없다. 암벽은 부서지고 마법으로 다시 메꿔지길 쉼 없이 반복하고 있었다.

눈표범 기사단원과 경비대원들이 암벽 위에서 벽에 달라붙는 마물들을 쳐 냈다. 그중에는 에리히의 호위 기사인 콘라드도 있었다. 변경백 일가가 아무도 없는 지금, 설원에 있는 기사들 중 가장 경력이 긴 덕에 그는 임시 지휘관이 되었다.

에메랄드 위에 탄 채 급강하한 그가 소뿔이 달린 마물을 베어 넘겼다. 녹색 피가 확 튀었다. 벌레로 뒤덮인 다른 마물의 팔이 독수리의 날개를 붙들었다. 이어 또 다른 마물의 돌조각이 덕지덕지 붙은 팔이 날개에 달라붙었다.

이대로 지상에 붙들리면 포위되어 죽는다. 이를 악문 콘라드가 박차를 가하자 에메랄드가 크게 홰치며 날아올랐다. 벌레 마물은 떨어졌지만 돌조각 마물은 허공에서도 끈질기게 날개에 달라붙어 기어올랐다.

콘라드는 검을 들어 그놈의 팔을 찍어 냈다. 한 번에 잘리지 않아 몇 번을 장작 패듯 내리찍자 겨우 떨어져 나갔다.

그는 거칠게 숨을 몰아쉬며 공중에서 아래를 보았다. 개미 떼 같은 마물들 때문에 아름다운 눈밭은 흔적도 없었다.

'아무리 죽여도 끝이 없다.'

일단 숫자에서 너무 심하게 차이가 났다. 기사단의 주력은 변경백 부부와 함께 토벌을 떠났고 남아 있던 인원의 절반은 대마법사와 함께 은거울 미궁에 들어간 뒤 실종되었다.

지금 암벽을 지키고 있는 정령 기사는 채 열 명도 되지 않았다. 그마저도 거의 견습이나 신입이었다. 경력이 쌓인 기사들은 대부분 오늘 새벽에 나타난 보스급 마물을 상대하고 있었다.

콘라드는 허공을 선회하며 상황을 살폈다.

'좋지 않아.'

암벽 위의 기사단원들은 새벽부터 쉬지 않고 싸우는 중이었다. 어제까진 그래도 2교대로 숨 쉴 틈이라도 있었는데 보스급 마물이 뜨는 바람에 교대는커녕 방어선 유지조차 벅찼다. 정령 기사라 견디고 있는 거지 보통 사람이었으면 진작 실신해서 다 실려 나갔을 터였다.

'마법사들도 한계고.'

암벽을 재생성하던 마법사 하나가 거품을 물고 쓰러지는 게 보였다. 창백한 신관이 그를 끌어내어 한쪽에 눕혔다. 신관들은 회복시킬 신성력이 남아 있지 않은 듯, 환자들에게 물약만 먹이고 있었다. 그 물약의 비축량조차 얼마 남지 않았다.

'저쪽은…… 더 심각하고.'

머리가 있어야 할 자리에 시커먼 광석 같은 것이 돋아 있는 거대한 박쥐 형상의 마물이 울부짖으며 치솟았다. 달라붙어 있던 정령수들이 나동그라졌다.

새벽에 나타난 이름 모를 보스급 마물. 그냥 일반 보스급 마물도 쉽지 않을 텐데 하필 비행형이었다. 저것을 상대하고 있는 정령 기사들은 그놈을 죽이고 있는 게 아니었다. 그저 붙들고 버티고 있을 뿐이다. 그마저도 오래가진 못할 터.

'퇴각해야 하나?'

콘라드의 시선이 암벽 너머로 향했다. 이 암벽이 무너지면 다음은 바로 시내다. 눈보라성 안에 영지민들을 최대한 수용했지만 전부를 수용하는 건 불가능했다. 많은 사람이 시내의 자기 집 안에 숨어 떨고 있는 상황이다. 그들이 물러나 눈보라성에서 다시 방어선을 구축하면 그 사람들은 대부분 죽을 것이다.

'일반 마물 중에 비행형이라도 있었으면 이미 다 죽었겠지. 이걸 다행이라고 해야 하나……. 빌어먹을.'

이대로는 전멸인데 쉽사리 퇴각할 수가 없었다. 임시로 지휘관을 맡고 있다지만 콘라드는 본디 에리히의 호위 기사일 뿐이었다. 이런 중대한 결정을 내리기가 어려웠다.

그는 아래로 하강해 위험한 신입 기사 하나를 구한 뒤 다시 하늘로 솟구쳤다. 은거울 호수가 있던 곳이 넓어진 그의 시야에 들어왔다. 그곳은 더 이상 호수가 아니었다.

끔찍한 악취를 풍기는 늪과 그 중앙에 거꾸로 선 피라미드.

피라미드의 하얀 단면은 거울처럼 매끄러웠다. 꼭짓점에 있는 입구는 늪에 반쯤 잠겨 있었다. 그 입구에서 콸콸 흘러나오는 오염수가 맑은 호수를 저 소름 끼치는 늪으로 오염시켰다.

'은거울 미궁……'

콘라드는 급하게 붙여진 저 미궁의 이름을 입안에서 짓씹었다. 적어도 방어 마법진과 정령탑의 범위 밖에서 미궁이 솟았다면 이 꼴이 나진 않았을 것이다. 범위의 경계선에는 성벽과 요새가 있고 철저한 대비가 되어 있으므로.

'오염 지역도 범위를 넓히고 있다.'

며칠 안에 그들이 싸우고 있는 설원도 모조리 오염될 것이다. 퇴각해서 눈보라성에서 방어한다 해도 미궁을 닫지 못하는 이상 무조건 패배하는 싸움이다. 돌파구가 보이지 않았다.

'여기서 퇴각할 순 없어. 아니, 퇴각해선 안 된다.'

콘라드는 절망적인 기분으로 검을 움켜쥐었다. 더는 구원군을 기다릴 형편도 되지 않았다. 계약자의 감정을 느꼈는지 에메랄드가 힐끗 돌아보았다. 콘라드는 희미하게 웃었다.

"오늘이 마지막일 것 같네. 그동안 고마웠다, 에메랄드."

독수리가 느리게 눈을 끔벅였다. 콘라드는 제 정령수의 목을 다독였다.

"가자."

낮게 운 에메랄드가 빠르게 날았다. 콘라드는 보스와 싸우고 있는 기사들 중 날개 달린 말 같은 정령수를 타고 있는 여자에게 접근했다.

"샬럿."

"망할, 저놈 안 그래도 빠른데 칼이 제대로 박히지도 않아!"

"돌아가서 칼립트 영지까지 사람들을 인솔해서 대피시켜."

"미쳤어? 그게 가능했으면 진작 했지! 거기까지 살아서 도착할 영지민이 얼마나 될……!"

"너도 알잖아? 이대로는 전부 죽어."

"……."

꽥꽥거리던 기사단 입단 동기가 입을 다물었다. 콘라드는 그녀의 어깨를 툭 쳤다.

"우리가 시간을 번다. 네가 대피시켜."

"나만 도망치라고?"

"네가 다음 지휘관이라고."

샬럿은 콘라드의 말뜻을 알아들었다. 그녀가 무어라 욕설을 뱉어내더니 물었다.

"얼마나 버틸 것 같냐?"

"내일까진 힘들겠지. 오늘 밤이 되기 전에 출발해라."

"제기랄."

샬럿이 정령수의 머리를 돌렸다. 콘라드를 스쳐 지나가며 그녀가 위버의 가언을 읊었다.

"눈보라 속으로 나아가라."

"위버에 영광을."

나직이 답한 콘라드는 샬럿의 빈자리를 채우며 보스급 마물에게 향했다. 그때였다.

보스의 머리 자리에 돋아 있던 광석이 새빨갛게 달아올랐다. 직감적으로 위험하다는 것을 느낀 정령 기사들이 흩어졌다. 콘라드는 위로 날아오르며 암벽 쪽을 향해 고래고래 소리 질렀다.

"피해!"

번쩍, 하고 세상이 한순간 붉게 물들었다. 보스에게서 터져 나온 광선이 암벽을 꿰뚫었다. 거대한 폭발이 일어나며 부서진 바위와 사람과 마물들이 함께 허공을 날았다. 뒤돌아서 날아가던 샬럿 역시.

"샬럿!"

한쪽 날개가 통째로 꿰뚫린 샬럿의 정령수가 빛이 되어 사라졌다. 콘라드는 다급히 날아가 추락하는 샬럿을 받아 냈다. 그녀의 옆구리가 피투성이였다. 쏟아지기 직전의 내장을 은은한 하얀빛을 띠는 정령수의 가호가 간신히 막고 있었다. 죽지 않은 게 기적이었다.

콘라드는 암담하게 고개를 들었다. 암벽 쪽은 처참했다. 박살 난 틈으로 마물들이 몰려들었다.

'이대로는 대피할 시간을 버는 것조차…….'

날카롭게 포효한 보스가 날아올랐다. 검은 광석이 다시 시뻘겋게 변했다.

'끝인가.'

누군가 신음처럼 읊조렸다.

"엘이시여……."

광선이 다시 터져 나왔다. 콘라드는 가호를 최대한 두르고 광선의 진로를 가로막았다. 그리고 눈을 감았다.

"……?"

기다렸던 충격이 느껴지지 않았다. 눈을 뜬 그는 푸르스름하게 빛나는 투명한 막을 발견했다. 마법사들이 쓰는 방어막이었다.

'이럴 여력이 있는 마법사가 없을 텐데……?'

놀란 그는 뒤를 돌아보았다.

"호위 기사가 주군 허락도 없이 죽으면 안 되지."

그림자나비 위에 올라탄 은발의 청년이 말했다. 콘라드의 눈이 휘둥그레졌다.

"도련님!"

"다들 반항하지 말라고 해."

"예?"

"들어 올릴 테니까."

통보한 에리히가 눈을 부릅뜨고 영창을 시작했다. 로브 자락이 미친 듯이 펄럭거렸다. 그의 앞에 타고 있는 베로니카가 느릿하게 설명했다.

"마법으로, 전부, 공중에 띄울 테니까…… 가만있으라고, 전달해."

"아."

콘라드가 급히 사방에 소리 질렀다. 일단 전달을 끝낸 뒤에 그가 불안한 얼굴로 말했다.

"그런데 공중에 사람들을 띄우면 저 마물들이……."

"아가씨께서, 쓸어버릴 거야."

피와 땀과 먼지로 지저분해진 콘라드의 얼굴에 의문이 떠올랐다. 그가 베로니카에게 되물었다.

"공작님께서? 그분은 정령사잖아. 정령사가 어떻게?"

"그러게 말이다. 정령사면 후방에서 안전하게 기사들이나 부려 먹을 것이지, 제 몸 아까운 줄 모르고 나서는데 말려도 듣질 않고……."

영창을 마친 에리히가 불만스럽게 투덜거렸다. 여기저기서 보이지 않는 바람에 휘감긴 사람들이 떠올랐다. 에리히는 손짓으로 그들을 한쪽에 모으며 덧붙였다.

"걔가 해일을 일으키겠단다. 상황 보니 그냥 밀어내는 것보다 한 번에 쓸어야겠대."

"……뭘 일으킨다고요?"

콘라드의 반문에 에리히가 굳이 대답할 필요는 없었다. 눈앞에 대답이 실감 나게 펼쳐지기 시작했으므로.

아리아드네는 눈보라성에 도착해 집사로부터 방어선의 위치를 들었다. 그녀는 바로 암벽으로 향했고, 무너지기 직전의 현장을 보자마자 명령을 내리기 시작했다.

"부단장, 황금뿔 이끌고 방어선 지원해. 비행 가능한 기사들은 저기서 보스 상대하고 있는 사람들 후방으로 빼내고, 보스는 동쪽 구석으로 몰아. 오염 지역 바로 앞까지."

"예, 공작님."

"일라타, 정찰할 사람 몇 명 뽑아서 미궁 쪽 상황 확인해. 나머지는 기사단과 함께 방어 지원하고. 아, 마법사 단원들은 남겨 놓고 가."

"알겠습니다, 단장님."

용병단과 기사단이 즉시 명령대로 흩어졌다. 이어 아리아드네는 에리히를 돌아보았다.

"에리히 오라버니, 심정은 알겠는데 잠깐만 기다려요."

에리히는 끔찍한 설원의 풍경을 보고 눈이 돌아서 튀어 나가려다 아리아드네의 말에 움찔 멈췄다. 눈앞에 펼쳐진 건 위버의 후계자로서 견딜 수 없는 광경이었다. 그는 분노와 걱정으로 벌겋게 달아오른 낯으로 그녀를 돌아보았다.

"뭘 기다려? 당장 도와야지."

"우선 기사단이랑 용병단 보냈잖아요. 제대로 돕고 싶으면 기다려요."

아리아드네가 단호한 목소리로 말했다.

"······알았어."

에리히는 그녀의 침착함을 보고 진정했다. 아리아드네에게 위버가, 저 장소가 어떤 의미인지 그는 잘 알고 있었다. 은거울 호수 옆의 꽃밭에서 추억을 함께 쌓았으니까. 저기서 피투성이로 버티고 있는 눈표범 문장의 기사들 대부분이 아는 얼굴이니까.

그의 사촌 동생은 결코 저 참상이 아무렇지도 않아서 침착한 게 아니었다.

"아가씨, 명령을."

같은 추억을 공유하고 있는 베로니카는 튀어 나가는 대신 처음부터 아리아드네의 판단을 기다렸다. 아리아드네는 그녀에게 조금만 더 기다려 달라는 의미로 손짓한 뒤, 뤼르를 돌아보았다.

"뤼르, 신관분들 지휘해서 방어선 후방을 맡아 줘요."

"제, 제가요? 저는 신관들 앞에 나설 자격이 없습니다. 다른 분께 맡기는 편이……."

뤼르가 새파랗게 질려 물러섰다. 아리아드네는 그럴 줄 알았다는 듯 덤덤히 말을 이었다.

"그야 이미 은퇴한 뤼르에게 저 사람들을 이끌 자격 같은 건 없겠죠. 하지만 전 지금 당신에게 뤼르 이나민 본인으로서가 아니라 성녀를 대리하는 사람으로서 신관들을 지휘해 달라는 거예요."

"제가 감히 성녀님의 대리를……."

"뤼르는 이제 신전 소속이 아니니까 제 직속 신관이잖아요? 그런 당신이 아니면 누가 절 대리하겠어요?"

뤼르는 눈을 둥그렇게 떴다가 짧은 웃음을 터뜨렸다. 어쩐지 후련하게 느껴지는 웃음이었다.

"그렇군요. 저는 이제 신전이 아니라 성녀님께 속한 몸이니 성녀님을 대리하는 건 제 역할이겠지요. 그리하겠습니다."

그는 곧바로 신관들이 모여 있는 곳으로 떠나갔다.

아리아드네는 에리히를 불렀다.

"오라버니."

"뭘 하면 돼?"

"지금 저기 흩어져 있는 사람들, 마법으로 다 공중에 띄울 수 있나요?"

"……너 무슨 짓 하려고 그래?"

"저것들 한 번에 쓸어버리고 방어선 재구축하려고요. 일일이 잡으면 끝이 안 날 테니까. 사람들 빼내고 광역 마법으로……."

"여기 있는 마법사들이랑 나까지 나서도 마물들이 한 방에 죽을 위력의 마법을 저 범위 전체에 날리는 건 불가능해."

"그래서 한곳으로 몰아넣을 거예요."

아리아드네는 방금 세운 계획을 짧게 설명했다. 에리히는 입을 떡 벌렸다.

"너 미쳤어? 그런 짓이 가능해? 아니, 가능하다고 쳐도 그런 거 했다간 너 쓰러져!"

"비슷한 거 이미 해 봤어요."

"뭐? 언제? 어디서?"

"이나민 마을에서 잠들지 않는 심판 폭발시켰거든요. 할 만하던데요."

에리히의 입이 더 크게 벌어졌다. 그는 할 말을 잃고 멍하니 아리아드네를 쳐다보았다.

"잘도 그런 미친 짓을……."

"그러니까, 사람들 따로 빼내는 거 가능하겠어요?"

에리히는 삐걱거리는 움직임으로 언덕 아래의 설원을 살폈다. 흩어져 있는 사람들에게 일일이 공중 부양 마법을 거는 건 무척 까다로운 일이었다. 마력의 양이 아니라 컨트롤과 계산의 문제다.

하지만 그런 식으로 단순한 마법을 복잡하게 구현하는 건 에리히의 취미이자 특기였다. 그는 순식간에 계산을 마쳤다.

"할 수 있어. 니카가 좀 도와줘야겠지만."

"그럼 바로 부탁해요. 니카, 도와줘."

"네, 아가씨."

에리히와 베로니카가 그림자나비를 타고 날아올랐다. 아리아드네는 모여 있는 마법사 단원들에게 범위를 지정해 주고 가장 강력한 광역 마법을 주문했다.

"되도록 번개 계열 마법으로 준비해 줘."

"예, 단장님."

정확히 어떤 마법을 함께 쓸지 논의하는 마법사들을 내버려 두고 그녀는 악셀을 불렀다.

"악셀."

"예."

"저기 저 거대 박쥐 같은 놈, 혼자 잡을 수 있겠어?"

아리아드네의 물음에 주위에 있던 다른 사람들이 모두 흠칫 놀랐다.

그 순간 시뻘건 광선이 암벽을 직격했다. 방어선이 완전히 박살 나며 사람들이 허공에 떠올랐다. 신관들과 용병들이 바쁘게 수습을 하고 황금뿔 기사단이 급히 뚫린 곳으로 추가 인원을 보냈다.

아리아드네는 그 난장판을 돌아보고 짧게 신음을 흘리더니 고쳐 물었다.

"몇 명 더 붙여 줄까? 마법사나 신관 필요해?"

악셀은 보스와 보스가 쏘아 낸 광선이 남긴 흔적을 훑어보더니 태연히 답했다.

"혼자서 충분합니다."

허세에 목숨을 거는 또라이를 보는 듯한 시선이 그에게 몰려들었다. 오직 아리아드네만이 동요하지 않았다. 그녀는 편안해진 낯으로 명령했다.

"그럼 죽이고 와."

"예."

악셀이 아주 기쁜 듯이 이를 드러내며 웃었다. 그는 벼락을 꺼내 올라타더니 망설임 없이 보스 쪽으로 향했다.

루드빅은 당황스러운 기분으로 멀어지는 악셀과 아리아드네를 번갈아 보았다. 저걸 혼자 잡을 수 있다는 놈이나 그 말을 믿고 보내는 사람이나 다 상식에서 한참 벗어나 있었다.

"루드빅."

"……네, 공작님."

"정령술 쓰는 동안 내 호위 좀 부탁할게."

"맡겨 주십시오."

루드빅이 얼른 고개를 숙이더니 정령수를 꺼냈다. 아리아드네는 박살 난 암벽 쪽으로 걸으며 채널을 열었다.

[채널을 개방합니다.]

[대정령, 신록의 그릇이 접속했습니다.]

[대정령, 만년설 왕관이 접속했습니다.]

[대정령, 창백한 푸름이…….]

[만년설 왕관이 동요하고 있습니다. 분노 50%, 불안 20%, 공포 5%, 그 외 감정 통합 25%.]

[만년설 왕관의 제안: 은거울 미궁의 핵 파괴, 대가: 정령석 1,000개]

"제안하지 않아도 돼요. 이건 제 일이기도 하니까."

아리아드네는 제안을 거절하고 무너져 내린 암벽 위로 올라섰다. 루드빅과 용오름이 그런 그녀의 주위를 둘러쌌다. 아리아드네는 바글바글한 마물들 너머 새하얀 피라미드를 노려보았다.

"반드시 저걸 박살 내 버릴 테니, 걱정 말고 편히 지켜보세요."

[만년설 왕관의 감정 분석 불가. 해당 대정령이 감정을 숨기고 있습니다.]

[만년설 왕관의 우호도가 올랐습니다. 우호적인 대정령으로 분류합니다.]

대정령의 우호도란 그 대정령이 정령사에게 얼마나 호의적인지를 수치화한 것이다. 우호도가 높은 대정령일수록 힘을 빌려 오기가 쉽고 빌려 온 정령력을 다루기도 쉽다. 그녀의 경우 신록의 그릇이나 창백한 푸름 등이 대표적으로 우호도가 높은 대정령이었다.

아리아드네는 영토를 펼치며 나직이 말했다.

"창백한 푸름 님. 전에 받았던 제안, 지금 재현할게요."

[창백한 푸름이 깜짝 놀랍니다. 기대감이 50% 이상으로 급증했습니다.]

[아리아, 내상을 입을 우려가 있습니다.]

파이가 걱정스럽게 덧붙였다. 아리아드네는 살짝 웃었다.

"여기 신관 많아, 파이."

[치료할 수 있다고 해도 내상을 입는 건 신체에 부담을 주는…… 하아, 아닙니다. 보조하겠습니다.]

"미안해. 아무래도 이 방법이 제일 피해가 적을 것 같아서."

[제발 아리아의 몸에 가해지는 부담도 피해를 계산할 때 포함해 주셨으면 좋겠습니다.]

"계산한 거야. 이 정도는 괜찮잖아."

에리히가 사람들을 공중에 띄우는 것이 보였다. 그녀가 설명한 대로 최대한 높은 곳까지.

거대 박쥐를 동쪽으로 몰아넣은 황금뿔 기사단은 벼락을 타고 날아온 악셀과 교대했다. 악셀의 머리 위로 새하얀 태양이 떠올랐다. 백야를 써서 빠르게 처리하려는 모양이었다.

머리가 없고 덩치가 어마어마해도 박쥐는 박쥐인지 보스는 어둠 살해자를 뒤집어쓴 악셀이 내쏘는 햇빛에 허겁지겁 뒤로 물러났다.

암벽 뒤에 남아 있던 마법사들은 뻥 뚫린 부분을 통해 남쪽을 겨냥했다. 비탈길의 아래, 완만한 골짜기가 시작되는 지점이었다.

[대정령, 창백한 푸름: 기대감 55%, 친밀 30%, 만족 10%, 그 외 감정 통합 5%.]

[창백한 푸름의 우호적인 감정이 100%입니다.]

준비가 끝났다. 아리아드네는 창백한 푸름으로부터 힘을 빌렸다. 시리도록 차가운 정령력이 채널을 가득 채우며 콸콸 흘러나왔다. 그 힘이 그녀가 펼친 영토를 덧칠하기 시작했다.

붉은 피와 녹색 피, 시체와 살점으로 뒤덮인 지저분한 설원 위로 시퍼런 바닷물이 차올랐다. 암벽 앞에서부터 남쪽까지, 동쪽을 제외한 범위. 흐려도 밝았던 하늘은 별이 총총히 박힌 밤하늘로 바뀌었다.

3천 년 전의 북쪽 바다. 해수면에서부터 발목에 닿을 정도의 깊이까지만 구현되었기에 마물들은 잠깐 움찔하고는 금세 다시 몰려들었다. 각양각색의 울부짖음이 울려 퍼지는 밤하늘을 돌연 빛나는 궤적이 가로질렀다.

그러자 얕은 수면이 몸을 일으켰다. 바다에 떨어진 운석이 지진으로 인한 것보다 수십 배에 달하는 규모의 해일을 만들어 냈다. 하늘조차 가리는 파도였다. 그것이 천벌처럼 마물들 위로 쏟아졌다.

마물들의 시야에는 밀려드는 시퍼런 바닷물 외에는 아무것도 보이지 않았다. 해일이 수면 위의 모든 것을 휩쓸어 간다. 마물들이 내지르는 비명마저 천둥 같은 물소리에 파묻혔다.

압도적인 자연.

까마득한 하늘에서 그 광경을 내려다보던 사람들은 전율로 굳어 경악의 신음조차 내지 못했다.

미리 계획을 들은 악셀마저 움찔 놀라 검을 멈췄다. 그와 싸우고 있던 보스급 마물도 생물로서의 본능이 반응한 건지 반사적으로 달아나려 들었다.

아리아드네는 속이 약간 안 좋아지는 것을 느끼며 생각했다.

'운석 충돌 자체도 구현할 수 있으면 좋을 텐데. 창백한 푸름에게 속한 자연 요소가 아니라서 안 되네.'

그녀로선 전생의 영화관에서 재난 영화를 보는 기분이었다. 현실감은 차원이 달랐지만, 어쨌든.

해일에 휩쓸린 마물들이 모조리 비탈 아래에 처박혔다. 이제 마법을 날릴 차례였다. 그녀는 뒤를 돌아보았다. 마법사들이 눈을 찢어져라 치뜬 채 굳어 있었다.

'마물들이 정신 차리기 전에 쏴야 하는데 뭐 하는 거야?'

아리아드네는 눈살을 찌푸리고 외쳤다.

"뭐 해? 당장 발사해!"

그녀의 명령에 마법사들이 채찍을 후려 맞은 것처럼 펄쩍 뛰었다.

그들은 준비하고 있던 마법을 동시에 내쏘았다. 십여 명의 마법사들이 함께 읊은 주문이 합창처럼 울려 퍼졌다. 십수 개의 번개가 줄기줄기 엮이며 신이 내리치는 창처럼 남쪽에 내리꽂혔다. 소금기 가득한 바닷물에 절여져 쌓여 있는 마물들에게 가장 치명적인 방식의 공격이었다.

아리아드네는 바닷물을 타고 전류가 다른 곳으로 퍼지지 않도록 얼른 영토를 거둬들였다.

"루드빅, 기사단원 몇 데리고 가서 저것들 다 죽었는지 확인하고 살아 있는 놈 있으면 마무리해."

"……예."

루드빅이 기가 질린 낯으로 대답하고는 용오름을 타고 날아올랐다.

아리아드네는 긴 한숨을 내뱉으며 돌 더미 위에 걸터앉았다. 파이가 그녀를 방해하지 않으려 잠시 멈췄던 보고를 이었다.

[창백한 푸름이 감격하며 선물을 보냅니다.]

[정령석 2,000개를 획득했습니다.]

[정령석 600개를 획득했습니다.]

[정령석 38개를 획득했습니다.]

'응? 저 애매한 숫자는……. 있는 거 다 긁어 보내나 보네.'

[창백한 푸름이 선물을 보냅니다.]

[정령석 3개를 획득했습니다.]

[정령석 1개를 획득했습니다.]

다 긁어 보내 놓은 후에 이젠 실시간으로 정령석을 만들어서 보내고 있는 모양이다. 아리아드네는 얼른 고개를 저었다.

"이제 충분하니 안 주셔도 돼요. 감사합니다."

[창백한 푸름이 더 보낼 것이 없음을 안타까워합니다.]

[창백한 푸름이 다음에 자신의 영토에 한번 놀러 오라고 합니다.]

[창백한 푸름이 바닷속의 장관과 숨겨진 보물들에 대해 열심히 설명하고 있습니다.]

[……창백한 푸름이 자신의 발언을 요약해서 번역하는 가이드에게 불만을 표시합니다.]

[무시하세요, 아리아.]

파이가 성가시다는 듯 덧붙였으나, 아리아드네는 그래도 그 마음이 고마워 웃으며 대꾸했다.

"초대 감사해요. 나중에 시간 나면 꼭 놀러 갈게요."

[잠들지 않는 심판이 자신의 영토를 자랑하며 놀러 오길 청합니다.]

[신록의 그릇이 조심스럽게 언젠가 자신의 영토에도 한번 와 주길 바라고 있습니다.]

[뒤로 걷는 물이…….]

빠르게 읊던 파이가 돌연 말을 멈췄다. 그가 냉담한 투로 채널 내에 목소리를 퍼뜨렸다.

[접속 중인 대정령들께 알립니다. 정령사님께서 여러분 모두의 쓸데없는 수다를 일일이 들어 주실 수는 없습니다.]

[요약된 내용이나마 전달되는 것에 만족하시길 바랍니다. 계속 헛소리를 남발하면 발언을 아예 번역하지 않겠습니다.]

"파, 파이?"

[지금부터 나오는 모든 제안과 권유는 기록해 두었다가 차후 정령사님께 일괄적으로 전달하겠습니다. 예외는 없습니다.]

[잠들지 않는 심판, 경고 1회. 막무가내로 채널에 정령력을 퍼부으려 하지 마십시오. 경고가 누적되면 차단하겠습니다.]

[검은 누님, 경고 1회. 정령사님은 특정 대정령의 소유가 아니며 독점할 수도 없습니다.]

[뒤로 걷는 물, 경고 1회. 의미 불명의 발언을 반복적으로 쏟아내지 마십시오. 방해됩니다.]

[황금 무덤, 경고 1회. 무의미하고 반복적인 질문 받지 않습니다. 얼마면 되냐니, 정령사님께서 댁보다 돈 더 많습니다.]

[만년설 왕관, 경고 1회. 채널 내의 다른 대정령을 위협하지 마십시오. 채널에 가해지는 부담은 고스란히 정령사님께 전해집니다.]

[어둠 살해자, 경고 1회. 이상한 망상 펼치지 말고 당신 계약자한테나 집중하십시오.]

[폭군이니 정신 나간 가이드니 하는 발언들은 그냥 넘어가 드리겠습니다.]

[저는 고장 나지 않았으며, 가이드로서 제 정령사를 위해 최선을 다하고 있습니다. 그러니 다들 닥쳐 주시길 바랍니다.]

파이가 냉담하고 싸늘한 어투로 쉼 없이 말을 쏟아 내고 있었다. 평소 아리아드네에게 속삭이던 말들과는 꽤나 다른 목소리였다.

"저기, 파이……? 무슨 일이야?"

아리아드네가 재차 묻자 파이가 흠칫 놀라는 듯한 소리가 들렸다. 잠깐 침묵하던 그는 한숨과 함께 대답했다.

[죄송합니다, 아리아. 좀 흥분해서 대정령들한테 보내는 전언이 당신께도 들렸군요.]

"채널 상태가 어떻길래 그래? 대정령들이 뭐라고 해?"

[별일 아닙니다. 아리아가 너무 뛰어난 탓에 대정령들이 안달이 나서 잠시 이성을 잃었을 뿐입니다. 대정령 도감을, 제가 하나 새로 써

야겠군요.]

마지막 말 사이에 살짝 이를 가는 소리가 들린 듯했다. 파이가 다시 차분해진 음성으로 읊었다.

[알림. 아리아의 채널에 접속 중인 대정령의 수가 50을 돌파했습니다.]

[일반적인 가이드처럼 이들의 모든 반응을 보고했다간 아리아가 정령술에 집중할 수 없습니다.]

[앞으로도 중요한 것만 번역하고 전체 내용은 차후 서면으로 전달 드리겠습니다. 괜찮으십니까?]

"어…… 응, 그래…… 그렇게 해."

[감사합니다, 아리아. 그럼 정리를 위해 잠시 침묵하겠습니다.]

파이가 조용해졌다. 아리아드네는 허탈하게 웃고는 몸을 일으키려다 핑 도는 시야에 휘청이며 바위를 짚었다.

'아, 확실히 내상을 입긴 했나 보네.'

[치료부터 하세요, 아리아. 당신은 휴식이 필요합니다. 최소한 이삼일 정도는 푹 쉬십시오.]

파이가 튀어나와 잔소리를 하고선 다시 사라졌다. 아리아드네는 입가를 더듬었다.

피를 토하는 것도 아닌데 이 정도면 괜찮은 거 아닌가. 느껴지는 통증도 없었다. 과식한 듯한 느낌 정도.

'게다가 이삼일이나 쉴 여유는 없어.'

그녀는 새하얀 피라미드를 뚫어져라 응시했다. 저 안에서 할아버지가 어떤 상황에 처해 있을지도 모르는데 그렇게 오래 쉬고 있을 틈이 어디 있겠는가.

'어차피 신성력으로 치료하면 멀쩡해질 거야.'

잠시 눈을 감고 있자 어지러움이 가셨다. 그녀는 자리에서 일어나 마법사들을 치하하러 갔다.

아리아드네가 숨을 돌리는 사이 상황은 빠르게 마무리되었다.

해일을 보고 달아나려던 거대 박쥐는 악셀의 검에 양쪽 날개가 잘리고 추락했다. 그는 벌레처럼 바닥을 기는 보스를 문자 그대로 도륙했다. 지금까지 그놈 하나를 붙들려고 목숨을 걸었던 눈표범 기사단원들이 할 말을 잃고 그 광경을 바라보았다.

'역시 주인공. 걱정할 필요가 없네.'

아리아드네는 그 광경을 보고 안심했다.

그사이 미궁 주변을 정찰하고 온 용병단원들이 돌아왔다. 그들에게 보고를 들은 뒤, 아리아드네는 에리히에게 뒷마무리를 맡기고 물러났다. 여기부터는 위버 소백작인 그의 영역이었으니까.

그녀는 환자들을 위해 쳐 둔 막사 중 빈 곳에서 뤼르를 불러 치료를 부탁했다. 신성력을 아리아드네의 몸에 흘려 넣던 뤼르의 표정이 이상해졌다.

"……성녀님. 한 가지 물어도 되겠습니까?"

"통각 때문에 그래요? 옛날부터 이랬어요."

아리아드네가 평온하게 말하자 뤼르의 낯빛이 굳었다. 그는 아리아드네의 안색을 꼼꼼히 살피더니 조심스레 물었다.

"지금 안 아프십니까? 전혀?"

"좀 거북한 정도예요."

"이건 거의…… 마취된 수준인데."

심각하게 혼잣말을 한 뤼르가 진지한 눈으로 그녀를 바라보았다.

"성녀님, 예전부터 이랬다고 하셨지요? 몇 년이나 되었습니까?"

"10년쯤 됐어요."

"치료는 해 보셨습니까?"

"고치려면 신경을 전부 망가뜨린 다음 신성력으로 처음부터 다시 재생해야 한다고 해서요."

아리아드네는 어깨를 으쓱였다. 사실 고칠 수 있었어도 별로 안 고치고 싶었다. 결정적인 순간에 아파서 집중이 흐려지는 것보다 훨씬 낫지.

"나름 편하기도 해서 그냥 두려고요."

"……제가 미친 짓을 한번 해 봐도 될까요?"

"무슨 미친 짓이요?"

"확인해야 할 것이 있습니다. 성녀님의 신체에 상처를 낼 테니 느낌이 어떤지 말씀해 주실 수 있겠습니까? 치료는 바로 해 드리겠습니다."

"음……."

별로 내키는 일은 아니었다. 하지만 뤼르는 앞으로 함께 토벌을 할 사람이니 그녀의 몸 상태에 대해 잘 알고 있어야 하긴 했다. 그가 워낙 진지한 표정이기도 하고.

"네, 허락할게요."

"감사합니다, 성녀님. 그럼 잠시 실례하겠습니다."

뤼르가 그녀의 팔뚝을 살며시 잡고 의료용 단검을 꺼내 들었다. 하필 오른쪽이라 안 좋은 기억이 떠오를 것 같았다. 아리아드네는 눈을 질끈 감고 고개를 돌렸다.

그녀가 떠는 것을 느낀 뤼르가 칼을 대려다 말고 멈췄다.

"성녀님?"

"네?"

뤼르의 눈이 우묵해졌다. 선한 인상의 청년은 가만히 그녀를 관찰하다가 나직이 물었다.

"지금 떨고 계신 것을 아십니까?"

"제가요?"

아리아드네는 깜짝 놀라 제 팔뚝을 만져 보았다. 만져 보니 떠는 것이 제게도 느껴졌다. 그녀는 당황했다.

"아, 이건 아마…… 괜찮으니 그냥 해요, 뤼르."

"신관은 원래 환자의 개인 사정 같은 걸 먼저 물어서는 안 됩니다. 모든 신관은 의사이기도 하니까요."

뤼르가 단검을 내려놓고 물러섰다. 황금빛 눈동자가 제 몸에 걸친 검은 사제복을 훑고는 아리아드네에게로 다시 돌아왔다.

"하지만 저는 이제 신관이 아니라 성녀님의 수족이니, 묻고 싶습니다."

"……."

"무슨 일을 겪으셨기에 통각이 이리 망가지셨고, 내장이 진탕된 건 신경도 안 쓰시면서 팔에 다가오는 얇은 칼날을 두려워하시는 겁니까?"

아리아드네는 입을 열었다가 다물었다. 설명하기가 어려웠다. 별로 언급하고 싶은 과거도 아니고.

'그래도 뤼르는 알아야겠지.'

"……눈보라성에 위버가의 주치의인 제일린 브라운이 있을 거예요. 어릴 때부터 절 진찰한 사람이니 자세한 건 그녀에게 들으세요."

"제일린 브라운……. 알겠습니다."

고개를 끄덕인 뤼르는 단검을 완전히 치우고 치료에만 집중했다. 아리아드네는 짧은 한숨을 내쉬고 말을 이었다.

"제 상태를 에리히 오라버니와 니카는 아는데 루드빅과 악셀은 몰라요."

"비밀로 하길 원하십니까?"

"네, 특히 악셀에게는."

"하지만 성녀님, 이건 되도록 주위 사람 모두가 알고 있어야 하는 증상입니다. 당신 자신이 느끼지 못하는 만큼 주변에서 주의를 기울여야 하니까요."

"그 점은 걱정 마세요. 저한텐 잔소리쟁이가 하나 붙어 있으니까."

[그거 파이 얘기입니까, 아리아? 잔소리쟁이라니요······.]

파이가 시무룩하게 말했다. 아리아드네는 조금 웃고 말았다.

토벌대는 눈보라성에서 하루 휴식하며 정비를 마친 뒤 곧바로 은거울 미궁으로 향했다. 미궁에 들어가는 건 아리아드네 직속 토벌대만이었다. 함께 온 새벽 용병단과 황금뿔 기사단은 남아서 위버의 방어를 돕기로 했다.

어제 터져 나온 마물을 싹 쓸어버린 덕에 미궁 입구까지 가는 길은 뻥 뚫려 있었다. 설원 곳곳에서 사람들이 마물 사체를 수거하고 전장을 정리하는 중이었다.

눈에 띄는 백금발의 공작이 나타나자 그들은 하나둘씩 하던 일을 멈췄다. 경외심과 간절함이 뒤섞인 시선이 흰 피라미드로 향하는 그들에게 따라붙었다.

아리아드네는 그 시선 속을 걸으며 책임감을 느꼈다. 뤼르는 그들의 간절함에 공감했다. 에리히는 각오를 다졌다. 베로니카는 전투에 앞서 머리를 비웠다. 루드빅만이 은밀히 그 시선들을 즐겼다.

악셀은 남들이 어떻게 보든 신경도 쓰지 않고 아리아드네의 뒷모습만을 바라보았다.

은거울 미궁이 만들어 낸 오염 지역은 아직 좁았다. 경계선에서도 미궁 입구가 보일 만큼. 오염이 시작되는 지점에서 콘라드와 샬럿이 토벌대를 기다리고 있었다.

"정말 지원이 없어도 되겠습니까? 대마법사님께서도 실종된 최상급 미궁입니다."

콘라드가 어두운 낯으로 물었다. 에리히가 반문했다.

"지원할 인원은 있고?"

"정령사는 부족해도 기사들이라면······."

"인원 늘면 아리아만 힘들어져. 아무리 쟤가 괴물 같은 정령사라도 괜한 부담을 늘릴 수는 없지. 그게 더 위험하잖아."

토벌대는 넓은 평야에서 싸우는 게 아니라 미궁이라는 한정된 공간에서 싸우는 만큼 소수 정예가 유리할 때가 많았다.

소수의 인원으로 감당이 안 될 때는 어쩔 수 없이 정령사를 추가하고 규모를 키워야 하지만, 아리아드네의 토벌대와는 상관없는 문제였다.

그녀가 다른 정령사와 손발을 맞추려면 그녀의 월등한 영토 운영 능력을 봉인해야 했다. 토벌대의 전력이 상승은커녕 하락하게 되는 꼴이다.

콘라드는 풀이 죽었다.

"저는 도련님의 호위인데, 정작 위험한 곳에는 따라갈 수가 없군요."

찰나 에리히는 아리아드네라면 이럴 때 어떻게 했을지 생각했다. 그리고 그것을 제 방식으로 표현했다.

"콘라드, 난 위버의 후계자야. 그러니까 위버를 지키는 게 곧 나를 지키는 거다."

픽 웃으며 말한 에리히가 콘라드의 등을 퍽 쳤다.

"넌 네 역할 넘치도록 잘하고 있으니 쓸데없는 소리 말고 여기나 잘 지키고 있어. 저놈의 미궁은 우리가 꼭 닫을 테니까."

콘라드는 조금 풀어진 낯으로 등을 문지르며 투덜거렸다.

"잘하고 있다면서 왜 때리십니까?"

"엄살. 마법사가 기사 때려 봤자 얼마나 아프다고."

에리히가 콘라드와 대화하는 사이, 뤼르는 샬럿을 걱정스럽게 살폈다.

"기사님은 치명적인 중상이셨습니다. 벌써 일어나셔도 되는 겁니까?"

"안 그래도 부족한 신성력을 배 터지게 받아먹었는데 양심이 있으면 일어나야죠."

씩 웃으며 대꾸한 샬럿이 아리아드네를 향해 각 잡힌 경례를 했다.

"위버를 구해 주신 것에 감사드립니다, 공작님."

"샬럿 경, 여긴 내 고향이야. 최악의 상황에서도 버텨 준 그대들에게 내가 감사해야지."

아리아드네는 미소 지으며 답했다.

고향. 그 말에 샬럿은 10년 전 눈보라 성을 돌아다니던 8살짜리 소녀를 떠올렸다. 산책하는 것조차 조심해야 했던 연약한 어린아이.

그 작던 아이가 이렇게 훌쩍 커서 위대한 정령사가 되어 자기가 자란 곳을 지켜냈다. 샬럿은 일순 치미는 감동을 꿀꺽 삼키고는, 얼른 들고 있던 서류를 내밀었다.

"요청하신 미궁에서 실종된 토벌대원 목록입니다."

"수고했어."

아리아드네는 서류를 빠르게 훑었다. 제일 위에 대마법사의 이름이 있었다. 솔란 가르시아. 그 아래로 눈표범 기사단원 19명. 그리고 마법사 6명. 신관 5명. 정령사 4명.

총 35명의 실종자.

"……정령사 수가 너무 적은데. 이러면 기사들은 거의 다 가호로 버텼겠네."

"남은 사람들로 급하게 꾸린 토벌대라서요. 그것도 간신히 긁어모은 거였습니다."

샬럿이 우울하게 설명했다. 아리아드네는 서류를 접어 품에 넣고 돌아섰다.

"그럼, 다녀올게."

"부디 무사히 돌아와 주십시오."

샬럿이 깊이 허리를 숙였다. 콘라드도 떨리는 음성을 보탰다.

"미궁을 닫는 것이나 실종된 이들을 찾는 것보다 무사히 돌아오시는 걸 우선해 주십시오."

"……응."

아리아드네는 작게 고개를 끄덕이곤 영토를 펼쳤다. 짓밟혀 지저분한 설원에 그녀를 중심으로 작은 초원이 생겨났다. 그 초원은 그녀의 움직임을 따라 이동했다.

두어 걸음 만에 그들은 오염 지역 내부에 들어섰다. 화창하던 하늘이 구름이 낀 것처럼 어스름해졌다. 땅은 보라색 개펄로 바뀌었고, 빨판이 달린 해초 같은 풀들이 곳곳에서 흐늘거렸다.

개펄을 지나자 바로 늪이었다. 진한 회색의 늪 위로 검붉은 오염수가 물에 뜬 기름처럼 흘러갔다. 본래 거울처럼 맑은 호수였던 곳. 아리아드네가 다가가자 신록의 그릇으로부터 빌려 온 영토가 늪 위를 조금씩 잠식했다.

일행은 초원으로 변한 늪을 가로질러 걸었다. 늪의 중앙에 거꾸로 선 피라미드가 거대한 그림자를 그들 위로 드리웠다. 늪에 잠긴 채 오염수를 토해 내고 있는 입구가 점차 가까워졌다.

어제 미궁 근처를 둘러본 새벽 용병단원들은 미궁 내에는 전혀 들어가 보지 못했다고 보고했다. 용병단의 정령사가 순식간에 지쳐 버렸기 때문이었다. 입구가 거의 늪에 잠겨 있어서 영토로 덮는 게 쉽지 않다고. 입구 근처에서 들여다보니 보이는 안쪽까지 늪이 가득 차올라 숨쉴 틈도 없어 보였다고도 했다.

'재수 없으면 저 미궁 안쪽이 전부 늪일 수도 있댔지. 수중 미궁이라…….'

아리아드네야 평지에 해양 영토를 마음대로 변형까지 해 가며 자유롭게 다루지만, 땅을 물로 바꾸거나 물속에 땅을 구현하는 건 보통은 매우 힘든 일이다.

사실 토벌에 시간이 얼마나 걸릴지 몰라 체력을 아껴야 하는 아리아드네 입장에서도 좋지 않은 소식이다.

'파이, 이 미궁 정보는 찾았어?'

[죄송합니다, 아리아. 여전히 관련 기록을 발견하지 못했습니다.

계속 탐색 중입니다.]

'괜찮아. 어쩔 수 없지.'

기록이 없을 수도 있고, 있는데 아직 못 찾은 것일 수도 있다. 하지만 차분히 기다릴 여유가 없었다. 아리아드네는 심호흡을 하고 입을 열었다.

"잠깐 얘기할 게 있어요."

다들 멈춰 서 그녀를 돌아보았다.

"이번 미궁은 저도 아무런 정보가 없어요."

베로니카의 눈이 커졌다. 에리히가 깜짝 놀라 되물었다.

"어? 진짜?"

"네. 아예 모르는 미궁이에요. 정찰대한테 들은 게 다예요."

"좀 더 조심해야겠군요."

루드빅이 중얼거렸다.

아리아드네가 지금까지 얼마나 자세하게 미궁의 정보를 풀어놓았는지 모르는 뤼르는 한층 긴장된 분위기에 갸웃했다.

그리고 악셀은 검에 손을 올리고 있었다.

"뭔가 옵니다."

"응?"

아직 미궁에 들어가지도 않았는데, 라고 아리아드네가 말을 잇기도 전에 베로니카의 눈빛이 변했다. 뒤이어 루드빅도 낯빛을 굳히며 앞으로 나섰다. 악셀은 잔디밭의 끄트머리를 밟고 서서 몸을 낮췄다. 그러곤 돌연 검을 뽑아 똑바로 세워 들었다.

그와 동시에 늪에서 비늘 덮인 커다란 마물이 뛰어올랐다. 마물이 덤벼드는 경로에 이미 악셀의 검이 세워져 있었다.

키이익!

졸지에 가만있는 검에 들이박게 된 마물이 괴성을 질렀다. 피하기엔 늦었다. 그래서 마물은 차라리 검을 부러뜨리려고 온 힘을 다해 들이박았다. 황소만 한 덩치의 마물과 악셀의 검이 충돌했다. 그의 전신에서 근육이 일순 터질 듯이 부풀었다.

검은 미동도 하지 않았다. 그 검에 반으로 갈라진 마물의 시체가 뒤로 나뒹굴었다. 진녹색 피가 확 흩뿌려졌다. 순수한 육체의 힘으로 한 짓이었다.

일행은 순간 말문이 막혔다.

[……무식할 정도로 센 힘이로군요.]

파이가 질린 목소리로 말했다. 아리아드네는 멍하니 고개를 끄덕였다.

'그러게, 방금 쟤 정령력을 쓰지도 않았는데…….'

괴물같은 힘이라는 서술을 소설에서 여러 번 봤지만 이렇게 실감한 건 처음이다. 악셀은 그들의 경악에 아랑곳하지 않고 무심히 검을 내리며 말했다.

"논의는 일단 미궁에 들어간 후에 하는 것이 좋겠습니다."

"왜?"

"미궁 터졌을 때 늪 밖으로 못 기어 나왔던 생선 대가리들이 죄다 몰려오는 중입니다. 성가시게 되었군요."

그가 턱짓했다. 늪에서 수많은 기포가 끓는 것처럼 부글부글 올라오고 있었다.

아리아드네의 판단은 빨랐다. 그녀는 급하게 말했다.

"니카는 오라버니를, 루드빅은 뤼르를 맡아!"

무슨 뜻인지 알아들은 두 정령 기사가 굼뜬 마법사와 신관을 각각 둘러업었다.

아리아드네는 솔직히 자신이 아닌 다른 사람을 악셀에게 맡기기가 좀 불안했다. 그래서 스스로 악셀의 품에 파고들었다. 악셀이 순간 얼어붙었으나, 기포가 올라오는 늪에 시선을 두고 있던 아리아드네는 알아채지 못했다.

'저게 다 마물이면 물 반 고기 반이네, 망할. 미궁에 들어가기도 전에 체력을 뺄 순 없어.'

악셀 말대로 빨리 안으로 들어가야 했다. 그녀는 자신을 바로 안아 들지 않고 공중에서 손을 허둥대는 악셀을 이상하게 쳐다보았다.

"뭐 하는 거야, 악셀? 내 걸음으로는 저것들 못 피해."

"그…… 아닙니다. 알겠습니다."

악셀은 제기랄, 하고 속으로 욕을 뱉으며 그녀에게 손을 뻗었다. 아리아드네를 안아 드는 게 처음도 아닌데 왜 그녀에게 닿는 것이 이렇게 긴장되는 건지 모르겠다. 그것도 이런 급한 와중에.

'왜지?'

날씬한 허리가 그의 한 팔에 안겨 들었다. 그녀가 팔을 뻗어 그의 두꺼운 목을 그러안고 매달렸다. 악셀은 심장 박동이 급격하게 빨라지는 것을 느꼈다. 제게 닿은 몸의 감촉이 자신과 너무 달랐다. 힘을 잘못 줬다간 품 안에서 그대로 뭉그러지는 게 아닐까 무서울 정도로 가늘고, 작고, 보드랍다.

그런데 이 연약한 것이 언제나 옳은 아드리안이며 화산을 터뜨리고 해일을 일으키는 세기의 정령사이자 그를 이끄는 마스터였다.

그는 멀거니 제 품을 내려다보았다. 아리아드네가 응? 하는 듯한 표정으로 그를 올려다본다. 악셀 발렌타인은 불현듯 그녀가 자신이 지금까지 봐 온 사람 중에서 가장, 몹시, 놀라울 정도로 아름답다는 것을 깨달았다.

참으로 새삼스러운 깨달음이었다. 다시 한번 말하지만 이런 급한 와중에 정말 뜬금없게도 말이다.

'대체 왜지?'

평생 단 한 번도 여성에게 특별한 관심을 가져 본 적이 없는 그로서는 제 상태를 도저히 이해할 수가 없었다.

그에게 인간의 성별 구분이란 그 인간이 우 대륙 출신인지 좌 대륙 출신인지를 구분하는 것과 별다를 바 없는 수준의 문제였었다. 상대의 성별을 의식하며 행동해 본 적이 없다. 그런데 왜?

"악셀? 뭐 문제 있어?"

짧은 순간 홀로 혼란에 빠져 있던 악셀은 아리아드네의 당황한 물음에 이성을 되찾았다. 그는 황급히 주위를 확인했다. 늪에 끓어오르는 기포 사이로 불빛이 보였다. 늪 곳곳에서 밤하늘에 별이 떠오르듯 빛나는 눈동자가 떠올랐다.

비유와 달리 별이 뜬 밤처럼 아름다운 풍경이 아니었다. 떠오른 눈알들은 섬뜩한 주홍색에, 파충류 특유의 세로로 찢어진 동공이었다. 악취가 풍기는 회색 늪에 가득 찬 마물의 눈동자들이 그들을 노려보았다.

아리아드네가 외쳤다.

"달려! 입구까지!"

영토가 좁을 때는 날아가는 것보다 달리는 게 낫다. 즉시 베로니카가 철마를, 루드빅이 세 번째로 얻은 정령수인 모래 바람을, 악셀이 아름드리를 각각 꺼내며 올라탔다. 쇳덩이 말과 모래로 만들어진 여우와 나무 조각상 같은 사슴이 은은한 빛을 뿌리며 초원을 질주했다.

그녀의 외침과 그들의 질주가 신호탄이 된 것처럼 눈만 내놓고 있던 마물들이 삽시간에 몰려들었다. 움직이는 초원을 향해 다가오는 물살이 부챗살처럼 펼쳐졌다. 아리아드네는 제 허리를 끌어안은 악셀의 팔을 붙잡고 뒤를 돌아보았다. 그녀가 에리히에게 목소리를 높여 물었다.

"오라버니! 입구 틀어막을 만한 장애물 마법 있어요?"

"어! 근데 오래는 못 버틸걸!"

"상관없으니 들어가면 바로 부탁해요! 최대한 단단한 걸로!"

"알았어!"

베로니카의 뒤에 탄 에리히는 반쯤 눈을 감고 빠르게 주문을 영창했다.

헤엄치는 마물들의 속도는 대단히 빨랐다. 가장 끝에 있는 루드빅은 뤼르를 지키며 솟구치는 비늘 덮인 마물들을 쳐 내느라 정신이 없었다.

'따라잡히겠어. 위험해!'

아리아드네는 그 광경을 확인하고 전방으로 다시 시선을 돌렸다. 늪에 잠긴 입구. 지금처럼 수면 위를 달릴 게 아니라 아래로 잠수해야 들어갈 수 있다.

'파이, 만년설.'

[만년설 왕관의 감정 분석 불가. 해당 대정령이 감정을 숨기고 있습니다.]

[만년설 왕관이 말없이 선물을 보냅니다.]

[정령석 500개를 획득했습니다.]

뜬금없이 정령석? 얼마든지 정령력 가져다 쓰라는 만년설 왕관 나름의 신호인가? 아마 그렇겠지?

[만년설 왕관의 정령력을 사용합니다.]

파이도 같은 판단을 내렸는지 그녀가 만년설 왕관의 정령력을 끌어가는 것을 말리지 않았다. 아리아드네는 끌어온 정령력을 영토에 쏟아부었다. 그녀의 영토가 길쭉하게 늘어나며 미궁의 입구까지 닿았다.

만년설 왕관의 영토인 라랏슈아산, 그중에서도 가파른 급경사의 일부가 구현되었다. 차가운 설산의 공기가 진득한 회색의 늪을 대체하며 덧씌워졌다. 쌓인 눈이 얼어 반쯤 빙판이 된 산비탈. 그 빙판은 늪에 잠겨 있던 입구까지 미끄럼틀처럼 펼쳐졌다. 갑자기 나타난 얼음판에 정령수들의 발이 미끄러졌다.

아리아드네가 소리쳤다.

"버티지 말고 그냥 미끄러져!"

그 명령에 정령 기사들은 바로 제 정령수를 제어했다. 몸을 낮추고 발에 은은한 빛을 두른 수사슴과 말과 여우가 빙판을 따라 미끄러져 내려가기 시작했다. 가파른 경사에 힘입어 금세 엄청난 가속이 붙었다. 아리아드네를 중심으로 이동하는 영토 탓에 그들을 뒤쫓는 마물들은 그 내리막의 혜택을 보지 못했다.

점점 거리가 벌어졌다. 그들은 눈 깜짝할 사이에 미궁의 입구를 통과했다. 계속 입술을 달싹이고 있던 에리히가 재빨리 뒤를 돌아보며 손을 뻗었다.

"그리하여 너는 철갑을 두르고 영겁을 버틸지어다!"

마법사의 영창과 함께 사방에서 강철이 고드름처럼 자라나 윗니와 아랫니가 맞물리듯 꽉 다물렸다. 수십 겹에 달하는 강철 벽이 입구를 완전히 틀어막았다. 우드드득, 하고 소나기가 유리창을 때리는 듯한 소리가 멀게 들렸다. 강철 벽에 마물들이 부딪히는 소리였다.

아리아드네는 그제야 영토를 신록으로 되돌렸다.

정찰대의 보고대로 미궁 안쪽 통로 전체가 끈적한 늪이었다. 오염수가 그 늪에 섞여 흘러가는 것이 보였다. 통로는 입구의 모양 그대로 역삼각형이었다. 벽면은 거울처럼 반들반들했다.

그녀가 펼친 영토는 물이 가득한 삼각기둥 중간에 낀 기포 같은 꼴이었다. 싱싱한 잎사귀가 돋은 나뭇가지들 사이로 보이는 불투명한 회색 액체는 천장까지 꽉 차올라 있었다.

[신록의 그릇이 당신이 힘들까 봐 걱정하고 있습니다.]

[창백한 푸름이 자신의 영토를 구현하면 체력을 아낄 수 있다고 권합니다.]

[검은 누님이 자신의 영토가 창백한 푸름보다 따뜻해서 인간들에게 더 나을 거라고 주장합니다.]

[창백한 푸름이 검은 누님의 주장을 싫어합니다.]

[하얀 동생이 인간은 물속에서 숨을 못 쉰다고 지적합니다.]

[뒤로 걷는 물이 그거 모르는 대정령이 어디 있냐며 웃어 대고 있습니다.]

[하늘을 담은 거울이 영토에 수면 위의 공기를 포함해서 구현하면 되는 문제라고 합니다.]

[하얀 동생의 창피함이 급상승합니다. 자괴감이 생성되었습니다.]

[검은 누님이 하얀 동생을 보고 혀를 찹니다.]

파이의 보고를 들으며 아리아드네는 검은 누님의 주장이 꽤 괜찮다고 생각했다. 정령사의 미궁 공략은 지구전이다. 되도록 오래 영토를 유지해야 하는 정령사는 가장 효율적인 방식으로 정령술을 써야 한다.

'이런 식으로 수중 공간이 대부분이면 그걸 전부 공기와 땅으로 대체하는 것보다 공기 반 물 반으로 덮어씌우는 게 덜 힘들겠지.'

검은 누님과 하얀 동생은 둘 다 강의 대정령이다. 검은 누님은 부식된 나뭇잎들이 섞여 검은빛을 띠는 강이고, 하얀 동생은 토사가 섞여 크림색을 띠는 강이었다. 둘은 서로 다른 지역에서 발원하여 한곳에서 만나게 되는데, 특이하게도 서로 섞이지 않고 나란히 흐르다가 다시 갈라져 버렸다.

두 강의 성분과 수온, 유속이 전부 달라서 발생하는 현상이었다. 근처에 사는 사람들은 그 강들이 남매라 섞이지 않는 거라며 각각의 강을 검은 누님과 하얀 동생이라 불렀다.

'창백한 푸름은 북해라 추울 테니 확실히 비교적 따뜻한 강들이 낫겠지.'

간단한 뗏목을 만들어서 강의 흐름을 이용하면 정령수를 타는 것보다 편하게 이동하는 것도 가능할 것 같았다. 아리아드네는 그런 구상을 하며 아름드리에서 내려서 에리히에게로 다가갔다.

에리히는 철마에서 내려 강철 벽들 쪽으로 정령석 몇 개를 툭툭 던지고 있었다. 그녀는 틈 하나 없이 맞물린 거대한 강철 벽을 올려다보고 감탄했다.

"이건 처음 보는 마법인데 굉장하네요. 방어막도 아니고 진짜 금속 같아요."

"여러 마법을 합쳐서 만든 거야. 오래 유지하긴 힘들어."

에리히는 아무렇지도 않게 말하고 있지만 새로운 마법을 만든다는 건 보통 일이 아니었다. 아리아드네가 감탄하는 사이 그가 던진 정령석들이 무영창 마법에 의해 강철 벽의 곳곳에 달라붙었다. 벽 전체에 희미한 마법진이 떠올랐다. 베로니카가 철마와 강철 벽을 번갈아 보더니 픽 웃었다.

"어쩐지 자꾸…… 철마 좀 빌려 달라고, 하더라니."

"어, 네 정령수가 너보다 훨씬 도움이 되더라고."

"네 마법도…… 너보다는 쓸모가 있네."

"야, 내가 만들어서 내가 쓰는 마법이거든? 나 아니면 못 쓰거든?"

"철마도, 내 거야."

"그 말 하고 싶어서 그 헛소릴 한 거야? 유치하게."

"네가 먼저, 시작했잖아. 난 네 수준에…… 맞춰 준 거고."

"아오, 진짜 말은 느려 터졌으면서 한마디도 안 진다니까."

"알면, 괜한 시비를 걸지 말든가……. 어릴 때랑, 변한 게 없어."

아리아드네는 익숙한 투덕거림을 무시하고 물었다.

"저 마법, 얼마나 가요?"

에리히는 가느스름하게 뜬 눈으로 벽에 떠오른 마법진을 살피고 나서 설명했다.

"짧으면 반나절, 길면 하루. 들이박는 놈들 숫자가 너무 많아서 구체적으로는 가늠이 잘 안 되네."

"그럼……."

"잠깐, 다들 앞을 보십시오!"

루드빅이 경악한 목소리로 외쳤다. 길게 뻗은 나뭇가지들 너머, 회색 벽처럼 서 있는 늪 안쪽에서 무언가가 어른거렸다. 아리아드네나 뤼르, 에리히는 흐릿한 그림자만을 볼 수 있었으나, 정령 기사들은 탁월한 감각으로 그것들이 무엇인지까지 알아차렸다.

베로니카가 신음처럼 중얼거렸다.

"생선 대가리들…… 이네요."

아리아드네는 뒷골이 당기는 것을 느꼈다.

"밖에 있는 놈들이랑 같은 놈들이야?"

"네."

"숫자도 밖과 별 차이가 없을 것 같습니다. 징그럽게 많군요."

루드빅이 눈살을 찌푸리며 말했다. 아리아드네는 입술을 지그시 깨물었다.

'입구부터 이 난리라니, 괜히 최상급 미궁으로 판별된 게 아니네.'

어른거리던 그림자들이 점점 가까워졌다. 수백이 넘는 마물들이 늪 속에서 영토의 경계선에 다닥다닥 달라붙어 찢어진 주홍색 눈알로 그들을 내려다보았다. 수족관의 물고기들에게 관찰당하는 듯한 오싹한 광경이었다.

'아까 악셀이 그냥 힘으로 때려잡은 걸 보면 그렇게 강한 마물은 아닌 것 같은데, 수가 너무 많아.'

저것들이 언제 덤벼들지 감이 잡히지 않았다. 긴장한 일행들이 각자 전투를 대비했다.

아리아드네는 고민했다.

'최소한의 마물만 처리하면서 뚫고 가는 걸 우선해야 할까? 아니면 전부 정리하고 휴식을 취한 다음 전진해야 할까?'

판단이 어려웠다. 이 통로가 어디까지 이어져 있을지 모르겠다. 끝까지 이런 지형일지, 중간에 형태가 변할지, 수중 환경이 어디까지 지속될지, 알 수가 없다.

그녀는 지금까지 항상 만반의 준비를 갖추고 미궁에 들어왔었다. 어떤 함정과 어떤 마물이 있는지 아는 상태에서 결정하고 지시를 내렸다. 이렇게까지 정보가 없는 상황은 처음이었다.

물론 많은 정보를 알고 있다고 해서 판단하는 것이 늘 간단하지는 않았다. 임기응변이 필요할 때도 있었고 직관과 순발력이 필요한 순간도 많았다. 돌발 상황에서 별다른 정보 없이 빠르게 결정을 내린 경험도 꽤 된다.

그렇게 누적된 경험과 직관이 지금 내린 판단은 '전부 정리하고 나서 휴식과 정찰을 한다'였다.

'뒤에 뭐가 있을지 모르는 상태에서 돌파하는 건 너무 위험해.'

결정한 그녀는 고개를 들었다. 검은 눈동자가, 붉은 눈이, 녹색과 금색 눈동자들이 모두 자신을 돌아보며 지시를 기다리고 있었다. 입을 열려던 아리아드네는 순간적으로 가슴 안쪽이 꽉 막히는 듯한 압박감을 느꼈다.

어쩌면 이 미궁이 시간을 끌면 내부가 변형되거나 함정이 발동하는 특이한 구조일지도 모른다. 저 많은 마물들을 정리하다가 입구를 막아 둔 마법의 효력이 다해 앞뒤로 포위당할 수도 있다. 마물이 끝없이 몰려와 며칠간 여기에 발이 묶일 수도 있다.

정보가 없으니 확신이 서지 않는다. 쉽사리 입이 떨어지지 않았다. 아리아드네가 실수로 이상한 지시를 내리게 되어도 그녀의 동료들은 일단 믿고 따를 터였다.

저들이 의심하지도 반박하지도 않고 그녀의 말을 따르게 만든 건 그녀 자신이었다.

그러니까 아리아드네는 늘 옳은 판단을 내려야만 했다. 잘못되면 모두 자신의 책임이므로.

의도하고 각오한 일이었는데도 갑자기 그게 너무나 무섭게 느껴졌다. 대마법사가 실종된 것처럼 주위 누군가가 다치거나 죽는다면, 그것이 그녀 자신의 어리석은 판단 때문이라면…….

'무서워.'

명치께가 갑갑하게 조여든다. 파이에게 혹시 그 사이에 뭔가 찾아낸 게 없는지 매달리고 싶어졌다. 그러나 아리아드네는 파이를 부르는 대신 이를 악물었다.

'정보가 없는 미궁이 처음이라고 겁을 먹을 정도로 나약한 정신머리로 어떻게 대미궁을 닫을 건데?'

이제 와서 무섭고 부담스러워? 지금까지가 너무 쉽고 편했던 거야. 여태껏 치트키 치고 토벌했으면 이쯤은 알아서 해야지. 그녀는 스스로를 힐난하며 정신을 차렸다.

'정석대로 가자.'

정보가 없으면 정보를 모으는 것을 우선하면 된다.

'돌발상황을 대비하면서.'

정석대로 가되 이변의 가능성은 염두에 두고 대비한다. 그녀는 방침을 정했다.

"……협곡 형태로 영토 바꿀게요. 니카가 전방 막고 버텨."

"네, 아가씨."

"그리고 악셀."

아리아드네는 다른 이들과 달리 팔짱을 끼고 비딱하게 서 있던 악셀에게 시선을 주었다.

"우리가 싸우는 동안 살짝 빠져서 안쪽 정찰하고 올 수 있겠어?"

악셀의 표정이 묘해졌다.

"정찰 말입니까? 저 너머를?"

"정면 돌파를 하란 건 아니고, 우리가 최대한 저것들 관심을 끌 테니 그 틈에, 아, 수중이라서 그래?"

아무리 정령 기사라도 물속에서 숨을 쉬는 건 무리다. 일반적인 정령수의 가호는 오염은 막아도 공기를 만들어 낼 수는 없다. 그런 게 가능한 건 바람 속성 정령수의 가호뿐이었다.

아리아드네는 자연히 루드빅을 돌아보았다. 베로니카의 정령수들은 강철, 그림자, 독 속성. 악셀이 쓸 수 있는 가호는 불, 번개, 숲, 얼음, 빛 속성. 바람 속성 정령수가 있는 건 루드빅이 유일했다.

"그럼 루드빅이……."

"그런 뜻이 아닙니다."

악셀이 그녀의 말을 끊었다. 그가 검을 늘어뜨리고 성큼성큼 앞으로 걸었다.

"악셀?"

"그냥 돌파하면 그만이지 않습니까."

주홍빛 눈알들이 다가오는 악셀에게 몰렸다. 물 밖이라 바로 덤벼들지 않고 탐색하는 기색이었다. 영토 바깥을 바라보고 선 악셀이 무언가 하려다 말고 멈칫했다. 그는 허락을 구하는 눈으로 아리아드네를 돌아보았다.

"저것들은 그냥 다 죽여도 됩니까?"

"뭐?"

"허락해 주시면 지금 전부 치우겠습니다."

"저걸 다 너 혼자서? 어떻게?"

아리아드네는 황당하게 반문했다가 문득 소설 속의 어떤 장면을 떠올렸다. 마물로 가득한 바다. 그 앞에 홀로 서 있던 주인공.

'설마?'

그녀의 낯빛을 유심히 살피던 악셀이 입꼬리를 올렸다.

"허락하신 것으로 알겠습니다."

돌아서는 그의 등 뒤로 희게 불타는 태양이 떠올랐다. 저 작은 태양의 형상은 대정령 어둠 살해자의 일부였다. 악셀의 전신에 황금빛 전류가 흘렀다. 그 번개는 용의 날개가 되어 펼쳐졌다.

'저건 벼락의 날개잖아.'

아리아드네는 비로소 악셀이 무엇을 하려는지 깨달았다. 그가 몇 번의 회귀를 한 끝에 얻었던 정령 기술.

'그게 지금 가능하다고?'

돌연 정령수의 날개가 거대해졌다. 날개 뒤로 떠오른 태양이 눈부시게 빛났다. 그 빛은 네 줄기의 광선이 되어 마물의 벽으로 질주했다. 펼쳐진 번개의 날개를 통과하며 흰 광선에 금빛 번개가 덧씌워졌다.

본능적인 위기감을 느낀 마물들이 악셀의 앞에서 흩어졌다. 천장까지 차오른 액체 곳곳에 파문이 퍼져 나갔다. 마물들이 도망친 곳을 번개를 휘감은 광선이 그대로 관통했다. 불투명한 회색 늪 속으로 광선이 한없이 뻗어 나갔다.

어둠 살해자의 빛은 이름 그대로 늪 속의 어둠을 죽이며 전진했다. 늪이 일순 대낮같이 밝아지며 제 내부의 모습을 고스란히 드러냈다.

그러면서 광선에 휘감겨 있던 번개가 물속으로 방전된다. 빛이 지나
간 길마다 벼락이 뿌리처럼 뻗었다. 번개의 그물이 늪을 가득 채우며
재차 통로를 밝혔다. 수백 개의 벼락이 내부에서 터지자 늪 전체가 순
식간에 용암처럼 끓어올랐다.

뒤이어 귀가 먹먹해질 정도의 천둥이 통로 전체를 울렸다. 늪에 가
득하던 주홍색 불빛들이 도시가 정전되는 것처럼 순차적으로 꺼졌다.
태양이 지고 벼락의 날개가 접혔다.

악셀은 뻐근한 듯 목덜미를 잡고 머리를 좌우로 까닥이더니 돌아서
서 아리아드네에게로 왔다.

"한동안은 이런 통로가 계속 이어지는 것 같습니다만, 빛이 흐려지
기 전에 무언가에 막힌 걸 보니 통로 끝이 막혀 있는 듯합니다. 문인
지 벽인지는 가 봐야 알겠습니다."

"……."

"통로 내부 벽에 전투의 흔적이 약간 남아 있습니다. 마법으로 녹
은 부분도 있더군요. 실종된 토벌대가 여기서 꽤 큰 전투를 치른 모양
입니다."

"……."

"통로에 눈으로 확인할 수 있는 함정은 없습니다. 기계적인 장치는
대부분 방금 흐른 전류로 망가졌을 테니, 마법적 대비만 하면서 전진
하면 될 겁니다."

그가 덤덤히 '정찰 결과'를 보고했다. 그의 등 뒤에 남은 것은 끓는
물에 튀겨지고 번개에 타 버린 마물의 시체들뿐이었다.

일행들은 눈을 부릅뜬 채로 아무 말도 하지 못했다. 말은커녕 경악

의 신음도 나오지 않았다. 그나마 아리아드네가 가장 침착했다.

'정령 융합이라니……'

서로 다른 속성의 정령력을 섞어 시너지 효과를 일으키는 정령 기술. 소설 중반 이후부터 주인공의 주특기이자 트레이드 마크가 되는 기술이었다. 그중에서도 방금 악셀이 쓴 백야와 벼락의 융합은 그의 주력기다.

[악셀 발렌타인이 저 기술을 어떻게 이 시점에……? 저건 주인공이 대미궁에서 요람을 죽일 때 터득한 기술이지 않습니까.]

[물론 그때도 스스로 터득한 것이니 지금이라고 만들어 내지 말란 법은 없습니다만……]

파이가 믿기지 않는다는 목소리로 중얼거렸다. 아리아드네는 멍하니 물었다.

"어디서 배웠어?"

"예?"

"방금 쓴 기술 말이야. 어디서 배웠, 아니, 어떻게 익히게 된 거야?"

악셀이 입을 다물었다. 별로 언급하고 싶지 않은 일이었다. 그가 사도와의 싸움을 꺼리게 된 것도, 아드리안이 선물해 준 귀한 미스릴 검을 잃어버렸던 것도, 이런 방식으로 정령력을 쓰는 법을 깨우친 것도 우 대륙에서 겪은 그 사건 때문이었다.

"……어쩌다 보니 익혔습니다."

"그게 어쩌다 보니 알게 될 만한 기술이야?"

아리아드네는 기가 막혀 목소리를 높였다. 악셀이 한쪽 눈썹을 추켜올렸다.

"어쩌다 보니 알게 될 만한 게 아닌 것들을 가장 많이 알고 있는 건 아리아, 당신 아닙니까?"

"……."

할 말이 없었다. 아리아드네는 입을 다물었다가 긴 한숨을 내쉬었다.

"그래, 네 말이 맞아. 누구나 사정이 있는 법인데 고맙다고 하기도 전에 추궁부터 하다니……. 미안해, 악셀. 이건 확실히 내 실수야."

그녀가 사과하자 악셀은 순간 이게 아닌데, 하는 심정이 되었다. 아리아드네는 부드럽게 웃으며 덧붙였다.

"방금 대단했어. 솔직히 좀 힘들겠다고 각오했었는데 덕분에 쉽게 넘어갈 수 있겠네. 정말 고마워."

"……."

그녀는 진심으로 말했지만 악셀은 되레 불안해졌다. 아리아드네는 그를 누구보다 편하게 대해야 한다. 그녀는 그에게 잔소리를 하고, 야단을 치고, 명령을 하고, 머리를 쓰다듬으며 잘했다고 칭찬해야 했다.

그는 그녀의 사과나 정중한 감사 표시 같은 건 받고 싶지 않았다. 그런 건 엘디어 공작과 발렌타인 자작 사이에나 어울렸다. 그녀와 그 사이가 아니라.

'젠장.'

괜히 날을 세웠다. 약하고 불쌍한 척까진 못 하더라도 능숙하게 둘러대거나 웃어넘겼어야 했다. 루드빅이 주로 그러하듯이 말이다. 그도 못 하겠으면 차라리 솔직하게 털어놓던가.

뒤늦게 후회한 그는 돌아서는 아리아드네에게 다급하게 손을 내밀었다. 어깨를 잡으려다 힘을 줄 엄두가 나지 않아서 움찔 멈췄다. 그

사이 아리아드네는 다른 이들에게 다가가 버렸다.

악셀은 뻗었던 손을 내렸다.

우 대륙으로 넘어간 직후, 그는 매우 이상한 경험을 했다.

어느 날 모 후작의 아들이 어린 천재 정령사라는 소문을 들었다. 그는 그 애가 아드리안인지 아닌지 알아보기 위해 후작가에서 꾸린 토벌대에 용병으로 자원했다.

사건은 미궁 내에서 터졌다. 용병 중에 검은 잔을 받은 놈들이 섞여 있었다. 그들이 미궁 내에서 노숙하던 토벌대를 급습했다.

악셀은 자다가 사도의 습격을 받았다. 불길한 예감에 눈을 떴을 때는 이미 그를 중심으로 네 명이나 되는 사도가 권능을 펼치는 중이었다.

그게 차라리 목숨을 노린 공격이었다면 그는 진작 깼을 터였다. 하지만 그자들이 쓴 권능은 환각이었다. 악셀은 괴상한 환상 속에 빠져들었다.

누군가가 자신의 앞에서 반복적으로 죽었다. 얼굴은 흐릿했으나 같은 사람인 것을 식별할 정도는 되었다. 곱슬거리는 긴 백금발을 늘어뜨린 여자. 때로는 단발이었고, 때로는 질끈 묶고 있었다.

환상 속의 자신은 처음 두어 번까지 그 여자가 죽는 것을 무심히 넘겼다. 유용했는데 아깝군. 잘 쓰던 도구가 망가졌을 때나 느낄 법한 감정이었다.

그러나 그녀가 죽는 장면이 반복되면서 어느 순간 달라졌다. 그는 그녀가 죽는 것을 막으려고 노력하기 시작했다. 다양한 수단과 기술이 그 과정에서 펼쳐졌다.

그때까지 악셀이 가진 정령수는 겁화와 벼락이 전부였다. 환상 속의 자신은 달랐다. 얼음 고래 형태의 정령수로 그녀의 앞을 막기도 하고, 나무로 된 사슴 형태의 정령수에 죽어 가는 여자를 태우고 달리거나, 작은 태양을 띄워 올려 그 빛으로 그녀에게 덤비는 마물을 쓸어버리는 식으로 다양한 정령 기술을 썼다. 그리고 서로 다른 정령력을 융합하여 특이한 기술을 쓰기도 했다.

그러나 환상 속의 자신이 무슨 짓을 하든 장면의 끝은 똑같았다. 여자는 죽었다. 때로는 제 품에서, 때로는 시체조차 찾을 수 없는 방식으로. 누구인지도 모를 여자였으나 죽는 모습만 열 번 넘게 지켜보니 기분이 더러워졌다.

짜증 나는 환각이었다. 더는 보고 싶지 않았다. 그는 환각을 멈추기 위해 마구잡이로 정령력을 발휘하며 검을 휘둘렀다. 사도 하나가 그의 검에 맞아 죽은 뒤에야 환각이 완전히 풀렸다.

난데없이 습격당한 토벌대의 상황은 개판이었다. 그는 그 전투에서 검은 잔을 든 놈들과 싸우다가 아드리안이 선물해 준 미스릴 검을 잃었다. 빌어먹을 흑마법사 새끼가 쓴 마법을 막다가 검이 녹아 버렸다.

평소 같았으면 그렇게 방심하지 않았을 텐데 하필 바로 옆에서 금발의 여자가 죽어서 시선을 빼앗겨 버렸다. 다 그 재수 없는 환각 탓이었다.

당시 토벌대는 거의 전멸했고, 악셀을 비롯한 몇몇만 살아남았다. 그는 그 뒤에 환각에 나왔던 정령수가 있는 곳을 찾아가 보았다. 기이하게도 악셀은 그 정령수들이 어디에 있는지, 어떻게 해야 그놈들과 계약할 수 있는지 알 수 있었다. 마치 누군가가 그의 기억 구석에 새겨 놓은 것처럼.

'그건 단순히 저주하기 위한 환각이 아니었나?'

새로운 정령수와 계약할 때마다 의문이 생겼다. 가장 이상한 건 그 환각에 대한 기억이 자꾸 흐려진다는 거였다. 정령수나 계약한 대정령에 대한 기억은 남아 있는데 그때 보았던 장면들에 대한 기억은 누가 훔쳐 가는 것처럼 조금씩 사라졌다.

찜찜하기 그지없었다. 그리고 그 찜찜함마저도 흐려졌다. 그는 아드리안을 찾아다니는 동안 그 환각을 거의 잊고 있었다.

좌 대륙의 연회장에서 아리아드네 엘디어와 마주치기 전까지는.

제게 부딪힌 그녀의 얼굴이 묘하게 익숙했다. 그는 저도 모르게 여자의 턱을 잡고 얼굴을 들여다보았다.

"실례했습니다. 제가 아는 사람과 닮은 듯하여."

환각 속에서 본 여자였다. 아마도. 얼굴이 흐릿했고 기억도 흐려졌기에 확신할 수는 없어도, 아마도, 아니, 분명히 그 여자였다.

제 앞에서 반복해서 죽었던 그 여자.

그는 그녀를 도저히 그냥 지나칠 수 없었다. 그래서 그녀에 대해 조사하고 접근했다. 그 와중에 그녀가 아드리안이라는 확신을 얻었다.

그녀에 대해 알고 나니 그 환각들이 더 소름 끼쳤다. 영영 잊어버리고 싶기도 하고 잊어서는 안 될 것 같기도 했다. 아리아드네에겐 쉽사리 말할 수 없는 이야기였다.

그건 대체 뭐였던 걸까. 빌어먹을 사도 새끼들.

악셀은 주먹을 움켜쥐고 고개를 들었다. 신록의 가지들이 드리운 그늘 아래에서 잎사귀 사이로 새어 나온 햇빛을 받아 하얗게 빛나고 있는 아리아드네의 얼굴을 바라보았다.

그녀의 표정에서 기시감이 느껴졌다. 저 미소는 다른 사람들을 안심시키거나 달래려 할 때 그녀가 꾸며내는 미소다.

　'이걸 내가 어떻게 알지?'

　악셀은 문득 거울처럼 반들거리는 미궁의 벽면에 시선을 주었다. 거울 속의 자신은 지금보다 상처가 많았다. 누더기 같은 망토를 걸친 그가 사납게 말을 내뱉고 있었다.

　〈저놈들한테 일부러 웃어 주지 마.〉

　수면에 부서지는 햇살 같은 백금발을 한 가닥으로 질끈 묶고 있는 여자의 뒷모습이 보인다. 그녀는 그의 팔에 기대앉아 있고, 피투성이다. 장난스러운 목소리가 들린다.

　〈왜? 질투해?〉

　〈네가 웃고 싶을 때 웃어 주는 것도 아까울 판에 억지로 힘들여서 웃어 주는 것까지 보고 싶진 않다.〉

　〈억지로가 아니야. 웃고 싶어서 웃는 거야.〉

　〈이딴 상황에서? 말도 안 되는 소릴…….〉

　격정이 치밀어 올라 그의 말문이 막혔다.

　〈갑자기 울지 마, 악셀.〉

　뺨에 와 닿는 차가운 손.

　〈난 괜찮아. 정말로. 그러니까…….〉

　모든 것이 흐리고 느릿느릿해졌다. 소리가 사라졌다. 그녀의 입술이 아주 천천히 움직인다. 악셀은 그 입술의 움직임을 읽어 내려 노력했다.

　이번에는 꼭…….

　그는 성마르게 대꾸했다.

　〈싫다.〉

다른 소리가 모두 사라졌는데 자신의 목소리는 뚜렷하게 울렸다. 그녀가 입술을 달싹였다. 그는 검을 꺼내 들었다.

〈그래, 얼마든지 내게 화내도 좋아. 때려도 되고, 죽여도 된다.〉

그녀가 떨리는 손으로 그의 멱살을 쥐려 했다. 그는 웃었다.

〈죄송하지만 이번에도 제가 먼저 가겠습니다, 주군.〉

그녀의 입술이 움직였다. 이번에는 읽기 쉬웠다.

나쁜 새끼.

[빌어먹을, 또 이러는군. 잠시도 방심할 수가 없어.]

누군가의 거칠고 짜증스러운 중얼거림과 함께 악셀의 앞에 펼쳐졌던 풍경이 탁 끊겼다. 눈을 한 번 깜박이자 거울 같은 벽면에 현재의 제 모습이 비치고 있었다.

'방금…… 또 환각인가? 여긴 사도도 없는데, 대체 뭐였……'

그리고 선명한 아리아드네의 음성이 들렸다.

"악셀? 듣고 있어?"

"예?"

"뗏목 만드는 것 좀 도와줘. 아무래도 영토를 바꿔야겠어."

"알겠습니다."

대답하며 그녀를 돌아본 순간, 악셀의 머릿속에서 조금 전의 기억은 도둑맞은 것처럼 지워졌다.

정령 기사들이 영토의 나무를 베어 내 뗏목을 만드는 사이 아리아드네는 검은 누님과 하얀 동생 중 누구의 영토를 구현할지 고민했다.

전생의 세계에도 검은 누님과 하얀 동생처럼 섞이지 않는 강이 있었다.

'물이 안 섞이는 현상은 여럿 있었지만…… 저 대정령 남매는 아마존에 있었던 강이랑 제일 비슷하지? 거긴 어느 쪽이 더 수온이 높았더라?'

[네그루강과 솔리몽이스강의 경우, 검은 강인 네그루강의 평균 수온이 더 높습니다.]

전생의 서재에 있는 자료였기에 파이가 즉시 답변했다. 그리고 나서 이어 덧붙였다.

[하지만 검은 누님과 하얀 동생의 경우, 하얀 동생의 평균 수온이 더 높습니다.]

'그래? 역시 비슷한 현상이라도 완전히 같지는 않네. 유속은 어때?'

[검은 누님 쪽이 빠릅니다.]

어차피 둘 다 창백한 푸름보다야 훨씬 따뜻한 강이니 이왕이면 이동하기 쉽게 유속이 빠른 쪽이 좋을 듯했다.

'아무래도 검은 누님을 구현하는 게 하얀 동생을 위해서도 나은 선택이겠지.'

아까 잠깐 들은 채널 분위기를 생각하면 하얀 동생을 구현했다간 검은 누님이 동생을 가만두지 않을 것 같았다.

[분석 완료. 대정령, 검은 누님: 기대감 35%, 열정 25%, 기쁨 20%, 소유욕 10%, 그 외 감정 통합 10%.]

[검은 누님의 정령력을 사용합니다.]

영토에 검은 누님의 정령력이 퍼져 나가며 잔디밭이 검은 강으로 바뀌었다. 초원에 올려져 있던 뗏목이 검은 강물 위에 둥실 떠올랐다.

뗏목은 물살을 따라 자연스럽게 이동했다. 에리히가 함정을 대비해서 뗏목 위에 새겨 둔 마법진이 은은하게 빛을 뿜었다.

물살이 제법 빠르긴 해도 노를 젓는 게 아니라서 뗏목의 속도는 느린 편이었다. 하지만 이 정도로 느린 게 딱 좋았다. 약간의 휴식이 필요하니까. 통로의 끝에 도달할 때까지면 숨을 돌리기에 적당한 시간이었다.

"다들 좀 쉬어요."

아리아드네의 말에 일행들은 그제야 여기저기에 주저앉았다.

아리아드네는 뗏목의 앞쪽에 앉았다. 뤼르가 바로 다가와 그녀의 상태를 점검하더니 신성력을 약간 부어 주었다. 피로가 해소되며 몸에 상쾌하고 가뿐한 감각이 돌았다. 아리아드네는 어깨를 으쓱였다.

"뤼르, 고맙지만 전 아직 여유가 있어요. 신성력을 아끼세요."

"저도 여유가 있어서 해 드리는 겁니다."

빙긋 웃은 신관이 물러났다. 루드빅이 출발 직전에 만든 샌드위치를 나누어 주었다. 아리아드네는 그녀의 입맛에 맞춤으로 만들어진 샌드위치를 베어 물고 앞을 보았다.

거울 같은 벽면에 검은 강과 뗏목이 비쳤다. 그녀의 영토는 마물의 시체들이 떠 있는 늪의 절반을 공기가 가득한 공중으로 바꾸었다. 그 결과 뗏목과 함께 영토가 전진할 때마다 까맣게 탄 시체들이 강물로 첨벙첨벙 떨어지고 있었다.

기괴한 광경이었으나 식사에 큰 방해가 되진 않았다. 영토의 전방에서만 일어나는 일이었고, 이미 떨어진 시체들은 짙은 강물이 잘 가려 준 덕이었다.

'강물이 진짜 커피색이네.'

전생이건 현생이건 검은 강을 사진이 아닌 눈으로 직접 보는 건 처음이다. 물론 이건 실제 강이 아니라 영토로 구현한 단면에 불과하긴 하지만.

아리아드네는 신기한 기분으로 흐르는 물에 슬쩍 손을 담가 보았다. 그러자 강물의 일부가 절로 출렁이며 일어서더니 그녀에게 덤벼들었다.

"아가씨!"

베로니카가 화들짝 놀라 일어섰고 악셀은 즉시 아리아드네 곁으로 다가오며 검을 꺼냈다. 아리아드네는 급하게 손을 내저었다.

"공격 아니야. 대정령이 장난치는 거야."

커피색 강물이 볼을 꾹꾹 눌러 대는 바람에 그녀의 발음은 정확하지 못했다. 그 모습을 본 이들의 표정이 허탈해졌다. 뤼르가 멍하니 중얼거렸다.

"대정령이 장난을 거는 정령사라니……. 과연 성녀님이시군요."

"뤼르, 전 직책만 성녀인 가짜 성녀예요. 게다가 진짜 성녀라 해도 정령술이랑은 상관없지 않아요?"

"신전에서 정한 직책보다 직관적인 의미로 말입니다."

애교를 떨고 비비적거리는 강물에 휘감긴 아리아드네를 바라보는 이들은 모두 뤼르의 말을 이해했다. 도저히 보통 사람으로는 보이지 않는 광경이니까. 저렇게 물이 들러붙는데 그녀가 한 방울도 젖지 않고 있다는 점에서 더욱더.

홀로 이해하지 못한 아리아드네가 고개를 갸웃 기울였다. 정령술과 신성력은 별다른 관련이 없는데?

인간들의 사정에 아랑곳하지 않는 강물은 아리아드네의 입가에 조금 묻은 샌드위치 소스를 말끔히 닦아 내며 떨어지더니 폭죽처럼 물방울을 허공에 터뜨리고는 가라앉았다.

[검은 누님이 헛소리를 해 대고 있습니다.]

[하얀 동생의 창피함이 급상승합니다.]

[검은 누님이 자주 구현해 달라며 선물을 보냅니다.]

[정령석 300개를 획득했습니다.]

[많은 대정령들이 검은 누님을 부러워합니다.]

[아리아, 이런 장난까지 다 받아 주지 마세요. 주책 떨며 치대, 흠, 순간적으로 자제심을 잃는 대정령들이 생겨날 수 있습니다.]

파이가 못마땅한 듯 속삭였다. 아리아드네는 웃으며 대답했다.

"늘 힘을 빌려 쓰는 마당인데 이 정도는 괜찮잖아. 검은 누님께선 굉장히 귀여우신 분이네."

[귀여우…….]

기가 막힌 듯 나오던 파이의 말이 뚝 끊겼다. 그는 곧 이를 악물고 중얼거렸다.

[……남매가 쌍으로 난동 부리는 것도 모자라서 나잇값 못하는 양반들까지…….]

"왜? 무슨 일 있어? 내가 느끼기엔 대충 다들 즐거워하는 것 같은데."

[……잠시 채널 정리 좀 하고 오겠습니다, 아리아.]

파이는 아리아드네가 제 채널 대정령들의 반응을 막연하게만 느낄 수 있는 점이 다행스러웠다. 피곤하고 의미 없는 헛소리들을 상대하는 건 자신으로 족했다. 얼마 전부터 쓰기 시작한 대정령 도감에 추가할 내용이 또 실시간으로 늘어나고 있었다.

그는 채널 내의 대정령들에게만 전해지도록 메시지를 퍼뜨렸다.

[쓸데없는 발언을 남발하면 경고 1회 추가하겠습니다.]

[최소 천 년에서 만 년 단위로 나이 드신 분들께서 스물도 안 된 정령사님께 귀염받고 싶다니, 제발 염치 좀 챙기십시오.]

[신록의 그릇 님, 늘 도와주셔서 감사합니다.]

타냐는 바람 속성 정령수와 계약한 정령 기사였다. 그리고 그게 그녀가 아직 살아 있는 이유였다.

거대한 구 모양의 공간. 천장의 중앙에는 위로 뚫려 있는 까마득한 통로가 있었다. 그 통로에서 잿빛 액체가 폭포처럼 거세게 쏟아져 내려 둥근 공간을 가득 채웠다. 전체적으로 보면 물이 차 있는 둥근 플라스크 같은 형태였다.

곡면 천장 곳곳에는 실로 엉킨 고치들이 거꾸로 매달려 있었다. 회색 늪이 플라스크의 목에 해당하는 통로까지 차올라 있어 모든 고치가 물에 잠긴 상태였다.

타냐는 그 고치들 중 하나였다. 전신을 얽어맨 거미줄 때문에 손가락 하나 움직일 수 없었다. 사실 묶여 있지 않았다 해도 극심한 중상이라 움직일 수 없는 건 마찬가지였다.

그녀는 희미한 푸른빛에 휘감긴 채 가쁘게 숨을 몰아쉬었다. 고치에 갇힌 다른 희생자들은 이미 익사했다. 타냐만이 바람 속성 가호 덕분에 겨우 살아남았다.

'죄송해요, 죄송해요……'

타냐는 고치가 된 동료들을 돌아보며 훌쩍훌쩍 울었다.

전멸을 직감했을 때, 그들은 모두 그녀를 도망치게 하기 위해 마물의 앞을 막아섰다. 정령사가 죽고 나면 숨 쉴 공기 한 모금도 없는 이 미궁에서 살아 도망칠 수 있는 건 타냐뿐이었으므로.

누군가는 도망쳐서 밖에 알려야 했다. 이 미궁이 위험한 이유를.

그래서 대마법사가 귀한 정령사까지 동원하여 토벌대의 일부라도 도망치게 한 거였고, 그 일부로 선택된 동료들은 마지막엔 어떻게든 타냐만이라도 빠져나가게 하려 애를 썼다.

그러나 타냐는 동료들의 희생에도 불구하고 도망에 실패했다. 정령기사 다섯, 마법사 둘, 신관 하나, 정령사 하나. 총 9명 중 타냐를 제외한 8명이 죽었다.

그녀는 거미줄 틈새를 눈물 고인 눈으로 노려보았다.

이 공간 전체에 거미줄을 치고 유유하게 떠다니고 있는 커다란 마물. 거미의 다리와 문어의 머리, 돌멩이 수백 개를 박아 넣은 듯한 눈알들, 먹물 대신 오염수를 뿜어 대는 주둥이, 등에 짊어진 거대한 소라 껍데기. 어지간한 미궁에선 보스 노릇을 할 급의 마물이 중간에 있는 이 방을 막고 있었다.

저 마물 하나에게 모두가 당했다. 달아나던 타냐마저 펼쳐져 있던 거미줄에 걸려 먹잇감 신세가 되었다.

간신히 숨이 붙어 있긴 하지만 그녀의 생명도 얼마 남지 않았다. 며칠째 아무것도 먹지 못하고, 중상을 치료하지도 못한 채로 계속해서 가호만 유지하고 있었다. 눈앞이 가물가물해졌다. 타냐는 울먹이며 생각했다.

'전해야 하는데.'

어떻게든 밖에 그녀가 아는 정보를 전해야 하는데. 그러지 않으면 이 미궁은 수많은 토벌대를 잡아먹고 위버 전체를 오염시키게 될 것이다.

'이럴 줄 알았으면 도망치는 게 아니라 벽에 정보를 새길걸······.'

종이로 기록한 건 죄다 녹아 버렸다. 만약 다른 토벌대가 뒤이어 들어와서 운 좋게 안 잡아먹히고 남은 시체들을 발견해도 아무런 정보를 얻지 못할 터였다.

들어오는 족족 다 그렇게 단서도 없이 죽어 버리면 대마법사와 함께 버티고 있는 나머지 동료들도 구조되지 못하고 결국 죽겠지.

타냐는 절망적인 기분으로 눈을 감았다. 가호가 위태롭게 깜박였다. 더는 유지할 힘이 없었다.

쿵, 하고 공간 전체가 울린 건 바로 그 순간이었다. 거미줄로 엉켜 꽉 막혀 있던 문이 박살 나며 열렸다. 그리고 그곳에서부터 환한 빛이 쏟아져 들어왔다.

여유롭던 마물이 흠칫 놀라 돌아섰다. 늪으로 가득 차 있던 공간에 다른 공간이 침범했다.

검은 강물과, 물 냄새가 섞인 공기. 문 근처를 잠깐 채우던 그 풍경은 큼직한 뗏목이 문을 통과하는 것과 동시에 새로운 풍경으로 바뀌었다.

연둣빛 잔디와 짙은 녹음이 경쟁하듯 피어나며 사방을 채웠다. 은은한 꽃향기와 함께 넓은 공동 전체가 숲속의 공터로 변모했다.

늪은 한 방울도 남지 않았다. 물속을 자유롭게 돌아다니던 거미 마물이 추락하다가 허둥지둥 거미줄을 뻗어 천장에 매달렸다. 타냐의 주위도 숨을 틀어막던 오염 섞인 늪 대신 신선한 공기가 가득해졌다.

긴장이 풀리며 가호가 풀렸다. 타냐는 달콤하게까지 느껴지는 공기를 들이마시며 눈을 부릅떴다.

'영토? 영토로 여길 다 채운다고? 무슨 정령사 영토가 이렇게 무식하게 커? 이런 큰 영토를 펼치면 얼마 못 버틸 텐데?'

이런 수준의 정령사는 극히 희귀했다. 설마. 그녀는 버둥거리며 눈을 굴려 문을 부수고 들어온 자들을 확인했다. 화사한 백금발이 눈에 띄었다. 익히 들은 소문과 선배들이 귀에 못이 박히도록 했던 이야기 그대로 눈부신 사람이었다.

'엘디어 공작, 정령사 아리아드네 님!'

타냐는 몸을 떨었다. 희망이 왔다.

공작 옆에 익숙한 다른 얼굴들도 보였다. 에리히 위버 소백작, 베로니카 브란테 경. 나머지는 모르는 이들이지만 아마 엘디어 공작 직속 토벌대원들일 것이다. 말도 안 되는 기록을 걸핏하면 찍어 내는 그 기적의 토벌대 말이다.

'그분들이라면 저런 마물 정도는……!'

타냐의 희망은 금세 현실이 되었다.

베로니카가 맨몸으로 마물의 공격을 받아 냈다. 그녀는 여기서 죽은 다른 정령 기사들과 타냐 자신에게 치명상을 입힌 거미 다리에 직격당하고도 꿰뚫리지 않았다. 되레 그 다리를 움켜쥐고 거대한 마물을 고정했다.

'과연 강철의 기사라 불리는 분…….'

베로니카에게 붙들린 마물을 향해 에리히의 다채로운 마법이 쏟아졌다. 짧은 시간에 한 명의 마법사가 쏟아내는 것이라곤 믿기지 않는

폭격이었다. 어지간한 공격은 아예 무시할 정도로 단단한 껍질을 뒤집어쓰고 있는 마물이 움츠러들며 수세에 몰렸다. 타냐는 경악하며 은발의 마법사를 바라보았다.

'소백작께서 혼자 마법사 부대급 화력을 내신다는 게 진짜였구나. 대마법사님이 팔불출인 줄 알았는데.'

움츠렸던 마물이 발광하며 거미줄을 흩뿌렸다. 그것은 예측할 수 없는 궤도를 그리며 화살보다 빠른 속도로 인간들에게 덤벼들었다.

'안 돼, 위험……!'

타냐의 동료들은 저 거미줄을 피하지 못하거나, 피하려다가 널려 있는 다른 거미줄에 걸려서 죽음을 맞이했다.

그러나 엘디어 공작의 토벌대원들은 그 공격을 아예 피하려 하질 않았다. 금발의 남자가 기다렸다는 듯 물의 용을 타고 솟구쳐 거미줄의 진로를 가로막았다. 그의 검을 타고 흩뿌려진 불꽃이 거미줄을 모조리 불태웠다. 현란한 움직임이었다.

'저분이 용기사시구나. 저걸 혼자서 다 처리하시다니…….'

타냐는 감탄하다가 온통 새카맣고 덩치가 큰 남자를 발견했다. 그는 천장에 매달린 고치들을 하나하나 회수해서 아래에 가져다 놓고 있었다. 타냐가 갇힌 고치를 잡은 남자가 움찔했다. 그가 눈썹을 추켜세웠다.

"다 시체는 아니었군."

그는 고치를 아래로 들고 내려가서 검은 옷의 신관 옆에 놓은 다음, 검으로 단번에 갈랐다. 안에 있는 타냐를 본 신관과 공작의 눈이 휘둥그레졌다.

"당, 당장 치료하겠습니다!"

신관이 허둥지둥 손을 뻗었다. 따스한 신성력이 전신에 퍼부어졌다.

'검은 사제복은 처음 보는데, 신기한 신관님이네……'

멍하니 그런 생각을 하던 타냐는 퍼부어진 신성력이 제 몸을 치료하지 못하고 그냥 흘러 나가는 것을 느꼈다.

'……역시 늦었구나.'

자신은 이미 죽어 가고 있었다. 부상을 너무 오래 방치했고 생명을 깎아 가며 가호를 유지했다. 어떤 신성 마법을 쓰더라도 그녀는 살아날 수 없다. 너무 늦었다.

타냐와 같은 사실을 깨달은 신관의 안색이 급격하게 나빠졌다.

"……엘이시여."

신관이 신성력을 퍼붓던 손을 멈추고 눈을 감았다. 그는 나지막하게 기도를 시작했다.

타냐는 제 죽음을 받아들였다. 그래도 절망 속에서 죽지 않고 희망 앞에서 죽는 것이 어딘가.

그러니까 전해야 해. 이 사람들이 미궁을 닫을 수 있도록. 마을에 있을 내 가족과 친구들이 무사하도록.

그녀는 마지막 기력을 모아 말라붙은 입을 벌렸다.

"으, 아…… 아아……."

눈앞이 희미해진다. 그녀가 덜덜 떨리는 손을 희망에게 뻗었다. 창백한 얼굴로 입술을 잘근잘근 깨물고 있던 공작이 제게 내밀어지는 손을 얼른 맞잡았다.

"말하세요. 누구에게든 꼭 전해 드릴게요."

그녀가 유언을 남기려는 줄 알았는지, 공작이 안타깝게 속삭였다. 타냐는 고개를 저으며 목소리를 쥐어짰다.

"거, 울······."

"네?"

"거울, 거울이에요······. 여긴 거울에 비친······ 그림자니까······ 부디 조심······."

사력을 다한 몇 마디였다. 타냐는 숨을 거두었다.

"······엘의 품으로 가셨습니다."

뤼르가 힘없이 선고했다. 아리아드네는 한동안 말없이 여자의 손을 쥐고 있다가 살며시 내려놓았다.

그녀는 죽은 정령 기사의 얼굴을 들여다보았다. 눈표범 기사단의 문장을 달고 있는데 모르는 얼굴인 걸 보니 그녀가 공작이 된 뒤에 입단한 사람인 듯했다.

실종자 목록을 확인했다. 초상화를 보며 비교해 보니 타냐 벤트라는 정령 기사였다.

아리아드네는 그녀의 이름 옆에 사망 표기를 남기고 시신을 조심스럽게 뒤져 유품을 수습했다.

"제가 하겠습니다."

공작의 신분으로 할 만한 일이 아니었다. 뤼르가 급히 나서려 했으나 아리아드네는 고개를 저었다.

"같이 해요. 뤼르는 다른 사람들 시신을 수습해 주세요."

그녀가 전사자의 시신에서 가족들에게 전해 줄 유품을 챙기는 건 이번이 처음이 아니었다. 토벌을 시작한 후 첫 사망자가 나왔을 때부터 유품을 챙기는 관례를 배우고 직접 이 일을 했다.

그녀는 익숙하게 손을 움직였다. 미궁이나 오염 지역에서 시신까지 들고 나가기는 어렵다. 그러니 보통 머리카락의 일부와 손때 묻은 것 위주로 작은 소지품만 챙기고, 시신은 마물의 먹이가 되지 않도록 불에 태운다.

아리아드네는 시신을 수습할 때마다 각오를 다지곤 했다. 성전에 나서는 이들 모두가 살아 숨 쉬는 사람임을 되새기고 자신이 세운 목표의 의미가 무엇인지를 되새긴다.

'내가 대미궁을 닫아야 해.'

소설 속에서는 악셀 발렌타인만이 가능한 일이었다. 현실에서는 그녀만이 가능한 일이다.

화장하는 건 뒤로 미루고 일단 유품들만 챙긴 뒤 일어섰다. 그사이 보스급 마물이 마무리되었다.

고치를 다 치운 악셀이 합류해 단단한 소라 껍데기를 박살 내 버리자, 순식간에 전투가 끝났다.

루드빅이 나서서 마물의 시체를 해체했다. 내장을 뒤적거리던 그가 무언가를 집어 들고 아리아드네에게로 왔다.

"처음 보는 아이템이 나왔습니다. 마계의 물건인 것 같군요."

"그러네."

작고 동그란 새장 같은 물건으로 크기는 어린아이 주먹만 했다. 철창이 피를 한껏 머금은 것처럼 검붉었다. 새장 안에는 거미가 한 마리 있었다. 그 거미는 철창에서 내부로 뻗어 나온 검붉은 가시들에 꿰뚫려 새장 중앙에 고정된 상태였다.

사람들이 만든 게 아니라 이런 식으로 미궁에서 발견되는 마계의 아이템들은 용도를 알기 어려울 때가 많았다. 그러나 치트키가 있는 아리아드네와는 상관없는 문제였다.

'파이, 뭔지 알겠어?'

[검색 완료. 아이템 제작 전문 마법사이자 세공사였던 클라라의 수집품 목록에 관련 자료가 있습니다.]

[자료를 요약하겠습니다.]

[아이템명: 착취 감옥]

[기능: 1. 내부에 크기와 상관없이 생물을 가둘 수 있다.

2. 내부에 가둔 생물의 능력 일부를 사용자가 뽑아 쓸 수 있게 된다.]

[발동 방법: 사용자의 피로 전체를 적신 후, 감옥이 빛나기 시작하면 포획 대상에게 접촉시킨다.]

[부작용: 반복적으로 사용할 시 내부의 생물과 사용자의 신체가 융합된다.]

[전체 내용과 실험 기록은 차후 보실 수 있게 준비해 두겠습니다.]

'고마워.'

아리아드네는 잠깐 고민하다가 감옥 뚜껑을 열어 안에 든 거미를 털어 냈다.

"헉."

루드빅이 흠칫 놀라 물러섰다. 거미 시체는 착취 감옥에서 떨어지자마자 황소만 하게 커졌다. 원래 마물이었던 모양이었다. 죽은 거미의 다리가 방금 죽은 마물에게 달린 것과 똑같았다. 아리아드네는 보스급 마물을 가리키며 말했다.

"저 마물, 보스급이 아니었는데 이 아이템으로 보스급 마물이 된 것 같아."

"호오, 그거 꽤 재밌어 보이는 아이템이네."

에리히가 눈을 반짝이며 다가왔다. 그녀는 그를 외면했다.

'오라버니는 아이템 부작용을 알려 줘도 호기심이 앞서서 마구 써 댈 인간이야.'

아리아드네는 텅 빈 착취 감옥을 뤼르에게 건네주며 사용법을 가 르쳐 주었다.

"이런 아이템인데, 이건 뤼르가 가지고 있어요. 혹시 위험한 마물과 단독으로 마주치게 되었을 때 유용할 거예요."

"아, 감사합니다."

"뤼르 호신용이니까 탐내지 마세요, 에리히 오라버니."

"쳇."

투덜거리며 물러나던 에리히는 뒤늦게 나란히 눕혀져 있는 시신들 을 발견했다. 그의 안색이 새파래졌다.

"맙소사, 린든, 케이트, 알버스……."

아리아드네는 오래된 기사들이나 눈보라성에서 살 때 마주쳤던 사 람들만 알지만, 위버의 후계자인 에리히는 전부 아는 사람들이었다.

"유품 챙겨 놨어요."

"……그래."

그녀는 에리히가 마음을 추스를 수 있도록 살짝 비켜 주었다. 베로 니카가 조용히 다가가 그의 곁에 섰다. 오랜 소꿉친구는 말없이 서로 슬픔을 나눴다.

아리아드네는 루드빅에게 마물의 부산물 중 챙겨야 할 부위를 알 려 준 뒤, 영토를 축소하며 넓은 공간의 내부를 유심히 살펴보았다.

둥글게 사방을 둘러싼 반들반들한 재질의 벽면. 곳곳에 널려 있는 거미줄 외에 특별한 건 보이지 않았다.

그녀는 타냐가 남긴 말을 떠올렸다. 유언마저 포기하고 어떻게든 전하려 한 정보.

'여기가 거울에 비친 그림자라고……?'

이 미궁의 구조에 무언가 비밀이 있는 듯했다. 아무리 급하게 꾸렸다지만 대마법사처럼 경험 많고 뛰어난 영웅이 이끄는 토벌대가 실종된 것이 그 비밀 때문일 수도 있다.

'거울에 비친 그림자……. 조심하라…….'

고심하고 있는 그녀의 곁으로 악셀이 다가왔다.

"무엇을 고민하시는 겁니까?"

"보통 거울에 비친 그림자를 조심하라는 건 환각 저주나 환영 함정…… 혹은 저 벽면에 뭐가 있다는 뜻일 텐데."

"예?"

아리아드네는 쪼그려 앉아 옆에 굴러다니는 나뭇가지를 주워 들었다.

"여기가 거울에 비친 그림자라고 했어. 바로 여기가. 이 미궁 자체가."

그녀는 혼잣말을 하며 나뭇가지로 바닥을 직직 그었다. 직선을 긋고, 직선 위에 역삼각형을 그린다. 그녀는 역삼각형을 나뭇가지로 짚었다.

"이게, 지금 우리가 있는 미궁이 거울에 비친 그림자라면."

그녀가 선 아래에 대칭되는 삼각형을 그렸다.

"진짜는 이 아래에 있다는 소리겠지."

수면을 거울 삼아 꼭짓점을 맞댄 역피라미드와 피라미드. 짧게 신음을 흘린 아리아드네가 선명해진 눈으로 악셀을 돌아보았다.

"무슨 뜻인지 알겠어?"

"……이 미궁이 통째로 환영일 수도 있다는 말입니까?"

"어쩌면. 확인해 보자."

그녀는 나뭇가지를 내던지고 일어섰다.

"다시 나가서 입구 근처를 탐색해 볼 생각이십니까?"

악셀이 아리아드네를 뒤따르며 물었다. 그녀는 고개를 저었다.

"아니, 밖에 마물이 바글바글할 텐데 그럴 순 없지."

"잠시 여유를 주시면 제가 한 번에 처리할 수 있습니다."

"되돌아가는 데에 시간이 너무 낭비돼. 나간 뒤에도 그렇고…… 어쩌면 밖에서는 진짜 미궁으로 들어갈 방법이 없을지도 몰라. 그러니 그건 최후의 수단으로 하자."

그녀는 솔직히 밖에서는 아무리 뒤져 봤자 다른 입구가 눈에 안 보일 확률이 높다고 여겼다. 그도 그럴 것이, 호수 위에 있는 것만큼 커다란 미궁이 수면 아래에도 대놓고 있었다면 입구까지 이어지는 영토를 만들 때 자신이 못 알아챌 리가 없지 않은가.

"다른 방법이 있으십니까?"

악셀이 물었다. 걸음을 옮기던 아리아드네는 위를 올려다보았다. 조금 전에 영토를 축소한 덕에 신선한 숲의 공기와 오염수가 섞인 늪 사이의 경계면이 뚜렷하게 보였다. 회색 늪이 너무 탁해서 천장은 잘 보이지 않았다.

'이쯤이 맞나?'

그녀는 영토를 살살 위로 늘렸다. 투명한 공기가 야금야금 늪을 잡아먹으며 영역을 확장했다.

늘리다 보니 회색 액체가 폭포처럼 쏟아지고 있는, 플라스크의 목에 해당하는 부위가 보였다.

아리아드네는 회색 폭포의 바로 아래에 섰다. 여기가 이 구형 방의 정중앙이었다.

"이곳 전체가 정말 진짜 미궁의 그림자에 불과하고, 은거울 호수의 수면이 거울의 역할을 한다고 치면……."

역피라미드와 맞닿은 피라미드. 그녀는 모래시계 같은 구조를 상상해 보았다.

"……그러면, 역피라미드의 정중앙을 뚫고 내려갔을 때 아래에 이 방과 대칭되는 방이 나오겠지. 아니라면 내 가설이 틀린 거고."

"이 아래가 역피라미드의 꼭짓점이란 뜻이십니까? 입구에서 한참 들어온 방인데도?"

아리아드네는 약간 놀랐다. 원작의 경험 많은 주인공이라면 진작 깨달았을 텐데, 회귀한 적 없는 현재의 악셀은 아직 미궁의 구조 파악이 느린 듯했다.

그녀는 금세 평정을 되찾고 차분히 설명했다.

"악셀, 우리가 입구에 들어온 뒤로 한 번도 오르막이 나오지 않았잖아. 통로는 네 번 꺾였고, 한 번 꺾을 때마다 통로의 길이가 전보다 확연히 짧아졌지."

악셀이 쏘아 보냈던 광선이 막혔던 곳은 벽도 문도 아니었다. 직각으로 꺾인 모퉁이였다. 이 둥근 방이 나오기까지 그런 모퉁이가 총 네 번 나왔다.

아리아드네는 손가락으로 허공에 직선을 그어 보았다. 아래에서 위로 긋다가 오른쪽으로 한 번, 아래로 한 번, 왼쪽으로 한 번, 위로 한

번을 꺾었다.

사각 나선 형태.

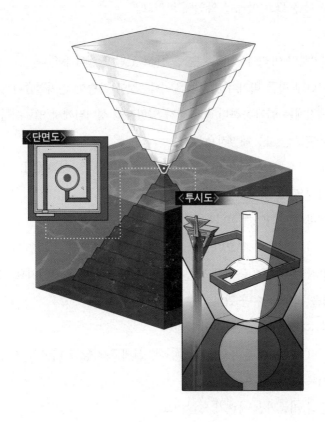

〈단면도〉

〈투시도〉

"우리가 지나온 통로는 이런 구조였어. 이제 여기가 어딘지 짐작이 가?"

"……꼭짓점이군요."

"여긴 올라가는 통로까지 있으니까, 구조상 중심부일 확률이 더 높겠지."

그녀는 일행들을 불러 모았다. 각자의 일을 마무리한 사람들이 그녀를 중심으로 모였다. 아리아드네는 타냐의 유언을 듣고 그녀가 떠올린 것을 설명해 주었다.

"그래서 지금 이 상태에서 영토를 아래로, 바닥까지 내릴 거예요."

"바닥을 뚫고 아래를 확인해 보려고?"

"네."

에리히와 아리아드네의 문답을 듣고 있던 악셀이 물었다.

"그런데 미궁 벽이나 바닥을 부수는 것이 가능한 일이었습니까?"

"예전에는 불가능하다고 알려져 있었지만 성녀님께서 엘릭서를 공개한 뒤로는 가능해졌지요."

뤼르가 나서서 대답했다. 엘릭서가 희귀했던 우 대륙에서 지내다 온 악셀은 모르는 이야기였다.

"엘릭서로 어떻게 한다는 건가?"

"엘릭서를 듬뿍 부으면 미궁의 벽을 변형시키고 있던 '오염'이 치료됩니다. 재질이 좀 특이할 뿐인 일반적인 벽이 된다는 뜻이지요. 그때 충격을 줘서 부수면 됩니다."

에리히가 인상을 쓴 채 덧붙였다.

"어디까지나 이론적으로는 말이야. 실제로 최상급 미궁의 벽이 뚫린 기록은 없어."

"중급 미궁까진 사례가 있잖아요."

아리아드네는 말하면서 생각했다.

사실 원작 소설에는 최상급 미궁의 벽을 부순 사례도 있거든요. 후반으로 갈수록 주인공이 평범한 미궁은 그냥 때려 부수는 슈퍼 먼치킨이 되는 바람에.

'은둔자가 직접 관리 중인 대미궁은 못 부숴도, 악셀이 있으면 다른 미궁은 얼마든지 뚫을 수 있어.'

[정말 바닥을 파괴하실 겁니까?]

파이가 속삭였다. 아리아드네는 작게 고개를 끄덕였다.

'악셀이 벌써 정령 융합을 할 수 있다잖아. 그럼 돌아가는 것보다 부수는 게 빨라.'

[……어둠 살해자가 기고만장해지겠군요.]

'그러고 보니 그 대정령은 계약자도 있으면서 왜 자꾸 내 채널에 접속하는 거지? 정령력 분리해서 악셀한테 심어 둔 상태라 나한테 힘을 빌려줄 여유도 없을 텐데.'

그녀의 혼잣말을 파이가 냉큼 받았다.

[수상한 의도와 불순한 사상 때문일 겁니다. 아리아의 채널을 염탐하려는 수작 아닐까요?]

'대정령이 정령사를 지켜보는 건 당연한 일인데, 그게 왜 염탐이야?'

[악셀 발렌타인에게 보고할 수도 있지 않습니까.]

'다들 보는 앞에서 정령술 쓰는 걸 뭐 하러 보고해? 비밀스러운 일을 할 때는 원래 채널 안 열잖아.'

[……처음부터 그자의 명으로 아리아의 채널에 접속한 것일 수도 있습니다.]

'처음 접속한 게 미렘-13 미궁 보스전 때였나? 그때 새로 접속한 대정령이 열이 넘었었잖아. 다른 대정령들처럼 어둠 살해자도 그냥 복합 영토 구경하러 왔던 거겠지.'

[……정령력도 못 빌리니, 어둠 살해자는 아리아의 채널에 접속하는 대정령들 중 가장 쓸모가 없는 대정령입니다.]

[파이는 해당 대정령의 차단을 추천합니다. 대정령, 어둠 살해자를 차단하는 것에 동의하십니까?]

'아니. 그렇다고 차단할 이유는 없어. 맨날 부정적인 상태라 힘을 못 빌렸던 만년설 왕관도 차단 안 했었는걸. 언제 어떻게 도움이 될지 몰라.'

파이는 동의하지 않는 듯 침묵했다.

'파이, 혹시 어둠 살해자가 싫어? 그 대정령이 파이를 괴롭혀? 그럼 차단해도 돼.'

[······그런 건 아닙니다. 그저 수상한데 쓸모도 없어 보여서.]

'쓸모없다고 차단하는 건 너무하잖아. 수상한 건······ 으음, 다음에 어둠 살해자가 접속하면 무슨 생각인지 한번 살펴봐 줄래?'

[알겠습니다······.]

파이가 미묘하게 힘이 빠진 음성으로 대꾸했다. 아리아드네는 정령 기사들을 돌아보았다.

"비행형 정령수 꺼내서 각자 맡은 사람 태워 줘. 준비되면 영토 내릴 거야."

아리아드네의 동료 중에 그녀가 할 수 있다고 확신하면 거부할 사람은 아무도 없었다. 그림자나비와 용오름과 벼락이 튀어나왔다. 아리아드네는 악셀의 앞에 올라타서 짧게 심호흡을 하고 선언했다.

"내려갈게요."

그녀의 말이 끝나자마자 영토가 위아래로 길게 확장되었다. 하늘이 높아지고, 조금 전까지 바로 아래에 있던 잔디밭이 까마득한 아래로 쑥 내려간다.

제 자리에 떠 있던 정령수들이 갑자기 하늘로 솟구친 꼴이 되었다. 고도가 확 높아졌다.

확장된 영토가 공간의 바닥에 닿자 아리아드네가 손짓했다.

"아래로 가요."

정령수들이 아래로 하강하는 것과 발맞추어 아리아드네는 서서히 영토를 줄였다. 벼락을 몰면서 악셀은 이제 놀라다 못해 기가 찼다. 이런 식으로 영토의 고도를 낮추다니.

'영토를 다루는 게 거의 신의 경지시군.'

그렇게 다들 무사히 바닥에 착륙했다.

"잠시만 기다려."

아리아드네는 수풀 사이에 앉아 환상 도서관으로 들어갔다. 몇 번 들락거리자 엘릭서 병이 주위에 수북이 쌓였다. 그녀는 일행들에게 그것들을 나르게 하고, 아까 찾아 두었던 중앙 지점의 영토 형태를 바꿔 움푹 파인 구멍을 만들었다.

바닥에 최대한 바짝 붙여 구현한 영토라 깊게 파헤칠 필요는 없었다. 금세 반들반들한 미궁의 바닥면이 보였다. 사람 한 명이 드나들 정도의 크기로.

그들은 엘릭서를 그 바닥에 아낌없이 퍼부었다. 금괴를 쏟아붓는 거나 다름없는 짓이었으나, 아리아드네에겐 크게 부담되지 않는 일이었다.

기이할 정도로 매끄럽던 바닥이 점차 흐물흐물해졌다. 아리아드네는 악셀을 바라보았다.

"악셀, 아까 썼던 기술…… 어둠 살해자하고 겹화로도 할 수 있어?"

대답을 짐작하면서 던진 형식적인 질문이었다. 빛과 불은 빛과 번개만큼이나 가까운 속성이니 벼락이 가능하면 겹화는 당연히 가능할 터였다.

악셀이 얼른 고개를 끄덕였다.

"할 수 있습니다. 얼마든지."

은근히 뿌듯하고 만족스러운 목소리다. 그녀를 바라보는 붉은 눈이 밝게 반짝였다.

'초롱초롱하네⋯⋯. 그렇게 좋을까.'

아리아드네는 남들이 들었다간 기겁할 묘사를 떠올리면서 웃음을 참았다. 저런 눈빛으로 보면서 티 안 내겠답시고 부러 뚱한 표정을 하는 게 제법 귀여웠다.

그녀는 드러난 바닥을 가리켰다.

"여기에 써줘. 부수고 관통한다는 느낌보다는 한 점에 집중해서 녹여 뚫는다는 느낌으로⋯⋯. 가능해?"

"물론입니다."

악셀의 머리 위로 작은 태양이 떠올랐다. 그는 구덩이의 가장자리에 한쪽 무릎을 대고 앉아 팔을 뻗었다. 그 팔에 불길이 피어올랐다.

아까보다 좀 더 빠른 그의 움직임과 춤추듯 타오르는 불꽃에서 들뜬 기색이 읽혔다. 아리아드네는 웃지 않으려 입술을 꽉 물어야 했다.

'파이, 악셀 보면 은근 단순한 게 귀엽지 않아? 나름 애쓰는 것도 그렇고.'

[검은 누님 때도 그렇고, 아리아의 '귀엽다'는 일반적이지 않은 뜻인 것 같습니다.]

[추정. 혹시 아리아의 '귀엽다'라는 표현은 '새카맣다' 또는 '천방지축'과 유사한 뜻입니까?]

'⋯⋯그냥 진짜 귀엽다는 뜻이야. 나한텐 파이도 늘 귀여운데.'

파이는 한숨을 쉬더니 입을 다물었다.

악셀의 팔을 타고 흐른 불길이 부풀어 오르며 외뿔 늑대의 머리를

이루었다. 이어 하얀 태양이 눈부시게 타오르며 빛을 뿜어냈다. 그 빛
들이 겁화의 머리에 빨려 들어가더니 불꽃을 휘감고 이글거리며 뿔의
끄트머리에 둥글게 맺혔다.

악셀은 팔을 움직여 겁화의 뿔을 칼끝처럼 바닥의 중심에 겨누었
다. 빛이 소리 없이 쏘아졌다. 은은한 붉은빛의 광선이 바닥을 시뻘겋
게 달구었다.

일행의 시선이 그 빛무리에 집중되었다. 아리아드네는 영토를 전진
시킬 준비를 했다. 이윽고 벌겋게 달아오른 바닥이 흐물거리며 녹아
떨어졌다. 아래에 있는 회색 늪 속으로.

드러난 구멍으로 보이는 건 구정물처럼 지저분한 회색 액체뿐이었
다. 언뜻 보기에는 미궁의 밖에 있는 늪인지, 미궁 내부에 차올라 있
는 늪인지 구별이 가지 않았다. 악셀이 겁화와 어둠 살해자를 거뒀다.
에리히가 안쪽을 보기 위해 고개를 쭉 뺐다.

"진짜 뚫렸네, 미친……."

구멍으로 기울어지는 그의 뒷덜미를 베로니카가 한 손으로 턱 잡더
니 뒤로 휙 잡아당겨 치웠다.

"켁! 야!"

"마법사는, 뒤로 가야지. 그런 연약한 몸뚱이로…… 어딜 앞서려고."

베로니카는 저보다 키도 크고 어깨도 넓은 에리히를 수수깡 덩어리
보듯 흘겨보고는 구멍에 한 발을 걸쳤다.

"제가 먼저, 내려가 볼게요."

토벌대에서 규격 외인 악셀을 제외하면 가장 몸이 튼튼한 건 베로
니카였다.

사실 베로니카는 기술을 제외하고 순수하게 맷집만 따지면 악셀보

다도 뛰어났다. 물리 내구성이 탁월한 철마, 마법에 내성이 있는 그림자나비에 독을 소화할 수 있는 물거품까지 있으니 말이다.

"뭐가 나올지 모르니 조심해."

아리아드네의 허락이 떨어지자 베로니카는 구멍 속으로 겁도 없이 훌쩍 뛰어내렸다. 시간이 조금 흐른 후에 그녀가 돌아왔다.

"아가씨 추측이, 맞는 것 같아요!"

회색 늪 속에서 거뭇한 가호에 뒤덮인 채 고개를 내민 베로니카가 약간 흥분한 어조로 보고했다.

"여기, 넓은 구형 공간이에요. 똑바로 내려가니까…… 아래로 이어지는 수직 통로가, 있고요. 지금, 이 방이랑, 똑같은 방을…… 거꾸로 뒤집어 놓은, 형태예요. 정말, 거울에 비친 것처럼……. 역시 아가씨셔요."

"내가 아니라, 타냐 경 덕분이지."

아리아드네는 씁쓸하게 중얼거린 뒤에 물었다.

"아래엔 여기 있던 것 같은 거미 마물이 없어?"

"있는데, 시체예요. 근데 그 시체가 좀…… 뭔가 이상해서…… 직접, 보시는 게, 나을 것 같아요."

타냐가 남긴 말대로라면 여기가 아닌 저쪽이 진짜란 뜻이니 어차피 내려가 봐야 했다. 아리아드네가 먼저 틈새로 영토를 전진시켰다. 이어 정령 기사들이 다른 사람들을 태우고 비행하여 아래로 내려왔다.

"진짜 똑같이 생겼네."

축소된 영토에 내려선 에리히가 기이하다는 듯 영토 바깥을 둘러보았다. 회색 액체가 흐르는 수직 통로와 거미줄이 엉켜 닫혀 있는 문까지 똑같았다.

다만, 확실히 위아래가 뒤집혀 있었다. 그 탓에 이 방의 중앙에 있는 수직 통로는 액체가 쏟아져 들어오는 게 아니라 쏟아져 나가는 중이었다.

주위를 돌아본 뤼르가 입을 열었다.

"여기에는 고치에 갇힌 희생자가 없는 듯하군요. 다행인지 불행인지 모르겠습니다."

"그러고 보니…… 없네요."

베로니카가 고개를 끄덕이며 동의했다.

"마물 시체는 저기 있어요."

그녀는 가운데에 있는 거미 마물의 시체를 가리켰다. 루드빅이 검을 뽑아 들고 그리로 다가갔다.

"……베로니카 경 말대로 이건 뭔가 이상합니다."

뒤적거리던 그가 칼끝으로 거죽을 들어 시체 내부를 보여 주었다. 내장과 아이템이 있었던 위의 마물과 달리 그 마물의 속은 텅 비어 있었다. 비어 있는 내부가 매끄럽고 깨끗했다. 배를 갈라놓은 저금통 같은 꼴이었다.

"위쪽이 환영이라면 여기에 있는 마물이 진짜여야 하는 거 아니야? 아무리 봐도 이쪽이 더 가짜 같은데."

인상을 쓴 에리히가 작게 주문을 외우며 커다란 시체 내부로 기어들어 갔다. 마법의 흔적이 있는지 조사하려는 모양이었다.

그사이 악셀은 시체의 외부를 유심히 살피더니 아리아드네에게 보고했다.

"마물의 몸에 남아 있는 전투의 흔적이 입구 근처의 삼각형 통로에 남아 있던 것과 유사합니다."

"이전에 지나간 토벌대가 이 마물을 잡았다는 거네."

대마법사가 이끄는 토벌대가 이 속이 비어 있는 마물을 죽인 모양이다.

'할아버지가 여길 지나가신 걸까?'

하지만 그렇다기엔 이상한 점이 있었다. 입구 방향 통로와 이어진 문이 드나든 사람이 없는 것처럼 거미줄로 막혀 있다는 것.

물론 대마법사의 토벌대가 액체가 쏟아지는 저 수직 통로로 들어와서 마물만 죽이고 도로 나간 거라면 문이 저렇게 남아 있을 수도 있다.

'그런데, 왜 굳이?'

위쪽과 아래쪽의 구조가 같다고 해도, 여기까지 와서 문은 건드리지도 않고 마물만 잡고 왔던 길로 되돌아갔다고? 그럴 만한 이유가 있었나?

아리아드네는 고민하며 거미줄이 얽힌 문을 빤히 바라보았다. 뤼르는 혹시나 고치가 있을까 싶어 천장 쪽을 유심히 보고 있었고, 나머지는 모두 마물의 괴상한 시체에 집중하는 중이었다.

때문에 그 이변을 가장 먼저 알아챈 건 아리아드네였다.

문틈에서 빛이 스며들었다. 희미하게 비추던 그 빛은 눈을 깜박이는 사이에 환해졌다. 무언가 빛나는 것이 엄청난 속도로 가까워지는 것처럼.

아리아드네는 바로 최근에 저 비슷한 현상을 보았었다. 빛이 어둠을 죽이며 전진하는 광경을.

'어?'

저게 뭐지. 설마?

의혹을 떠올리자마자 그녀는 본능적으로 대응했다. 인식이 생각과 판단을 건너뛰고 바로 행동으로 바뀌었다.

[대정령, 황금 무덤의 정령력을 대량으로 사용합니다!]

[아리아?]

그녀가 채널을 통해 어마어마한 양의 정령력을 끌어가니 파이가 당황했다. 아리아드네는 대답할 겨를도 없이 그 힘을 영토에 쌓아 올렸다. 손에 잡히는 걸 아무거나 끌어모아 바리케이드를 쌓는 것과 비슷한 행동이었다.

그 결과 문에 가까운 방향에서 돌연 지층이 솟았다. 황금 무덤은 금광에 깃든 대정령이었다. 땅속 깊은 곳에 있는 금광석 광맥의 일부가 잘라 낸 케이크 조각처럼 그녀의 영토 끄트머리에 얹혔다.

"응?"

일행들이 갑작스레 드리워지는 거대한 그림자에 놀라 돌아보았다.

[황금 무덤이 어리둥절해합니……]

파이의 보고가 마무리되기도 전에, 노란 번개를 휘감은 눈부신 광선이 문을 박살 내며 뚫고 들어와 지층을 직격했다.

그 빛은 광맥을 그대로 가져다 놓은 암반을 반쯤 파고들었으나 완전히 꿰뚫지는 못했다. 빛에 휘감겨 있던 번개는 흙과 광석을 따라 흘러가 사라졌다.

[방금 그건…… 악셀 발렌타인이 썼던 정령 융합 기술 아닙니까……?]

파이가 얼떨떨하게 말했다. 거의 막아 냈는데도 무시무시한 파괴력이었다. 그녀가 막지 않았으면 일행 대부분이 중상을 입었을 게 뻔했다.

광선을 막은 지층이 반쯤 허물어지며 산사태를 일으키려 했다. 그러나 황금 무덤의 영토는 산사태가 되기 직전에 신기루처럼 흩어졌다. 정령사가 영토에 대한 통제력을 잃은 결과였다.

"우욱."

아리아드네는 입을 틀어막고 허리를 꺾었다. 영토로 받아 낸 타격이 고스란히 전신을 때렸다. 무딘 통각으로도 아릿한 통증이 느껴졌다. 입을 막은 손가락 사이로 새빨간 선혈이 줄줄 쏟아졌다. 온몸이 뜨거워지며 눈앞이 하얗게 번졌다.

[아리아!]

파이가 비명처럼 그녀의 이름을 불렀다.

'파이, 나 대신 영토 유지⋯⋯.'

아리아드네는 생각을 이어 가지 못하고 정신을 잃었다.

〈주인공의 구원자가 될 운명입니다〉 3권에서 계속